歐陽文忠全集

四部備要

集部

中華書局據祠堂本校刊

桐鄉 陸費逵 總勘

杭縣 高時顯 吳汝霖 輯校

杭縣 丁輔之 監造

居士集卷第四十三　集四十三

序七首

送祕書丞宋君歸太學序

陋巷之士甘藜藿而修仁義毀譽不干其守飢寒不累其心此衆人以爲難而君子以爲易生于高門世襲軒冕而躬布衣韋帶之行其驕榮佚欲之樂生長于其間而不溺其習日見于其外而不動乎其中此雖君子猶或難之學行足以立身而進不止材能足以高人而志愈下此雖聖人亦以爲難也書曰不自滿假又曰汝惟不矜不伐一有夫字以舜禹之明一有且字猶以是爲相戒懼況其下者哉此誠可謂難也已廣平宋君宣獻公之子公以文章爲當世宗師顯于朝廷登于輔弼清德著于一時令名垂于後世君少自立不以門地驕于人既長學問好古爲一無此文章天下賢士大夫皆稱慕其爲人而君歉然常若不足于己者守官大學甘寂寞以自處日與寒士

往來而從先生國子講論道德以求其益夫生而不溺其習此蓋出其一作於天性其見焉而不動于中者由性之明學之而後至也學一作進而不止高而愈下予自其幼見其長行而不倦久而愈篤可知其將無所不至焉也孟子所謂孰能禦之者歟予陋巷之士也遭時奮身竊位于朝守其貧賤之節其臨利害禍福之際常恐其奪也以予行君子之所易者猶若是知君行聖賢之所難者爲難能也歲之三月來自京師拜其舅氏予得延之南齋聽其論議而慕其爲人雖與之終身久處而不厭也留之數日而去於其去也不能忘言遂爲之序廬陵歐陽修述

送徐無黨南歸序

草木鳥獸之爲物衆人之爲人其爲生雖異而爲死則同一歸於腐壞澌盡泯滅而已而衆人之中有聖賢者固亦生且死於其間而獨異於草木鳥獸衆人者雖死而不朽逾一作愈遠而彌存也其所以

爲聖賢者修之於身施之於事見之於言是三者所以能不朽而存也修於身者無所不獲施於事者有得有不得焉其見於言者則又有能有不能也施於事矣不見於言可也自詩書史記所傳其人豈必皆能言之士哉修於身矣而不施於事不見於言亦可也孔子弟子有能政事者矣有能言語者矣若顏回者在陋巷曲肱飢臥而已其羣居則默然終日如愚人然自當時羣弟子皆推尊之以爲不敢望而一作以及而後世更百千歲亦未有能及之者其不朽而存者固不待施於事況於一作其言乎予讀班固藝文志唐四庫書目見其所列自三代秦漢以來著書之士多者至百餘篇少者猶三四十篇其人不可勝數而散亡磨滅百不一二存焉予竊悲其人文章麗矣言語工矣無異草木榮華之飄風鳥獸好音之過耳也方其用心與力之勞一作勤亦何異衆人之汲汲營營而忽焉以死者雖有遲有速一作其遲速雖異而一作然卒與三者同歸於泯滅夫言之不

可恃也蓋如此今之學者莫不慕古聖賢之不朽而勤一世以盡心於文字間（一無此字）者皆可悲也東陽徐生少從予學爲文章稍稍見稱於人既去而與羣士試於禮部得高第由是知名（一有而字）其文辭日進如水涌而山出予欲摧其盛氣而勉其思也故於其歸告以是言然予固亦喜爲文辭者亦因以自警焉

廖氏文集序

自孔子歿而（一無此字）周（一有益字）衰接乎戰國秦遂焚書六經於是中絕漢興蓋久而後出其散亂磨滅既失其傳然後諸儒因得措其異說於其間如河圖洛書怪妄之尤甚者余嘗哀夫學者知守經以篤信而不知僞說之亂經也屢爲說以黜之而學者溺其久習之傳反駭然非余以一人之見決千歲不可考之是非欲奪衆人之所信（一作好）徒自守而世莫之從也余以謂自孔子沒至今二千歲之間有一歐陽修者爲是說矣又二千歲焉知無一人焉與修同其說

也又二千歲將復有一人焉然則同者至于三則後之人不待千歲而有也同予說者既衆則衆人之所溺者可勝而二字一作以奪也夫六經非一世之書一有也字其將與天地無終極而存也以無終極視數千歲一作載於其間頃刻爾是則余之有待於後者遠矣非汲汲有求於今世也一作今之世矣衡山廖倚與余遊三十年已而出其兄偁之遺文百餘篇號朱陵編者其論洪範以為九疇聖人之法爾非有龜書出洛之事也余乃知不待千歲而有與余同於今世者一有矣字始余之待于後世也冀有因余言而同者爾若偁者未嘗聞余言蓋其意有所合焉然則舉今之世固有不相求而同者矣亦何待於數千歲一作載乎廖氏家衡山世以能詩知名於湖南而偁尤好古能文章其德行聞于鄉里一時賢士皆與之遊以其不達而早死故不顯于世嗚呼知一有有字所待者必有時而獲知一有有字所畜者必有時而施苟有志焉不必有求而後合余嘉與偁不

相求而兩得也於是乎書嘉祐六年四月十六日翰林學士尚書吏部郎中知制誥充史館修撰歐陽修序

外制集序 一作慶曆制草

慶曆三年春丞相呂夷簡病不能朝上旣更用大臣銳意天下事始用諫官御史疏追還夏竦制書旣而召韓琦范仲淹於陝西又除富弼樞密副使弼仲淹琦皆惶恐頓首辭讓至五六不已手詔趣琦等就道甚急而弼方且入求對以辭不得見遣中貴人趣送閤門使即受命嗚呼觀琦等之所以讓上之所以用琦等者可謂聖賢相遭一作逢萬世一遇而君臣之際何其盛也於是時天下之士孰不願爲材邪顧予何人亦與其選夏四月召自滑臺入諫院冬十二月拜右正言知制誥是時夏人雖數請命而西師尚未解嚴京東累歲盜賊最後王倫暴起沂州轉劫江淮之間而張海郭貌山等亦起商鄧以驚京西州縣之吏多不稱職而民弊矣天子方慨然勸農桑興學校

破去前例以不次用人哀民之困而欲除其蠹吏知磨勘法久之弊而思別材不肖以進賢能患百職之不修而申行賞罰之信葢欲修法度矣予時雖掌誥命猶在諫職常得奏事殿中從容盡聞天子所以更張庶事憂閔元元而勞心求治之意退得載于制書以諷曉訓勅在位者然予方與修祖宗故事又修起居注又修編勅日與同舍論議治文書所省不一而除目所下率不一二時已迫丞相出故不得專一思慮工文字以盡導天子難諭之意而復誥命於三代之文嗟夫學者文章見用于世鮮矣況得施於朝廷而又遭人主致治之盛若修之鄙使竭其材猶恐不稱而況不能專一其職此予所以常遺恨於斯文也明年秋予出爲河北轉運使又明年春權知成德軍事事少閒發嚮所作制草而閱之雖不能盡載明天子之意於其所述百一作而得一二足以章示後世葢王者之訓在焉豈以予文之鄙而廢也於是錄之爲三卷予自直閤下儤直八十始滿不數日奉

使河東還卽以來河北故其所作纔一百五十餘篇云三月二十一日序

禮部唱和詩序

嘉祐二年春予幸得從五人者於尚書禮部考天下所貢士凡六千五百人蓋絶不通人者五十日乃於其間時相與作爲古律長短歌詩雜言庶幾所謂羣居燕處言談之文亦所以宣其底滯而忘其倦怠也故其爲言易而近擇而不精然綢繆反復若斷若續而時發於奇怪雜以詼嘲笑謔及其至也往往亦造於精微夫君子之博取於人者雖滑稽鄙俚猶或不遺而況於詩乎古者詩三百篇其言無所不有惟其肆而不放樂而不流以卒歸乎正此所以爲貴也於是次而錄之得一百七十二篇以傳於六家嗚呼吾六人者志氣可謂盛矣然壯者有時而衰衰者有時而老其出處離合參差不齊則是詩也足以追惟平昔握手以爲笑樂至於慨然掩卷而流涕噓嚱者亦

將有之雖然豈徒如此而止也覽者其必有取焉廬陵歐陽修序

內制集序

昔錢思公嘗以謂朝廷之官雖宰相之重皆可雜以他才處之惟翰林學士非文章不可思公自言爲此語頗取怒一作怨於達官然亦自負以爲至論今學士所作文嘗多矣至於靑詞齋文必用老子浮圖之說祈禳祕祝往往近於家人里巷之事而制詔一作誥取便於宣讀常拘以世俗所謂四六之文其類多如此然則果可謂之文章者歟予在翰林六年中間進拜二三大臣皆適不當直而天下無事四夷和好兵革不用凡朝廷之文所以指麾號令訓戒約束自非因事無以發明矧予中年早衰意思零落以非工之作又無所遇以發焉其屑屑應用拘牽常格卑弱不振宜可羞也然今文士尤以翰林爲榮選予既罷職院吏取予直草以日次之得四百餘篇因不忍棄況其上自朝廷內及宮禁下暨蠻夷海外事無不載而時政記日曆

與起居郎舍人有所略而不記未必不有取於斯焉嗚呼予且老矣方買田淮潁之間若夫涼竹簟之暑風曝茅簷之冬日睡餘支枕念昔平生仕宦出處顧瞻玉堂如在天上因覽遺藁見其所載職官名氏以較其人盛衰先後孰在孰亡足以知榮寵為虛名而資笑談一作談笑之一噱也亦因以誇於田夫野老而已嘉祐六年秋八月二日廬陵歐陽修序

帝王世次圖序

堯舜禹湯文武此六君子者可謂顯人矣而後世猶失其傳者豈非以其遠也哉是故君子之學不窮遠以為能而闕其不知慎所傳以惑世也方孔子時周衰學廢先王之道不明而異端之說並起孔子患之乃修正詩書史記以止紛亂之說而欲其傳之信也故略其遠而詳其近於書斷自唐虞以來著其大事可以為世法者而已至於三皇五帝君臣世次皆未嘗道者以其世遠而慎所不知也孔子既

沒異端之說復興周室亦益衰亂接乎戰國秦遂焚書先王之道中
絕漢興久之詩書稍出而不完當王道中絕之際奇書異說方充斥
而盛行其言往往反自託於孔子之徒以取信於時學者旣不備見
詩書之詳而習傳盛行之異說世無聖人以爲質而不自知其取捨
眞僞至有博學好奇之士務多聞以爲勝者於是盡集諸說而論次
初無所擇而惟恐遺之也如司馬遷之史記是矣以孔子之學上述
前世止於堯舜著其大略而不道其前遷遠出孔子之後而乃上述
黃帝以來又詳悉其世次其不量力而務勝宜其失之多也遷所作
本紀出於大戴禮世本諸書今依其說圖而考之堯舜夏商周皆同
出於黃帝堯之崩也下傳其四世孫舜舜之崩也復上傳其四世祖
禹而舜禹皆壽百歲稷契於高辛爲子乃同父異母之兄弟今以其
世次而下之湯與王季同世湯下傳十六世而爲紂王季下傳一世
而爲文王二世而爲武王是文王以十五世祖臣事十五世孫紂而

武王以十四世祖伐十四世孫而代之王何其繆哉嗚呼堯舜禹湯文武之道百王之取法也其盛德大業見於行事而後世所欲知者孔子皆已論著之矣其久遠難明之事後世不必知不知不害爲君子者孔子皆不道也夫孔子所以爲聖人者其智知所取捨皆如此

後序

余既略論帝王世次而見本紀之失猶謂文武與紂相去十五六世其繆較然不疑而堯舜禹之世相去不遠尙冀其理有可通乃復以尙書孟子孔安國皇甫謐諸書參考其壽數長短而尤乖戾不能合也據書及諸說云堯壽一百一十六歲舜壽一百一十二歲禹壽百歲堯年十六卽位在位七十年年八十六始得舜而試之二年乃使攝政時舜年三十居試攝通三十年而堯崩舜服堯喪三年畢乃卽位在位五十年而崩方舜在位三十三年命禹攝政凡十七年而舜崩禹服舜喪三年畢乃卽位在位十年而崩由是言之當堯得舜之

時堯年八十六舜年二十以此推而上之是堯年五十七已見四世之玄孫生一歲矣舜居試攝及在位通八十二年而禹壽百歲以禹百年之間推而上之禹即位及居舜喪通十三年又在舜朝八十二年通九十五年則當舜攝試之初年禹纔六歲是舜爲玄孫年二十時見四世之高祖方生六歲矣至於舜娶堯二女據圖爲曾祖姑雖古遠世異與今容有不同然人倫之理乃萬世之常道必不錯亂顚倒之如此然則諸家世次壽數長短之說聖經之所不著者皆不足信也決矣

居士集卷第四十三

序六首傳一首附

思潁詩後序

皇祐元年春予自廣陵得請來潁愛其民淳訟簡而物產美土厚水甘而風氣和於時慨然已有終焉之意也爾來俯仰二十年間一無此字歷事三朝竊位二府寵榮已至而憂患隨之心志索然而筋骸憊矣其思潁之念未嘗一有一日二字少忘于心一無此二字而意一作曰之所存亦時時見於文字也今者幸蒙寬恩獲解重任使得待罪于亳既釋危機之慮而就閒曠之優其進退出處顧無所繫於事矣謂可以償夙志者此其時哉因假道于潁蓋將謀一有葺弊廬以四字決歸休之計也乃發舊稾得自南京以後詩十餘篇皆思潁之作以見予拳拳於潁者非一日也不類勸飛之鳥然後知還惟恐勒移之靈却回俗駕爾治平四年五月三日廬陵歐陽修序

歸田錄序

歸田錄者朝廷之遺事史官之所不記與夫士大夫笑談之餘而可錄者錄之以備閑居之覽也有聞而誚余者曰何其迂哉子之所學者修仁義以爲業誦六經以爲言其自待者宜如何而幸蒙人主之知備位朝廷與聞國論者蓋八年于茲矣既不能因時奮身遇事發憤有所建明以爲補益又不能依阿取容以徇世俗使怨嫉謗怒叢于一身以受侮于羣小當其驚風駭浪卒然起於不測之淵而蛟鱷黿鼉之怪方駢首而闖伺乃措身其間以蹈必死之禍賴天子仁聖惻然哀憐脫於垂涎之口而活之以賜其餘生之命曾不聞吐珠銜環效蛇雀之報蓋方其壯也猶無所爲今既老且病矣是終負人主之恩而徒久費大農之錢爲太倉之鼠也爲子計者謂宜乞身于朝遠引疾去以深戒前日之禍十一字一作退避榮寵而優游田畝盡其天年猶足竊知止之賢名而乃裴回俯仰久之不決此而不思尚

何歸田之錄乎余起而謝曰凡子之責我者皆是也吾其歸哉子姑待治平四年九月乙未歐陽修序

仲氏文集序

嗚呼語稱君子知命所謂命其果可知乎貴賤窮亨用捨進退得失成敗其有幸有不幸或當然而不然而皆不知其所以然者則推之於天曰有命夫君子所謂知命者知此而已蓋小人知在我故常無所不爲君子知有命故能無所屈凡士之有材而不用於世有善而不知於人至於老死困窮而不悔者皆推之有命而不求苟合者也余讀仲君之文而想見其人也君諱訥字樸翁其氣剛其學古其材敏其爲文抑揚感激勁正豪邁似其爲人少舉進士官至尚書屯田員外郎而止君生於有宋百年全盛之際儒學文章之士得用之時宜其馳騁上下發揮其所畜振耀於當世而獨韜藏抑鬱久伏而不顯者蓋其不苟屈以合世故世亦莫之知也豈非知命之君子歟余

謂君非徒知命而不苟屈亦自負其所有者謂雖抑於一時必將伸於後世而不可揜也君之旣歿富春孫莘老狀其行以告于史臨川王介甫銘之石以藏諸幽而余又序其集以行於世然則君之不苟屈於一時而有待於後世者其不在吾三人者邪噫余雖老且病而言不文其可不勉觀文殿學士刑部尚書知亳州廬陵歐陽修序

續思頴詩序

皇祐二年余方留守南都已約梅聖俞買田于頴上其詩曰優游琴酒逐漁釣上下林壑相攀躋及身彊健始爲樂莫待衰病須扶攜此蓋余之本志也時年四十有四其後丁家艱服除還朝遂入翰林爲學士忽忽七八年間歸頴之志雖未遑也然未嘗一日少忘焉故其詩曰乞身當及彊健時顧我蹉跎已衰老蓋歎前言之未踐也時年五十有二自是誤被選擢叨塵二府遂歷三朝蓋自嘉祐治平之間國家多事固非臣子敢自言其私時也而非才竊位謗咎已盈賴天

子仁聖聰明辨察誣罔始終保全其出處俯仰十有二年今其年六十有四蓋自有蹉跎之歎又復一紀矣中間在亳幸遇朝廷無事中外晏然而身又不當責任以謂臣子可退無嫌之時遂敢以其私言天子惻然閔其年猶未也謂尚可以勉故奏封十上而六被詔諭未賜允俞今者蒙上哀憐察其實病且衰矣既不責其避事又曲從其便私免并得蔡俾以偷安此君父廓大度之寬仁遂萬物之所欲覆載含容養育之恩也而復蔡穎連疆因得以爲歸老之漸冀少償其夙願茲又莫大之幸焉初陸子履以余自南都至在中書所作十有三篇爲思穎詩以刻于石今又得在亳及青十有七篇以附之蓋自南都至在中書十有八年而得十三篇在亳及青三年而得十有七篇以見余之年益加老病益加衰其日漸短其心漸迫故其言愈多也庶幾覽者知余有志於彊健之時而未償於衰老之後幸不譏其踐言之晚也熙寧三年九月七日六一居士序

江鄰幾文集序

余竊不自揆少習爲銘章因得論次當世賢士大夫功行自明道景祐以來名卿鉅公往往見於余文矣至於朋友故舊平居握手言笑意氣偉然可謂一時之盛而方從其遊遽哭其死遂銘其藏者是可歎也蓋自尹師魯之亡逮今二十五年之間相繼而歿爲之銘者至二十人又有余不及銘與雖銘而非交且舊者皆不與焉嗚呼何其多也不獨善人君子難得易失而交遊零落如此反顧身世死生盛衰之際又可悲夫而其間又有不幸罹憂患觸網羅至困阨流離以死與夫仕宦連蹇志不獲伸而歿獨其文章尚見於世者則又可哀也歟然則雖其殘篇斷藁猶爲可惜況其可以垂世而行遠也故余於聖俞子美之歿既已銘其壙又類集其文而序之其言尤感切而殷勤者以此也陳留江君鄰幾常與聖俞子美遊而又與聖俞同時以卒余既誌而銘之後十有五年來守淮西又於其家得其文集而

序之鄰幾毅然仁厚君子也雖知名於時仕宦久而不進晚而朝廷方將用之未及而卒其學問通博文辭雅正深粹而論議多所發明詩尤清淡閑肆可喜然其文已自行於世矣固不待余言以為輕重而余特區區於是者蓋發於有感而云然熙寧四年三月日六一居士序

薛簡肅公文集序

君子之學或施之事業或見於文章而常患於難兼也蓋遭時之士功烈顯於朝廷名譽光於竹帛故其常視文章為末事而又有不暇與不能者焉至於失志之人窮居隱約苦心危慮而極於精思與其有所感激發憤惟無所施於世者皆一寓於文辭故曰窮者之言易工也如唐之劉柳無稱於事業而姚宋不見於文章彼四人者猶不能於二一（無此字）兩得況其下者乎惟簡肅公在真宗時以材能為名臣仁宗母后時以剛毅正直為賢輔其決大事定大議嘉謀讜論著

在國史而遺風餘烈至今稱於士大夫公絳州正平人也自少以文行推於鄉里既舉進士獻其文百軸於有司由是名動京師其平生所爲文至八百餘篇何其盛哉可謂兼於兩得也公之事業顯矣其於文章氣質純深而勁正蓋發於其志故如其爲人公有子直孺早卒無後以其弟之子仲孺公期爲後公之文既多而往往流散於人間公期能力收拾蓋自公薨後三十年始克類次而集之爲四十卷公期可謂能世其家者也嗚呼公爲有後矣熙寧四年五月日序

六一居士傳

六一居士初謫滁山自號醉翁既老而衰且病將退休於潁水之上則又更號六一居士客有問曰六一何謂也居士曰吾家藏書一萬卷集錄三代以來金石遺文一千卷有琴一張有碁一局而常置酒一壺客曰是爲五一爾奈何居士曰以吾一翁老一作老翁於此五物之間是豈不爲六一乎客笑曰子欲逃名者乎而屢易其號此莊

生所謂畏影而走乎日中者也余將見子疾走大喘渴死而名不得逃也居士曰吾固知名之不可逃然亦知夫不必逃也吾爲此名聊以志吾之樂爾客曰其樂如何居士曰吾之樂可勝道哉方其得意於五物也太山在前而不見疾雷破柱而不驚雖響九奏於洞庭之野閱大戰於涿鹿之原未足喻其樂且適也然常患不得極吾樂於其間者世事之爲吾累者衆也其大者有二焉軒裳珪組勞吾形于外憂患思慮勞吾心於內使吾形不病而已悴心未老而先衰尙何暇於五物哉雖然吾自（一作方）乞其身於朝者三年矣一日天子惻然哀之賜其骸骨使得與此五物皆返於田廬庶幾償其夙願焉此吾之所以志也客復笑曰子知軒裳珪組之累其形而不知五物之累其心乎居士曰不然累於彼者已勞矣又多憂累於此者既佚矣幸無患吾其何擇哉於是與客俱起握手大笑曰置之區區不足較也已而歎曰夫士少而仕老而休蓋有不待七十者矣吾素慕之二

字一作志宜去一也吾嘗用於時矣而訖無稱焉宜去二也壯猶如
此今既老且病矣乃以難彊之筋骸貪過分之榮祿是將違其素志
而自食其言宜去三也吾負三宜去雖無五物其去宜矣復何道哉
熙寧三年九月七日六一居士自傳

居士集卷第四十四

上書一首

通進司上書

十二月二十四日宣德郎守太子中允充館閣校勘臣歐陽修謹昧死再拜上書于皇帝闕下臣伏見國家自元昊叛逆關西用兵以來爲國言事者衆矣臣初竊爲二策以料賊情然臣迂儒不識兵之大計始猶遲疑未敢自信今兵興既久賊形已露如臣素料頗不甚遠故竊自謂有可以助萬一而塵聽覽者謹條以聞惟陛下仁聖寬其狂妄之誅幸甚夫關西弛備而民不見兵者二三十年矣使賊萌亂之初藏形隱計卒然而來當是時吾之邊屯寡弱城堡未完民習久安而易驚將非素選而敗怯使其羊驅豕突可以奮然而深入然國威未挫民力未疲彼得城而居不能久守虜掠而去可邀擊其歸此下策也故賊知而不爲之戎狄侵邊自古爲患其攻城掠野敗則走

而勝則來蓋其常事此中策也故賊兼而用之若夫假僭名號以威其衆先擊吾之易取者一二以悅其心然後訓養精銳爲長久之謀故其來也雖勝而不前不敗而自退所以誘吾兵而勞之也或擊吾東或擊吾西乍出乍入所以使吾兵分備多而不得減息也吾欲速攻賊方新銳坐而待戰彼則不來如此相持不三四歲吾兵已老民力已疲不幸又遇水旱之災調斂不勝而盜賊羣起彼方奮其全銳擊吾困弊可也使吾不堪其困忿而出攻決於一戰彼以逸而待吾勞亦可也幸吾苦兵計未知出遂求通聘以邀歲時之賂度吾困急不得不從亦可也是吾力一困則賊謀無施而不可此兵法所謂不戰而疲人兵者上策也而賊今方用之今三十萬之兵食於西者二歲矣又有十四五萬之鄉兵不耕而自食其民自古未有四五十萬之兵連年仰食而國力不困者也臣聞元昊之爲賊威能畏其下恩能死其人自初僭叛嫚書已上逾年而不出一出則鋒不可當執劫

蕃官獲吾將帥多禮而不殺此其兇謀所畜皆非倉卒者也奈何彼能以上策而疲吾吾不自知其已困彼爲久計以撓我我無長策而制之哉夫訓兵養士伺隙乘便用間出奇此將帥之職也所謂閫外之事而君不御者可也至於外料賊謀之心內察國家之勢知彼知此因謀制敵此朝廷之大計也所謂廟算而勝者也不可以不思今賊謀可知以久而疲我耳吾勢可察西人已困也誠能豐財積粟以紓西人而完國壯兵則賊謀沮而廟算得矣夫兵攻守而已然皆以財用爲强弱也守非財用而不久此不待言請試言攻昔秦席六世之彊資以事胡卒困天下而不得志漢因文景之富力三舉而纔得河南隋唐突厥吐蕃常與中國相勝敗擊而勝之有矣未有舉而滅者秦漢尤彊者其所攻今元昊之地是也況自劉平陷沒賊鋒熾銳未嘗挫衂攻守之計非臣所知天威所加雖終期於掃盡然臨邊之將尚未聞得賊釁隙挫其兇鋒是攻守皆未有休息之期而財用不

爲長久之計臣未見其可也四五十萬之人坐而仰食然關西之地
物不加多關東所有莫能運致掊克細碎旣以無益而罷之矣至於
鬻官入粟下無應者改法權貨而商旅不行是四五十萬之人惟取
足於西人而已西人何爲而不困困而不起爲盜者須水旱爾外爲
賊謀之所疲內遭水旱而多故天下之患可勝道哉夫關西之物不
能加多則必通其漕運而致之漕運已通而關東之物不充則無得
而西矣故臣以謂通漕運盡地利權商賈三術並施則財用足而西
人紓國力完而兵可久以守以攻惟上所使夫小瑣目前之利旣不
足爲長久之謀非旦夕而可効故爲長久而計者初若迂愚而可笑
在必而行之則其利博矣故臣區區不敢避迂愚之責請上便宜三
事惟陛下裁擇其一曰通漕運臣聞今爲西計者皆患漕運之不通
臣以謂但未求之耳今京師在汴漕運不西而人之習見者遂以爲
不能西不知秦漢隋唐其都在雍則天下之物皆可致之西也山川

地形非有變易於古其路皆在昔人可行今人胡一作何爲而不可漢初歲漕山東粟數十萬石是時運路未修其漕尚少其後武帝益修渭渠至漕百餘萬石隋文帝時沿水爲倉轉相運置而關東汾晉之粟皆至渭南運物最多其遺倉之迹往往皆在然皆尚有三門之險自唐裴耀卿又尋隋迹於三門東西置倉開山十八里爲陸運以避其險卒泝河而入渭當時歲運不減二三百萬石其後劉晏遵耀卿之路悉漕江淮之米以實關西後世言能經財利而善漕運者耀卿與晏爲首今江淮之米歲入于汴者六百萬石誠能分給關西得一二百萬石足矣今兵之食汴漕者出戍甚衆有司不惜百萬之粟分而及之其患者三門阻其中爾今宜浚治汴渠使歲運不阻然後按求耀卿之迹不憚十許里陸運之勞則河漕通而物可致且紓關西之困使古無法今有可爲尚當爲之況昔人行之而未遠今人行之而豈難哉耀卿與晏初理漕時其得尚少至其末年所入十倍是

可久行之法明矣此水運之利也臣聞漢高祖之入秦不由東關而
道南陽過酈析而入武關曹操等起兵誅董卓亦欲自南陽道丹析
而入長安是時張濟又自長安出武關奔南陽則自古用兵往來之
徑也臣嘗至南陽問其遺老云自鄧西北至永興六七百里今小商
賈往往行之初漢高入關其兵十萬夫能容十萬兵之路宜不甚狹
而險也但自雒陽爲都行者皆趨東關其路久而遂廢今能按求而
通之則武昌漢陽郢復襄陽梁洋金商均房光化沿漢之地十一二
州之物皆可漕而頓之南陽自南陽爲輕車人輦而遞之募置遞兵
爲十五六鋪則十餘州之物日日入關而不絕沿漢之地山多美木
近漢之民仰足而有餘以造舟車甚不難也前日陛下深恤有司之
勤内賜禁錢數十萬以供西用而道路艱遠輦運逾年不能畢至至
於軍裝輸送多苦秋霖邊州已寒冬服尚滯於路其艱如此夫使州
縣綱吏遠輸京師轉冒艱滯然後得西豈若較南陽之旁郡度其道

里入于武關與至京師遠近等者與其尤近者皆使直輸于關西京師之用有不足則以禁絡出賜有司者代而充用其迂曲簡直利害較然矣此陸運之利也其二曰盡地利臣聞昔之畫財利者易爲工今之言財利者難爲術昔者之民賦稅而已故其不足則鑄山煑海榷酒與茶征關市而算舟車尚有可爲之法以苟一時之用自漢魏迄今其法日增其取益細今取民之法盡矣昔者賦外之征以備有司之用今盡取民之法用於無事之時悉以冗費而糜之矣至卒然有事則無法可增然獨猶有可爲者民作而輸官者已勞而游手之人方逸地之產物者耕不得代而不墾之土尚多是民有遺力地有遺利此可爲也况歷視前世用兵者未嘗不先營田漢武帝時兵興用乏趙過爲畎田人犂之法以足用趙充國攻西羌議者爭欲出擊而充國深思全勝之策能忍而待其弊至違詔罷兵而治屯田田於極邊以游兵而防鈔寇則其理田不爲易也猶勉爲之後漢之時曹

操屯兵許下彊敵四面以今視之疑其旦夕戰爭而不暇然用棗祗韓浩之計建置田官募民而田近許之地歲得穀百萬石其後郡國皆田積穀無數隋唐田制尤廣不可勝舉其勢艱而難田莫若充國迫急而不暇田莫如曹操然皆勉焉不以迂緩而不田者知地利之博而可以紓民勞也今天下之土不耕者多矣臣未能悉言謹舉其近者自京以西土之不闢者不知其數非土之瘠而棄也蓋人不勤農與夫役重而逃爾久廢之地其利數倍於營田今若督之使勤與免其役則願耕者衆矣臣聞鄉兵之不便於民議者方論之矣充兵之人遂棄農業託云教習聚而飲博取資（一有於字）其家不顧無有官吏不加禁父兄不敢詰家家自以爲患也河東河北關西之鄉兵此猶有用若京東西者平居不足以備盜而水旱適足以爲盜其尤可患者京西素貧之地非有山澤之饒民惟力農是仰而今三夫之家一人五夫之家三人爲游手凡十八九州以少言之尚可四五萬

人不耕而食是自相糜耗而重困也今誠能盡驅之使耕于棄地官
貸其種歲田之入與中分之如民之法募吏之習田者爲田官優其
課最而誘之則民願田者衆矣太宗皇帝時嘗貸陳蔡民錢使市牛
而耕真宗皇帝時亦用耿望之言買牛湖南而治屯田今湖南之牛
歲賈于北者皆出京西若官爲買之不難得也一有又宜重爲法以
困所謂私牛之客者使不容於民而樂爲官耕凡民之已有牛者使
自耕則牛不足而官市者不多四十四字且鄉兵本農也籍而爲兵
遂棄其業今幸其去農未久尚可復驅還之田畝使不得羣游而飲
博以爲父兄之患此民所願也一夫之力以逸而言任耕縵田一頃
使四五萬人皆耕而久廢之田利又數倍則歲穀不可勝數矣京西
之分北有大河南至漢而西接關若又通其水陸之運所在積穀惟
陛下詔有司而移用之耳其三曰權商賈臣聞秦廢王法啓兼并其
上侵公利下刻細民爲國之患久矣自漢以來嘗欲爲法而抑奪之

然不能也蓋爲國者興利日繁兼并者趨利日巧至其甚也商賈坐而權國利其故非他由興利廣也夫興利廣則上難專必與下而共之然後通流而不滯然爲今議者方欲奪商之利一歸於公上而專之故奪商之謀益深則爲國之利益損前日有司屢變其法法每一變則一歲之間所損數百萬議者不知利不可專欲專而反損但云變法之未當變而不已其損愈多夫欲十分之利皆歸于公至其虧少十不得三不若與商共之常得其五也今爲國之利多者茶與鹽耳茶自變法已來商賈不復一歲之失數年莫補所在積朽棄而焚之前日議者屢言三說之法爲便有司既以詳之矣今誠能復之使商賈有利而通行則上下濟矣解池之鹽積若山阜今宜暫下其價誘羣商而散之先爲令曰三年將復舊價則貪利之商爭先而湊矣夫茶者生於山而無窮鹽者出於水而不竭賤而散之三年十未減其一二夫二物之所以貴者以能爲國資錢幣爾今不散而積之是

惜朽壞也夫何用哉夫大商之能蓄其貨者豈其錙銖躬自鬻於市哉必有販夫小賈就而分之販夫小賈無利則不爲故大商不妬販夫之分其利者恃其貨博雖取利少貨行流速則積少而爲多也今爲大國者有無窮不竭之貨反妬大商之分其利寧使無用而積爲朽壞何哉故大商之善爲術者不惜其利而誘販夫大國之善爲術者不惜其利而誘大商此與商賈共利取少而致多之術也一有又今商賈之難以術制者以其積貨多而不急故也利厚則來利薄則止不可以號令召也故每有司變法下利既薄小商以無利而不能行則大商方幸小商之不行適得獨賣其貨尚安肯勉趨薄利而來哉故變法而刻利者適足使小商不來而爲大商賈積貨也今必以術制商宜盡括其居積之物官爲賣而還之使其貨盡而後變法夫大商以利爲生一歲不營利則有惶惶之憂彼必不能守積錢而閑居得利雖薄猶將勉而來此變法制商之術也夫欲誘商而通貨莫

若與之共利此術之上也欲制商使其不得不從則莫若痛裁之使無積貨此術之下也然此可制茶商耳若鹽者禁益密則冒法愈多而刑繁凡二百三十八字若乃縣官自爲鬻市之事此大商之不爲臣謂行之難久者也誠能不較錙銖而思遠大則積朽之物散而錢幣通可不勞而用足矣臣愚不足以知時事若夫堅守以扞賊利則出而擾之凡小便宜願且委之邊將至於積穀與錢通其漕運不二三歲而國力漸豐邊兵漸習賊銳漸挫而有隙可乘然後一舉而滅之此萬全之策也願陛下以其小者責將帥謀其大計而行之則天下幸甚臣修昧死再拜

居士集卷第四十五

上書一首

準詔言事上一作上封事書

月日臣修謹昧死再拜上書于皇帝陛下臣近準詔書許臣上書一作許以封章言事臣學識愚淺一作昧不能廣引深遠以明治亂之原謹採當今急務條爲三弊五事以應詔書所求伏惟陛下裁擇臣聞自古王者之治天下雖有憂勤之心而不知致治之要則心愈勞而事愈乖雖有納諫之明而無力行之果斷則言愈多而聽愈惑故爲人君者以細務而責人專大事而獨斷此致治之要術一無此字也納一言而可用雖衆說一作議不得以沮一作泪之此力行之果斷也知此二者天下無難治矣一本治作致理伏見國家自大兵一動中外一作天下騷然陛下思社稷之安危念兵民之疲一作困弊四五年來聖心憂勞一作勤可謂至矣然而兵日益老賊日益強併

九州之力討一作平西戎小者尚無一人敢前今又北戎大者違盟而動一作妄作其將何以禦之從來所患者夷狄今夷狄叛矣所惡者盜賊今盜賊起矣所憂者水旱今水旱作矣所賴一作仰者民力今民力困矣所須一作急者財用今財用乏矣陛下之心日憂於一日天下之勢歲危於一歲此臣所謂用心雖勞不知求致治之要者也近年朝廷開發一作雖廣言路獻計之士不下數千然而事緒轉多枝梧不暇從前所採衆議紛紜至於臨事誰策可用此臣所謂聽言雖多不如力行之果斷者也伏思聖心所甚憂而當今所尚一作最闕者不過曰無兵也無將也無財用也無禦戎之策也無可任之臣也此五者陛下憂其未有而臣謂今皆有之然陛下未得而用者未思其術也國家創業之初四方割據中國地狹兵民不多然尚能南取荊楚收僞唐定閩嶺西平兩蜀東下并潞北窺幽燕當時所用兵財將吏其數幾何惟善用之故不覺其少何況一作豈如今日

承百年祖宗之業盡有天下之富強人衆物盛十倍國初故臣敢言有兵有將有財用有禦戎之策有可任一有用字之臣然陛下皆不得而用者其故何哉由朝廷有三大弊故也何謂三一有大字弊一曰不慎號令二曰不明賞罰三曰不責功實此三弊因循於上則萬事弛慢廢壞於下臣聞號令者天子之威也賞罰者天子之權也若號令一有煩而二字不信賞罰一有行而二字不當則天下不服故又須責臣下以功實然後號令不虛出而賞罰不濫行是以慎號令明賞罰責功實此三者帝王之奇術也自古人君英雄如漢武帝聰明如唐太宗皆知用一作皆能知此三術而自執威權之柄故一有二帝二字所求無不得所欲皆如意漢武好用兵則誅滅四夷立功萬里以快其心欲求將則有衞霍之材以供其指使欲得賢士則有公孫董汲之徒以稱其意唐太宗好用兵則誅突厥服遼東威振夷狄以逞其志欲求將則有李靖李勣之徒一作儔入其駕馭欲得賢

士則有房杜之徒一作輩在其左右此二帝者一有凡有所爲後世莫及八字可謂所求無不得所欲皆如意無他術也惟能自執威權之柄耳伏惟陛下以聖明之姿超出一作越二帝又盡有漢唐之天下然而欲禦邊則常患無兵欲破賊則常患無將欲贍軍則常患無財用欲威服四夷則常患無策欲任使賢材則常患無人是所求皆不得所欲皆不如意其故無他由不用威權之術也自古帝王或爲強臣所制或爲小人所惑則威權不得出於己今朝無強臣之患旁無小人偏任之溺一作又無小人獨任之惑內外臣庶尊陛下如天愛陛下如父傾耳延首願一有聽字陛下之所爲然何所憚而不爲乎一作何憚而久不爲哉若一日赫然執一作奮威權以臨之則一作可使萬事皆辦何患五者之無奈何爲三弊之因循一事之不集

臣請言三弊夫言多變則一有俗字不信令頻改則一有下字難從一作入今出令之初不加詳審行之未久尋又更張以不信之言行

難從之令故每有處置之事州縣一作天下知朝廷未是一定之命
則官吏或一作咸相謂曰且未要一作可行不久必須更改或曰備
禮行下略與應破指揮旦夕之間果然又變至於將一作官吏更易
道路疲於送迎符一作文牒縱橫上下莫能遵守一作稟中外臣庶
一作官吏軍民或聞而歎息或聞而竊笑歎息者有憂天下之心竊
笑者有輕朝廷之意號令如此欲威天下其可得乎此不慎號令之
弊一有一字也用人之術不過賞罰一作古今用人之法不過賞罰
而已用人一作人君然賞及無功則恩不足勸罰失有罪則威無所
懼雖有人不可用矣一作也太祖時一作臣嘗聞太祖皇帝時王全
斌破蜀而歸功不細矣犯法一貶十年不問是時方討江南故黜全
斌與諸將立法一有及江南已下乃復其官九字太祖神武英斷所
以能平定天下者其賞罰之法一作分明皆如此也昨一作自關西
用兵四五年矣一有賞罰之際是非莫分八字大將以無功罷者依

舊居官軍中見無功者不妨得好官則諸將誰肯立功矣裨將畏懦
逗留者皆當斬罪或暫貶而尋還或不貶而依舊軍中見有罪者不
誅則諸將誰肯用命矣所謂賞不足勸威（一作罰）無所懼賞罰如此
而欲用人其可得乎此不明賞罰之弊（一有二字也）自兵動以來處
置之事不少然多有名而無實臣請略言其一二則其他可知數年
以來點兵不絕諸路之民半為兵矣其間老弱病患短小怯懦者不
可勝數（一有兵額空多所用者少八字）是有點兵之虛名而無得兵
之實數（一作効）也新集之兵所在教習追呼上下民不安居主教者
非將領之材所教者無旗鼓之節（一作法）往來州縣愁（一作怨）嘆嗷
嗷既多是老病小怯（一作弱小懦）之人又無訓齊精練之法（一作術）
此有教兵之虛名而無訓兵之實藝（一作効）也諸路州軍分造器械
（一作諸州所造器械）數不少矣工作之際已勞民力輦運般送又苦
道塗（一作路）然而鐵刃不剛（一作鋼）筋膠不固長短大小多不中度

造作之所但務充數而速了不計所用之不堪經歷官司又無檢責此有器械之虛名而無器械之實用也以草草一作無實之法教老一作小怯之兵執鈍折不堪之器械百戰百敗理在不疑臨事而悟何可及乎故事無大小悉皆鹵莽則不責功實之弊一有三字也臣故曰三弊因循於上則萬事弛慢廢壞於下萬事不可盡言臣請一有直字言一有其字大者五事其一曰兵臣聞攻人以謀不以力用兵鬬智不鬬多前代用兵之人多者常敗少者常勝漢王尋等以百萬之兵遇光武九千人而敗是多者敗而少者勝也苻堅以百萬之兵遇東晉二三萬人而敗是多者敗而少者勝也曹操以三十萬青州兵大敗於呂布退而歸許復以二萬人破袁紹十四五萬一作四十萬人是用兵多則敗少則勝之明驗也況於夷狄尤難以力爭只可以計取李靖破突厥於定襄只用三千人其後破頡利於陰山亦不過一萬一作萬人下有其佗以三五千人或功塞外者不可悉數

十六字蓋兵不在多能以計取一作能用計爾故善用兵者以少一有而字爲多不善用者雖多而愈少也一無此字爲今計者一作臣謂方今添兵則耗國減兵則破賊今沿邊之兵不下七八十萬可謂多矣然訓練不精又有老弱虛數則十人不當一人是七八十萬之兵不當七八萬人之用加又一作之軍無統制分散支離分多爲寡兵法所忌此所謂不善用兵者雖多而愈少故常戰而常敗也臣願陛下赫然奮威勅勵諸將精加訓練去其老弱七八十萬中可得一有四字五十萬數古人用兵以一當百今既未能但得以一當十則五十萬精兵二字一作數可當五百萬兵之用此所謂善用兵者以少而爲多古人所以少而常勝者以此也今不思實効但務添多耗國耗民積以年歲一作遷延日月賊雖不至天下已困矣此一事也

其二曰將臣又聞古語曰將相無種故或出於奴僕或出於軍卒一作或出於士或出於卒伍或出於奴僕或出於盜賊惟能不次而用

之乃爲名將耳國家求將之意雖勞一作切選將之路太狹今詔近臣舉將而限以資品則英豪之士在下位者不可得矣試將材者限以弓馬一夫之勇則智略萬人之敵皆遺之矣山林奇傑之士召而至者以其貧賤而薄之不過與一主簿借職使其一作之快快而去則古之屠釣飯牛之傑皆激怒而失之矣至於無人可用則寧用龍鍾跛躄庸懦暗劣之徒皆一有委之要地四字授之兵柄天下三尺童子皆爲朝廷危之前日澶淵之卒幾爲國家生事此可見也議者不知取將之無術但云當今之無將臣願陛下革去舊弊奮然精求有賢豪之士不須限以下位有智略之人不必試以弓馬有山林之傑不可薄其貧賤惟陛下能以非常之禮待人人臣亦將以非常之效報國一作爲報又下有又何患於無將哉一句此二事也其三曰財用臣又聞善治病者必醫其受病之處善救弊者必尋一作塞其起弊之源今天下財用困乏其弊安在起於用兵一作兵興而費大

故也漢武好窮兵用盡累世之財當時勤兵單于臺不過十八萬一作十萬人尚能困其一無其字國力況未若一無二字今日七八十萬連四五年而不罷一作解所以罄天地之所生竭萬民之膏血而用不足也今雖有智者物不能增而計無所出矣惟有減冗卒之虚費練精兵而速戰功成兵罷自然足矣今兵有可減之理一有而字無人敢當其事賊有速擊之便一有而字無將一作人敢奮其勇後時敗事徒耗國而耗民一有惟陛下以威權督責之乃有期耳二句此三事也其四曰禦戎之策臣又聞兵法曰上兵伐謀其次伐交北虜與朝廷通好僅四十年不敢妄動今一旦發其狂謀者其意何在蓋見中國頻爲元昊所敗故敢啓其貪心伺隙而動爾今若勅勵諸將選兵秣馬疾入西界但能痛敗昊賊一陣則吾軍威大振而虜計沮矣此所謂上兵伐謀者也今詗一作論事者皆知北虜與西賊通謀欲併二國之力窺我河北陝西一有若使二虜並寇則難以力支

十一字今若我能先擊敗其一國則虜勢減半不能獨舉此兵法所
謂伐交者也元昊地狹賊兵不多向來攻我傳聞北虜常有助兵今
若虜中自有點集之謀而元昊驟然被擊必求助於北虜北虜分兵
助昊則可牽其南寇之力若不助昊則二國有隙自相疑貳此亦伐
交之策也假令二國剋期分路來寇我能先期大舉則元昊蒼皇自
救不暇豈能與北虜相爲表裏是破其素定之約乖其剋日之期此
兵法所謂親而離之者亦伐交之策也元昊叛逆以來幸而屢勝常
有輕視諸將之心今又見朝廷北憂戎虜方經營於河朔必謂我師
不能西出今乘其驕怠正是疾驅急擊之時此兵法所謂出其不意
者此一無此字取勝之上策也前年西將有請出攻者當時賊氣力
一無力字方盛我兵未練朝廷尙許其出師况今元昊有可攻之勢
此不可失之時彼方幸吾憂河北而不虞我能西征出其不意此可
攻之勢也自四路分帥今已半年訓練恩信兵已可用故近日屢奏

小捷是我師漸振賊氣漸衂此可攻之勢也苟失此時而使二虜先來則吾無策矣臣願陛下（一有不以臣言爲狂瞽七字）詔執事之臣熟（一作詔四路之帥）協議而行之此四事也其五曰可任之臣臣又聞仲尼曰十室之邑必有忠信況今文武列職（一作文武常選之官）盈於朝廷徧於天下其間豈無材智之臣而陛下總治萬機之大既不暇盡識其人故不能躬自進賢而退不肖執政大臣動拘舊例又不敢進賢而退不肖審官吏部三班之職但掌文簿差除而已又不敢越次進賢而退不肖是上自天子下至有司無一人得進賢而退不肖者所以賢愚混雜僥倖相容三載一遷更無旌別平居無事惟患太多而差遣（一作除）不行一旦臨事要人常患乏人使用自古任官之法無如今日之繆也今議者或謂（一有以字）舉主轉官爲進賢犯罪黜責爲退不肖此不知其弊之深也大凡善惡之人各以類聚故守廉慎者各舉清幹之人（一無上十字）有贓汙者各舉貪濁之人

好徇私者各舉請一作好財利者各舉誅求之人性庸暗者各舉不材之人一有守廉節者乃舉公幹之人十字朝廷不問是非但見舉主數足便與改官則清一作公幹者進矣貪濁者亦進矣請一作誅求者亦進矣不材者亦進矣混淆如此便可爲進賢之法乎方今黜責官吏豈有澄清糾舉之術哉惟犯贓之人因民論訴者乃能黜之耳夫能舞弄文法而求財賂者亦強黠之吏政事必由己出故雖誅剝豪民尙或不及貧弱至於不材之人不能主事衆胥羣吏共爲姦欺則民無貧富一一受弊以此而言則贓吏與不材之人爲害等耳今贓吏因自敗者乃加黜責十不去其一二至於不材之人上下共知而不問寬緩容姦其弊如此便可爲退不肖之法乎賢不肖既無別則宜乎設官雖多而無人可用也臣願陛下明賞罰責功實則材一有不材二字皆列於陛下之前矣臣故曰五者皆有然陛下不得而用者爲有弊也三弊五事臣既已詳言之矣惟陛下擇之天下之

務不過此也方今天文變於上地理逆於下人心怨於內四夷攻於

外事勢如此矣非是陛下遲疑寬緩之時惟願爲社稷生民留意一

作惟陛下留討狂直甘俟誅夷臣修昧死再拜

居士集卷第四十六

書八首

答陝西安撫使范龍圖辭辟命書

修頓首再拜啓急脚（一作步）至得七月十九日華州所發書伏審卽日尊體動止萬福（一有卑情不任欣慰之至八字）戎狄侵邊自古常事邊吏無狀至煩大賢伏惟執事忠義之節信於天下天下之士得一識面者退誇於人以爲榮耀至於游談布衣之賤往往竊託門下之名矧今以大謀小以順取逆濟以明哲之才有必成功之勢則士之好功名者於此爲時孰不願出所長少助萬一得託附以成其名哉況聞狂虜猖蹶屢有斥指之詞加之輕侮購募之辱至於執戮將吏殺害邊民凡此數事在於修輩尤爲憤耻每一思之中夜三起不幸修無所能徒以少喜文字過爲世俗見許此豈足以當大君子之舉哉若夫參決軍謀經畫財利料敵制勝在於幕府苟不乏人則軍

書奏記一有之二拙三字一未事耳有不待修而堪者矣由此始敢以親爲辭況今世人所謂四六者非修所好少爲進士時不免作之自及第遂棄不復作在西京佐三相幕府於職當作亦不爲作此師魯所見今廢已久懼無好辭以辱嘉命此一端也一本此下云某雖儒生不知兵事竊惟兵法有勇有怯必較彼我之利否事之如何要在成功不限遲速某近至京師屢於諸公間略聞緒言攻守之計此實當時之宜非深思遠見者孰能至此願不爲浮議所移伏見自至關西辟士甚衆古人所與成事者必有國士共之非惟在上者以知人爲難士雖貧賤以身許人固亦未易欲其盡死必深相知知之不盡士不爲用今奇怪豪儁之士往往蒙見收擇顧用之如何爾一有此在明哲豈須獻言然尚一作但慮山林草莽有挺特知義慷慨自重之士未得出於門下也宜少一作亦宜思焉若修者恨無他才以當長者之用非敢効庸人苟且樂安佚也一本此下云伏蒙示書夏

公又以見舉某孤賤素未嘗登其門非執事過見褒稱何以及此媿畏然某已以親老爲辭更無可往之理惟幸察一有焉字

答李詡第一書

修白人至辱書及性詮三篇曰以質其果是一有非字夫自信篤者無所待於人有質於人者自疑者也今吾子自謂夫子與孟荀楊韓復生不能奪吾言其可謂自信不疑者矣而返以質於修使修有過於夫子者乃可爲一作與吾子辯況修未及孟荀楊韓之一二也修非知道者好學而未至者也世無師久矣尚賴朋友切磋之益苟不自滿而中止庶幾終身而有成固常樂與學者論議往來非敢以益於人蓋求益於人者也況如吾子之文章論議豈易得哉固樂爲一作與吾子辯也苟尚有所疑敢不盡其所學以告既吾子之自信如是雖夫子不能奪使修何所說焉人還索書未知所答慚惕慚惕修再拜

答李詡第二書

修白前辱示書及性詮三篇見吾子好學善辯而文能盡其意之詳今世之言性者多矣有所不及也故思與吾子卒其說修患世之學者多言性故常爲說曰夫性非學者之所急而聖人之所罕言也易六十四卦不言性其言者動靜得失吉凶之常理也春秋二百四十二年不言性其言者善惡是非之實錄也詩三百五篇不言性其言者政教興衰之美刺也書五十九篇不言性其言者堯舜三代之治亂也禮樂之書雖不完而雜出於諸儒之記然其大要治國修身之法也六經之所載皆人事之切於世者是以言之甚詳至於性也百不一二言之或因言而及焉非爲性而言也故雖言而不究予之所謂不言者非謂絕而無言蓋其言者鮮而又不主於性而言也論語所載七十二子之問於孔子者問孝問忠問仁義問禮樂問修身問爲政問朋友問鬼神者有矣未嘗有問性者孔子之告其弟子者凡

數千言其及於性者一言而已予故曰非學者之所急而聖人之罕言也書曰習與性成語曰性相近習相遠者戒人愼所習而言也中庸曰天命之謂性率性之謂道者明性無常必有以率之也樂記亦曰感物而動性之欲者明物之感人無不至也然終不言性果善果惡但戒人愼所習與所感而勤其所以率之者爾予故曰因言以及之而不究也修少好學知學之難凡所謂六經之所載七十二子之所問者學之終身有不能達者矣於其所達行之終身有不能至者矣以予之汲汲於此而不暇乎其他因以知七十二子亦以是汲汲而不暇也又以知聖人所以教人垂世亦皇皇而不暇也今之學者於古聖賢所皇皇汲汲者學之行之或未至其一二而好爲性說以窮聖賢之所罕言而不究者執後儒之偏說事無用之空言一作文此予之所不暇也或有一作者問曰性果不足學乎予曰性者與身俱生而人之所皆有也爲君子者修身治人而已性之善惡不必究

也使性果善邪身不可以不修人不可以不治使性果惡邪身不可以不修人不可以不治不修其身雖君子而爲小人書曰惟聖罔念作狂是也能修其身雖小人而爲君子書曰惟狂克念作聖是也治道備人斯爲善矣書曰黎民於變時雍是也治道失人斯爲惡矣書曰殷頑民又曰舊染汙俗是也故爲君子者以修身治人爲急而不窮性以爲言夫七十二子之不問六經之不主言或雖言而不究豈略之哉蓋有意也或又問曰然則三子言性過歟曰不過也其不同何也曰始異而終同也使孟子曰人性善矣遂怠而不教則是過也使荀子曰人性惡矣遂棄而不教則是過也使楊子曰人性混矣遂肆而不教則是過也然三子者或身奔走諸侯以行其道或著書累千萬言以告于後世未嘗不區區以仁義禮樂爲急蓋其意以謂善者一日不教則失而入于惡惡者勤而教之則可使至于善混者驅而率之則可使去惡而就善也其說與書之習與性成語之性近習

遠中庸之有以率之樂記之慎物所感皆合夫三子者推其言則殊察其用心則一故予以爲推一無此字其言不過始異而終同也凡論三子者以予言而一之則譊譊者可以息矣予之所說如此吾子其擇焉

與荊南樂秀才

修頓首白秀才足下前者舟行往來屢辱見過又辱以所業一編先之啟事及門而贄田秀才西來辱書其後予家奴自府還縣比又辱書僕有罪之人人所共棄而足下見禮如此何以當之當之未暇答宜遂絕而再辱書再而未答宜絕而又辱之何其勤之甚也如修者天下窮賤之人爾安能使足下之切切如是邪蓋足下力學好問急於自爲謀而然也然蒙索僕所爲文字者此似有所過聽也僕少從進士舉於有司學爲詩賦以備程試凡三舉而得第與士君子相識者多故往往能道僕名字而又以游從相愛之私或過稱其文字故

使足下聞僕虛名而欲見其所爲者由此也僕少孤貧貪祿仕以養親不暇就師窮經以學聖人之遺業而涉獵書史姑隨世俗作所謂時文者皆穿蠹經傳移此儷彼以爲浮薄惟恐不悅于時人非有卓然自立之言如古人者然有司過採屢以先多士及得第已來自以前所爲不足以稱有司之舉而當長者之知始大改其爲庶幾有立然言出而罪至學成而身辱爲彼則獲譽爲此則受禍此明効也夫時文雖曰浮巧然其爲功亦不易也僕天姿不好而彊爲之故比時人之爲者尤不工然已足以取祿仕而竊名譽者順時故也先輩少年志盛方欲取榮譽於世則莫若順時天聖中天子下詔書勅學者去浮華其後風俗大變今時之士大夫所爲彬彬有兩漢之風矣先輩往學之非徒足以順時取譽而已如其至之是直齊肩於兩漢之士也若僕者其前所爲既不足學其後所爲愼不可學是以徘徊不敢留其所爲者爲此也在易之困曰有言不信謂夫人方困時其言

不爲人所信也今可謂困矣安足爲足下所取信哉辱書既多且切不敢不答幸察

答吳充秀才書

修頓首白先輩吳君足下前辱示書及文三篇發而讀之浩乎若千萬言之多及少定而視焉纔數百言爾非夫辭豐意雄霈然有不可禦之勢何以至此然猶自患倀倀莫有開之使前者此好學之謙言也修材不足用於時仕不足榮於世其毀譽不足輕重氣力不足動人世之欲假譽以爲重借力而後進者奚取於修焉先輩學精文雄其施於時又非待修譽而爲重力而後進者也然而惠然見臨六字一作惠然而見及若有所責一作求得一無此字非急於謀道不擇其人而問焉者歟夫學者未始不爲道而至者鮮焉非道之於人遠也學者有所溺焉爾蓋文之爲言難工而可喜易悅而自足世之學者往往溺之一有工焉則曰吾學足矣甚者至棄百事不關于心曰

吾文士也職於文而已此其所以至之鮮也昔孔子老而歸魯六經
之作數年之頃爾然讀易者如無春秋讀書者如無詩 一作讀春秋
者如無詩書何其用功少而至 此字一作自然 於至也聖人之文雖
不可及然大抵道勝者 一有於字 文不難而自至也故孟子皇皇不
暇著書荀卿蓋亦晚而有作若子雲仲淹方勉焉以模 三字一作強
區區力作言語此 一無此字有而宏博不及孟荀之雄者十字 道未
足而強 一作勉 言者也後之惑者徒見前世之文傳以爲學者文而
已此句 一作又溺其悅也 故愈力 一無此二字 愈勤而愈不至此足
下所謂終日不出於軒序 一無此足下以下一句 不能縱橫高下皆
如意者道未 一作不 足也若道之充焉雖行乎天地 一作下 入于淵
泉無不之也 一有何患不至四字 先輩 一作足下 之文浩乎霈然可
謂善矣而又志於爲道猶自以爲未廣若不止焉孟荀可至而不難
也修學道而不至者然幸不甘於所悅而溺於所止因吾子之能不

自止又以勵修之少進焉幸甚幸甚修白

上杜中丞論舉官書

具官修謹齋沐拜書中丞執事修前伏見舉南京留守推官石介爲主簿近者聞介以上書論赦被罷而臺中因舉他吏代介者主簿於臺職最卑介一賤士也用不用當否未足害政然可惜者中丞之舉動也介爲人剛果有氣節力學喜辯是非真好義之士也始執事舉其材議者咸曰知人之明今聞其罷皆謂赦乃天子已行之令非疎賤當有說以此罪介曰當罷修獨以爲不然然不知介果指何事而言也傳者皆云介之所論謂朱梁劉漢不當求其後裔爾若止此一事則介不爲過也然又不知執事以介爲是爲非也若隨以爲非是大不可也且主簿於臺中非言事之官然大抵居臺中者必以正直剛明不畏避爲稱職今介足未履臺門之閾而已因言事見罷真可謂正直剛明不畏避矣度介之才不止爲主簿直可任御史也是執

事有知人之明而介不負執事之知矣修嘗聞長老說趙中令相太祖皇帝也嘗爲某事擇官中令列二臣姓名以進太祖不肯用宅日又問復以進又不用宅日又問復以進太祖大怒裂其奏擲殿階一作陛上中令色不動插笏帶間徐拾碎紙袖歸中書宅日又問則補綴之復以進太祖大悟終用二臣者彼之敢爾者蓋先審知其人之可用然後果而不可易也今執事之舉介也亦先審知其可舉邪是偶舉之也一作邪若知而舉則不可遽止若偶舉之猶宜一請介之所言辯其是非而後已若介雖忤上而言是也當助以辯若其言非也猶宜曰所舉者爲主簿爾非言事也待爲主簿不任職則可罷請一作請罷以此辭焉可也且中丞爲天子司直之臣上雖好之其人不肖則當彈而去之上雖惡之其人賢則當舉而申之非謂隨時好惡而高下者也今備位之臣百十邪者正者其糾舉一信於臺臣而執事始舉介曰能朝廷信而將用之及以爲不能則亦曰不能是執

事自信猶不果若遂言宅事何敢望天子之取信於執事哉故曰主簿雖卑介雖賤士其可惜者中丞之舉動也況今斥介而宅舉必亦擇賢而舉也夫賢者固好辯若舉而入臺又有言則又斥而宅舉乎如此則必得愚闇懦默者而後止也伏惟執事如欲舉愚者則豈敢復云若將舉賢也願無易介而宅取也今世之官兼御史者例不與臺事故敢布狂言竊獻門下伏惟幸察焉

與曾鞏論氏族書

修一有拜字白一有曾君先輩足下六字貶所僻遠不與人通辱遣專人惠書甚勤豈勝媿也示及見託撰次碑文事修於人事多故不近文字久矣大懼不能稱述世德之萬一以滿足下之意然近世士大夫於氏族一作族氏尤不明其遷徙世次多失其序至於始封得姓亦或不真如足下所示云曾元之曾孫樂為漢都鄉侯至四世孫據遭王莽亂始去都鄉而家豫章考於史記皆不合蓋曾元去漢近

二百年自元至樂似非曾孫然亦當在漢初則據遭莽世失侯而徙蓋又二百年疑亦非四世以諸侯年表推之雖大功德之侯亦未有終前漢而國不絶者亦無自高祖之世至平帝時侯纔四傳者宣帝時分宗室趙頃王之子景封爲都鄉侯則據之去國亦不在莽世而都鄉已先別封宗室矣又樂據姓名皆不見於年表蓋世次久遠而難詳如此若曾氏出於鄫者蓋其支庶自別有爲曾氏者爾非鄫子之後皆姓曾也蓋今所謂鄫氏者是也楊允恭據國史所書嘗以西京作坊使爲江浙發運制置茶鹽使乃至道之閒耳今云洛苑使者雖且從所述皆宜更加考正山州無文字尋究一有不能周悉四字

幸察

答宋咸書

修頓首白州人一作吏至蒙惠書及補注周易甚善世無孔子久矣六經之旨失其傳其有不可得而正者自非孔子復出無以得其真

也儒者之於學博矣而又苦心勞神一作疲精於殘編朽簡之中以求一作考千歲失傳之繆茫乎前望已遠之聖人而不可見杳乎後顧無窮之來者欲爲未悟決難解之惑是眞所謂勞而少功者哉然而一有六字經非一世之書也其傳之繆非一日之失也其所以刊正補緝亦非一人之能也使學者各極其所見而明者擇焉十取其一百取其十雖未能復六經於無失而卓如日月之明然聚衆人之善以補緝之庶幾不至於大繆可以俟聖人之復生也然則學者之於經一無三字其可已乎足下於經一本二字作之於學勤矣一有其於經至矣乎凡其所失無所不欲正之其刊正補緝者衆則其所得亦已多矣修學一作性不敏明而又無彊力以自濟恐終不能少出所見以補六經一作失傳之萬一得足下所爲故尤區區而不能忘也屬奉使出疆一本二字作行有日怱怱不具一本具字作得盡所懷惟一有以時字自愛廬陵歐陽修再拜

居士集卷第四十七

策問十二道

武成王廟問進士策二首

問學者言三統之義備矣然自孔子刪修六經與其弟子論辨堯舜三代之際甚詳而於正朔獨無明文見於經者三正王者所以正一統蓋大法也豈宜略而不言歟抑隱其義以寓見諸書歟或者經籍散缺而失之歟自漢以來學者多增三統之說以附六經之文今所見者特因漢儒之說爾當漢承秦焚書聖經未備而百家異說不合于理者衆則其言果可信歟夫衆辭淆亂質諸聖今考於六經孔子所筆何說可以驗其信然歟不然商周未嘗有改歟豈其不足爲法聖人非之而不言歟請稽三王之舊典考六經之明文以祛厥疑敢俟來對

問禮樂治民之具也王者之愛養斯民其於教導之方甚勤而備故

禮防民之欲也周樂成民之俗也厚苟不由焉則賞不足勸善刑不足禁非而政不成大宋之興八十餘歲明天子仁聖思致民於太平久矣而天下之廣元元之衆州縣之吏奉法守職不暇其他使愚民目不識俎豆耳不聞弦歌民俗頑鄙刑獄不衰而吏無任責夫先王之遺文具在凡歲時吉凶聚會考古禮樂可施民間者其別有幾順民便事可行於今者有幾行之固有次第其所當先者又有幾禮樂興而後臻於富庶歟將既富而後教之歟夫政緩而迂鮮近事實教不以漸則或戾民欲其不迂而政易成有漸而民不戾者其術何云儒者之於禮樂不徒誦其文必能通其用不獨學於古必可施於今願悉陳之無讓

問進士策三首

問六經者先王之治具而後世之取法也書載上古春秋紀事詩以微言感刺易道隱而深矣其切於世者禮與樂也自秦之焚書六經

盡矣至漢而出者皆其殘脫顛倒或傳之老師昏耄之說或取之冢墓屋壁之間是以學者不明異說紛起況乎周禮其出最後然其爲書備矣其天地萬物之統制禮作樂建國居民養生事死禁非道善所以爲治之法皆有條理三代之政美矣而周之治迹所以比二代而尤詳見於後世者周禮著之故也然漢武以爲瀆亂不驗之書何休亦云六國陰謀之說何也然今考之實有可疑者夫內設公卿大夫士下至府史胥徒以相副貳外分九服建五等差尊卑以相統理此周禮之大略也而六官之屬略見於經者五萬餘人而里閭縣鄙之長軍師卒伍之徒不與焉王畿千里之地爲田幾井容民幾家王官王族之國邑幾數民之貢賦幾何而又容五萬人者於其間其人耕而賦乎如其不耕而賦則何以給之夫爲治者故若是之煩乎此其一可疑者也秦既誹古盡去古制自漢以後帝王稱號官府制度皆襲秦故以至於今雖有因有革然大抵皆秦制也未嘗有意於周

禮者豈其體大而難行乎其果不可行乎夫立法垂制將以遺後世使難行而萬世莫能行與不可行等爾然則反秦制之不若也脫有行者亦莫能興或因以取亂王莽後周是也則其不可用决矣此又可疑也然其祭祀衣服車旗似有可采者豈所謂郁郁之文乎三代之治其要如何周禮之經其失安在宜於今者其理安從其悉陳無隱

問古者爲治有繁簡其施於民也有淺深各適其宜而已三代之盛時地方萬里而王所自治者千里而已其餘以建諸侯至於禮樂刑政頒其大法而使守之則其大體蓋簡如此諸侯大小國蓋數千必各立都邑建宗廟鄉士大夫朝聘祭祀訓農練卒(一作訓練武士)居民度土自一夫以上皆有法制則其於衆務何其繁也今自京師至於海隅徼障一尉卒之職必命於朝政之大小皆自朝出州縣(一作郡)之吏奉行而已是舉天下皆所自治其於大體則爲繁(一有且勞)

二字矣其州縣大小邑閭田井訓農練卒一夫以上略無制度其於衆務何其忽而簡也夫禮以治民而樂以和之德義仁恩長養涵澤此三代之所以深於民者也政以一一作均民刑以防之一作姦此其淺者爾一有蓋不可專用也六字今自宰相至于州縣一有之字一作至內外凡百有司莫不行文書治吏事其急在於督賦斂斷獄訟而已此特淺者爾禮樂仁義吏不知所以爲而欲望民之被其教其可得乎一有況民之泯泯乎此專務其淺而忘其所以教民之深之弊也久矣二十五字夫治大以簡則力有餘治小以繁則事不遺制民以淺則防其僻漸民以深則化可成此三代之所以治也今一切悖古簡其當繁而繁其可簡一作大者煩而務細者簡而忽務其淺而忽其深故爲國百年而仁政未成生民未厚者以此也然若欲使國體大小適繁簡之宜法政弛張盡淺深之術諸侯井田不可卒復施於今者何宜禮樂刑政一作仁義不可卒成用於今者何便悖

古之失其原何自修復之方其術何始迹治亂通古今子大夫之職也其悉心以陳焉

問禮樂之書散亡而雜出於諸儒之說獨中庸出於子思子思聖人之後也其所傳宜得其真而其說有異一作戾乎聖人者何也論語云吾十有五而志于學三十而立四十而不惑五十而知天命蓋孔子自年十五而學學十五年而後有立其道又須十年而一進孔子之聖必學而後至久而後成而中庸曰自誠明謂之性自明誠謂之教自誠明生而知之也自明誠學而知之也若孔子者可謂學而知之者孔子必須學則中庸所謂自誠而明不學而知之者誰可以當之歟堯用四凶其初非不思也蓋思之不能無失耳故曰惟帝其難之舜之於事必問於人而擇焉故曰舜好問禹之於事己所不決人有告之言則拜而從之故曰禹拜昌言湯之有過後知而三字一作人告必改故曰改過不悋孔子亦嘗有過故曰幸苟有過人必知之

而中庸曰誠者不勉而中不思而得夫堯之思慮常有失舜禹常待人之助湯與孔子常有過此五君子者皆上古聖人之明者其勉而思之猶有不及則中庸之所謂不勉而中不思而得者誰可以當之歟此五君子者不足當之則自有天地已來無其人矣豈所謂虛言高論而無益者歟夫孔子必學而後至堯之思慮或失舜禹必資於人湯孔不能無過此皆勉人力行不怠有益之言也若中庸之誠明不可及則怠人而中止無用之空言也故予疑其傳之謬也吾子以爲如何

南省試進士策問三首

問昔者禹治洪水奠山川而堯稱之曰萬世之功也蓋遭大水莫如堯致力以捍（四字一作能弭）大患莫如禹別四海九州山川地形盡水之性知其利害而治之有法莫（一作未有）如禹貢之爲書（一作詳）也故後世之言知水者必本於禹求所以治之之法與其跡者必於

禹貢然則學者所宜盡心也國家天下廣矣其爲水害者特一河耳非有堯之大患也自横壠商胡再決三十餘年天下無一人能興水利者豈有其人而弗求歟求而弗至歟抑不知水性而乖其導洩之方由禹貢之學久廢而然歟此當今之務學者之所留意也且堯之九州孰高孰下禹所治水孰後孰先考其治之之跡導其大水所從來而順其歸其小水則或附而行或止而有所畜然後百川皆得其宜夫致力於其大而小者從之此豈非其法歟然所導大水其名有幾夫欲治水而不知地形高下所治後先致力之多少及其名與數則何以知水之利害故願有所聞焉夫禹所以通治水之法如此者必又得其要願悉陳之無隱

問三王之治損益不同而制度文章惟周爲大備周禮之制設六官以治萬民而百事理夫公卿之任重矣若乃祭祀天地日月宗廟社稷四郊明堂之類天子大臣所躬親者一歲之間有幾又有巡狩朝

會師田射耕燕饗凡大事之舉一歲之間又有幾而爲其民者亦有畋獵學校射鄉飲酒凡大聚聚字一作事期會一歲之間有幾又有州黨族官歲時月朔春秋酺禜一作蜡祭詢事讀法一歲之間又有幾其齋戒供給期召奔走廢日幾何由是而言疑其官不得安其府民不得安其居亦何暇修政事治生業乎何其煩之若是也然說者謂周用此以致太平豈朝廷禮樂文物萬民富庶豈弟必如是之勤且詳然後可以致之歟後世苟簡不能備舉故其未能及於三代之盛歟然爲治者果若是之勞乎用之於今果安焉而不倦乎抑其設施有法而第弗深考之歟諸君子爲言之

問六十四卦所謂易者聖人之書也今謂之繫辭昔謂之大傳者亦皆曰聖人之作也其言曰兩儀生四象四象生八卦又曰河出圖聖人則之又曰庖犧氏之王天下也仰觀于天俯察于地觀鳥獸之文近取一有諸字下同身遠取物始作八卦又曰昔者聖人之作易也

幽贊於神明而生蓍參天兩地而倚數觀變於陰陽而立卦一書而四說則八卦者果何從而有乎若曰河圖之說信然乎則是天生神馬負八卦出于水中乃天地自然之文爾何假庖犧始自作之也如幽贊生蓍之說又似八卦直因蓍數而生爾至於兩儀四象相生而成則又無待於三說而有卦也故一說苟勝則三說可以廢也然孰從而爲是乎卜筮自堯舜三代以來用之蓋古聖人之法也不必窮其始於古遠茫昧之前然繫辭聖人之作也必有深旨幸決其疑

問進士策四首

問孟子以謂井田不均則穀祿不平經界既正而分田制祿可坐而定也故曰仁政必自經界始蓋三代井田之法也自周衰迄今田制廢而不復者千有餘歲凡爲天下國家者其善治之迹雖不同而其文章制度禮樂刑政未嘗不法三代而於井田之制獨廢而不取豈其不可用乎豈憚其難而不爲乎然亦不害其爲治也仁政果始於

經界乎不可用與難爲者果萬世之通法乎王莽嘗依古制更名一有民字田矣而天下之人愁苦怨叛卒共起而亡之莽之惡加于人者雖非一而更田之制當時民特爲不便也嗚呼孟子之所先者後世皆不用而治用之而民特愁苦怨叛以爲不便則孟子謂之仁政可乎記曰異世殊時不相沿襲書又曰事不師古匪說攸聞書傳之言其戾如此而一作於孰從乎孟子世之所師也豈其泥於古而不通於後世乎豈其所謂迂闊者乎不然將有說也自三代之後有天下莫盛漢唐漢唐之治視三代何如其民田之制稅賦之一有法數祿之四字差又何如其可施於今者又何如皆願聞其詳也

問子不語怪著之前說以其無益於事而有惑於人也然書載鳳凰之來舜詩錄玄鳥之生商易稱河洛出圖書禮著龜龍游宮沼春秋明是非而正王道六鷁鸜鵒於人事而何干二南本功德於后妃麟暨騶虞豈婦人而來應昔孔子見作俑者歎其不仁以謂開端於用

殉也況六經萬世之法而容異說自啓其源自秦漢已來諸儒所述荒虛怪誕無所不有推其所自抑有漸乎夫無焉而書之聖人不爲也雖實有焉書之無益而有害不書可也然書之亦有意乎抑非聖人之所書乎予皆不能諭也惟博辯明識者詳之

問爲政者猶名乎襲迹乎三代之名正名也其迹治迹也所謂名者萬世之法也迹者萬世之制也正名立制言順事成然後因名迹以考實而其文章事物粲然無不備矣可謂盛哉董仲舒以謂三代質文有改制之名而無變道之實者是也自秦肆其虐滅棄古典然後三代之名與迹皆變易而喪其實豈所謂變其道者邪然自秦迄今千有餘歲或治或亂其廢興長短之勢各由其人爲之而已其襲秦之名不可改也三代之迹不可復也豈其理之自然歟豈三代之制止於三代而不可施於後世歟王莽求其迹而復井田宇文求其名而復六官二者固昏亂敗亡之國也然則孔子言爲政必也正名孟

子言爲政必始經界豈虛言哉然自秦以來治世之主幾乎三代者
唐太宗而已其名迹固未嘗復三代之一二而其治則幾乎三王豈
所謂名迹者非此之謂歟豈遺名與迹而直考其實歟豈孔孟之所
謂者有旨而學者弗深考之歟其酌古今之宜與其異同者以對
問古之取士者上下交相待以成其美今之取士者上下交相害欲
濟於事可乎古之士教養有素而進取有漸上之禮其下者厚故下
之自守者重上非厚禮不能以得士士非自重不能以見禮於上故
有國者設爵祿車服禮樂于朝以待其下爲士者修仁義忠信孝悌
於家以待其上設于朝者知下之能副其待則愈厚居下者知上之
不薄于己故愈重此豈不交相成其美歟後世之士則反是上之待
其下也以謂干利而進爾雖有爵祿之設而日爲之防以革進之濫
者下之視其上也以謂雖自重上孰我知不自進則不能以達由是
上之待其下也益薄下之自守者益不重而輕嗚呼居上者欲得其

人在下者欲行其道其可得邪原夫三代取士之制如何漢魏迨今其變制又如何宜歷道其詳也制失其本致其反古一有復自何時欲就今制稍復於古十二字當自何始今之士皆學古通經稍知自重矣而上之所以禮之者未加厚也噫由上之厚然後致下之自重歟必下之自重然後上禮之厚歟二者兩不爲之先其勢亦奚由而合也宜具陳其本末與其可施於今者以對

居士集卷第四十八

居士集卷第四十九　集四十九

祭文二十首

求雨祭一作五龍祈雨文

年月日乾德縣令歐陽修謹以清酌庶羞之奠祭于五龍之神曰百里之地一時而不雨則民被其災者數千家然則水旱一有之字重事也一無此字天之庇生斯民者豈欲輕爲之乎不幸而遭焉則歸其說於二者一曰吏之貪戾不能平民而使怨吁之氣干於陰陽之和而然也一曰凡山川能出雲爲雨者皆有神以主之以節豐凶而爲民之司命也故水旱之災不以責吏則以告神嗚呼民不幸而罹其災修一作吏與神又不幸而當其事者以吏食其祿而神享其祀也今歲旱矣令一作吏雖愚尚知恐懼而奔走神至靈也得不動於心乎尚饗

求雨祭漢景帝文

維年月日具官修告于漢孝景帝之神縣有州帖祈雨諸祠縣令至愚以謂雨澤頗時民不至於不足不敢以煩神之視聽癸丑出于近郊見民稼之苗者荒在草間問之曰待雨而后耘耔又行見老父曰此月無雨歲將不成然後乃知前所謂雨澤頗時者徒見於城郭之近而縣境數百里山陂田畝之間蓋未及也修以有罪爲令於此宜勤民事神以塞其責令既治民獄訟之不明又不求民之所急至去縣十餘里外凡民之事皆不能知頑然慢於事神此修爲罪又甚於所以來爲令之罪惟神爲漢明帝生能惠澤其民布義行剛威靈之名照臨後世而尤信於此土之人神其降休以答此土之民之信尚

饗

祭桓侯文

謹以彘肩巵酒之奠告于桓侯張將軍之靈農之爲事亦勞矣盡筋力勤歲時數年之耕不遇一歲之稔稔則租賦科斂之不暇有餘而

食其得幾何不幸則水旱相枕爲餓殍夫豐歲常少而凶歲常多今夏麥已登粟與稻之早者民皆食之矣秋又大熟則庶幾可以支一二歲之凶荒歲功將成曷忍敗之今晚田秋稼將實而少雨雨之降者頻在近郊山田僻遠欲雨一作高阜之方皆未及也惟神降休宜均其惠而終成歲功神生以忠勇事人威名震於荊楚沒食其土民之所宜告也尚饗

北嶽廟賽雨祭文

古者諸侯之國水旱豐凶山川所禱各卽其封祀薄秩卑止於一國而神所降休亦不過其國中豈如巨岳四方之鎭天下之雄天子命祀公王之崇而修之職既非一邦之守凡河北千里上給下足皆責于厥躬故修之禱非鎭一州而止自河以北冀厥惠之咸蒙况神之主又非河北而已利澤之廣宜及於無窮既獲賜矣而又敢黷幸神聽之惟聰尚饗

修城祈晴祭五龍文滁州

雨澤於物博哉其利及其過差患亦不細民勞於農將熟而敗吏勤於職一作于城已成而圮一作壞龍於吏民何怒何戾山湫有祠樂可潛戲宜安爾居一作藏靜以養智冬雪春雨其多已太浸潤收畜足支一歲旱則來告一作救否當且待一作有待

又祭城隍神文滁州

雨之害物多矣而一作惟城者神之所職不敢及他請言城役用民之力六萬九千工食民之米一千三百石衆力方作雨則止之城功既一作已成雨又壞之敢問雨者於神誰尸吏能知人一作成城不能知一作爲字雨惟神有靈可與雨一作以與語吏竭其力神祐以靈各供其一作厥職無媿斯民

祈晴祭城隍神文

昨者王倫爲盜攻劫城市州民被虐餘毒未瘳非待修言乃神所見

近蒙朝旨許理城隍所以戒往弊防未然惟神愛福此州必有陰助今興役有期而大雪不止沮民害事咎必有歸惟修不能事神治民當有明罰而城之成否自繫神民惟神之靈敢以誠告數日之內豁然陽開尙不失時在神而已尙饗

又祭漢高祖一作城隍廟文滁州

民常患不勤於農農勤矣而雨敗其稼吏常患不修其職職修矣而雨害其功吏與民一作民怠慢則懼神罰妨民沮吏豈又神聰今麥雖已失猶有望於穀城尙可補敢不勞厥躬咎難追於已往神幸惠於其終

祈雨祭漢高皇帝文滁州

維年月日具官歐陽修謹以清酌庶羞之奠致祭于漢高皇帝之靈一作神而言曰吏有常職來官于滁一作此者不三四歲而易也神食于此無窮已也神與吏於滁人孰親且久一有也字孰宜愛其一

作滁人之深也滁人敢慢其吏而犯吏法者有矣未聞有敢慢神而
犯威靈也其畏信勤事於吏孰若畏信勤事於神也吏於凡小事猶
皆一無此字動有法令約束違則有罰孰若神之變化不測而能與
民轉災爲福也吏朝夕拜禱彌旬越月而無所感動神之召呼風雲
開闔陰陽而役使鬼物頃刻之間一有爾孰難而孰易六字也今民
田待雨急矣吏知人力不能爲猶竭其力而不得已況神之易爲也
況滁人一作民畏信勤事之久而親神宜愛之一作神宜愛之深也
而又有可以轉災爲福變化不測之能也吏誰敢與神較而一無此
二十三字修輒一作敢以此爲黷者蓋哀民之急辭也其政一作某
政之不善而召災旱又以爲黷神宜降殃於一作于修而賜民以雨
使賞罰並行而兩得也民之幸也修之願一作幸也尚饗

漢高祖廟賽雨文

謹以清酌庶羞之奠致祭于漢高皇帝之神古之爲政者率人甚勤

備災甚謹而自勉甚篤故勸農節用均豐補敗雖有水旱之歲而無飢殍之民一遇天災則厚自貶責務修人事之闕而復陰陽之和今乃不然當無事之時不能勤民於農而亡備災之具一月不雨使民惶惶又不自責以修其闕而動輒干神賴神聰明知厥過之在吏閔斯民之可哀賜之豐年徧及遠邇神之大惠如何可報吏之大過如何可逃惟與民永永事神無敢懈尙饗

祈雨祭張龍公文 潁州

維年月日具官修謹以清酌庶羞之奠致祭于張龍公之神曰刺史不能爲政而使民失所其咎安歸而又頑傲愚冥無誠慤忠信之心可以動於物者是皆無以進說於神雖其有請宜不(一作無)聽也然而明天子閔閔憂勞於上而生民嗷嗷困苦于下公私並乏道路流亡於此之時以一日之雨救一方之旱用力至少其功至多此非人力之所能爲而神之所甚易也苟以此說神其有不動於心者乎幸

無以刺史不堪而止也刺史有職守不獲躬走祠下謹遣管界巡檢田甫布茲懇迫尚饗

祭薛尚書 一作簡肅公

維年月日具官歐陽修謹以清酌庶羞之奠恭祭于故資政殿學士贈兵部尚書薛公之靈景祐之元公初解政雖告于家而疾未病若修之鄙敢辱公知公於此時欲以女歸公德方隆謂當再起齊大之婚敢辭以禮天不憖遺公薨忽然其後二 一作三年卒追前言生死 一作死生之間以成公志掛劍于墓古人之義公敏於材剛毅自勵不顧不隨以直而遂命也在天往則難期惟其行己敢言是 一作自師有罪之身竄逐因拘生不及門塟不送車致誠薄奠因道終初尚饗

祭謝希深 一作舍人文

維年月日具官修將以明日抵役于滑謹用清酌庶羞之奠致祭于

故副閣舍人謝公之靈嗚呼謝公一作公乎性明於誠履蹈其方其於死生固已自達而天下之士所以嘆息而不已者昔時之良況於吾徒師友之分情親義篤其何可忘景祐之初修走于峽而公在江東寓書真州哀其親老一作甚因而勉以自彊其後二年再遷漢土風波霧毒凡萬二千里而會公南陽初來謁公迎我而笑與我別久憐其貌若故而氣揚清風之館覽秀之涼坐竹林之修蔭泛水芰之清香及告還一作歸邑得官靈昌走書來報喜詠于章罷縣無歸來客公邦歡言未幾遽問于牀不見五日而入哭其堂嗚呼謝公年不得中壽而位止于郎惟其歿也哭者爲之哀不識者爲之相弔或賻其家或力其喪嗟夫爲善之効得此而已庸何傷富貴偶也壽夭數也奚一作何較其少多而短長若公之有言著于文行著于事材著于用既久而愈彰此吾徒可以無大恨而君子謂公爲不亡滑人來迎修馬當北而不即去者以公而彷徨始修將行期公餞我今其去

也來奠公觴茲言悲矣公其聞乎抑不聞也徒有淚而浪浪尚饗

祭薛質夫文 大理寺丞薛直孺

嗟吾質夫行豐而腴乃享其癯莖華雖敷不蔚而枯善惡賢愚非有契符報或一差咎誰歸辜孔智通天曰命矣夫在聖猶疑況於吾徒嗟吾質夫毋不勝纕慕無孺孤奠觴爲訣已矣嗚呼尚饗

祭叔父文

維年月日具官姪修謹以清酌庶羞之奠致祭于十四叔都官之靈曰昔官夷陵有罪之罰今位於朝而參諫列榮辱雖異實皆羈紲使脩哭不及喪而塟不臨穴孩童孤艱哺養提挈昊天之報於義何闕惟其報者庶幾大節尚饗

祭尹子漸文 太常博士知懷州尹源

年月日具官歐陽修謹遣人自鎮陽至懷州以清酌庶羞之奠致祭于亡友尹君子漸十一兄博士之靈嗚呼天於一作生萬物與吾人

孰愛憎而薄厚其生未始以一齊其死宜其有夭壽苟百年者亦死則短長之何較惟善人之可喜謂宜在世而常存曰仁者壽兮是亦愛之者之說謂善必福兮得非以己而推天禍福吉凶一作壽夭至其難通雖聖人亦曰命而罕言兮豈其至此而辭窮壽夭置之吾不能問嗟乎子漸吾獨有恨我不見子於今幾時自子得懷始有見期子不能來我欲亟往子今安歸我往何一作誰訪昔我在朝諫官侍從職當薦賢知子不貢朋黨之誣苟避讒諷兩相知而以心謂尺書之不用遂聲音之永隔哭不聞而徒慟嗟此奠之一觴冀歆言之可共往莫及兮難追哀以辭而永送尚饗

祭尹師魯文

維年月日具官歐陽修謹以清酌庶羞之奠祭于亡友師魯十二兄之靈曰嗟乎師魯辯足以窮萬物而不能當一獄吏志可以狹四海而無所措其一身窮山之崖野水之濱猿猱之窟麋鹿之羣猶不容

於其間兮遂即萬鬼而爲鄰嗟乎師魯世之惡子之多未必若愛子者之衆何其窮而至此兮得非命在乎天而不在乎人方其奔顛斥逐困厄艱屯舉世皆冤而語言未嘗以自及以窮至死而妻子不見其悲忻用捨進退屈伸一作出處語默夫何能然乃學之力至其握手爲訣隱几待終顏色不變笑言從容死生之間既已能通於性命憂患之至宜其不累於心胸自子云逝善人宜哀子能自達予又何悲惟其師友之益平生之舊情之難忘言不可究嗟乎師魯自古有死皆歸無物惟聖與賢雖埋不沒尤於文章焯若星日子之所爲後世師法雖嗣子尚幼未足以付予而世人藏之庶可無於墜失子於衆人最愛予文寓辭千里侑此一罇冀以慰子聞乎不聞尚饗

祭蘇子美文

維年月日具官歐陽修謹以清酌庶羞之奠致祭于亡友湖州長史蘇君子美之靈曰哀哀子美命止斯邪小人之幸君子之嗟子之心

胸蟠屈龍蛇風雲變化雨雹交加忽然揮斧霹靂轟車人有遭之心驚膽落震仆如麻須臾霽止而回一作四顧百里山川草木開發萌芽子於文章雄豪放肆有如此者吁可怪邪嗟乎世人知此而已貪悅其外不窺其內欲知子心窮達之際金石雖堅尚可破壞一作碎子於窮達始終仁義惟人不知乃窮至此蘊而不見遂一作遽以沒地獨留文章照耀後世嗟世之愚掩抑毀傷譬如磨鑑不滅愈光一世之短萬世之長其間得失不待較量哀哀子美來舉予觴尚饗

祭鄭宣徽文

謹以清酌庶羞之奠致祭于宣徽太尉鄭公之靈曰修曩在場屋公爲先進既登館閣遂獲並遊平生笑言俯仰今昔至於勤勞中外啓沃謀猷紀德揚功已著朝廷之論臨風隕涕但伸朋舊之私永訣之情一觴而已尚饗

皇考楚黃祭文

男修謹以清酌庶羞之奠告于皇考郎中之靈脩不肖不能紹稟先
訓尚賴餘德遺休不隕其世得階仕進荷國寵靈欲報之恩不知其
所幸天子以孝治天下凡列位于朝者皆有追榮之典俾其知所以
有此爵祿者皆有自來而退得伸其私志故自上三見于郊一開明
堂以大享其所推恩自太子中允尚書工部兵部員外郎兵部郎中
告于第者四今謹以告惟是褒榮之意則具載于訓辭尚饗

居士集卷第四十九

祭文十七首

祭程相公文

維至和三年歲次丙申月日具官歐陽修謹以清酌庶羞之奠致祭于故太師相國程公之靈嗚呼公於時人氣剛難合予實後進晚而相接一笑之樂淋漓酒巵十年再見公老予衰公遽如此予存幾時人生富貴朝露之光及其零落止一作秖益悲傷惟可喜者令名不忘士窮閭巷念不逢時公位將相韜能不施公居廟堂有言諤諤白首于外愉愉其樂酒酣氣振猶見鋒鍔惜也雖老神清志完手書未復訃已在門昔者罇酒歌歡笑謔今而一觴涕淚霑落死生忽焉自古常然撫棺爲訣夫復何言尚饗

祭資政范公文

月日廬陵歐陽修謹以清酌庶羞之奠致祭于故資政殿學士尚書

戶部侍郎范文正公之靈曰嗚呼公乎學古居今持方入圓邱軻之艱其道則然公曰彼惡謂公好訐公曰彼善謂公樹朋公所勇爲謂公躁進公有退讓謂公近名讒人之言其何可聽先事而斥羣譏衆排有事而思雖仇謂材毀不吾傷譽不吾喜進退有儀一作度夷行險止嗚呼公乎舉世之善誰非公徒讒人豈多公志不舒善不勝惡豈其然乎成難毀易理又然歟嗚呼公乎欲壞其棟先摧桷榱傾巢破鷇披折傍枝害一損百人誰不懼誰爲黨論是不仁哉嗚呼公乎易名謚行君子之榮生也何毀沒也何稱好死惡生殆非人情豈其生有所嫉而死無所爭自公云亡謗不待辨愈久愈明由今可見始屈終伸公其無恨寫懷平生寓此薄奠

祭杜祁公文

維嘉祐二年三月日具官歐陽修謹遣驅使官趙日宣以清酌庶羞之奠致祭于故太子太師贈司徒侍中杜公之靈曰士之進顯於榮

祿者莫不欲安享於豐腴公爲輔弼飲食起居如陋巷之士環堵之儒他人不堪公處愉愉士之退老而歸休者所以思自放於閑適公居于家心在于國思慮精深言辭感激或達旦不寐或憂形于色如在朝廷而有官責嗚呼進不知富貴之爲樂退不忘天下以爲心故行於己者老益篤而信於人者久愈深人之愛公寧有厭已壽胡不多八十而止自公之喪道路嗟咨況於愚鄙久辱公知繫官在朝心往神馳送不臨穴哭不望帷銜辭寫恨有涕漣洏尙饗

祭吳尙書文

維嘉祐三年五月庚午朔具官歐陽修謹遣驅使官田安之至于西京以淸酌庶羞之奠致祭于故留守資政左丞贈吏部尙書吳公之靈曰嗚呼公乎余將老也閱世久也見一作念時之事可喜者少而可悲者多也士多勤其身以干祿仕取名聲初若可愛慕者衆也旣而得其所欲而怠與迫於利害而遷求全其節以保其終者十不一

二也其人康強飲食平居笑言以相歡樂察其志意可謂偉然而或離或合不見幾時遂至於衰病與其俯仰旦暮之間忽焉以死者十常八九也嗚呼公乎所謂善人君子者其難得既如彼而易失又如此也故每失一人未嘗不咨嗟殞泣至於失聲而長號也（一有惟字）公材謀足以居大臣文學足以名後世宜在朝廷以講國論而久留于外宜享壽考以爲人望而遽云長逝（一作往）此搢紳大夫所以聚弔于家而交朋故舊莫不走哭于位（一作次）豈惟老病之人獨易感而多涕也尚饗

祭梅聖俞文

維嘉祐五年歲次庚子七月丁亥朔九日乙未具官歐陽修謹率具官呂某劉某以清酌庶羞之奠致祭于亡友聖俞之靈而言曰昔始見子伊川之上余仕方初子年亦壯讀書飲酒握手相歡談辯鋒出賢豪滿前謂言仕宦所至皆然但當行樂何有憂患子去（一作出）河

南余貶山峽三十年間乖離會合晚被選擢濫官朝廷薦子學舍吟哦六經余才過分可愧非榮子雖窮厄日有聲名余狷而剛中遭多難氣血先耗髮鬚早變子心寬易在險如夷年實加我其顏不衰謂子仁人自宜多壽余譬膏火煎熬豈久事今反此理固難知況於富貴又可必期念昔河南同時一輩零落之餘惟子子在子又去我余存無幾凡今之遊皆莫余先紀行琢辭子宜余責送終卹孤則有衆力惟聲與淚獨出余臆尚饗

曾祖曾祖母祖祖母焚黃祭文

維嘉祐七年歲次壬寅某月朔日曾孫具官修謹以清酌庶羞之奠及太子少保太保延安郡榮國太夫人之告四通告于曾祖太保曾祖母太夫人之靈曰修以不肖之質獲蒙祖考之餘休享有爵祿材薄任重繆膺奬擢踐更二府國有常典命及其先非惟優異丞弼之臣蓋所以彰積善垂慶其來有自而欲潛光闕德發耀有時俾爲臣

子者退得伸孝於家而進以盡忠於國是謂一施而兩得此朝廷所以推仁廣恩而爲小子之幸也敢不夙夜祗畏竭其思慮勉其不逮俾有樹立冀不顛墜其家聲以對揚天子之寵靈以永賴祖考之遺德官有職任繫身于朝不得瞻望松楸親執籩豆謹遣兄之子廬陵縣尉嗣立以告祖祖母同詞

皇考太師祭文

嗣子具官修謹以清酌庶羞之奠及太常少卿給事中太子少師太師告身四通告于皇考太師之靈曰修獲罪于天幼罹孤苦蒙賴積德積善之慶不殞其躬得從士大夫之列天子哀其祿不獲養而寵及其親曰非以爲榮俾以伸汝志亦以示國家推仁廣惠不忘人之先也有慶賜之恩而又有官秩之寵粤元年季秋天子恭謝天地于大慶則有太常少卿之命四年孟冬祫享于廟則有給事中之贈五年冬十有一月修忝貳樞密則有少師之錫明年閏八月承乏東府

則有太師之告而修官職有守不得以時躬親卽事留君之命于家不恭不勉力于其親不孝罪莫大焉是以涕泣憂懼不能自安謹遣兄之子廬陵縣尉嗣立以告尚饗

皇妣太夫人祭文

嗣子具官修謹以清酌庶羞之奠及平昌滎陽郡太君安定郡永國太夫人告身四通告于皇妣太夫人之靈曰修有不孝之罪不得躬親省視松楸者于茲十年無歲不請于朝而訖不獲報遂以貪冒榮祿留連歲時獨幸天子仁恩教人以孝俾得寵及其親故自嘉祐之元殆今凡四被追封之告亦足以少慰烏烏之心而備官東府任責至重不得退徇其私有司所下告第之制所以誕揚休命寵褒幽顯者不能躬自臨事則又以永負至慈罔極不報之恩不勝悲慕哀愴之情謹遣兄之子嗣立以告尚饗

祭宋侍中文

惟靈明誠敏識清方粹直由初考終不變一德忽然云亡天子之惻富於文章玉質天葩施之朝廟炳耀光華自茲而絕學者之嗟旣文一作智且賢周達善問惟此不朽有司之信輀車其行禮備哀榮奠觴爲訣修等之誠尚饗

英宗皇帝靈駕發引祭文

維治平四年歲次丁未八月丁未朔八日甲寅具官臣歐陽修伏覩

大行皇帝靈駕發引臣以官守有職不得攀號於道左謹擇順天門外恭陳薄奠瞻望靈輿臣修西望泣血頓首死罪言曰伏惟大行皇

帝至仁至孝本堯舜之心克儉克寬躬禹湯之聖德澤被物威靈在

天今者因山爲陵卜萬世而叶吉同軌畢至無一人之後期而臣受

恩最深報國無狀不能秉翣持紼以供賤事而古人可慕有媿三良之殉身罔極銜哀但同百姓之喪考尚知豺獺之薦冀伸犬馬之誠臣無任號天擗絕哀慕感切之至臣修西望泣血頓首死罪謹言

祭石曼卿文 祭一作弔

維治平四年七月日具官歐陽修謹遣尚書都省令史李敭至于太清以清酌庶羞之奠致祭于亡友曼卿之墓下而弔之以文曰嗚呼曼卿生而爲英死而爲靈其同乎萬物生死而復歸於無物者暫聚之形不與萬物俱盡而卓然其不朽者後世之名此自古聖賢莫不皆然而著在簡冊者昭如日星嗚呼曼卿吾不見子久矣猶能髣髴子之平生其軒昂磊落突兀崢嶸而埋藏於地下者 一有吾字 意其不化爲朽壤而爲金玉之精不然生長松之千尺產靈芝而 一作之 九莖奈何荒烟野蔓荊棘縱橫風淒露下走燐飛螢但見牧童樵叟歌唫而上下與夫驚禽駭獸悲鳴躑躅而咿嚶今固如此更千秋而萬歲兮安知其不穴藏狐貉與鼯鼪此自古聖賢亦皆然兮獨不見夫纍纍乎曠野與荒城嗚呼曼卿盛衰之理吾固知其如此而感念疇昔悲涼悽愴不覺臨風而隕涕者有媿乎太上之忘情尚饗

祭胡太傅文

維治平四年歲次丁未十一月乙亥朔某日具官修謹以清酌庶羞之奠致祭于故太子太傅致仕胡公之靈自昔並遊儒館當世英豪譬如花卉先後零凋惟公松柏凜凜寒標他人磨礱爭出圭角公獨渾然不見其璞廊廟之器誰能測度晚登大用蔚有嘉言予文之鄙懼不能傳三十年間既親且舊哭不及喪行不送柩寫恨臨風有懷莫究尚饗

祭劉給事文

維熙寧元年歲次戊申四月壬寅朔十五日丙辰具官修謹遣通引官行首龎簡以清酌庶羞之奠致祭于亡友留臺給事原甫之靈曰嗚呼金百鍊以爲鑑而萬物不能遁其形及爲物蝕而蔽其光頑然無異乎瓦甓然而一遇良工之藥磨而瑩之則可以見肝膽而數毛髮蓋其可昏者光不可昏者性其或廢而或用由有幸與不幸若吾

原甫者敏學通於今古精識達于幽微乃百鍊之英而萬事之鑑也一爲末疾昏之至使良醫不能措其術百藥無所施其功遂埋至寶銜恨無窮此所以士夫驚呼莫不爲朝廷而痛惜至於不知命者皆有疑於造物之工况相知於道義而久接於游從念以身而莫贖徒有淚而沾胸尙饗

祭丁學士文

嗚呼元珍善惡之殊如火與水不能相容其勢然耳是故鄉人皆好孔子不然惡於不善然後爲賢子之美才懿行純德諠稱諸朝當世有識子之憔悴遂以湮淪問孰惡子可知其人毀善之言譬若蠅矢點彼白玉濯之而已小人得志暫快一時要其得失後世方知受侮被謗無如仲尼巍然袞冕不祀桓魋孟軻之道愈久彌光名尊四子不數臧倉是以君子修身而俟擾擾姦愚經營一世迨榮華之銷歇嗟泯沒其誰記是皆生則狐鼠死爲狗彘惟一賢之不幸歷千載而

猶傷自古孰不有死至今獨弔乎沅湘彼靈均之事業初未見於南邦使不遭罹於放斥未必功顯而名彰然則彼讒人之致力乃借譽而揄揚嗚呼元珍道之通塞有命在天其如予何孔孟亦然何以慰子聊爲此言寄哀一奠有涕漣漣尚饗

祭吳大資一作長文文

維年月日具官修謹遣某人以清酌庶羞之奠致祭于資政侍郎吳公之靈曰惟公以孔孟之學晁董之文佐佑三朝始終一節顧惟庸繆敢企光塵而金門玉堂早接儁遊之末紫樞黃閣晚陪國論之餘雖出處之略同在進退而則異余實衰病久思返於田疇一作廬公方盛年宜復還於廊廟豈期白首來哭素帷飲醑百分尚想平生之意氣寫哀一奠不知涕淚之縱橫尚饗

祭蔡端明文

維年月日具官修謹遣三班奉職指使李勰以清酌庶羞之奠致祭

于故端明殿學士尚書吏部侍郎蔡公君謨之靈曰嗚呼盛必有衰而生必有死物之常理也生爲可樂而死爲可哀人之常情也而又有不幸於其間者宜其爲恨於無窮也自公之奮起徒步而名動京師遂登朝廷列侍從其年壯志銳而意氣橫出材宏業茂而譽望偉然方公之輝華顯赫之時而其親享壽考康寧之福夫得祿及親人以爲幸也而公以榮名顯仕爲之養綵衣而戲昔以爲孝也而公以金章紫綬悅其顏使天下爲子者莫不欲其親如公之親爲父母者莫不欲其子如公之爲子也其榮且樂可謂盛哉及其衰也母夫人喪猶在殯而公已臥病於苫塊之間而愛子長而賢者遽又卒於其前遂以奄然而瞑目一孤藐然以爲二喪之主嗚呼又何其不幸也此行路之人聞之皆爲之出涕況於親戚朋友乎況如修者與公之遊最久而相知之最深者乎夫世之舉遠以爲言者不過曰四海而閩負南海齊臨東海使修不得躬一觴之奠寫長慟之哀此其爲恨

又可涯哉尚饗

青州求晴祭文

維年月日具官修謹以清酌之奠致告于東嶽天齊仁聖帝而言曰夫麥之爲物歷四時而後實凡所以生育長養成就之功可謂至矣以四時之功而成之以數日之雨而壞之此殆非天之意也非神之欲也農服耒耜有勞筋苦骨之勤而水旱之災螟蝗之孽豐歲常少而凶歲常多所得常不補其所失天之至仁憫斯民之若此也故於其間時賜一大豐之歲以償之夫豐歲可謂難得也既賜與之又遽奪之此非天之意也非神之欲也今在田者垂穗而蔽野在場者其積而如坻民徬徨而視之穗者不得施其手積者不得入于廩使皆化爲羽翼而飛揚之豈不可惜也哉此非天之意也非神之欲也惟神之惠假以十日之不雨以成天之大賜使收穫得以時而民足食公足用是則賴神之靈假之旬浹之頃而九州數千里之地公私皆

受其賜矣蓋所假者少而所利者多故敢以爲請尚饗

居士集卷第五十

外集卷第一　　集五十一

樂府

擬玉臺體七首

欲眠

行人夜已斷明河南陌頭雙璫不擬解更欲要君留

攜手曲

落日隄上行獨歌攜手曲卻憶攜手人處處春華綠

雨中歸

朝看樓上雲日暮城南雨路遠香車遲迢迢向何所

別後

連環結連帶贈君情不忘暫別莫言易一夕九回腸

夜夜曲

浮雲吐明月流影玉堦陰千里雖共照安知夜夜心

落日窗中坐
朝聞驚禽去日暮見禽歸瑤琴坐不理含情復為一作與誰
領邊繡
雙鴛刺繡領粲爛五文章暫近已復遠猶持歌扇障
古詩一
七交七首
河南府張推官
堯夫大雅哲稟德實温粹霜筠秀含潤玉海湛無際平明坐大府官事盈案几高談遣放紛外物不能累非惟席上珍乃是青雲器
尹書記
師魯天下才神鋒凜豪儁逸驥臥秋櫪意在騤騤迅平居弄翰墨揮洒不停瞬談笑帝王略驅馳古今論良工正求玉片石胡為韞
楊戶曹

子聰江山稟弱歲擅奇譽盱衡恣文辯落筆妙言語胡爲冉冉趨三十滯公府美璞思善價浮雲有夷路大雅惡速成俟命宜希古

梅主簿

聖俞翹楚才乃是東南秀玉山高岑岑映我覺形陋離騷喻草香詩人識鳥獸城中爭擁鼻欲學不能就平日禮文賢寧久滯奔走

張判官

洛城車隆隆曉門爭道入連袂紛如帷文者豈無十壯矣張太素拂羽擇其集遠慕鄴才子一笑懽相挹雖有軒與冕攀翔莫能及人將孰君子盍視其游執

王秀才

幾道顏之徒沉深務覃聖采藻薦良璧文潤相輝映入市羊駕車談道犀爲柄時時一文出往往紙價盛無爲戀邱樊遂滯蒲輪聘

自敘

余本漫浪者茲亦漫爲官胡然類鴟夷託載隨車轅時士不俛眉默默誰與言賴有洛中俊日許相躋攀飲德醉醇酎襲馨佩春蘭平時罷軍檄文酒聊相歡

答楊闢一作子靜喜一作祈雨長句

吾聞陰陽在天地升降上下無時窮環回不得不差失所以歲時無常豐古之爲政知若此均節收斂勤人功三年必有一年食九歲一作年常備三歲一作年凶縱令水旱或一作忽時遇以多補少能相通今者吏愚不善政民亦游惰離於農軍國賦斂急星火兼幷奉養過王公終年之耕幸一熟聚而耗者多於蠭是以比歲屢一作黑登稔然而民室常虛空遂令一時暫一作遭不雨輒以困急號天翁一作公賴天閔民不責吏甘澤一作澍流布何其濃農當勉力吏當愧敢不酌酒澆神龍

嵩山十二首

公路澗

驅馬渡寒流斷澗橫荒堡槎危欲攲岸花落多依草擊汰翫游鯈倒影看飛鳥留連愛芳杜漸下西峯照

拜馬澗

昔聞王子晉把袂浮邱仙金駿於此墮吹笙不復還玉蹄無迹久澗草但荒烟

二室道

二室對岧嶤羣峯聳嶒直雲隨高下起路轉參差碧春晚桂叢深日下山烟白芝英已可茹悠然想泉石

自峻極中院步登太室中峯

繫馬青松陰躡屐蒼崖路驚鳥動林花空山答人語雲霞不可攬直入冥冥霧

玉女窗

玉女不可邀蒼崖鬱岩直石乳滴空竇仰見沉寥碧徙倚難久留桂
樹含春色

玉女擣衣石

玉女擣仙衣夜下青松嶺山深風露寒月杵遥相應靈蹤杳可尋片
石秋光瑩

天門

石徑方盤紆雙峯忽中斷呀豁青冥間畜泄烟雲亂杉蘿試舉手自
可階天漢

天門泉舊號救命泉惡其名鄙因取美名書爲續命泉大
書三字立于泉側

烟霞天門深靈泉吐巖側雲濕顥氣寒石老林腴碧長松暫休坐一
酌煩心滌

天池

高步登天池靈源湛然吐俯窺不可見淵默神龍護靜夜天一作松

籟寒宿客疑風雨

三醉石三醉石在八仙壇上南臨巨崖峯岫迤邐蒼烟白

雲鬱鬱在下物外之適相與配酌坐石歆醉似非人間因

索筆目梅聖俞書三醉字於石上而三人者又各題其姓

名而刻之

拂石登古壇曠懷聊共醉雲霞伴酣樂忽在千峯外坐久還自醒日

落松聲起

峻極寺

路入石門見蒼蒼深靄閒雲生石砌潤木老天風寒客來依返照徙

倚聽山蟬

中峯

望望不可到行行何屈盤一逕林杪出千巖雲下看烟嵐半明滅落

照在峯端

初秋普明寺竹林小飲餞梅聖俞分韻得亭皐木葉下五首

臨水復攲石陶然同醉醒山霞坐未斂池月來亭亭

洛城風日美秋色滿蘅皐誰同茂林下掃葉酌松醪

野水竹間清秋山酒中綠送子此酣歌淮南應落木

勸客芙蓉盃欲搴芙蓉葉垂楊礙行舟演漾回輕檝

山水日已佳登臨同上下衰蘭尚可採欲贈離居者

和謝學士泛伊川浩然無歸意因詠劉長卿佳句作欲留篇之什

久不見南山依然已秋色悠哉川上行復邀城中客木落山半空川明潦尤積飛鳥鑑中看行雲舟中白夷猶白蘋裏笑傲清風側極浦追所擬遠回峯高易夕觴詠共留連高懷追昔賢惟應謝公興不減向臨川

戲書拜呈學士三丈

淵明本嗜酒一錢常不持人邀輒就飲酩酊籃輿歸歸來步三徑索寞繞東籬詠句把黃菊望門逢白衣欣然復坐酌獨醉臥斜暉

和楊子聰答聖俞月夜見寄

秋露藹已繁迢迢星漢回皎潔庭際月流光依井苔有容愛涼景幽軒爲君開所思不可極但慰清風來

謝人寄雙桂樹子

有客賞芳叢移根自幽谷爲懷山中趣愛此巖下綠曉露秋暉浮清陰藥蘭曲更待繁花白邀君弄芳馥

雨中獨酌二首

老大世情薄掩關外郊原英英少年子誰肯過我門宿雲屯朝陰暑雨清北軒逍遙一罇酒此意誰與論酒味正薰烈吾心方浩然鳴禽時一弄如與古人言

幽居草木深蒙籠蔽窗戶鳥語知天陰蛙鳴識天雨亦復命罇酒欣
玆卻煩暑人情貴自適獨樂非鐘鼓出門何所之閉門誰我顧

庭前兩好樹

庭前兩好樹日夕欣相對風霜歲苦晚枝葉常葱翠午眠背清陰露
坐蔭高蓋東城桃李月車馬傾闤闠而我不出門依然伴憔悴榮華
不隨時寂寞幸相慰君子固有常小人多變態

綠竹堂獨飲

夏篁解籜陰加樛臥齋公退無喧囂清和況復值佳月翠樹好鳥鳴
咬咬芳罇有酒美可酌胡爲欲飲先長謠人生暫別客秦楚尚欲泣
淚相攀邀況玆一訣乃永已獨使幽夢恨蓬蒿憶予驅馬別家去去
時柳陌東風高楚鄉留滯一千里歸來落盡李與桃殘花不共一日
看東風送哭聲嗷嗷洛池不見青春色白楊但有風蕭蕭姚黃魏紫
開次第不覺成恨俱零凋榴花最晚今又折紅綠點綴如裙腰年芳

轉新物轉好逝者日與生期遙予生本是少年氣瑳磨牙角爭雄豪馬遷班固洎歆向下筆點竄皆嘲嘈客來共坐說今古紛紛落盡玉麈毛彎弓或擬射石虎又欲醉斬荆江蛟自言剛氣貯心腹何爾柔軟爲脂膏吾聞莊生善齊物平日吐論奇牙聱憂從中來不自遣強叩瓦缶何譊譊伊人達者尚乃爾情之所鍾況吾曹愁塡胸中若山積雖欲強飲如沃焦乃判疑自古英壯氣不有此恨如何消又聞浮屠說生死滅沒謂若夢幻泡前有萬古後萬世其中一世獨蚼蟧安得獨洒一榻淚欲助河水增滔滔古來此事無可奈不如飲此罇中醪

暇日雨後綠竹堂獨居兼簡府中諸僚

新晴竹林茂日夕愛此君佳禽哢翠樹若與幽人親掃徑綠苔靜引流清派分開軒見遠岫欹枕送歸雲桐槿漸秋意琴觴懷友文浩然滄洲思日厭京洛塵車騎方開府梁王多上賓平時罷飛檄行樂喜

從軍騎省悼亡後漳濱多病身南窗若可傲方事陶潛巾

江上彈琴

江水深無聲江雲夜不明抱琴舟上彈棲鳥林中驚遊魚為跳躍山風助清冷境寂聽愈真絃舒心已平用茲有道器寄此無景情經緯文章合諧一作調和雌雄鳴颯颯驟風雨隆隆隱雷霆無射變凜冽黃鍾催發生詠歌文王雅怨刺離騷經二典意澹薄三盤語丁寧琴聲雖可狀琴意誰可聽

送白秀才西歸

白子來自西投我文與書升階揖讓席言氣溫且舒萬轍走聲利獨趨仁義塗仁義荒已久斤鋤費耕除吾常患力寡欣子好古徒終當竭其力劉治為通衢旗旄侍天子安駕五輅車盡驅天子疑民垂白歌其隅子其從我游有志知何如

肇縣初見黃河

河決三門合四水徑流萬里東輸海鞏洛之山夾而峙河來齧山作沙齧山形迤邐若奔避河益洶洶怒而詈舟師弭檝不以帆頃刻奔過不及視舞波淵旋投沙渚聚沬倏忽爲平地下窺莫測濁且深癡龍怪魚肆憑恃我生居南不識河但見禹貢書之記其言河狀鉅且猛驗河質書信皆是昔者帝堯與帝舜有子朱商不堪嗣皇天意欲開禹聖以水病堯民以潰堯愁下人瘦若腊衆臣薦鯀帝曰試試之九載功不殛遂殛羽山慚而斃禹羞父罪哀且勤天始以書畀於姒書曰五行水潤下禹得其術因而治鑿山䟽流浚畎澮分擘枝派有條理萬邦入貢九州宅生人始免生鱗尾功深德大夏以家施及三代蒙其利江海淮濟洎漢沔豈不浩渺汪而大收波卷怒畏威德萬古不敢肆凶厲惟茲濁流不可律歷自秦漢尤爲害崩堅決壅勢益橫斜跳旁出惟其意制之以力不以德驅民就溺財隨斃蓋聞河源出崐崙其山上高大無際自高瀉下若激箭一直一曲一千里湍雄

衝急乃迸溢其勢不得不然爾前歲河怒驚滑民浸漱洋洋淫一作注不止滑人奔走若鋒駭河伯視之以爲戲呀呀怒口缺若門曰啖薪石萬萬計明堂天子聖且神悼河不仁嗟曰喟河伯素頑不可令至誠一感惶且畏引流辟易趨故道閉口不敢煩官吏遵塗卒職直東下咫尺莫可離其次爾來歲星行一周民牛飽芻邦羨費滑人居河飲河流耕河之壖浸河漬嗟河改凶作民福嗚呼明堂聖天子

代書寄尹十一兄楊十六王三

並轡登北原分首昭陵道秋風吹行衣落日下霜草昔日憩鞏縣信馬行苦旱行行過任村遂歷黃河隩登高望河流洶洶若怒鬧予生平居南但聞河浩渺停鞍暫遊目茫洋肆驚眺並河行數曲山坡亦縈繞甖子與山口呀險乃天竈秤鈎真如鈎上下欲顛倒虎牢吏當關譏問名已告滎陽夜聞雨故人留我笑明朝已高壓轄車引旌纛傳云送主喪窀穸詣墳兆後乘皆輜軿輪轂相輝照辟易未及避廬

兒已呵噭午出鄭東門下馬僕射廟中年去鄭遠記里十餘堠抵年日已暮僕馬困米稾漸望闤闠門崛若中天表趨門爭道入羈鞅不及棹泿壇遊九衢風埃嘆何浩京師天下聚奔走紛擾擾但聞街鼓喧忽忽夜復曉追懷洛中俊已動思歸操爲別未期月音塵一何杳因書寫行役聊以爲君導

別聖俞

車馬古城隅喧喧分曉色行人念歸塗居者徒慘惻薄宦共羈旅論交喜金石薦以朋酒懽寧知歲月適人事坐云變出處俄乖隔關山自茲始揮袂舉輕策歲暮寒雲多野曠陰風積征蹄踐嚴霜別酒臨長陌應念同時人獨爲未歸客

送劉秀才歸河內

落日古京門車馬動行色河上多悲風山陽有歸客朽篋蠹蟲篆遺文慕鳥迹言干有司知豈顧時人識山陂歲始寒霰雪密已積還家

寧久留方言事征軶

外集卷第一

古詩二

數詩

一室曾何埽居閑俗慮平二毛經節變青鑑不須驚三復磨圭戒深防悔吝生四愁寧敢擬高詠且陶情五鼎期君祿無思死必烹六奇還自祕海寓正休兵七日南山霧彪文幸有成八門當鼓翼凌厲指霄程九德方居位皇猷日月明十朋如可問從此卜嘉亨

答錢寺丞憶伊川

之子問伊川伊川已春色綠芷雜芳浦青溪含白石山阿昔留賞屐齒無遺迹惟有嵒桂花留芳待歸客

書懷感事寄梅聖俞

相別始一歲幽憂有百端乃知一世中少樂多悲患平聲每憶少年日未知人事艱顛狂無所閡落魄去羈牽三月入洛陽春深花未殘

龍門翠鬱鬱伊水清潺潺逢君伊水畔一見已開顏不暇謁大尹相攜步香山自玆愜所適便若投山猿幕府足文士相公方好賢希深好風骨迥出風塵間師魯心磊落高談羲與軒子漸口若訥誦書坐千言彥國善飲酒百盞顏未丹幾道事閑遠風流如謝安子聰作參軍常跨破虎韉子野乃禿翁戲弄時脫冠次公才曠奇王霸馳筆端聖俞善吟哦共嘲爲閬仙惟予號達老醉必如張顛洛陽古郡邑萬戶美風烟荒涼見宮闕表裏壯河山相將日無事上馬若鴻翩出門盡垂柳信步即名園嫩籜筠粉暗淥池萍錦翻殘花落酒面飛絮拂歸鞍尋盡水與竹忽去嵩峯巔青蒼緣萬仞杳藹望三川花草窺澗竇崎嶇尋石泉君吟倚樹立我醉欹雲眠子聰疑日近謂若手可攀共題三醉石留在八仙壇水雲心已倦歸坐正盃盤飛瓊始十八妖妙猶雙環寒篁暖鳳觜銀甲調鴈絃自製白雲曲始送黃金船珠簾捲明月夜氣如春烟燈花弄粉色酒紅生臉蓮東堂榴花好點綴

裙腰鮮插花雲髻上展簟綠陰前樂事不可極酣歌變爲歎平聲詔
書走東下丞相忽南遷送之伊水頭相顧淚潸潸臘月相公去君隨
赴春官送君白馬寺獨入東上門故府誰同在新年獨未還當時作
此語聞者已依然

雜言答聖俞見寄兼簡東京諸友

昔君居洛陽樂事無時有賓府富文章謝墅從親友豐年政頗簡命
駕時爲隅不問竹林主仍攜步兵酒芬芳一作菲弄嘉月翠綠相森
茂

聞梅二授德興戲書

君家小謝城爲客洛陽裏綠髮方少年青衫喜爲吏重湖亂山綠歸
夢寄千里洛浦見秋鴻江南老芳芷自言北地禽能感南人耳京國
本繁華馳逐多英軌爭歌白雪曲取酒西城市朝逢油壁車暮結青
驄尾歲月倏可忘行樂方未已忽爾畏簡書翻然浩歸思江山故國

近風物饒陽羨楚柚烟中黃吳蕈波上紫還鄉問井邑上堂多慶喜
離別古所難更畏秋風起

戲贈

莫愁家住洛川傍十五纖腰聞四方堂上金罇邀上客門前白馬繫
垂楊春風滿城花滿樹落日花光爭粉光城頭行人莫駐馬一曲能
令君斷腸

寄左軍巡劉判官

遙聽洛城鍾獨渡伊川水綠樹鬱參差行人去無已因高望京邑驅
馬沿山趾落日亂峯多龍門何處是

罷官後初還襄城弊居述懷十韻回寄洛中舊寮

路盡見家山欣然望吾廬陋巷叩柴扉迎候遙驚呼兒童戲竹馬田
里邀籃輿春桑鬱已綠歲事催農夫朝日飛雉雊東皐新雨餘植杖
望遠林行歌登故墟夙志在一壑茲焉將荷鋤言謝洛社友因招洛

中愚馬卿已倦客嚴安猶獻書行矣方于役豈能遂歸歟

和聖俞聚蚊

穎陽照窮巷暑退涼風生夫子臥環堵振衣步前楹愁烟四鄰起烏雀喧空庭餘景藹欲昏衆蚊復一作聚薨薨羣飛豈能數但厭聲營營抱琴不暇撫揮麈無由停散帙復歸臥詠言聊寫情覆載無巨細善惡皆生成朽木出衆蠹腐草爲飛螢書魚長陰溼醯雞田鬱蒸豕蝨固多虱牛閑常聚蝱元氣或壹鬱播之爲孽腥臭乃其類清虛非所經華堂敞高棟綺疏仍藻扃金釭瑩椒壁玉壺含夜冰終朝薰祓豈敢近簷甍富貴非苟得抱節居茅衡陰牆百蟲聚下偃衆檝盈何嘗曲肱樂但苦聚雷聲江南美山水水木正秋明自古佳麗國能助詩人情喧囂不可久片席何時征

送劉學士知衡州

楊子懶屬書平居惟嗜酒一沐或彌旬解酲須五斗淡爾輕榮利何

常問無有忽憶四一作回馬歸行爲一麾守湘酎自古醇醽水聞名久簿領但盈几聖經不離口湖田賦稻蟹民訟爭壠畝兀爾卽沈冥安能知可否聊爲寄情樂豈與素懷偶藏器思適時投刃寧煩手行當考官績勿復困罍缶

送張屯田歸洛歌

昔年洛浦見花落曾作悲歌歌落花愁來欲遣何可奈時向金河尋杜家杜家花雖非絕品猶可開顏爲之飲少年意氣易成懽醉不還家伴花寢一來京國兩傷春憔悴窮愁九陌塵紅房紫萼處處有騎馬欲尋無故人黃河三月入隋河河水多時悵望多爲憐此水來何處二字一作處遠中有伊流與洛波忽聞君至自西京洗眼相看眼暫明心衰面老畏人問驚我瘦骨清如冰今年七月妹喪夫稚兒孀女啼呱呱季秋九月予喪婦十月厭厭成病軀端居移病新城下日不出門無過者獨行時欲強高歌一曲未終雙涕洒可憐明月與春

風歲歲年年事不同暫別已嗟非舊態再來應是作衰翁感時惜別情無已無酒送君空有淚西歸必有問君人爲道别來今若此

述懷送張揔之

鬱鬱河堤綠樹平送君因得到東城落花已盡鸎猶囀垂柳初長蟬欲鳴去年送客亦曾到正值楊花亂芳草人心不復故時歡景物自隨時節好感今懷昔復傷離一別相逢知幾時莫辭今日一罇酒明日思君難重持東吳山水天下秀羨君輕舟片帆逗江城月下夜聞歌淮浦山前朝放溜樂哉此行時未晚萬壑千巖不知遠可憐病客厭京塵寂寞淹留已再春扁舟待得東南下猶更河橋送幾人

送子野

四時慘舒不可調冬夏寒暑易鬱陶春陽著物大軟媚獨有秋節最勁豪金方堅剛屏炎瘴兌氣高爽清風飈烟霞破散灝氣豁山河震發地脈搖天開寶鑑露寒月海拍積雪卷怒潮光輝通透奪星耀蟠

潛驚奮鬭蚉蛟高樓精爽毛髮竦壯懷直恐衝斗杓欲飛輕衣上拂漢擬乘二氣戲驚濤念時文法窘於織羈縻束縛不自聊豈無策議獻人主扼持舌在口已膠當秋且幸際軒豁誰能兒女聽螗蜩君方壯歲襟宇快名聲樂與家聲高輕舟從遊山川底詩酒合興皆翹翹堪嗟宋玉自悲攬可並張翰同逍遥功名富貴有時到忍把壯節良辰消

送劉十三南遊

決決汴河流櫓聲過晚浦行客問吳山舟人多楚語春深紫蘭澤夏早黃梅雨時應賦登眺聊以忘羇旅

與李獻臣宋子京春集東園得節字

綠野秀可飡遊驂喜初結芸局苦寂寥禁署隔清切歡言得幽尋況此及嘉節鳥哢已關關泉流初決決紫萼繁若綴翠苕柔可擷屢期無後時芳物畏鶗鴂

晚泊岳陽

臥聞岳陽城裏鐘繫舟岳陽城下樹正見空江明月來雲水蒼茫失江路夜深江月弄清輝水上人歌月下歸一闋聲長聽不盡輕舟短楫去如飛

新開棊軒呈元珍表臣

竹樹日已滋軒窗漸幽興人閑與世遠鳥語知境靜春光藹欲布山色寒尚映獨收萬慮心於此一枰競

代贈田文初

感君一顧重千金贈君白璧爲妾心舟中繡被薰香夜春雪江頭三尺深西陵長官頭已白憔悴窮愁一作顏媿相識手持玉斝唱陽春江上梅花落如積津亭送別君未悲夢闌酒解始相思須知巫峽聞猿處不似荆江夜雪時

惠泉亭一本序云某啓伏覩知軍學士文丈新理惠泉謹爲

拙詩十六句伏惟采覽

翠壁刻孱顏烟霞跬步間使君能愛客朝夕弄山泉春巖雨過春流長置酒來聽山溜響鑑中樓閣俯清池雪裏峯巒開曉幌須知清興無時已酒美賓嘉自相對席間誰伴謝公吟日暮多逢山簡醉淹留桂樹幾經春野鳥巖花識使君使君今是罇前客誰與山泉作主人

過張至秘校莊

田家何所樂蓑笠日相親桑條起蠶事菖葉候耕辰望歲占風色寬徭知政仁樵漁逐晚浦雞犬隔前村泉溜塍間動山田樹杪分鳥聲梅店雨野色柳橋春有客問行路呼童驚候門焚魚酌白醴但坐且懽忻

行次葉縣

朝渡汝河流暮宿楚山曲城陰日下寒野氣春深綠征車倦長道故國有喬木行行漸樂郊東風滿平陸

將至淮安馬上早行學謝靈運體六韻

晴霞煦東浦驚鳥動烟林曙河兼斗沒沓一作杳嶂隱雲深寒雞隔樹起曲塢留風吟征夫倦行役秋興感登臨衡一作蘅皐積涂一作除迴江離香露沉行矣歲華晚歸歟勞歎音

自岐一作枝江山行至平陸驛五言二十四韻

岐江望平陸百里千餘嶺蕭條斷烟火莽蒼無人境峯巒互前後南北失壬丙天秋雲愈高木落歲方冷水涉愁蜮射含沙也林行憂虎猛萬仞懸巖崖一彴履枯梗緣危類援揉陷淖若鼉跙腰輿懼傾撲頓馬倦鞭警攀躋誠畏塗習俗羨蠻獷度隘足雖蹶因高目還騁九野畫荆衡羣山亂巫郢烟嵐互明滅點綴成一作若圖屏時時度深谷往往得佳景翠樹鬱如蓋飛泉溜垂綆幽花亂黄紫蒨粲弄光影山鳥囀成歌寒蜩嘒如哽登臨雖云勞一作廣巨細得周省晨裝趁徒旅夕宿訪閭井村暗水茫茫雞鳴星耿耿登高近佳節歸思時引

領谿菊薦山罇田鶩佑烹鼎家近夢先歸夜寒衾屨整崎嶇念行役昔宿已爲永豈如江上舟棹歌方酩酊初泛舟荆江棋酒甚歡故有此句

春日西湖寄謝法曹歌

西湖春色歸春水綠於染羣芳爛不收東風落如糝西湖者許昌勝地也參軍春思亂如雲白髮題詩愁送春謝君有多情未老已白髮野思到春如亂雲之句遙知湖上一罇酒能憶天涯萬里人萬里思春尙有情忽逢春至客心驚雪消門外千山綠花發江邊二月晴少年把酒逢春色今日逢春頭已白異鄉物態與人殊惟有東風舊相識

答謝景山遺古瓦硯歌

火數四百炎靈銷誰其代者當塗高窮姦極酷不易取始知文景基扃牢坐揮長喙喙天下豪傑競起如蝟毛董呂傕汜相繼死紹術權

備爭咆咻力彊者勝怯者敗豈較才德爲功勞然猶到手不敢取而使螟蝗生蝮蝻子丕當初不自恥敢謂舜禹傳之堯得之以此失亦此誰知三馬食一槽當其盛時爭意氣叱咤雷雹生風飈干戈戰罷數功閥周蔑方召堯無臯英雄致酒奉高會巍然銅雀高岩岩圓歌宛轉激清徵妙舞左右回纖腰一朝西陵一作西朝或作兩朝看拱木寂寞繐帳空蕭蕭當時淒涼已可嘆而況後世悲前朝高臺已傾漸平地此瓦一墜埋蓬蒿苔文半滅荒土蝕戰血曾經野火燒敗皮獘網各有用誰使鐫鑱成凸凹景山筆力若牛弩句遒語老能揮毫嗟予奪得何所用簿領朱墨徒紛淆走官南北未嘗捨緹襲三四勤緘包有時屬思欲飛灑意緒軋軋難抽繰舟行屢備一作被水神奪往往冥晦遭風濤質頑物久有精怪常恐變化成靈妖名都所至必傳玩愛之不換魯寶刀長歌送我怪且偉欲報慚愧無瓊瑤

古瓦硯

甎瓦賤微物得厠筆墨間於物用有宜不計醜與妍金非不為寶玉豈不為堅用之以發墨不及瓦礫頑乃知物雖（一作微）賤當用價難攀豈惟瓦礫爾用人從古難（一作然）

新營小齋鑿地爐輒成五言三十七韻

霜降百工休居者皆入室墐戶畏初寒開爐代温律規模不盈丈廣狹足容膝軒窗共幽竄竹栢助蒙密辛勤慚巧官窮賤守卑秩無術政奚為有年秋屢實文書少期會租訟省鞭扑地僻與世疎官閑得身佚荆蠻苦卑陋氣候常壹鬱天日每陰翳風飈多凜慄衰顏慘時晚病骨知寒疾蠻牀勸晨興籃輿厭朝出南山近樵採僮僕免呵叱禦歲畜蹲鴟饋客薦包橘霜薪吹晶熒石鼎沸啾唧披方養丹砂候節煎（去聲）秋朮西鄰有高士轗軻臥蓬蓽鶴髮善高談鮐背便（平聲）炙熨披裘屢相就束緼亦時乞傳經伏生老愛酒楊雄吃晨灰煖餘盃夜火爆山栗無言兩忘形相對或終日微生慕剛毅勁強（去聲）早

難屈自從世俗牽常恐天性失仰茲微官祿養此多病質省躬由一
言無枉慕三黜因知吏隱樂漸使欲心窒面壁或僧禪倒冠聊酒逸
螟蠕輕二豪一馬齊萬物啓期爲樂三叔夜不堪七負薪幸有一作
自瘳舊學頗思述興亡閱今古一作古今圖籍羅甲乙魯冊謹會盟
周公彖凶吉詳或作鮮明左邱辯馳騁馬遷筆金石互鏗鍧風雲生
倏忽豁爾一開卷慨然時拚帙浮沉恣其間適若遂聱耴一作遨佚
吾居誰云陋所得乃非一五斗豈須慚優游歲將畢

外集卷第二

古詩三

南獠

洪宋區夏廣恢張際四維狂孽久不聳民物含一作涵春熙耆稚適所尚游泳光華時遽然攝提歲南獠掠邊陲予因叩村叟此事曷如斯初似却人問未語先涕垂收涕謝客問爲客陳始基撫水有上源水淺山嶮巇生民三千室聚此天一涯狠勇復輕脫性若鹿與麋男夫不耕鑿刀兵動相隨宜融兩境上殺人取其貲因斯久久來此寇易爲羈鼠竊及蟻聚近裏焉敢窺勢亦不久住官軍來即馳景德祥符後時移事亦移四輔哲且善天子仁又慈將軍稱招安兵非羽林兒龍江一牧拙邏騎材亦非威惠不兼深徒以官力欺智略仍復短從此難羈縻引兵卸甲嶺部陣自參差鋒鏑殊未接士卒心先離奔走六吏死初在懷遠軍卸甲嶺殺傷范禮賓王崇班等六人落陣死

明知國挫威自茲賊聲震直寇融州湄縣宇及民廬燬蕩無孑遺利鏃淬諸毒中膚無藥醫長刀斷人股橫屍滿通逵婦人及孥產驅負足始歸堂堂過城戍何人敢正窺外計削奏疏一一聞宸闈赫爾天斯怒選將興王師精甲二萬餘猛毅如虎貔劍戟凜秋霜旌棨閃朝曦八營與七萃豈得多于茲外統三路進小敵胡能為前驅已壓境後軍猶未知逶迤至蠻域但見空稻畦搜羅一月餘不戰帥自罷荷戈莫言苦負糧深可悲哀哉都督郵無辜遭屠糜昭州都曹皇甫僅三人部糧入洞遭蠻賊掩殺及害夫力千餘嘵咋計不出還出招安辭半降半來拒蠻意猶狐疑厚以繒錦贈徂心詐為卑戎帳草草起賊戈躡背揮我聆老叟言不覺顰雙眉吮毫兼疊簡占作南獠詩願值采詩官一敷于彤墀

寄聖俞

西陵山水天下佳我昔謫官君所嗟官閑憔悴一病叟縣古瀟灑如

山家雪消深林自斸一作斲筍人響空山隨摘茶有時攜酒探幽絕往往上下窮煙霞嵓蓀綠縟軟可藉野卉青紅春自華風餘落蘂飛面旋日暖山鳥鳴交加貪追時俗翫歲月不覺萬里留天涯今來寂寞西岡口秋盡不見東籬花市亭插旗鬭新酒十千得斗不可賒材非世用自當去一舸聱牙揮釣車君能先往勿自滯行矣春洲生荻芽

答梅聖俞寺丞見寄

憶昔識君初我少君方壯風期一相許意氣曾誰讓交游盛京洛罇俎陪丞相騄驥日相追鸞凰志高颺詞章盡崔蔡論議皆歆向文會忝予盟詩壇推子將談精鋒愈出飲劇歡無量賈勇爲無前餘光誰敢望茲年五六歲人事堪悽愴南北頓暌乖相離獨飄蕩失杯由畫足傷手因代匠移書雖激切拙語非欺誑安知乃心愚而使所言妄權豪不自避斧質誠爲當蒼皇得一邑奔走踰千嶂楚峽聽猿鳴荆

江畏蛟浪蠻方異時俗景物殊氣象綠髮變風霜丹顏侵疾痒常憂鵩鳥窺幸免江魚葬今茲荷寬宥還徙來漢上憔悴戴囚冠驅馳嗟俗狀王事多倥傯學業差遺忘未能解綬去所戀寸祿養舉足畏逢仇低頭惟避謗忻聞故人近豈憚驅車訪一別各衰翁相見問無恙交情宛如舊歡意獨能強幸陪主人賢更值芳洲漲菱荷亂浮泛水竹涵虛曠清風滿談席明月臨歌舫已見洛陽人重聞畫樓唱怡然壹鬱寫壄爾累囚放自從還邑來會此驕陽亢神靈多請禱租訟煩笞搒猶須新秋涼漢水臨一作瀉清漾野稼蕩浮雲晴山開疊障聊以助吟詠亦可資酣暢北轅如未駕幸子能來覿

酬聖俞朔風見寄

因君朔風句令我苦寒吟離別時未幾崢嶸歲再陰驚飈擊曠野餘響入空林客路行役遠馬蹄冰雪深瞻言洛中舊期我高陽吟故館哭知己新年傷客心相逢豈能飲惟有涕沾襟

送琴僧知白

吾聞夷中琴已久常恐老死無其傳夷中未識不得見豈謂今逢知白彈遺音髣髴尚可愛何況之子傳其全孤禽曉警秋野露空澗夜落春嵒泉二年遷謫寓三峽江流無底山侵天登臨探賞久不厭每欲圖畫存於前豈知山高水深意久以寫此朱絲絃酒酣耳熱神氣王聽之爲子心肅然嵩陽山高雪三尺有客擁鼻吟苦寒負琴北走乞其贈持我此句爲之先

聽平戎操

西戎負固稽天誅勇夫戰死智士謨上人知白何爲者年少力壯逃浮屠自言平戎有古操抱琴欲進爲我娛我材不足置廊廟力弱又不堪戈殳遭時有事獨無用偷安飽食與汝俱爾知平戎競何事自古無不由吾儒周宣六月伐獫狁漢武五道征匈奴方叔召虎乃真將衞青去病誠區區建功立業當盛日後世稱詠於詩書平生又欲

慕賈誼長纓直請繫單于當衢理檢四面啓有策不獻空踟躕慚君
爲我奏此曲聽之空使壯士吁推琴置一作耽酒恍若失誰謂子琴
能起予

書宜城修水渠記後奉呈朱寺丞

因民之利無難爲使民以說民忘疲樂哉朱君鄣靈堤導鄢及蠻與
衆陂古渠廢久人莫知朱君三月而復之沃土如膏瘠土肥百里歲
歲無凶菑一作災鄢蠻之水流不止襄人思君無時已

谷正至始得先所寄書及詩不勝喜慰因書數韻奉酬聖俞

寒日照深巷柴門朝尚閉有客自江來尺書千里至啓書復何云但
言南北異南方地常暖風物稱佳麗梅藹入新年蘭臯動芳氣樂哉
登臨興豈厭江湖滯伊予方寂寞刻苦窮文字萬國會王州羣英馳
儁軌方朔常苦餓子雲非官意歲暮慘風塵官閑倦朝市出處一云
別所思寧可冀春江有歸鴈但使音書繼

答梅聖俞

寒日照窮巷荆扉晨未開驚聞遠方信有客渡江來開緘復何喜宛若見瓊瑰一爾乖出處未嘗持酒盃官閑隱朝市歲暮慘風埃音書日可待春鴈暖應回

病中聞梅二南歸

聞君解舟去秋水正沄沄野岸曠歸思都門辭世紛稍逐商帆伴初隨征鴈羣山多淮甸出柳盡汴河分楚色蕪尙一作上綠江烟日半一作畔曛客意浩已遠離懷寧復云宣城好風月歸信幾時聞

送蟾上人遊天台

昔年在伊洛林壑每相從對掃竹下榻坐思湖上峯自言伊洛波每起滄洲憶今茲道行遊千里東南國都門汴河上柳色入青烟流水向淮浦歸人隨越船東南遍林巘萬壑新流滿小桂綠應芳江春行已晚藹藹赤城陰依依識古岑一去誰復見石橋雲霧深

送徐生秀州法曹

一笑暫相從結交方恨晚猶玆簿領困況爾東南遠落帆淮口暮採石江洲暖黄鴿可寄書惟嗟雙翅短

讀山海經圖

夏鼎象九州山經有遺載空濛大荒中杳靄羣山會炎海積歊蒸陰幽異明晦奔趨各異種倏忽俄萬態羣倫固殊稟至理寧一槩駭者自云驚生兮孰知怪未能識造化但爾披圖繪不有萬物殊豈知方輿大

依韻和聖俞見寄

與君結交深相濟同水火文章發春葩節行凜筠笥吾才已愧君子齒又先我君惡予所非我許子云可厥趣共乖時畏途難轉轗道肥家所窮身老志彌果每嗟游從異有甚樊籠鎖天匠染青紅花腰呈裊娜苟能杯酌同直待冠巾墮無欺校雖貧鹽米尚餘顆

晏太尉西園賀雪歌

陰陽乖錯亂五行，窮冬山谷暖不冰。一陽且出在地上，地下誰發萬物萌。太陰當用不用事，蓋由姦將不斬虧國刑。遂令邪風伺間隙，潛中瘟疫於疲氓。神哉陛下至仁聖，憂勤懇禱通精誠。聖人與天同一體，意未發口天已聽。忽收寒威還水官，正時肅物凜以清。寒風得勢獵獵走，瓦乾霰急落不停。恍然天地半夜白，羣雞失曉不及鳴。清晨拜表東上閤，鬱鬱瑞氣盈宮庭。退朝騎馬下銀闕，馬滑不慣行瑤瓊。晚趨賓館賀太尉，坐覺滿路流歡聲。便開西園掃徑步，正見玉樹花凋零。小軒却坐對山石，拂拂酒面紅烟生。主人與國共休戚，不惟喜悅將豐登。須憐鐵甲冷徹骨，四十餘萬屯邊兵。

送吳照鄰還江南

霜前江水磨碧銅，岸背萎葉翹青蟲。吳郎鬢絲生幾縷，不羞月上扶桑東。羞見清波照人景，去時黑髮吹春風。五年歸來婦應喜，從此不

問西飛鴻

答朱宷捕蝗詩

捕蝗之術世所非欲究此語與於誰或云豐凶歲有數天孽未可人力支或言蝗多不易捕驅民入野踐其畦因之姦吏恣貪擾戶到頭斂無一遺蝗災食苗民自苦吏虐民苗皆被之吾嗟此語秪知一不究其本論其皮軀雖不盡勝養患昔人固已決不疑秉蟊投火況舊法古之去惡猶如斯既多而捕誠未易其失安在常由遲詵詵最說子孫衆爲腹所孕多蝝蚳始生朝畝暮已頃化一爲百無根涯口含鋒刃疾風雨毒腸不滿疑常飢高原下濕不知數進退整若隨金鼙嗟茲羽孽物共惡不知造化其誰尸大凡萬事悉如此禍當早絕防其微蝇頭出土不急捕羽翼已就功難施只驚羣飛自天下不究生子由山陂官書立法空太峻吏愚畏罰反自欺蓋藏十不敢申一上心雖惻何由知不如寬法擇良令告蝗不隱捕以時今苗因捕雖踐

死明歲猶免爲蝝菑吾嘗捕蝗見其事較以利害曾深思官錢二十買一斗示一作亦以明信民爭馳斂微成衆在人力頃刻露積如京坻乃知孽蟲雖甚衆嫉惡苟銳無難爲往時姚崇用此議誠哉賢相得所宜因吟君贈廣其說爲我持之告採詩

答蘇子美離京見寄

衆奇子美貌堂堂千人英我獨疑其胸浩浩包滄溟滄溟產龍蜃百怪不可名是以子美辭吐出人輒驚其於詩最豪奔放何縱橫衆絃排律呂金石次第鳴間以險絕句非時震雷霆兩耳不及掩百痾爲之醒語言旣可駭筆墨尤其精少雖嘗力學老乃若天成濡毫弄點畫信手不自停端莊雜醜怪羣星見欃槍爛然溢紙幅視久無定形使我終老學得一已足矜而君兼衆美磊落猶自輕高冠出人上誰敢揖其膺羣臣列丹陛幾位缺公卿使之束帶立可以重朝廷況令參國議高論吐崢嶸惜哉三十五白髮今已生近者去江淮作詩寄

離情口誦不及寫一日傳都城退之序百物其鳴由不平天方苦君
心欲使發其聲嗟我非鸑鷟徒思和嚶嚶因風幸數寄警我聾與盲

立秋有感寄蘇子美

庭樹忽改色秋風動其枝物情未必爾我意先已悽雖恐芳節謝猶
忻早涼歸起步雲月暗顧瞻星斗移四時有大信萬物誰與期故人
在千里歲月令我悲所嗟事業晚豈惜顏色衰廟謀今謂何胡馬日
以肥

喜雪示徐生

清穹一作空凜冬威旱野渴天澤經旬三尺雪萬物變顏色愁雲噓
不開慘慘連日夕寒風借天勢豪忽肆陵轢空枝凍鳥雀癡不避彈
弋長河寂無聲厚地若龜坼陰階夜自照缺瓦晨復積貯潔瑩冰壺
量深埋玉尺凝陰反窮剝陽九兆初畫春回百草心氣動黃泉脉堅
冰雖未破土潤已潛釋常聞老農語一臘見三白是爲豐年候占驗

勝蓍策天兵血西陲萬轍走供億嗟予媿疲俗奚術肥爾瘠惟幸歲之穰茲惠豈人力非徒給租調且可銷盜賊從今潔醽糜期共飽𪎊麥

賦竹上甘露

稍稍兩竹枝甘露葉間垂草木有靈液陰陽疑以時深山與窮谷往往嘗有之幸當君子軒得爲衆人知物生隨所託晦顯各有宜聊以助歌詠兼堪飲童兒

和對雪憶梅花

昔官西陵江峽間野花紅紫多斕斑惟有寒梅舊所識異鄉每見心依然爲憐花自洛中看花上蜀鳥啼綿蠻當時作詩誰唱和一作必粉蘂自折清香繁今來把酒對殘雪却憶江上高樓山羣花四時媚者衆何獨此樹令人攀窮冬萬木立枯死玉豔獨發陵清寒鮮妍皎如鏡裏面綽約對若風中仙惜哉北地無此樹霰雪漫漫平沙川徐

生隨我客此郡冰霜旅舍逢新年憶花對雪晨起坐清詩寶鐵裁琅玕長河風色暖將動卽看綠柳含春烟寒齋寂寞何以慰卯盃且醉酣午眠

歸鴈亭

荒蹊臘雪春尚埋我初獨與徐生來城高樹古禽鳥野聲響格磔寒毰毸頹垣敗屋巍然在略可遠眺臨傾臺高株唯有柳數十夾路對立初誰栽漸誅榛莽辨草樹頗有桃李當墻隈欣然便擬趁時節斤斸日夕勞耘培新年風色日漸好晴天仰見鴈已回枯根老脈凍不發遶之百匝空徘徊頑姿野態煩造化勾芒不肯先喣吹酒酣幾欲撾大鼓驚起龍蟄驅春雷偶然不到才數日顏色一變由誰催翠芽紅粒迸條出纖趺嫩萼如剪裁臥槎燒枿亦強發老朽不避衆艷咍姹然山杏開最早其餘紅白各自媒初開盛發與零落皆有意思牽人懷衆芳勿使一時發當令一落續一開畢春應須酒萬斛與子共

醉三千盃

送韓子華

嗟我久不見韓子如讀古書思古人忽然相逢又數日笑語反不共一罇誎垣尸居職業廢朝事汲汲勞精神子華筆力天馬足駑駘千百誰可羣嗟予老鈍不自笑尙欲疾走追其塵子華有時高談駭我聽榮枯萬物移秋春所以不見令我思見之如飲玉醴醇叩門下馬忽來別高帆得風披飛雲離懷有酒不及寫別後慰我寓於文

送李太傅知冀州端懿

吾慕李漢超爲將勇無儔養士三千人人人百貔貅關南二十年天子不北憂吾愛李允則善覘多計籌虜動靜寢食皎如在雙眸出入若變化談笑摧敵謀恩信浹南北聲名落燕幽二公材各異戰守兩堪尤天下不用兵爾來三十秋今其繼者誰守冀得李侯李侯年尙少文武學彬彪河朔一尺雪北風煖貂裘上馬彎一作臂長弓白羽

飛金鏃臨行問我言我慚本儒鯫漢超雖已久故來尚歌謳允則事最近猶能想風流將此聊爲贈勉哉行無留

石篆詩并序

某啓近蒙朝恩守此州州之西南有瑯琊山唐李幼卿庶子泉者某在館閣時方國家詔天下求古碑石之文集于閣下因得見李陽冰篆庶子泉銘學篆者云陽冰之迹多矣無如此銘者常欲求其本而不得于今十年矣及此來已獲焉而銘石之側又陽冰別篆十餘字尤奇於銘文世罕傳焉山僧惠覺指以示予予徘徊其下久之不能去山之奇迹古今紀述詳矣而獨遺此字予甚惜之欲有所述而患文字之不稱思予嘗愛其文而不及者梅聖俞蘇子美也因爲詩一首并封題墨本以寄二君乞詩刻于石

寒嵓飛流一作洒落青苔旁斲石篆何奇哉其人已死骨已朽此字不滅留山隈山中老僧憂石泐印之以紙磨松煤欲令留傳在人世

持以贈客比瓊瑰我疑此字非筆畫又疑人力非能爲始從天地胚
渾判元氣結此高崔嵬當時野鳥踏山石萬古遺迹於蒼崖山祇不
欲人屢見每吐雲霧深藏埋羣仙飛空欲下讀常借海月清光來嗟
我豈能識字法見之但覺心眼開辭慳語鄙不足記封題遠寄蘇與
梅

題滁州醉翁亭

四十未爲老醉翁偶題篇醉中遺萬物豈復記吾年但愛亭下水來
從亂峯間聲如自空落瀉向兩簷前流入巖下溪幽泉助涓涓響不
亂人語其清非管絃豈不美絲竹絲竹不勝繁所以屢攜酒遠步就
潺湲野鳥窺我醉溪雲留我眠山花徒能笑不解與我言惟有巖風
來吹我還醒然

贈學者

人稟天地氣乃物中最靈性雖有五常不學無由明輪曲揉而就木

直在中繩堅今礪所利玉琢器乃成仁義不遠躬勤勤入至誠學既積於心猶木之敷榮根本既堅好蓊鬱其幹莖爾曹宜勉勉無以吾言輕

春寒効李長吉體

東風吹雲海天黑飢龍凍雲雨不滴嗔雷隱隱愁烟白宿露無光瑤草寂東皇染花滿春國天爲花迷借春色呼雲鏁日 一作目 恐紅篤幾日春陰養花魄悠悠遠絮縈空擲愁思 一作絲 織春挽不得高樓去天無幾尺遠岫參差亂屏碧

幽谷 一作豐樂亭 晚飲

一徑入蒙密已聞流水聲行穿翠篠盡忽見青山横山勢抱幽谷谷泉含石泓旁生嘉樹林上有好鳥鳴鳥語谷中靜樹涼泉影清露蟬已嘒嘒風留時冷冷渴心不待飲醉耳傾還醒嘉我二三友偶同邱壑情環流席高蔭置酒當崢嶸是時新雨餘日落山更明山色已可

愛泉聲難久聽安得白玉琴寫以一作之朱絲繩

外集卷第三

古詩四

桐花

猗猗井上桐花葉何蓑蓑下蔭百尺泉上聳陵雲材翠色洗朝露清陰午當階幽蟬自嘒嘒鳴鳥何喈喈日出花照耀飛香動浮埃今朝一雨過狼籍黏青苔斯桐乃誰樹意若銘吾齋常聞漢道隆上下柏和諧選吏擇孝廉視民嬰與孩政聲如九韶百物絕妖災優優頼川守能致鳳凰來到此幾千載丹山自崔嵬聖君勤治理百郡列賢才嗟爾不自勉鳳凰其來哉

思二亭送光祿謝寺丞歸滁陽

吾嘗（一作常）思醉翁醉翁名自我山林本我性章服偶包裹君恩未知報進退奚為可自非因讒逐決去焉（一作詎）能果前時永陽謫誰與脫韁鏁山氣無四時幽花常婀娜石泉咽然鳴野艷笑而傞賓歡

正諠譁翁醉已岌峨我樂世所悲衆馳予坎軻惟茲三二子嗜好其
二字一作學甚同頗因歸謝巖石爲我刻其左
吾嘗一作常思豐樂魂夢不在身三年永陽謫幽谷最來顇谷口兩
三家山泉爲四鄰但聞山泉聲豈識山意春春至換羣物花開思故
人故人今何在憔悴頳之濱人去山自綠春歸花更新空令谷中叟
笑我種花勤

堂中畫像探題得杜子美

風雅久寂寞吾思見其人杜君詩之豪來者孰比倫生爲一身窮死
也萬世珍言苟可垂後士無羞賤貧

和徐生假山

匠智無遺巧天形極幽探謂我愛山者爲山列前簷顇垣不數尺萬
嶮由心潛或開如斷裂或吐似谺緘或長隨靡迤或瘦露巉嵌陰一
作險穴覷杳杳高屏立巉巉後出忽孤聳羣奔沓相參鬖若氣融結

突如鬼鐫鑱昔歲貶荆楚扁舟極東南孤山馬當夾兩岸臨江潭常恨江水惡輕風不留帆峯巒千萬狀可愛不可談但欲借粉繪圖之掛紈縑豈如几席閒百態生濃纖暮雲點新翠孤烟起朝嵐況此窮冬節陰飈積凝嚴幽齋喜深處遠目生遐瞻晝臥不移枕晨興自開簾吾聞君子居出處無常占卷道或獨善施物仁貴兼於時苟無益懷祿古所慙嵩山幸不遠薇蕨豈不甘自可結幽侶披雲老溪巖胡爲不卽往一室安且恬辱子贈可愧因詩以自讒

送楊員外

予昔走南宮江湖浩然涉今來厭塵土常懷把輕楫聞君東南行山水恣登躡秋江湛已清樹色映丹葉羨君舟插櫓去若魚鼓鬣君家兄弟才門族當世甲行期薦賢書疾驛來上閤

讀梅氏詩有感示徐生

子美忽已死聖俞舍吾南嗟吾譬馳車而失左右驂勍敵嘗壓壘羸

兵當戒嚴凡人貴勉強惰逸易安恬吾既苦多病交朋復凋殲篇章久不作意思如膠粘良田失時耕草莽廢鋤芟美井不日汲何由發清甘偶閑梅氏篇不覺日掛簷乃知文字樂愈久益無厭吾嘗一作常哀世人聲利競爭貪哇咬聾兩耳死不享韶咸而幸知此樂又常深討探今官得閑散舍此欲奚耽頑庸須警策賴子發其錮

和人三橋

笳鼓下層臺旌旗轉長嶼橋響驚歸軒溪明望行炬北臨白雲澗南望清風閣出樹見人行隔溪聞魚躍斷虹跨曲岸倒影涵清波為愛斜陽好迴舟特特過

初夏劉氏竹林小飲

春榮忽已衰夏葉換初秀披荒得深蹊掃綠蔭清晝萬竿交已聳千畝蔚河富驚雷迸狂鞭霧籜舒文繡虛心高自擢勁節晚愈瘦雖慙桃李妖豈愧松柏後川源湛新霽林麓洗昏霧猗猗色可餐滴滴翠

欲瀦况兹夏首月景物得嘉候晚蝶舞新黄孤禽弄清味窺深入牕
蒙玩密愛林茂依依帶幽澗隱隱見孤岫林蒸縟堪眠野汲冷可漱
鳴琴瀉山風高籟發仙奏暑却自蠲渴心閑疑愈疚杯盤雜芬芳圖
籍羅左右怡然忘簪組釋若出羈靡矧予懷一邱未得解黄綬官事
偶多閑郊扉須屢叩新篁漸添林晚筍堪薦豆誰邀接䍦公有酒幸
相就

眼有黑花戲書自遣

洛陽三見牡丹月春醉往往眠人家揚州一遇芍藥時夜飲不覺生
朝霞天下名花惟有此罇前樂事更無加如今白首春風裏病眼何
須厭黑花

送朱生

萬物各有役無心獨浮雲遂令幽居客日與山雲親植桂比芳操佩
蘭思潔身何必濯於水本無纓上塵

雪時在潁州作玉月梨梅練絮白舞鵝鶴銀等事皆請勿用

新陽力微初破萼客陰用壯猶相薄朝寒稜稜風凝莫犯暮雪緌緌止還作驅馳風雲初慘淡炫晃山川漸開廓光芒可愛初日照潤澤終為和氣爍美人高堂晨起驚幽士虛牕靜聞落酒壚成徑集缾罌獵騎尋蹤得狐貉龍蛇掃處斷復續猊虎團成呀且攫共貪終歲飽麰麥豈恤空林飢鳥雀沙墀朝賀迷象笏桑野行歌沒芒屩乃知一雪萬人喜顧我不飲胡為樂坐看天地絕氛埃使我胸襟如洗瀹脫遺前言笑塵雜搜索萬象窺冥漠潁雖陋邦文士眾巨筆人人把矛槊自非我為發其端凍口何由開一噱

雪晴

悠悠野水來灔灔西溪闊曉日披宿雲荒臺照殘雪風光變窮臘歲律新陽月凍冉意初回綠醅浮可撥人閑樂朋友鳥哢知時節豈止探芳菲耕桑行可閱

琴高魚

琴高一去不復見神仙雖有亦何爲溪鱗佳味自可愛何必虛名務好奇

竹間亭二首其一已見居士集

高亭照初日竹影涼蕭森新篁漸解籜翠色日已深雨多苔莓靑幽徑無人尋靜趣久逌得暫來聊解襟淸風颯然生鳴鳥送好音佳時不易得濁酒聊自斟興盡卽言返重來期抱琴

箕山

朝下黃蘆坂夕望箕山雲緬懷巢上客想彼嵒中人弱歲慕高節壯年嬰世紛潄流羨潁水振衣嗟洛塵空祠亂驚鳥山木含餘曛聊茲謝芝桂歸月及新春

西園

落日叩溪門西溪復何所人侵樹裏耕花落田中雨平野見南山荒

臺起寒霧歌舞昔云誰今人但懷古

白兔

天冥冥雲濛濛白兔擣藥姮娥宮玉關金鏁夜不閉竄入滁山千萬重滁泉清甘瀉大壑滁草軟翠搖輕風渴飲泉困棲草滁人遇之豐山道網羅百計偶得之千里持爲翰林寶翰林酬酢委金璧珠箔花籠玉爲食朝隨孔翠伴暮綴鸞皇翼主人邀客醉籠下京洛風埃不霑席羣詩名貌極豪縱爾兔有意果誰識天資潔白已爲累物性拘囚盡無益上林榮落幾時休囘首峯巒斷消息

偶書

吾見陶靖節愛酒又愛閑二者人所欲不問愚與賢奈何古今人遂此樂尤難飲酒或時有得閑何鮮焉浮屠老子流營營盈市廛二物尚如此仕宦不待言官高責愈重祿厚足憂患暫息不可得況欲閑長年少壯務貪得銳意力爭前老來難勉強思此但長歎決計不宜

晚歸耕穎尾田

日本刀歌

昆夷道遠不復通世傳切玉誰能窮寶刀近出日本國越賈得之滄海東魚皮裝貼香木鞘黃白閒雜鍮與銅真鍮似金真銅似銀百金傳入好事手佩服可以禳妖凶傳聞其國居大島土壤沃饒風俗好其先徐福詐秦民採藥淹留丱童老百工五種與之居至今器玩皆精巧前朝貢獻屢往來士人往往工詞藻徐福行時書未焚逸書百篇今尚存令嚴不許傳中國舉世無人識古文先王大典藏夷貊蒼波浩蕩無通津令人感激坐流涕鏽澁短刀何足

會峯亭

山勢百里見新亭歷其巔羣峯漸靡迤高下相綿聯下窺疑無地杳藹但蒼烟是時新雨餘衆壑鳴春泉林籟靜更響山光晚逾鮮崖花爲誰開春去夏猶妍野鳥窺我醉谿雲留我眠日暮山風來吹我還

醒然醉醒各任物雲鳥徒留連

晚步綠陰園遂登凝翠亭

餘春去已遠綠水涵新塘漸愛樹陰密初迎蕙風涼高亭可四望繞郭青山長野色晚更好嵐曛共微茫幽懷不可寫雅詠同誰觴明月如慰我開軒送清光

聖俞惠宣州筆戲書

聖俞宣城人能使紫毫筆宣人諸葛高世業守不失緊心縛長毫三副頗精密硬軟適人手百管不差一京師諸筆工牌榜自稱述釁釁相國東比若衣縫蝨或柔多虛尖或硬不可屈但能裝管榻有表曾無實價高仍費錢用不過數日豈如宣城毫耐久仍可乞

贈潘景温叟

秦盧不世出俗子相矜誇治疾不知一作求源橫死紛如麻番陽奇男子衣冠本儒家學本得心訣照底窮根厓冷然鑒五藏曾靡毫釐

差公卿掃榻迎黃金載盈車語言無羽翰飛入萬齒牙相逢京洛下
使我驚且嗟七年慈母病庸工口咿啞恨不早見君以乞壺中砂通
宵耳高論飲恨知何涯瞥然別我去征途指烟霞孤雲不可留淚線
風中斜

學書二首

蘇子歸黃泉筆法遂中絕賴有蔡君謨名聲馳晚節醉翁不量力每
欲追其轍人生浪自苦以取兒女悅豈止學書然自悔從今決
學書不覺夜但怪西窗暗病目故已昏墨不分濃淡人生不自知勞
苦殊無憾所得乃虛名榮華俄頃暫豈止學書然作銘聊自鑒

奉使道中作三首

執手意遲遲出門還草草無嫌去時速但願歸時早北風吹雪犯征
裘夾路花開回馬頭若無二月還家樂爭奈千山遠客愁
爲客莫思家客行方遠道還家自有時空使朱顏老禁城春色暖融

怡花倚春風待客歸勸君還家須飲酒記取思歸未得時
客夢方在家角聲已催曉忽忽行人起共怨角聲早馬蹄終日踐冰
霜未到思回空斷腸少貪夢裏還家樂早起前山一作山前路正長

奉使道中寄坦師

道人少買海上遊海船破散身沉浮黃金滿篋人所寄吹簸偶得還
中州羸身歸金不受報秖取斗酒相獻酬歡娛慈母終一世脫棄妻
子藏巖幽蒼烟寥寥池水漫白玉菡萏吹高秋夜燃柏子煑山藥憶
此東望無時休塞垣春枯積雪溜沙礫威怒黃雲愁五更匹馬隨鴈
起想見鄭郭花今稠百年夸奪終一邱世上滿眼真悠悠寄聲萬里
心綢繆莫道異趣無相求

勉劉申

有司精考覈中第爲公卿本基在積習優學登榮名吾子齒尚少加
勤無自輕努力圖樹立庶幾終有成

壽樓

碧瓦照日生青烟誰家高樓當道邊昨日丁丁斤且斲今朝朱欄橫翠幕主人起樓何太高欲誇富力壓羣豪樓中女兒十五六紅膏畫眉雙鬟綠日暮春風吹管弦過者仰首皆留連應笑樓前騎馬客腰垂金章頭已白若貪名利損形骸爭若肅恩恣聲色朝見騎馬過暮見騎馬歸經年無補朝廷事何用區區來往爲

試院聞奚琴作

奚琴本出奚人樂奚虜彈之雙淚落抱琴置酒試一彈曲罷依然不能作黄河之水向東流鳧飛鴈下白雲秋岸上行人舟上客朝來暮去無今昔哀絃一奏池上風忽聞如在河舟中絃聲千古聽不改可憐纖手今何在誰知着意弄新音斷我罇前今日心當時應有曾聞者若使重聽須淚下

乞藥有感呈梅聖俞

宣州紫沙合圓若截郫筒偶得今十載走宦一作官南北東持之聖
俞家乞藥戒羸僮聖俞見之喜遽以手磨礱謂此吾家物問誰持贈
公因嗟與君交事事無不同憶昔初識面青衫游洛中高標不可揖
杳若雲間鴻不獨體輕健目明仍耳聰爾來三十年多難百憂攻君
晚得奇藥靈根斸離宮其狀若狗蹄其香比芎藭愛君方食貧面色
悅以豐不憚乞餘劑庶幾助衰癃平時一笑歡飲酒各爭雄向老百
病出區區論藥功衰盛物常理循環勢無窮寄語少年兒慎勿笑兩
翁

擬剝啄行寄趙少師

剝剝復啄啄柴門驚鳥雀故人千里駕信士百金諾搢紳相趨動顏
色閭巷歡呼共嗟愕顧我非惟慰寂寥於時自可警偷薄事國十年
憂患同酣歌幾日暫相從酒醒初不戒徒馭歸思瞥起如飛鴻車馬
闃然人已去荷鋤却向野田中

絶句臨薨作

冷雨漲焦陂人去陂寂寞惟有霜前花鮮鮮對高閣

聯句四首

冬夕小齋聯句寄梅聖俞陸經

寒膼明夜月歐一作夜月明散帙耿燈火破硯裂冰澌陸敗席薦霜笴廢書浩長吟歐想子實勞我清篇追曹劉陸苦語侔島可酣飲每頹山歐談笑工炙輠駕言當有期陸歲晚何未果幽夢亂如雲歐別愁牢若鎖雪水漸漣漪陸春枝將婀娜客心莫遲留歐苑一作苑葩卽紛墮何當迎笑前陸相逢嘲飯顆歐

劍聯句范仲淹滕宗諒

聖人作神兵以定天下厄范蚩尤發靈機干將構雄績歐橐籥天地開鑪治陰陽闢滕南帝輸火精西皇降金液歐炎炎崐岡熒洶洶洪河擘范雷霆助意氣日月淪精魄滕神氣不在大錯落就三尺直淬

靈溪泉橫磨太行石歐雄雌威並立晝夜光相射范提攜風雲生指
顧烟霞寂滕堅剛正人心耿介志士跡歐初疑成夏鼎魑魅世所適
滕又若引吳刀犀象謂疑無隔范截波虬尾滑脫浪鯨牙直頑冰挂
陰霤皓月乘孤隙歐河角起彗氣雲罅露秋碧曉鐔星斗爛夜匣飛
龍宅范舞酣霰雪回彈俊球琳擊鮮搖雲水光膩刮湘山色滕青蛟
渴雨瘦素虺蟠霜瘠歐清音鏘以鳴寒姿堅且澤范鬼類喪影響佞
黨摧肝膈歐一旦會神武四海屠兇逆范周王奉天討商郊千里赤
歐楚子楊軍聲秦師萬首白祥輝冠吳楚殺氣橫燕易范與君斬鼇
足八極停震虩歐與君剬鵬翼三辰增煥赫莫使化猿翁辱我爲幻
惑范莫使暴虎人屈我執仇敵滕尊嚴侯冠冕左右舞干戚歐功成
不可留延平空霹靂

鶴聯句范仲淹滕宗諒

上霄降靈氣鍾此千年禽范幽閑靖節性孤高伯夷心歐頡頏紫霄

垠飄颻滄浪潯歐岳湛有仙姿鈞韶無俗音范毛滋月華淡頂粹霞
光深歐目流泉客淚翅垂羽人襟滕騰漢雪千丈點溪霜半尋范纖
喙礪青鐵修脛雕碧琳歐巖棲千溪樹澤飲卑朱汵滕鑾皇自塤箎
燕雀徒商參范獨翅聳瓊枝羣舞傾瑤林歐病餘霞雲段夢回松吹
吟滕靜嫌鸚鵡言高笑鴛鴦淫范金清冷澄澈玉格寒蕭森歐潔白
不我恃腥羶非所任滕稻粱不得已蟣虱胡爲侵范天池憶鵬遊雲
羅傷鳳沈滕風流超縞一作起績素雅淡絶規箴歐相親長道情偶
見銷煩襟范西漢惜馮唐華皓欲投簪歐南朝仰衞玠清羸疑不禁
滕端如方直臣處羣艮足欽范介如廉退士驚秋猶在陰范幾詣鷹
隼鷙羈鞲俄見臨歐還嗤鳧鷺貪弋繳終就擒歐乘軒乃一芥空籠
仍萬金滕片雲伴遙影冥冥越烟岑范長飈送逸響亭亭疑出一作
幽霜砧歐蓬瀛忽往來桑田成古今歐願下八佾庭鼓舞薰風琴滕

來鸞堂與趙叔平王禹玉王原叔韓子華聯句嘉祐三年見

賢侯謝郡歸從游樂吾黨林泉富餘地卜築踈陳莽是時春正中來
鶯音下上若賀大廈成喜留衆賓賞概得名因談笑揮墨粲題榜所
夸賢豪感豈止池榭廣人心樂且閑鳥意頡而頏吟罇敞花軒醉枕
酣風幌欹輕雲薄藻棟初日麗珠網紅袂生暗香清絃泛餘響林深
隱飛蓋岸曲遲去擬波光欄檻明竹飛衣巾爽珪虛容涼樾入影與
文漣蕩晨飈轉綠蕙夕雨滋膏壤嘉辰喜盍朋命駕期屢往觴詠陶
淑真世俗豈吾傚洙得以爲勝游蕭然散煩想公子固好士世德復
可象今此大基構不圖專奉養美哉風流存來葉足師仰絳　賢侯
謂鎮東軍節度觀察留後李端愿

外集卷第四

律詩一

漢宮

桂館神君去甘泉輦道平翠華飛蓋下豹尾屬車迎曉露寒浮掌光風細轉旌廊回偏費步珮遠尚聞聲玉樹人間老珊瑚海底生金波夜夜意偏照影娥清

送劉半千平陽簿假道歸故里

嶺梅歸驛路迢迢越鳥巢傾木半喬松徑就荒聊應召桂叢留隱定相招家庭噪鵲爭諠樹夜帳驚猿自擁條何處秋風催客鬢青絲恐遂物華凋一作銷

樓頭

百尺樓頭萬疊山楚江南望隔晴烟雲藏白道天垂幕簾捲黃昏月上弦桑落蒲城催熟酒柳衰章陌感凋年髮光如葆寧禁恨不待爲

郎已颯然

夕照

夕照留歌扇餘輝上桂叢霞光晴散錦雨氣晚成虹燕下飜池草烏驚傍井桐無憀照湘水丹色映秋風

送張學士知郢州

漢郎清曉赤墀趨楚老西來望隼旗侍史護衣薰蕙草轆轤要劍從驪駒陽春繞雪歌低扇油幕連雲水泛渠千里修門對涔浦好尋遺玦弔三閭

曉詠

簾外星辰逐斗移紫河聲轉下雲西九雛烏起城將曙百尺樓高月易低露裛蘭苕惟有淚秋荒桃李不成蹊西堂吟思無人助草滿池塘夢自迷

禁火

火禁開何晚春芳半已凋柳風兼絮墜楡雨帶錢飄淚翦蘭膏盡弦虧桂魄消祓蘭流水曲游禊一相招

送趙山人歸舊山

屈賈江山思不休霜飛翠葆忽驚秋吟抛楚畹蘭苕老歸有淮山桂樹留聒耳春池蛙兩部比封秋塢橘千頭嗔條怒頳眞堪愧莫染衣塵更遠遊

閑居卽事

巷有容車陋門無載酒過池喧蛙怒雨客去雀驚羅握臂如枝骨哀絃繫一作擊節歌無憀漳浦臥還似詠中阿

傷春

蕙蘭蹊徑失芳期風雨春深怯減衣卷箔高樓驚燕入揮絃遠目送鴻歸蜂催釀蜜愁花盡絮撲喧條妬雪飛欲識傷春多少恨試量衣帶忖要圍

公子

黃山開苑獵初回絳樹分行舞遞來下馬春場雞鬬距鳴絃初日雉驚媒犀投博齒呼成白橋隔車音聽似雷不問春蠶眠未起更尋桑陌到秦臺

夜意

蕙炷爐薰斷蘭膏燭艷煎夜風多起籟曉月漸虧弦鵲去星低漢烏啼樹暝烟惟應牆外柳三起復三眠

寄張至祕校

關山一里一重愁念遠傷離兩未休南陌望窮雲似帳西樓吟斷月如鉤柳綿飛後一作處春應減蘭徑荒時客倦游擬寄東流問溝水亦應溝水更東流

寄徐巽秀才

瑤花飛雪蕩離愁鶗鴂驚風下綠疇雎苑樹荒誰共客楚江楓老獨

悲秋千重錦浪飜如箭萬疊春山翠入樓章陌柳條今在否定臨溝水拂東流

寄劉昉秀才

絲路縈回細入雲離懷南陌草初薰茂林修竹誰同禊明月春蘿定勒文燕憶銅鞮來不定鴻歸碣石信難分東風鸎交應相望懊惱孤飛不及羣

送客回馬上作

南浦空波綠西陂夕照寒瑤華傷遠道芳草送歸鞍翠斂遙山疊氛收古澤寬衰容畏秋色不及楚楓丹

西征道中送陳舅秀才北歸

綦墅風流謝舅賢髮光如葆惜窮年人隨黃鵠飛千里酒滿棲烏送一絃望驛早梅迎遠使拂鞍衰柳拗歸鞭越禽胡馬相逢地南北思歸各黯然

送目

送目衡一作蘅皋望不休江蘋高下遍汀洲長堤柳曲妨回首小苑花深礙倚樓楚徑蕙風消病渴洛城花雪蕩春愁流杯三日佳期過擲度蘭波負勝遊

春曉

小閣回殘夢開簾轉曉暉露寒風不定花落鳥驚飛病渴偏思柘一作蔗楚詞漢志作柘晉書杜詩作蔗朝寒怯減衣無錢將謝雪持底送春歸

劉秀才宅對奕昉

烏巷招邀謝墅中紫囊香珮更臨風塵驚野一作烽火遙知獵目送雲羅但聽鴻六着比犀鳴博勝百嬌柘矢捧壺空解衣對子歡何極玉井移陰下翠桐

送李寔

幾幅歸帆不暫停吳天遙望斗牛橫香薰翠被乘青翰波暖屏風詠
紫莖江水自隨潮上下月輪閑與蚌虧盈河橋折柳傷離後更作南
雲萬里行

早夏鄭工部園池

夜雨殘芳盡朝暉宿霧收蘭香纔馥徑柳暗欲翻溝夏木繁堪結春
蹊一作畦翠已稠披襟楚風快伏檻更臨流

舟中寄劉昉秀才

東南天闊漾歸流西北雲高斷寸眸明月隨人來遠浦青山答鼓送
行舟歸心逐夢成魚鳥夜漢看星識斗牛醲一作釅酒開樽誰共醉
清江聊且玩游儵一作儵游

月夕

月氣初升海屏光半隱扉寒消覺春盡漏永送籌稀蘭燭風驚燼烟
簾霧濕衣清羸急寬帶頻減故時圍

奉送叔父都官知永州

虎頭盤綬貴垂紳青組名郎領郡頻畫鷁千艘隨下瀨聽雞五鼓送行人楚波漾楫萍如日淮月開舲蚌有津千里壺漿民詠溢檣烏旗隼下汀蘋

柳

綠樹低昂不自持河橋風雨弄春絲殘黃淺約眉雙斂欲舞先誇手小垂快馬折鞭催遠道落梅橫笛共餘悲長亭送客兼迎雨費盡春條贈別離

舟中望京邑

東北歸川決決流汎艎青渚暫夷猶遙登灞岸空回首不見長安但舉頭揮手嵇琴空墮睫開樽魯酒不忘憂青門柳色春應遍猶自留連杜若洲

小圃

桂樹鴛鴦起蘭苕翡翠翔風高絲引絮雨罷葉生光蝶粉花霑紫蜂茸露濕黃愁醒與消渴容易爲春傷

即目

李徑陰森接翠疇押簾風日澹清秋晚烏藏柳棲殘照遠燕傷風失故樓星漢經年雖可望雲波千疊不緘愁平居革帶頻移孔誰問無憀沈隱侯

南征道寄相送者

楚天風雪犯征裘誤拂京塵事遠遊謝墅人歸應作詠灞陵岸遠尙回頭雲含江樹看迷所目逐歸鴻送不休欲借高樓望西北亦應西北有高樓

楚澤

宿莽湘纍怨幽蘭楚俗謠紫屏空自老翠被豈能招欲就蒼梧訴愁迷澧浦遙哀猿羌晝晦悲鴂衆芳凋紅壁丹砂板瓊鉤翡翠翹如何

搴香杜一作杜若江上獨無憀

題金山寺

地接龍宮漲淚賖鷲峯岑絶倚雲斜嵒披宿霧三竿日路引迷人四照花海國盜牙爭起塔河童施鉢但驚沙春蘿攀倚難成去山谷蹤鐘落暮霞

送竇秀才

晴原高下細如鱗樹轉城回路欲分望月西樓人共遠躍鞍南陌草初薰短亭山翠偏多疊送目鴻驚不及羣一驛賦成應援筆好憑飛翼寄歸雲

旅思

調苦歌非樂岐多淚始零羞彈長鋏劍終戀五侯鯖陌草薰沙綠江楓照岸青南陔動歸思蘭葉向春馨

仙意

孤桐百尺拂非煙鳳去鸞歸夜悄然滄海風高愁燕遠扶桑春老記蠶眠槎流千里纔成曲桂魄經旬始下弦獨有金人寄遺恨曉盤雲淚冷涓涓

聞朱祠部罷潯州歸闕

漢柱題名墨未乾南州坐布政條寬嶺雲路隔梅敧驛使馹秋歸柳拂鞍建禮侵晨趨冉冉明光賜對佩珊珊穎川此召行聞拜冠頻凝塵俟一彈

勸征

沈約傷春思愁含倦久游帆歸黃鶴（一作葦）浦人滯白蘋洲乳燕差池遠江禽格磔浮物華真可玩黑鬢恐逢秋

鄭駕部射圃

夢草西堂射圃蓮蘭苕初日露華鮮暈含畫的弦開月牙筭行籌酒滿船鏤管思催吟韻劇妓簾陰薄舞衣翩當筵獨愧探牛炙儉府芙

甘露寺

雲樹千尋隔翠微給園金地敞仁祠講花飄雨諸天近春漏欹蓮白日遲引鉢當空時取露殘灰經劫自成池危欄徙倚吟忘下九子鈴寒塔影移

送友人南下

河橋别柳減春條隔浦拏音聽已遙十里羹蓴誇敵酪滿池澎稻欲鳴蜩東風楚岸神靈雨殘月吳波上下潮如弔湘纍搴香一作杜若秋江斜日駐蘭橈

高樓

六曲雕欄百尺樓簾波不定瓦如流浮雲已映樓西北更向雲西待月鉤

榴花

絮亂絲繁不自持蜂黃蝶紫燕參差榴花最恨來時晚惆悵春期獨後期

宿雲夢館

北鴈來時歲欲昏私書歸夢杳難分井桐葉落池荷盡一夜西牕雨不聞

鷓鴣一作鴂

花殘如霰落紛紛紫陌空遺翠幰塵鷓鴣枉緣催節物年華不信有傷春

簾

銀蒜鉤簾宛地垂桂叢烏起上朝暉枉將玳瑁雕爲押遮掩春堂礙燕歸

行雲

疊疊烟波隔夢思離愁幾日減腰圍行雲自亦傷無定莫就行雲託

信歸

琵琶亭上作

九江烟水一登臨風月清含古恨深濕盡青衫司馬淚琵琶還似雍門琴

柳

兩闊堤長走畫轅絮兼梨雪墜春烟東風苑外千絲老猶伴吳蠶盡日眠

井桐

簷歌碧瓦拂傾梧玉井聲高轉轆轤腸斷西樓驚穩夢半留殘月照啼烏

雪中寄友人

楚岸梅香半入衣凍雲銀鑠曉光飛遙應便面逢人處走馬章街失路歸

與謝三學士絳唱和八首

和國庠勸講之什

春盡沂風暖芹生泮水清雙旌榮照路博帶儼盈庭函丈師臨席鏘金璧有經諸生拜玉一作王袞欣識象邱形

和遊午橋莊

曉壇初畢祀弭蓋共尋幽鳥哢林中出泉聲冰下流攀條驚雪盡翻袂愛風柔好駐城南馬春一作秦桑徧陌頭

和龍門曉望

水霧濛濛曉望平悠然驅馬獨吟行煙嵐明滅川霞上凌亂空山百鳥驚

除夜偶成拜上學士三丈

萬瓦青烟夕靄生斗杓迎歲轉東城隋宮守夜沈香燎楚俗驅神爆竹聲玉樹羅階家宴盛羽觴稱壽綵衣榮九門朝客思公甚向曉天

風舞雪霙

陪飲上林院後亭見櫻桃花悉已披謝因成七言四韻

尋芳長恨見花遲豈意看花獨後期試藉落英聊共醉爲憐殘蕚更攀枝清香肯以無人減幽艷惟應有蝶知開謝兩堪成悵望傷春不到柳絲時

昨日偶陪後騎同適近郊謹成七言四韻兼呈聖俞

堤柳纔黃已落梅尋芳弭蓋共徘徊桑城日暖蠶催浴麥壠風和雉應媒別浦人嬉遺翠羽弋林春廢鏁歌臺歸鞍暮逼宮街鼓府吏應驚便面回

和八月十五日齋宮對月

皓月三川靜晴氛萬里銷靈光望日滿寒色入波搖灝氣成山霧浮雲蔽壠苗廟荒陰燐出苑廢露螢飄齋館心方寂秋城夜已遙清談對元亮瓊彩映蕭蕭

送學士三丈一作送謝學士歸闕

供帳洛城邊三字一作拂雲煙征轅一作轂去莫攀人醒風外酒馬度雪中關故一作舊府誰同在新年獨未還遙應行路者偏識綵衣斑

已上八篇居士集上載後一篇其不同者五字題云送謝希深今本皆作送王學士　希深三訛爲王耳

外集卷第五

律詩二

雙桂樓

嘉樹叢生秀茲樓層漢傍飛甍臨萬井伏檻出垂楊卷幕晴雲度披襟夕籟涼山河瞻帝里風月坐胡牀愛客東阿宴清歡北海觴淮南多雅詠歲晚翫幽芳

題張應之縣齋

小官歎簿領夫子臥高齋五斗未能去一邱真所懷綠苔一作蘚長秋雨黃葉堆空堦縣古仍無柳池清尚有蛙琴觴開月幌窗戶對雲崖嵩少亦堪老行當與子一作予與偕

和梅聖俞杏花

誰道梅花早殘年豈是春何如豔風日獨自占芳辰

錢相中伏日池亭宴會分韻

罇俎逢佳節簪纓奉宴居林光拂衣冷雲影入池虛酒色風前綠蓮
香水上疎飛談交玉麈聽曲躍文魚粉籜春苞解紅榴夏實初睢園
多美物能賦謝相如

送辛判官

被薦方趨召還鄉仍綵衣看山向家近上路逐鴻飛結綬同爲客登
高獨送歸都門足行者莫訝柳條稀

叢翠亭

柳色滿重城岧岧出翠甍春雲依檻暖夕照落山明走馬章街曉飜
鴻洛浦晴清罇但留客桴鼓晝無驚

賀九龍廟祈雪有應

真宰調神化幽靈應不言朝雲九淵闇暮霰六花繁朔吹縈歸斾賓
裾載後軒睢園有客賦郢曲幾人飜槐座方虛位鋒車佇改轅願移
盈尺瑞爲雨徧羣元

早春南征寄洛中諸友

楚色窮千里行人何苦賒芳林逢旅鴈候館噪山鵶春入河邊草花開水上槎東風一罇酒新歲獨思家

花山寒食

客路逢寒食花山不見花歸心隨北鴈先向洛陽家

寒食值雨

禁火仍風雨客心愁復悽陰雲花更重春日水平堤一作還西油壁逢南陌鞦韆出綠蹊尋芳無厭遠自有錦障泥

寄謝晏尚書二絕

送盡殘春始到家主人愛客不須嗟紅泥煑酒嘗青杏猶向臨流藉落花

爛漫殘芳不可收歸來惆悵失春遊綠陰深處聞啼鳥猶得追閑果下騮

留守相公移鎮漢東
周郊徹楚坰舊相擁新旌路識青山在人今白首行相公舊有方城
題句問農穿稻野候節見梅英腰組人稀識偏應邸吏驚
寄聖俞
平沙漫去聲飛雪行旅斷浮橋坐覺山波阻空嗟音信遥窮陰變寒
律急節慘驚飆野霽雲猶積河長冰未銷山陽人半在洛社客無聊
寄問陶彭澤籃輿誰見邀
柴舍人金霞閣
簷前洛陽道下聽走轅聲樹蔭春城綠山明雪野晴雲藏天外闕日
落柳間營緩步應多樂壺歌詠太平
送王公慥判官
久客倦京國言歸歲已冬獨過伊水渡猶聽洛城鐘山色經寒綠雲
陰入暮重臘梅孤館路疲馬有誰逢

伊川獨遊

綠樹遶伊川人行亂石間寒雲依晚日白鳥向青山路轉香林出僧

歸野渡閑巖阿誰可訪興盡復空還

遊彭城公白蓮莊

謝墅多幽賞華軒會共尋人閑聊載酒臺迥獨披襟水落陂光淡城

當山氣陰惟餘桃李樹日覺翠蹊深

普明院避暑

選勝避炎鬱林泉清可佳拂琴驚水鳥代麈折山花就簡刻筠粉浮

甌烹露芽歸鞍微帶雨不惜角巾斜

送高君先輩還家

閑居寂寞面重城過我時欣倒屣迎入洛機雲推俊譽遊梁枚馬得

英聲風晴秀野春光變梅發家林鳥哢輕秪待登高成麗賦漢庭推

轂有公卿

憶龍門

楚客有歸心因聲道故岑依依動春色藹藹望香林山日巖邊下溪雲水上霽遥知懷洛社應復動鄉吟

贈梅聖俞時聞敗舉

黄鵠刷金衣自言能遠飛擇侶異棲息終年修羽儀朝下玉池飲暮宿霜桐枝徘徊且垂翼會有秋風時

郡人獻花

蝶遶蜂遊露滿盤芳條可惜折來殘我緣多病經春臥砌下花開不暇看

龍門泛舟晚向香山

暫解塵中紱來尋物外遊搴蘭流水曲弄桂倚山幽波影巖前緑灘聲石上流忘機下鷗鳥至樂翫游儵梵響雲間出殘陽樹杪收溪窮興不盡繫榜且淹留

荷葉與梅二分題

採綴本芳陂移根向玉池晴香滋白露翠色弄清漪雨歇涼飆起烟明夕照移如何江上思偏動越人悲

早赴府學釋奠

羽籥與東序春秋紀上丁行祠漢丞相學禮魯諸生俎豆兼三代罇罍奠兩楹霧中槐市暗日出杏壇明昔齒公卿胄嘗聞絃誦聲何須向闕里首善本西京

和晏尚書夏日偶至郊亭

闢闢啼鳥樹交陰雨過西城野色侵避暑誰能陪劇飲清歌自可滌煩襟稻花欲秀蟬初嘒菱蔓初長水正深知有江湖杳然意扁舟應許共追尋

和晏尚書自嘲

未歸歸即秉鴻鈞偷醉闢亭醉幾春與物有情寧易得莫嗔花解久

留人

題薦嚴院

那堪多難百憂攻三十衰容一病翁却把西都看花眼斷腸來此哭東風

寄題嵩巫亭

平地煙霄向此分繡楣丹檻照清芬一作汾風簾暮捲秋空碧剩見西山數嶺雲

題淨慧大師禪齋景德寺普光院

巾屨諸方遍莓苔一室前萎花吟次一作處落孤月定中圓齋鉢都人施談機海外傳時應暮鐘響來度禁城烟

琵琶亭

樂天曾謫此江邊已嘆天涯涕泫然今日始知予罪大夷陵此去更三千

初至虎牙灘見江山類龍門

曉鼓潭潭客夢驚虎牙灘上作船行山形酷似龍門秀江色不如伊水清平日兩京人少壯今年三峽歲崢嶸臥聞乳石淙流響疑是香林八節聲

題張損之學士蘭皐亭

碕岸接芳蹊琴觴此自怡林花朝落砌山月夜臨池雨積蛙鳴亂春歸鳥哢移惟應乘興客不待主人知

霽後看雪走筆呈元珍判官二首

江上寒山秖對門野一作山花巖草共嶙峋獨吟羣玉峯前景閑憶紅蓮幕下人

嘉景無人把酒看一作尊縣樓終日獨凭欄山城歲暮驚時節已作春風料峭寒

送致政朱郎中

平生不省問田園白首忘懷道更尊已上印書辭北闕稍留冠蓋餞
東門馮唐老有爲郎戀疏廣終無任子恩今日榮歸人所羨兩兒腰
綬擁高軒

留題安州朱氏草堂

俯檻臨流蕙徑深平泉花木繞陰森蛙鳴鼓吹春喧耳草暖池塘夢
費吟賭墅乞甥賓對弈驚鴻送目手揮琴嗟予遠捧從軍檄不得披
裘五月尋

題光化張氏園亭

君家花幾種來自洛之濱惟我曾遊洛看花若故人芳菲不改色開
落幾經春陶令來常醉山公到最頻曲池涵草樹啼鳥悅松筠相德
今方賴思歸未有因

和聖俞百花洲二首

野岸溪幾曲松一作沿蹊穿翠陰不知芳渚遠但愛綠荷深

荷深水風闊雨過清香發暮角起城頭歸橈帶明月

魚

秋水澄清見髮毛錦鱗行處一作慢水紋搖岸邊人影驚還去時向綠荷深處跳

月

天高月影浸長江江闊風微水面涼天水相連為一色更無纖靄隔清光

楩子

嘉樹團團俯可攀壓枝秋實漸斕斑朱欄碧瓦清霜曉粲粲繁星綠葉間

初冬歸襄城弊居

日落原野晦天寒閭市閑牛羊遠陂去鳥雀空簷間憑高植藜杖曠目瞻前山壠麥風際綠霜鵽村外還禾黍日已熟杯酒聊開顏酣歌

歲云暮寂寞向柴關

和晏尚書對雪招飲

瑤林瓊樹影交加誰伴山翁醉帽斜自把金船浮白蟻應須紅粉唱梅花

滑州歸鴈亭

長河終歲足悲風亭古臺荒半倚空惟有鴈歸時最早柳含微綠杏粘紅

送黃通之鄖鄉

君子貴從俗小官能養賢無慚折腰吏勉食落頭鮮均人相尚食腐魚故俗傳爲落頭鮮困有亨之理窮當志益堅惟宜少近禍親髮況皤然

秋日與諸君馬頭山登高

晴原霜後若榴紅佳節登臨興未窮日泛花光搖露際酒浮山色入

樽中金壺恣灑毫端墨玉麈交揮席上風惟有淵明偏好飲籃輿酩酊一衰翁

送楊君歸漢上

我昔謫窮縣相逢清漢陰拂塵時解榻置酒屢橫琴介節溫如玉嘉辭擲若金趣當鄉士薦無滯計車音

後潭遊船見岸上看者有感河朔之俗不知嬉遊大名與眞定以三月十八日爲行樂之日其俗頗盛

喧喧誰暇聽歌謳浪遶春潭逐綵舟爭得心如汝無事明年今日更來遊

春日獨居

衆喧爭去逐春遊獨靜誰知味最優雨霽日長花爛漫春深睡美夢飄浮常憂任重才難了偶得身閑樂暫偷因此益知爲郡趣乞州仍擬乞山州

得滕岳陽書大誇湖山之美郡署懷疑物甚野其意有戀著之趣作詩一百四十言爲寄且警激之

峭巘孤城倚平湖遠浪來萬尋迷島嶼百仞起樓臺太守凭軒處羣賓奉笏陪清霜薦丹橘積雨過黃梅逸思歌湘曲遺文繼楚材魚貪河岫樂雲忘帝鄉回遙信雙鴻下新緘尺素裁因聞誇野景(一作境)自笑擁邊埃龍漠方多孽旄頭久示災旌旗時映日鼙鼓或驚雷有志皆嘗膽何人可鑿坏儒生半投筆牧豎亦輸財沮澤辭猶慢蒲萄館未開支離莫攘臂天子正求才

幽谷種花洗山

洗出峯巒看臘雪栽成花木趁新年史君功行今將滿誰肯同來作地仙

鷺鷥

激石灘聲如戰鼓翻天浪色似銀山灘驚浪打風兼雨獨立亭亭意

愈閑

贈歌者

病客多年掩綠罇今宵爲爾一顏醺可憐玉樹庭花後又向江都月下聞

初春

新年變物華春意日堪嘉霽色初含柳餘寒尚勒花風絲飛蕩漾林鳥哢交加獨有無悰者誰知老可嗟

送田處士

秦士多豪俠夫君久遁名青山對高臥白首喜論兵氣古時難合詩精一作清格入評公車不久召歸袖夕風生

行次壽州寄內

紫金山下水長流嘗記當年此共遊今夜南風吹客夢清淮明月照孤舟

答呂太博賞雙蓮

年來因病不飲酒老去無悰懶作詩我已負花常自愧君須屢醉及芳時漢宮娣妹爭新寵湘浦皇英望所思天下從來無定色况將鉛黛比天姿

酬孫延仲龍圖

洛社當年盛莫加洛陽耆老至今誇梅聖俞張堯夫張子野延仲與予皆在洛中死生零落餘無幾齒髮衰殘各可嗟北庫酒醪君舊物延仲前守汝陰西湖烟水我如家已將二美交相勝仍在新篇麗彩霞

常州張鄉養素堂

江左衣冠世有名幾人今復振家聲朝廷獨立清冰節閭里歸來白首卿志在言談猶慷慨身閑耳目益聰明長松野水誰爲伴顧我堪羞戀寵榮

西湖泛舟呈運使學士張掞

波光柳色碧溟濛曲渚斜橋畫舸通更遠更佳唯恐盡漸深漸密似無窮綺羅香裏留佳客絃管聲來颺晚風半醉迴一作還舟迷向背樓臺高下夕陽中

去思堂會飲得春字甲午四月穎州張唐公座上

世事紛然百態新西岡一醉十三春自慚白髮隨年少猶把金鍾勸主人黃鳥亂飛深夏木紅榴初發豔清晨佳時易失閑難得有酒重來莫厭頻

太傅相公入陪大祀以疾不行聖恩優賢詔書俞允發於感遇紀以嘉篇小子不揆輒亦課成拙惡詩一首

驛騎頻來急詔隨都人相與竊嗟咨自非峻節終無改安得清衷久益思前席葢將求讜議在庭非爲乏陪祠尊賢優老朝家美他日安車召未遲

寄子春發運待制

廣陵花月嘗同醉雎苑風霜暫破顔但喜交情久彌重休嗟人事老多艱壯心未忍悲華髮強飲猶能倒玉山留滯江一作五湖應不久多爲春酒待君還

答許發運見寄許詩云芍藥瓊花應有恨維揚新什獨無名

瓊花芍藥世無倫偶不題詩便怨人曾向無雙亭下醉自知不負廣陵春

贈廬山僧居訥

方瞳如水衲披肩邂逅相逢爲洒然五百僧中得一士始知林下有遺賢

過塞二首一首已見居士集

身驅漢馬踏胡霜每嘆勞生秖自傷氣候愈寒人愈北不如征鴈解隨陽

晏元獻公挽辭三首

接物襟懷曠推賢品藻精謀猷存二府臺閣徧諸生帝念宮臣舊恩隆衮服榮春風緣野迥千兩送銘旌

四鎮名藩忽十春歸來白首兩朝臣上心方喜親耆德物論猶期秉國鈞退食圖書盈一室開罇談笑列嘉賓昔人風采今人少慟哭何由贖以身

富貴優游五十年始終明哲保身全一時聞望朝廷重餘事文章海外傳舊館池臺閑水石悲笳風日慘山川解官制服門生禮慙負君恩隔九泉

酬滑州公儀龍圖見寄

畫舫齋前舊菊叢十年開落任秋風知君爲我留紅旆猶記裁花白髮翁

外集卷第六

外集卷第七　　集五十七

律詩三

贈王介甫

翰林風月三千首吏部文章二百年老去自憐心尚在後來誰與子爭先朱門歌舞爭新態綠綺塵埃試拂絃常恨聞名不相識相逢罇酒盍留連

蘇才翁挽詩二首

握手接歡言相知二十年文章家世事名譽弟兄賢可惜英魂掩惟餘醉墨傳秋風衰柳岸撫柩送歸船

雄心壯志兩崢嶸誰謂中年志不成零落篇章爲世寶平生風義見交情青松月下泉臺路白草原頭薤露聲自古英豪皆若此哭君徒有淚沾纓

送石楊休還蜀

長愛謫仙誇蜀道送君西望重吟哦路高黃鵠飛不到花發杜鵑啼
更多清禁寒生鳳池水繡衣榮照錦江波昔年同舍青衿子夾道歡
迎鬢已皤

和景仁試明經大義多不通有感

庠序制猶闕鄉閭教不行古於經學政今也藝虛名來者益可鄙待
之因愈輕無徒誚其陋講勸在公卿

和公儀試進士終場有作

朝家意在取遺才樂育推仁亦至哉本欲勵賢敦古學可嗟趨利競
朋來昔人自重身難進薄俗多端路久開何異鱣鮪爭尺水巨魚先
已化風雷

久在病告近方赴直偶成拙詩二首

經時移病久端居玉署新秋獨直廬夜靜樓臺落銀漢人閑鈴索少
文書江湖未去年華晚燈火微涼暑雨初敢向聖朝辭寵祿多慙禁

籞一作闕養慵疎

清晨下直大明宮馳馬悠然宿露中金闕雲開滄海日天街雨後綠槐風歲華忽忽雙流矢鬢髮蕭蕭一病翁名在玉堂歸未得西山晝閣興何窮

送潤州通判屯田

船頭初轉兩旗開淸曉津亭疊鼓催自古江山最佳處況君談笑有餘才雲愁海闊驚濤漲木落霜淸晝角哀善政已成多雅思寄詩宜逐驛筒來

和劉原甫平山堂見寄

督府繁華久已闌至今形勝可躋攀山橫天地蒼茫外花發池臺草莽閒萬井笙歌遺俗在一罇風月屬君閑遙知爲我留眞賞恨不相隨暫解顏

送張吉老赴浙憲

吳越東南富百城路人應羨繡一作錦衣榮昔時結客曾遊處今見焚香夾道迎治世用刑期止殺仁心聽獄務求生時豐訟息多餘暇無惜新篇屢寄聲

春日詞五首

宮壇青陌賽牛回玉琯一作管東風逗曉來不待嶺梅傳遠信剪刀先放綵花開

試粉東牕待曉迴共尋春柳傍香臺不驚樹裏禽初變共喜釵頭鷰已來

紅霧初開上曉霞共驚風色變年華香車遙認春雷響庭雪先開玉樹花

玉琯吹灰夜色殘雞鳴紅日上仙盤初驚百舌綿蠻語已覺東風料峭寒

待曉銅荷剪蠟煤繡簾春色犯寒來畫眉不待張京兆自有新粧試

落梅

走筆答原甫提刑學士慶曆五年詳見卷末

歲暮山城喜少留西亭尚欲挽行輈一罇莫惜臨岐別十載相逢各白頭

酬淨照大師說

佛說吾不學勞師忽款關吾方仁義急君且水雲閑意淡宜松鶴詩清叩珮環林泉苟有趣何必市廛閒

和劉原父從幸後苑觀稻呈講筵諸公

禁籞皇居接香畦檻縷邊分渠自靈沼種稻滿滮田六穀名居首三農政所先擢莖蒙德茂養實以時堅曉謁龍墀罷行瞻鳳蓋翩粹容知一作和喜色嘉瑞奏豐年衰病慙經學陪遊與俊賢安知帝力及但樂歲功全拜賜秋風裏分行黼座前自憐臺笠叟來綴侍臣篇

送薛水部通判幷州

胸懷磊落逢知己氣略縱橫負壯心玉麈生風賓滿坐金鱗照甲士樂費黃金

鶴

如林牛羊日暖山田美雨雪春寒土屋深自古幽并重豪俠秪應行

樊籠毛羽日低摧野水長松眼暫開萬里秋風天外意日斜閑啄岸邊苔

鴈

來時沙磧已冰霜飛過江南木葉黃水闊天低雲暗澹朔風吹起自成行

鶻

依倚秋風氣象豪似欺黃雀在蓬蒿不知羽翼青冥上腐鼠相隨勢亦高

原甫致齋集禧余亦攝事後廟謹呈拙句兼簡聖俞

受命分行攝上公紫微人在玉華宮樓臺碧瓦輝雲日蓮芰清香帶水風每接少年嗟老病尙能聯句惱詩翁淩一作臨晨已事追佳賞緣李甘瓜興未窮

同年祕書丞陳動之挽詞二首

場屋當年氣最雄交游樽酒弟兄同文章落筆傳都下議論生鋒服座中自古聖賢誰一作猶不死況君門戶有清風凋零三十年朋舊在者多爲白髮翁

富貴聲名豈足論死生榮辱等埃塵青衫照日誇春牓白首餘年哭故人感德不忘存誌刻話言能記有朋親吳江草木春風動灑酒誰瞻壠樹新

奉和劉舍人初雪

夜雪塡空曉更飄龍墀風冷珮聲高瓊花落處縈仙仗玉殿光中認赭袍下直笑談多樂事平時罇酒屬吾曹羨君年少才無敵顧我雖

衰飲尚豪

暮春書事呈四舍人

樹陰初合苔生暈花蘂新成蜜滿脾鶯燕各歸巢哺子蛙魚共樂雨添池少年春物今如此老病衰翁了不知飽食杜門何所事日長偏與睡相宜

荷葉

池面風來波瀲瀲波間露下葉田田誰於水上張青蓋罩却紅粧唱採蓮

小池

深院無人鏁曲池莓苔繞岸雨生衣綠萍合處蜻蜓立紅蓼開時蛺蝶飛

釣者

風牽釣線裊長竿短笠輕蓑細草間春雨濛濛看不見一作足水烟

埋却面前山

霜

一夜新霜著瓦輕芭蕉心折敗荷傾奈寒惟有東籬菊金蘂繁開曉
更清

牛

日出東籬黃雀驚雪銷春動草芽生土坡平慢陂田闊橫載童兒帶
犢行

送劉虛白二首

祕訣誰傳妙若神能將題品徧朝紳因言禍福兼忠孝吾愛君平善
誨人

我嗟韁鎖若牽拘久羨南山去結廬自顧豈勞君借譽偶然章服裹
猿狙

劉丞相挽詞二首

南國鄰鄉邑東都並儁遊賜袍聯唱第命相見封侯念昔趨黃閣相看笑白頭感衰同俯仰旌旐送山邱

連章相府辭榮寵擁旆名都出鎮臨年少已推能宰社鄉人終不見揮金長蛟息浪歸帆穩喬木生烟蔽日深平昔家庭敦友愛可憐松檟亦連陰

寄大名程資政琳

龍門長恨晚方登便以忘年接後生談劇每容陪玉麈飲豪常憶困金觥冰開御水春應綠雲破淮天月自明醉倒離筵聽別曲醒來猶尙記餘聲

東齋對雪有懷

東齋坐客飲方豪誰報風簾雪已飄貪聽罇前歌裊裊不聞牕外響蕭蕭已憐殘臘催梅蘂更約新春探柳條共憶瀛洲人獨直神仙清景正寥寥

雪後玉堂夜直

雪壓宮牆鏁禁城沉沉樓殿景尤清玉堂影亂燈交晃銀闕光寒夜自明塵暗圖書愁獨直人閑鈴索久無聲鑾坡地峻誰能到莫惜宮壺酒屢傾

官舍假日書懷奉呈子華內翰長文原甫景仁舍人聖俞博士

鎖印春風雪入簾天寒烏雀聚空簷青幡受歲兒童喜白髮催人老病添豔舞回腰飛玉盞清吟擁鼻對冰蟾相從一笑兩莫得簿領區區嘆米鹽

酬王君玉中秋席上待月值雨

池上雖然無皓魄罇前殊未減清歡綠醅自有寒中力紅粉尤宜燭下看羅綺塵隨歌扇動管絃聲雜雨荷乾客舟閑臥王夫子詩陣教誰主將壇

中秋不見月問客

試問玉蟾寒皎皎何如銀燭亂熒熒不知桂魄今何在應在吾家紫石屏

張仲通示墨竹嗣以嘉一作佳篇豈勝欽玩聊以四韻仰酬厚貺

數竿蒼翠寫生綃寄我公齋伴寂寥不待雪霜常一作長凜凜雖無風雨自蕭蕭嗟予心志俱憔悴羨子文章騁一作足富饒嗣以嘉一作佳篇誠厚貺遠慚爲報乏瓊瑤

奉寄襄陽張學士兄

東津淥水南山色夢寐襄陽二十年予昔遊漢上嘗愛其山川迨今十六七年矣顧我百憂今白首羨君千騎若登仙花開漢女游堤上人看仙翁擁道邊況有玉鍾應不負夜槽春酒響如泉

奉答聖俞宿直見寄之作

寒夜分曹直嚴城隔幾層子慚批鳳詔一作諾君歎守螢燈病骨羸

漳浦官書蠹羽陵無嫌學舍冷文字比清冰

和原甫舍人閣下午寢歸有作

遙知好睡紫微郎枕簟清薰綠蕙芳五色詔成人不到萬年風動閣

生涼平時下直歸宜早陋巷相過意未忘楊子不煩多載酒主人猶

可具一作其黃粱

聞原甫久在病告有感

東城移疾久離居安得疑虵意盡祛諸老何爲讒賈誼君王猶未識

相如浮沉俗喜隨時態磊落材多與世疎誰謂文章金馬客飄同憔

悴楚三閭

試筆

試筆消長日耽書遣百憂餘生得如此萬事復何求黃犬可爲戒白

雲當自由無將一坏土欲塞九河流

齋宮感事寄原甫學士

曾向齋宮詠麥秋綠陰佳樹覆牆頭重來滿地新霜葉却憶初聞黃栗留

戲答仲儀口號

弊居回看如蛙穴華宇來棲若鷰身寄宿人家敢望笙歌行樂事只憂無米過來春今年遠近大水稼穡何望

觀龍圖閣三聖御書應制

層構嚴清禁披圖爛寶文虹蜺光照物龍鳳勢騰雲妙極功歸一真隨體自分孝思遵寶訓聖業廣惟勤

題東閣後集一作題營邱集後

東閣三朝多大事營邱二載足三字一作兩郡半閑辭近詩留作歸榮集何日歸田自集詩

日長偶書

日長漸覺逍遥樂何況終朝無事人安得遂爲無事者人間萬慮不關身

寄答王仲儀太尉素

豐樂山前一醉翁餘齡有幾百憂攻平生自恃一作是心無媿直道誠知世不容換骨莫求丹九轉榮名豈在禄千鍾明年今日如尋我潁水東西問老農

解官後答韓魏公見寄

報國勤勞已蔑聞終身榮遇最無倫老爲南畝一夫去猶是東宫二品臣侍從籍通清切禁笑歌行作太平民欲知念舊君恩厚二者難兼始兩人新制推恩致仕許依舊兼職自王仲儀始今某仍出特恩

余昔留守南都得與杜祁公唱和詩有答公見贈二十韻之卒章云報國如乖願歸耕寧買田期無辱知己肯逐利名遷逮今二十有二年祁公捐館亦十有五年矣而余始蒙恩得

遂退休之請追懷平昔不勝感涕輒爲短句寘公祠堂
掩涕發陳編追思二十年門生今白首墓木已蒼烟報國如乖願歸
耕寧買田此言今始踐知不愧黃泉

答端明王尚書見寄兼簡景仁文裕二侍郎二首
日久都城車馬喧豈知風月屬三賢唱高誰敢投詩社行處人爭看
地仙酒面撥醅浮大白舞腰催拍趁繁絃與公等是休官者方把鋤
犂學事田
多病新還太守章歸來白首興何長琴書自是千金產日月閑銷百
刻香尚有俸錢酤美酒自栽花圃趁新陽醉翁生計今如此一笑何
時共一觴

寄題景純學士藏春塢新居
淸才四紀擅時名晚卜邱林遂解纓欲借青春藏向此須知白首尚
多情水浮花出人間去山近雲從席上生漫一作謾說市朝堪大隱

仙家誰信在重城

會老堂

古來交道愧難終此會今時豈易逢出處三朝俱白首凋零萬木見青松公能不遠來千里我病猶堪釂一鍾已勝山陰空興盡且留歸駕爲從容

叔平少師去後會老堂獨坐偶成

積雨荒庭徧綠苔西堂瀟灑爲誰開愛酒少師花落去彈琴道士月明來雞啼日午衡門靜鶴唳風清晝夢回野老但欣南畝伴豈知一作峯高名籍在蓬萊

退居述懷寄北京韓侍中二首

悠悠身世比浮雲白首歸來潁水濆曾看元臣調鼎鼐却尋田叟問耕耘一生勤苦書千卷萬事銷磨酒百分放浪豈無方外士尚思親友念離羣

青殿宮臣寵並叨不同憔悴返漁樵無窮興味閑中得強半光陰醉裏銷靜愛竹時來野寺獨尋春偶過溪橋猶須五物稱居士不及顔回飲一瓢

贈潘道士

門無車轍紫苔侵雞犬蕭條陋巷深寄語彈琴潘道士雨中尋得越江吟

答樞密吳給事見寄

老得閑來興味長問將何事送餘光春寒擁被三竿日宴坐忘言一炷香報國愧無功尺寸歸田仍值歲豐穰樞庭任重才餘暇猶有新篇寄草堂

答判班孫待制見寄

三朝竊寵幸逢辰晚節恩深許乞身無用物中仍老病太平時得作閑人鳴琴酌酒留嘉客引水栽花過一春惟恨江淹才已盡難酬開

府句清新

初夏西湖

積雨新晴漲碧溪偶尋行處獨依依綠陰黃鳥春歸後紅蘤青苔人跡稀萍匝汀洲魚自躍日長欄檻燕交飛林僧不用相迎送吾欲臺頭坐釣磯

寄河陽王宣徽

誰謂蕭條穎水邊能令嘉客少留連肥魚美酒偏宜老明月清風不用錢況值湖園方首夏正當櫻筍似三川自知不及南都會勉強猶須詫短篇

寄韓子華幷序

余與韓子華長文禹玉同直玉堂嘗約五十八歲致仕子華書於柱上其後荐蒙恩寵世故多艱歷仕三朝備位二府已過限七年方能乞身歸老俗諺云也賣弄得過裏

人事從來無處定世途多故踐言難誰如頼水閑居士十頃西湖一

釣竿

戲劉原甫見蔡絛西清詩話已下續添

平生志業有誰先落筆文章海內傳昨日都城應紙貴開簾却扇見

新篇

仙家千載一何長浮世空驚日月忙洞裏新花莫相笑劉郎今是老

劉郎

和子履遊泗上雍家園子履姓陳

長橋南走羣山間中有雍子之名園蒼雲蔽天竹色淨暖日撲地花

氣繁飛泉來從遠嶺背林下曲折寒波翻珍禽不可見毛羽數聲清

絶如哀彈我來據石弄琴瑟惟恐日暮登歸軒塵紛解剝耳目異秪

疑夢入神仙村知君襟尚我同好作詩閎放莫可攀高篇絶景兩不

及久之想像空冥煩

右雍家園詩吉綿閩本皆入公外集而王荆公四家詩選亦有之今乃載蘇子美滄浪集後人安得不疑或謂公親作滄浪集序不應誤雜己詩可以無疑姑附見於此按王荆公取公詩凡一百二十五首内一百三首載居士集二十一首載外集又一篇卽此詩其宅或全改一聯或增減一聯甚者至增四聯或移兩聯之類已注一作於逐篇豈當時傳本不同抑荆公自家潤色也

外集卷第七

外集卷第八　　集五十八

古賦雜文五首附

紅鸚鵡賦幷序

聖俞作紅鸚鵡賦以謂禽鳥之性宜適於山林今茲鸚徒事言語文章以招累見囚樊中曾烏鳶雞雛之不若也謝公學士復多鸚之才故能去昆夷之賤有金閨玉堂之安飲泉啄實自足為樂作賦以反之夫適物理窮天真則聖俞之說勝負才賢一作賢才以取貴於世而能自將所適皆安不知籠檻之於山林則謝公之說勝某始得二賦讀之釋然知世之賢愚出處各有理也然猶疑夫茲禽之腹一作賦中或有未盡者因拾二賦之餘棄也以代鸚畢其說

后皇之載兮殊方異類肖翹蠢息兮厥生咸遂鎔埏賦予兮有物司之泊然後化兮默運其機陶形播氣兮小大取足紛不可狀兮千名萬族異物珍怪兮託產遐陬來海裔兮貴中州邈丹山於荒極越鳳

皇之所宅稟南方之正氣孕赤精於火德蓋以氣而召類兮故感生而同域播為我形特殊其質不緣以文而丹其色物既賤多而貴少兮世亦安常而駭異豈負美以有求兮適遭時之我貴客方黜我以文采弔我於籠樊謂夫飛鳴而飲啄不若雞鶩與烏鳶噫不知物有貴賤殊乎所得工（一作天）初造我甚難而嗇千毛億羽曾無其一忽然成形可異而珍慧言美質俾貴於人籠軒寶翫翔集安馴彼衆禽之擾擾兮蓋迹殊而趣乖既心昏而質陋兮乃自穢而安卑樂以鍾鼓宜其眩悲蓋貴我之異稟何棄我於羣飛若夫生以才夭養以性違客之所悼我亦悼之我視乎世猶有甚兮郊犧牢豕龜文象齒蚌蛤之胎犛牛之尾既殘厥形又奪其生是猶天為非以自營人又不然謂為最靈淳和質靜本湛而寧不守爾初自為巧智鑿竅泄和漓淳雜僞衣羔染夏強華其體鞭扑走趨自相械繫天不汝文而自文之天不汝勞而自勞之役聰與明反為物使用精既多速老招累侵

生螯性豈毛之罪又聞古初人禽雜處機萌乃心物則遁去深兮則網高兮則弋爲之職誰而反予是責

述夢賦

夫君去我而何之乎時節逝兮如波昔共處兮堂上忽獨棄兮山阿嗚呼人羨久生生不可久死其奈何死不可復惟可以哭病予喉使不得哭兮况欲施乎其他憤旣不得與聲而俱發兮獨飲恨而悲歌歌不成兮斷絕淚疾下兮滂沱行求兮不可過癡是遇字坐思兮不知處可見惟夢兮奈寐少而寤多或十寐而一見兮又若有而若無乍若去而若來忽若親而若疎杳兮倏兮猶勝於不見兮願此夢之須臾尺蠖憐予兮爲之不動飛蠅閔予兮爲之無聲冀駐君兮可久怳予夢之先驚夢一斷兮魂立斷空堂耿耿兮華燈世之言曰死者澌也今之來兮是也非也又曰覺之所得者爲實夢之所得者爲想苟一慰乎予心又何一作可較乎真妄綠髮兮思君而白豐肌兮以

君而瘠君之意兮不可忘何憔悴而云惜願日之疾兮願月之遲夜長於晝兮無有四時雖音容之遠矣於恍惚以求之

荷花賦

步蘭塘以清暑兮颯蘋風以中人擷杜若之春榮兮搴芙蓉於水濱嘉丹葩之耀質出淥水而含新蔭曲池之清泚漾波紋之漪淪披紅衣而耀彩寄清流以一作而託根挺無華之淺豔靡競麗乎先春抱生意以自得兮及薰時之嘉辰若夫夏一作下畹蘭衰夢池草窖慘羣芳之已銷獨斯蓮之一作而逈出可以嗅清香以析醒可以玩芳華而自逸況其晚浦煙霞水亭風日投文竿而餌垂泳萍莖而波溢蕬縈藕以全折杯卷荷而半側墜紫葩以斂煙斂紅芳而向夕可憐影兮相顧列金葩而返植清風遏以似起碧露合而乍失或兩兩以相扶漸亭亭而獨出發燕脂於此土生異香於西域匪江妃之小腰卽廣陵之清一作青骨爾乃曲沼微陽橫塘細雨逐橋上之歸鞍笑

堤邊之游女墮虹梁而窺影倚風臺而欲舞覆翠被以薰香然犀燈而照浦雙心並根千株泣露湛月白而風清杳池平而樹古送艇子於西州聞棹謳於北渚迎桃根而待檝逢宓妃而未渡迫而視之靚若星妃臨水而脈脈盈盈遠而望之杳如峽女行雲而朝朝暮暮其妖麗也其閑麗也香荃橈兮木蘭舟澹容與兮悵夷猶東西隨葉隱上下逐波浮已見雙魚能比目應笑鴛鴦會白頭昔聞妃子貴東鄰池上金花不染塵空留此日田田葉不見當時步步人

螟蛉賦并序

詩曰螟蛉有子蜾蠃負之言非其類也及楊子法言又稱焉嗟夫螟蛉一蟲爾非有心於孝義也能以非類繼之爲子羽毛形性不相異也今夫爲人父母生之養育劬勞非爲異類也乃有不能繼其父之業者儒家之子卒爲商世家之子卒爲皁隸嗚呼所謂螟蛉之不若也作螟蛉賦詞曰

爰有桑蟲竇曰螟蠕與夫蜾蠃異類殊形負以爲子祝之以聲其子感之朝夕而成嗟夫人子父母所生父祝之言子莫之聽父傳之業子莫克承父沒母死身覆位傾嗚呼爲人孰與蟲靈人不如蟲曷以人稱

辭

啄木辭

木皇司春兮物熙以春芽者斯勾兮甲者斯萌物賴皇兮榮以欣翳有蟲兮甚不仁穴皇木兮羣以聚穴不已兮又加咀皇木病兮毅將深皇心惻兮傷爾蝎彼鴷鳥兮善啄吾利汝喙兮飢汝腹飛以鳴兮啄且食蟲不盡兮啄莫息山之麓兮水之濱皮堅節瘦兮龍甲蛇鱗節流膏兮吻流血百不一兮徒飢渴蠹日滋兮鴷日苦京謁皇兮披雲路雲之深兮不可見記歸風兮仰訴古初之皇兮甚仁惠憐民愛物使兩遂穴民處兮鮮民食穴不棟梁兮鮮不薪米其求甚少兮給

之孔易野鬱鬱兮山蒼蒼土有毛髮兮山有衣裳金不鞴治兮器不
刃鉎木至老朽兮不見斲殃聖萌機兮五財利贍有足兮生不匱蔽
風避濕兮修容威廟祭室寢兮猶無異爲帝何思之不熟兮忽生般
而與倕丹髹之不已兮又以彫幾斜鉤曲闘兮華照欄梯高構嶮兮
目精眩地禿而赭兮山褋而寒材者傷死兮生者力殫一躬之庇兮
一林夷族寓龍木馬兮重閣陰屋皇民暴齧兮驅之以扑噫智巧兮
誰爲是旣紛紛而不止工蠹則大兮蟲蠹則小捕小縱大兮將何謂
皇惜木兮雖甚恩蟲利食兮啄徒勤蠹未入口兮刃至其根與其啄
蠹能盡死不如得啄匠手使不堪於斧斤

哭女師

暮入門兮迎我笑朝出門兮牽我衣戲我懷兮走而馳旦不覺夜兮
不知四時忽然不見兮一日千思日難度兮何長夜不寐兮何遲暮
入門兮何望朝出門兮何之怳疑在兮杳難追髧兩毛兮秀雙眉不

可見兮如酒醒睡覺追惟夢醉之時八年幾日兮百歲難期於汝有
頃刻之愛兮使我有終身之悲

頌

會聖宮頌并序

西京留守推官將仕郎試祕書省校書郎臣歐陽修謹齋心滌慮頓
首再拜言臣伏見國家采漢書原廟之制作宮于永安以備園寢欲
以盛陵邑之充奉昭祖宗之光靈以耀示于千萬世甚盛德也修
惟古先王者將有受命之符必先興業造功以警動覺悟於元元然
後有其位而繼體守文之君又從而顯明丕大以纂修乎舊物故其
兢兢勤勤不忘前人是以根深而葉茂德厚而流光子子孫孫承之
無疆伏惟皇帝陛下以神聖至德傳有大器乾健而正離繼而明即
位以來于茲十年勤邦儉家以修太平日朝東宮示天下孝親執籩
豆三見於郊日星軌道光明清潤河不怒溢東南而流四夷承命歡

和以賓奔走萬里顧非有干戈告讓之命文移發召之期而犀珠象牙文馬轂玉旅于闕庭納于廐府如司馬令無一後先至德之及上格于天下極于地中浹於人而外冒於四表昆蟲有命之物無不仰戴神威聖功效見如此太祖創造基始克成厥家當天受命之功太宗征服綏來遂一海內睿武英文之業真宗禮樂文物以隆天聲升平告功之典陛下夙夜虔共嗣固鴻業纂服守成之勤基構累積顯顯昌昌益大而光稱于三后之意可謂至孝況春秋歲時以禘以祫則有廟祧之嚴配天昭孝以享以告則有郊廟明堂之位篆金刻石則有史氏之官歌功之詩一作歌詩之詠流于樂府象德之舞見乎羽毛惟是邦家之光祖宗之爲有以示民而垂無窮者罔不宣著陛下承先烈昭孝思所以奉之以嚴罔不勤備聖人之德謂無以加而猶以爲未也乃復因陵園起宮室以望神游土木之功嚴而不華地爽而潔宇敞而邃神靈杳冥如來如宅合於禮經孝子謦咳思親之

義愚以謂宮且成非天子自臨享則不能以來三后之靈然郡國不見治道太僕不先整駕恬然未聞有司之詔豈難於動民而遲其咎舜耶特疑以龜筮所考須吉而後行耶不然何獨留意於屋牆構築而至於薦見孝享未之思耶況是宮之制夷山爲平外取客土鍛石伐木發兵胥靡調旁近郡如此數年而道路之民徒見興爲之功恐愚無以識上意是宜不惜屬車之費無諱數日之勞沛然幸臨因展陵墓退而諭民以孝思之誠遂見守土之臣采風俗以問高年亦堯舜之事也古者天子之出必有采詩之官而道路童兒之言皆得以聞臣是以不勝惓惓之心謹采西人望幸意作爲頌詩以獻闕下詞曰

巍峨穹崇奠京之東有山而崧奫淪道源匯流而淵有洛之川川靈山秀囘環左右有高而阜其阜何名太祖太宗真宗之陵惟陵之制因山而起隱隱隆隆惟陵之氣常王而喜鬱鬱葱葱帝懷穹旻受命

我宋造初于屯帝念先烈用顧余家宣力以勤赫赫三后重基累構旣豐而茂燕翼貽謀是惟永圖其傳在子曰祖曰宗有德有功子實嗣之克勤克紹以孝以報予敢不思惟此園陵先后之宅旣宅且安后來游止弗宮弗室神何以驩迺相川原乃得善地地高惟邱迺以荆灼迺訊寶龜龜告曰猷帝命家臣而職我事而往惟寅一毫一絲給以縣官無取於民伐洛之薪陶洛之土瓦不病窳柯我之斧登我之山木好且堅家臣之來役夫萬名三年有成宮成翼翼在陵之側須后來格有門有宇有廊有廡有庭有序殿兮耽耽黼帷襜襜天威可瞻庭兮殖殖鉤盾虎戟容衞以飭太祖維祖太宗維弟真宗維子三聖嶷嶷有以正位于此而會聖兮在天風馬雲車其來僊僊聖會于此靈威神馭其宮肅然聖旣降矣其誰格之惟孝天子聖降當享其誰來薦亦孝天子孝旣克祗而來胡遲其下臣修作頌風之

贊

有宋右諫議大夫贈開府儀同三司太師中書令兼尚書令

魏國韓公國華真贊

氣剛而毅望之可畏色粹而仁近之可親有韞于中必見于外庶幾髣髴寫之圖繪惟其威德不可形容公德之豐後世之隆誰爲公子丞相衞公

章

州名急就章并序

敘曰古者史掌文書以識天地四方古今事物名言字訓而教學之法始於童子謂之小學君子重焉急就章者漢世有之其源蓋出於小學之流昔顏籀爲史游序之詳矣余爲學士兼職史官官不坐曹居多暇日每自娛於文字筆墨之間因戲集州名作急就章一篇以示兒女曹庶幾賢於博塞爾章曰

別州自禹郡於秦廢置經革難具陳皇家垂統天下定疆理萬方承

政令近征遠貢各有宜或畀吏治或羈縻九域披圖指可知分音比
類慎訛疑文差字析極精微若夫錦居遐裔孤音無比隰集梓泗劍
陝涪幽駢聲相附可如類求則有夔綏隨果賀播滑達越和河羅連
三前叶其四謂何乃有瓜沙嘉巴鳳隴雍宋歙峽合疊淄資思師化
雅華夏蜜吉蔚悉永郢鼎賴不宜吃訥又如保邵道趙耀鄆信潤普
愼凡五聲而一韻柳壽茂賓宥湊憲兗漢簡萬演海岱解蔡泰愛欽
潯金深郴黔蜀濮福睦復陸乃六律而同音七言惟一白澤號石益
德壁八音相望廣象相閬句絳凝黨宕句開萊台懷句階崖雷梅句
灃　冀利句濟薊費智句鄭鄧定孟句慶應靜勝句廉潭儋南句嵐
鹽甘嵐句至於許汝婺處句楚普潞敘古句魏惠桂貴句遂貝端嶲
會句言過乎九難宜於口於是有岳鄂亳溥洛句莫涿朔鄜拓句眉
黎齊池蘄句施伊西夷溪句濠曹饒昭韶句潮遼交洮牢句右皆十
卭通龍洪蓬蒙句邕同戎忠松籠句右上二連綿澶安延丹端句宣

檀驩蘭潘田巒句湖蘇舒滁廬渝瀘句梧蒲徐鄜扶儒禺句右皆十
四秦邠麟汾句均陳温春句筠辰文循句銀雲勤岷句杭揚江黄句
常漳康襄句房坊商滄句詳昌瀼長句右皆十六幷青瀛澄成明句
衡彭英瓊邪洛句涇寧昇榮横滕句汀興營平庭澄句右二十四聯
章斷句不能遽數真定河源以諱不舉若乃物有疑似同音異字則
有陵靈原袁府撫乾虔濱賓融容渭衞全泉繡秀易翼渠衢歸嬀龔
恭汴辨涼梁祁岐鄲單宿肅滋茲濰維峯封暨豐沂宜及儀乃一號
而三之音或不同相近者亦借以足之劍環恩順鎭霸真雄又音文
之兩同至於太平鬱林萬安平琴武安洮陽新定建康二名雖差遠
小不彰若監若軍四十有六保定信安廣信安肅鎭戎保安岢嵐火
山順安寧化寶控三邊其餘瑣瑣皆不足言其後因檢九域圖有高
富瀧當四州偶遺不錄以文句難移不復增入也

外集卷第八

論時論三首附

本論本論三篇中下篇已載居士集第十七卷此乃公晚年所删上篇

天下之事有本末其爲治者有先後堯舜之書略矣後世之治天下未嘗不取法於三代者以其推本末而知所先後也三王之爲治也以理數均天下以爵地等邦國以井田域民以職事任官天下有定數邦國有定制民有定業官有定職使下之共上勤而不困上之治下簡而不勞財足於用而可以備天災也兵足以禦患而不至於爲患也凡此具矣然後飾禮樂興仁義以教道之是以其政易行其民易使風俗淳厚而王道成矣雖有荒子孱孫繼之猶七八百歲而後已夫三王之爲治豈有異於人哉財必取於民官必養於祿禁暴必以兵防民必以刑與後世之治者大抵同也然後世常多亂敗而三

王獨能安全者何也三王善推本末知所先後而爲之有條理後之有天下者孰不欲安且治乎用心益勞而政益不就諰諰然常恐亂敗及之而輙以至焉者何也以其不推本末不知先後而於今之務衆矣所當先者五也其二者有司之所知其三者則未之思也足天下之用莫先乎財繫天下之安危莫先乎兵此有司之所知也然財豐矣取之無限而用之無度則下益屈而上益勞兵強矣而不知所以用之則兵驕而生禍所以節財用兵者莫先乎立制制已具備兵已可使財已足用所以共守之者莫先乎任人是故均財而節兵立法以制之任賢以守法尊名以厲賢此五者相爲用有天下者之常務當今之世所先而執事者之所忽也今四海之內非有亂也上之政令非有暴也天時水旱非有大故也君臣上下非不和也以晏然至廣之天下無一間隙之端而南夷敢殺天子之命吏西夷敢有崛彊之王北夷敢有抗禮之帝者何也生齒之數日益衆土地之産日

益廣公家之用日益急四夷不服中國不尊天下不實者何也以五者之不備故也請試言其一二方今農之趣耕可謂勞矣工商取利乎山澤可謂勤矣上之征賦榷易商利之臣可謂纖悉而無遺矣然一遇水旱如明道景祐之間則天下公私乏絶是無事之世民無一歲之備而國無數年之儲也以此知財之不足也古之善用兵者可使之赴水火今厢禁之軍有司不敢役必不得已而暫用之則謂之借倩彼兵相謂曰官倩我而官之文符亦曰倩夫賞者所以酬勞也今以大禮之故不勞之賞三年而一徧所費八九百萬有司不敢緩月日之期兵之得賞不以無功知媿乃稱多量少比好嫌惡小不如意則羣聚而呼持梃欲擊天子之大吏無事之時其猶若此以此知兵驕也夫財用悉出而猶不足者以無定數也以兵之敢驕者以用之未得其術以此知制之不立也夫財匱兵驕法制未一而莫有奮然忘身許國者以此知不任人也不任人者非無人也彼或挾材

蘊知特以時方惡人之好名各藏畜收斂不敢奮露惟恐近於名以犯時人所惡是以人人變賢爲愚愚者無所責賢者被譏疾遂使天下之事將弛廢而莫敢出力以爲之此不尙名之弊者天下之最大患也故曰五者之皆廢也前日五代之亂可謂極矣五十三年之閒易五姓十三君而亡國被弒者八長者不過十餘歲甚者三四歲而亡夫五代之主豈皆愚者邪其心豈樂禍亂而不欲爲久安之計乎顧其力有不能爲者時也當是時也東有汾晉西有岐蜀北有強胡南有江淮閩廣吳越荊潭天下分爲十三四四面環之以至狹之中國又有叛將強臣割而據之其君天下者類皆爲國日淺威德未洽強君武主力而爲之僅以自守不幸孱子懦孫不過一再傳而復亂敗是以養兵如兒子之啖虎狼猶恐不爲用尙何敢制以殘弊之民人贍無貲之征賦頭會箕斂猶恐不足尙何曰節財以富民天下之勢方若弊廬補其奧則隅壞整其桷則棟傾枝撑扶持苟存而已尙

何暇法象規圓矩方而爲制度乎是以兵無制用無節國家無法度一切苟且而已今宋之爲宋八十年矣外平僭亂無抗敵之國內削方鎮無強叛之臣天下爲一海內晏然爲國不爲不久天下不爲不廣也語曰長袖善舞多錢善賈言有資者其爲易也方今承三聖之基業据萬乘之尊名以有四海一家之天下盡大禹貢賦之地莫不內輸惟上之所取不可謂乏財六尺之卒荷戈勝甲力彀五石之弩彎二石之弓者數百萬惟上制而令之不可謂乏兵中外之官居職者數千員官三班吏部常積者又數百三歲一詔布衣而應詔者萬餘人試禮部者七八千惟上之擇不可謂乏賢民不見兵革於幾四十年矣外振兵武攘夷狄內修法度興德化惟上之所爲不可謂無暇以天子之慈聖仁儉得一二明智之臣相與而謀之天下積聚可如文景之富制禮作樂可如成周之盛奮發威烈以耀名譽可如漢武帝唐太宗之顯赫論道德可興堯舜之治然而財不足用於上而

下已弊兵不足威於外而敢驕於內制度不可爲萬世法而日益叢雜一切苟且不異五代之時此甚可嘆也是所謂居得致之位當可致之時又有能致之資然誰憚而久不爲乎

正統論七首此七論公後刪爲三篇已載居士集第十六卷今所載蓋初本也

原正統論

傳曰君子大居正又曰王者大一統正者所以正天下之不正也統者所以合天下之不一也由不正與不一然後正統之論作堯舜之相傳三代之相代或以至公或以大義皆得天下之正合天下於一是以君子不論也其帝王之理得而始終之分明故也及後世之亂僭僞興而盜竊作由是有居其正而不能合天下於一者周平王之有吳徐是也有合天下於一而不得居其正者前世謂秦爲閏是也由是正統之論興焉自漢而下至于西晉又推而下之爲宋齊梁陳

自唐而上至於後魏又推而上之則爲夷狄其帝王之理舛而始終之際不明由是學者疑焉而是非不公非其不公蓋其是非之難也自周之亡迄于顯德實千有一百一十三年之間或理或亂或取或傳或分或合其理不能一概是以論者於此而難也大抵其可疑之際有四其不同之說有三此論者之所病也何謂可疑之際周秦之際也漢魏之際也東晉後魏之際也朱梁後唐之際也秦親得周而一天下其迹無異禹湯而論者黜之其可疑一也王莽得漢而天下一莽不自終其身而漢復興論者曰僞宜也魏得漢而天下三分論者曰正統其可疑二也以東晉承西晉則無終以周隋承元魏則無始其可疑三也梁之取唐無異魏晉而梁爲僞劉備漢之後裔以不能一天下而自別稱蜀不得正統可也後唐非李氏未嘗一天下而正統得之其可疑四也何謂不同之說三有昧者之論有自私之論有因人之論正統之說肇於誰乎始於春秋之作也當東周之遷王

室微弱吳徐並僭天下三王而天子號令不能加於諸侯其詩下同於列國天下之人莫知正統仲尼以爲周平雖始衰之王而正統在周也乃作春秋自平王以下常以推尊周室明正統之所在故書王以加正月而繩諸侯王人雖微必加於上諸侯雖大不與專封以天加王而別吳楚刺譏褒貶一以周法凡其用意無不在於尊周而後之學者不曉其旨遂曰黜周而王魯或曰起魯隱之不正或曰起讓國之賢君泥其說於私魯殊不知聖人之意在於尊周以周之正而統諸侯也至秦之帝既非至公大義因悖棄先王之道而自爲五勝之說漢興諸儒既不明春秋正統之旨又習秦世不經之說乃欲尊漢而黜秦無所據依遂爲三統五運之論詆秦爲閏而黜之夫漢所以有天下者以至公大義而起也而說者直曰以火德當天統而已甚者至引蚍龍之妖以爲左驗至於王莽魏晉直用五行相勝而已故曰昧者之論也自西晉之滅而南爲東晉宋齊梁陳北爲後魏後

周隋私東晉者曰隋得陳然後天下一則推其統曰晉宋齊梁陳隋
私後魏者曰統必有所授則正其統曰唐授之隋隋授之後周後周
授之後魏至其甚相戾也則爲南史者詆北曰虜爲北史者詆南曰
夷故曰自私之論也夫梁之取唐無異魏晉之取也魏晉得爲正則
梁亦正矣而獨曰僞何哉以有後唐故也彼後唐者初與梁爲世仇
及唐之滅欲借唐爲名託大義以窺天下則不得不指梁爲僞而爲
唐討賊也而晉漢承之遂因而不改故曰因人之論也以不同之論
於可疑之際是以是非相攻而罕得其當也易曰天下之動正夫一
夫帝王之統不容有二而論者如此然搢紳先生未嘗有是正之者
豈其興廢之際治亂之本難言歟自春秋之後述者多焉其通古今
明統類者希矣司馬子長列序帝王而項羽亦爲本紀此豈可法邪
文中子作元經欲斷南北之疑也絶宋於元徽五年進魏於大和元
年是絶宋不得其終進魏不得其始夫以子長之博通王氏之好學

而有不至之論是果難言歟若夫推天下之至公據天下之大義究其興廢迹其本末辨其可疑之際則不同之論息而正統明矣

明正統論

凡爲正統之論者皆欲相承而不絕至其斷而不接則猥以假人而續之是以其論曲而不通也夫居天下之正合天下於一斯正統矣堯舜三代秦漢晉唐天下雖不一而居得其正猶曰天下當正於吾而一斯謂之正統可矣東周魏五代始雖不得其正卒能合天下於一夫一天下而居其上則是天下之君矣斯謂之正統可矣如隋是也天下大亂其上無君僭竊並興正統無屬當是之時奮然而起並爭乎天下東晉後魏有功者強有德者王威一作盛澤皆被于生民號令皆加乎當世幸而以大并小以強兼弱遂合天下於一則大且強者謂之正統猶有說焉不幸而兩立不能相兼考其迹則皆正較其義則均焉則正統者將安與乎其或終始不得其正又不能合天

下於一則可謂之正統乎不可也然則有不幸而丁其時則正統有時而絶也夫所謂正統者萬世大公之器也有得之者有不得之者而論者欲其不絶而猥以假人故曰曲而不通也或曰可絶則王者之史何以繫其年乎曰欲其不絶而猥以假人者由史之過也夫居今而知古書今世以信乎後世者史也天下有統則爲有統書之天下無統則爲無統書之然後史可法也昔周厲王之亂天下無君周公邵公共行其政十四年而後宣王立是周之統嘗絶十四年而復續然爲周史者記周邵之年謂之共和而太史公亦列之於年表漢之中衰王莽簒位十有五年而敗是漢之統嘗絶十五年而復續然爲漢史者載其行事作王莽傳是則統之絶何害於記事乎正統萬世大公之器也史者一有司之職也以萬世大公之器假人而就一有司之記事惑亦甚矣夫正與統之爲名甚尊而重也堯舜三代之得此名者或以至公或以大義而得之也自秦漢而下喪亂相尋其

興廢之迹治亂之本或不由至公大義而起或由焉而功不克就是以正統屢絶而得之者少也正統之說曰堯舜夏商周秦漢魏晉而絶由此而後天下大亂自東晉太建之元年止陳正明之三年凡二百餘年其始也有力者並起而爭因時者苟偷而假冒舊攘敗亂不可勝紀其略可紀次者十六七家既而以大并小以強兼弱久而稍稍并合天下猶分爲四東晉宋齊梁陳又自分爲後梁而爲二後魏後周隋又自分爲東魏北齊而爲二是四者皆不得其統其後後周并北齊而授之隋隋始并後梁又并陳然後天下合爲一而復得其統故自隋開皇九年復正其統曰隋唐梁後唐晉漢周夫秦自漢而下皆以爲閏也今乃進而正之作秦論魏與吳蜀爲三國陳壽不以魏統二方而並爲三志今乃黜二國進魏而統之作魏論東晉後魏議者各以爲正也今皆黜之作東晉論後魏論朱梁四代之所黜也今進而正之作梁論此所謂辨其可疑之際則不同之論息而正統

明者也

秦論

謂秦爲閏者誰乎是不原本末之論也此漢儒之私說也其說有三不過曰滅棄禮樂用法嚴苛與其興也不當五德之運而已五德之說非聖人之言曰昧者之論詳之矣其二者特始皇帝之事爾然未原秦之本末也昔者堯舜夏商周秦皆出於黃帝之苗裔其子孫相代而王堯傳於舜舜傳於禹夏之衰也湯代之王商之衰也周代之王周之衰也秦代之王其興也或以德或以功大抵皆乘其弊而代之初夏世衰而桀爲昏暴湯救其亂而起稍治諸侯而誅之其書曰湯征自葛是也其後卒以放桀而滅夏及商世衰而紂爲昏暴周之文武救其亂而起亦治諸侯而誅之其詩所謂昆崇共密是也其後卒攻紂而滅商推秦之興其德固有優劣而其迹豈有異乎秦之紀曰其先大業出於顓頊之苗裔至孫伯翳佐禹治水有功唐虞之間

賜姓嬴氏及非子爲周養馬有功秦仲始爲命大夫而襄公與立平王遂受岐豐之賜當是之時周衰固已久矣亂始於穆王而繼以厲幽之禍平王東遷遂同列國而齊晉大侯魯衛同姓擅相攻伐共起而弱周非獨秦之暴也秦於是時旣平犬夷因取周所賜岐豐之地而繆公以來始東侵晉地至于河盡滅諸戎拓國千里其後關東諸侯強僭者日益多周之國地日益蹙至無復天子之制特其號在爾秦昭襄五十二年周之君臣稽首自歸於秦至其後世遂滅諸侯而一一作有天下此本末之迹也其德雖不足而其功力尙不優於魏晉乎始秦之興務以力勝至於始皇遂悖棄先王之典禮又自推水德益任法而少恩其制度文爲皆非古而自是此其所以見黜也夫始皇之不德不過如桀紂桀紂不能廢夏商之統則始皇未可廢秦也

新與魏皆取漢者新輒敗亡魏遂傳數世而爲晉不幸東漢無賢子孫而魏爲不討之讎今方黜新而進魏疑者以謂與姦而進惡此不可以不論也昔三代之興也皆以功德或積數世而後王其亡也衰亂之迹亦積數世而至於大壞不可復支然後有起而代之者其興也皆以至公大義爲心然成湯尚有慚德伯夷叔齊至恥食周粟而餓死況其後世乎自秦以來興者以力故直較其迹之逆順功之成敗而已彼漢之德自安和而始衰至桓靈而大壞其衰亂之迹積之數世無異三代之亡也故豪傑並起而爭而強者得之此直較其迹爾故魏之取漢無異漢之取秦而秦之取周也夫得正統者漢也得漢者魏也得魏者晉也晉嘗統天下矣推其本末而言之則魏進而正之不疑

東晉論

周遷而東天下遂不能一然仲尼作春秋區區於尊周而明正統之

所在晉遷而東與周無異而今黜之何哉是有說焉較其德與迹而然爾周之始興其來也遠當其盛也瓜分（一作規方）天下爲大小之國衆建諸侯以維王室定其名分使傳子孫而守之以爲萬世之計及厲王之亂周室無君者十四年而天下諸侯不敢僥倖而窺周於此然後見周德之深而文武周公之作眞聖人之業故雖天下無君而正統猶在不得而改況（一有乎字）平王之遷國地雖蹙然周德之在人者未厭而法制之臨人者未移平王以子繼父自西而東不出王畿之內（西周之地八百里東周六百里以井田之法計之通爲千里之方）則正統之在周也推其德與迹可以不疑夫晉之爲晉與夫（一作乎）周之爲周也異矣其德法之維天下者非有萬世之計聖人之業也直以其受魏之禪而合天下於一推較其迹可以曰正而統爾自惠帝之亂晉政已亡愍懷之間晉如綫爾惟嗣君繼世推其迹曰正焉可也建興之亡晉於是而絕矣夫周之東也以周而東晉之

南也豈復以晉而南乎自愍帝死賊庭瑯邪起江表位非嗣君正非繼世徒以晉之臣子有不忘晉之心發於忠義而功不就可爲傷已若因而遂竊萬世大公之名其可得乎春秋之法君弑而賊不討則以爲無臣子也使晉之臣子遭乎聖人適當春秋之責況欲以失國共立之君干天下之統哉夫道德不足語矣直推其迹之如何爾若乃國已滅矣以宗室子自立於一方卒不能復天下於一則晉之瑯邪與夫後漢之劉備五代漢之劉崇何異備與崇未嘗爲正統則東晉可知焉爾

後魏論

魏之興也自成帝毛至于聖武凡十二世而可紀於文字又十一世至于昭成而建國改元略具君臣之法幸遭衰亂之極得奮其力並爭乎中國又七世至于孝文而去夷卽華易姓建都遂定天下之亂然後修禮樂興制度而文之考其漸積之基其道德雖不及於三代

而其爲功何異王者之興今特以其不能并晉宋之一方以小不備
而黜其大功不得承百王之統而不疑焉者質諸聖人而可也今爲
魏說者不過曰功多而國強爾此聖人有所不與也何以知之以春
秋而知也春秋之時齊桓晉文可謂有功矣吳楚之僭迭強於諸侯
聖人於書齊晉實與而文不與之以爲功雖可褒而道不可以與也
至書楚與吳或屢進之然不得過乎子爵則功與強聖人有所不取
也或者以謂秦起夷狄以能滅周而一天下遂進之魏亦夷狄以不
能滅晉宋而見黜是則因其成敗而毀譽之豈至公之篤論乎曰是
不然也各於其黨而已周之興也與秦之興其說固已詳之矣當魏
之興也劉淵以匈奴慕容以鮮卑苻生以氐成仲以羌赫連禿髮石
勒季龍之徒皆四夷之雄其力不足者弱有餘者強其最強者苻堅
之時自晉而外天下莫不爲秦休兵革興學校庶幾刑政之方不幸
未幾而敗亂其後一作又強者曰魏自江而北天下皆爲魏矣幸而

傳數世而後亂以是而言魏者纔優於苻堅而已就使魏與世遠不可猶格之夷狄則不過爲東晉比也是皆有志乎天下而功不就者前所謂不幸兩立而不能相幷者故皆不得而進之者不得已也

梁論

黜梁爲僞者其說有三一曰後唐之爲唐猶後漢之爲漢梁蓋新比也一曰梁雖改元卽位而唐之正朔在李氏而不絕是梁於唐未能絕而李氏復興一曰因後唐而不改因後唐者是謂因人之論固已辨矣其二者宜有說也夫後唐之自爲唐也緣其賜姓而已唐之時賜姓李者多矣或同臣子之異心或懷四夷而縻之忠臣茂正思忠克用是也當唐之衰克用與梁並起而爭之梁以強而先得克用恥爭之不勝難忍臣敵一作服之慚不得不借唐以自託也後之議者胡謂而從之哉其所以得爲正統者以其得梁而然也使梁且不滅同光之號不過於河南則其爲唐與昪璟等耳夫正朔者何王者所

以加天下而同之於一之號也昔周之東其政雖弱而周猶在也故仲尼以王加正而繩諸侯者幸周在也當唐之亡天祐虛名與唐俱絕尚安所寓於天下哉使幸而有忠唐之臣不忍去唐而自守雖不中於事理或可善其誠心若李氏者果忠唐而不忍弃乎況於唐亡託虛名者不獨李氏也王建稱之於蜀楊行密稱之於吳李茂正亦稱之於岐大抵不爲梁屈者皆自託於虛名也初梁祖奪昭宗於岐遂刼而東改天復四年爲天祐而克用與王建怒曰唐爲朱氏奪矣天祐非唐號也遂不奉之但稱天復至八年自以爲非復稱天祐此尤可笑者安得曰正朔在李氏乎夫論者何爲疑者設也堯舜三代之終始較然著乎萬世而不疑固不待論而明也後世之有天下者帝王之理或舛而始終之際不明則不可以不疑故曰由不正與不一然後正統之論興者也其德不足以道矣推其迹而論之庶幾不爲無據云

正統辨上

正統曰統天下而得其正故繫正焉統而不得其正者猶弗統乎爾繼周而後帝王自高其功德自代統而得其正者難乎其人哉必不得已而加諸人漢唐之主乎曰甚哉吾子之說其隘也以漢唐之盛烈猶曰不得已而加之焉爲魏晉之主則將奈何乎曰不然是烏得苟加諸人一簞食一瓢飲其義弗直而取諸人君子且從而惡之以天下之廣而被乎太公之實苟非其人則闕之可已必若曰應天而順人則繼周之後桀紂之惡常多而湯武之仁義未嘗等也若是其苟加諸人何哉予以謂正統之不常在人率與言神聖者相類必待擇人而後加焉是仁王義主不足貴而姦雄簒弒之臣得以濟也

正統辨下

秦之裔罪暴於桀莽煬方於紂漢唐之主仗義而誅變以取天下其可謂之正統歟猶未離乎憾也德不及湯武秦之得天下也以力不

以德秦之亡仁義驅其人民以爭敵其任賢得人孰若漢唐之始也晉之承魏也以篡繼篡隋亦若是而徒禪云爾晉隋盜也或者以爲正統茲非誤歟魏以吳存至于晉而吳始滅或者又以魏爲正統愈誤矣自後魏東晉至于周陳五代或以義或以不義皆不能并天下聖人不生而暴僞代興名與實自重久矣必待後世之明者斷焉斷而不以其勢捨漢唐我宋非正統也

時論

原弊

孟子曰養生送死王道之本管子曰倉廩實而知禮節故農者天下之本也而王政所由起也古之爲國者未嘗敢忽而今之爲吏者不然簿書聽斷而已矣聞有道農之事則相與笑之曰鄙夫知賦斂移一作財用之爲急不知務農爲先者是未原爲政之本末也知務農而不知節用以愛農是未盡務農之方也古之爲政者上下相移用

以濟下之用力者甚勤上之用物者有節民無遺力國不過費上愛
其下下給其上使不相困三代之法皆如此而最備於周周之法曰
井牧其田十而一之一夫之力督之必盡其所任一日之用節之必
量其所入一歲之耕供公與民食皆出其間而常有餘故三年而餘
一年之備今乃不然耕者不復督其力用者不復計其出入一歲之
耕供公僅足而民食不過數月甚者場功甫畢簸糠麩而食秕稗或
採橡實畜菜根以延冬春夫糠覈橡實孟子所謂狗彘之食也而卒
歲之民不免食之不幸一水旱則相枕爲餓殍此甚可歎也夫三代
之爲國公卿士庶之祿廩兵甲車牛之材用山川宗廟鬼神之供給
未嘗闕也是皆出於農而民之所耕不過今九州之地也歲之凶荒
亦時時而有與今無以異今固盡有嚮時之地而制度無過於三代
者昔者用常有餘而今常不足何也其爲術相反而然也昔者知務
農又知節用今以不勤之農贍無節之用故也非徒不勤農又爲衆

弊以耗之非徒不量民力以爲節（一作巳）又直不量夫力之所任也何謂衆弊有誘民之弊有兼并之弊有力役之弊請詳言之今坐華屋享美食而無事者曰浮圖之民仰衣食而養妻子者曰兵戎之民此在三代時南畝之民也今之議者以浮圖並周孔之事曰三教不可以去兵戎曰國備不可以去浮圖不可並周孔不言而易知請試言之國家自景德罷兵三十三歲矣兵嘗經用者老死今盡而後來者未嘗聞金鼓識戰陣也生於無事而飽於衣食也其勢不得不驕惰今衛兵入宿不自持被而使人持之禁兵給糧不自荷而雇人荷之其驕如此況肯冒辛苦以戰鬬乎前日西邊之吏如高化軍齊宗舉兩用兵而（一有兩字）輒敗此其効也夫就使兵耐辛苦而能鬬戰惟耗農民爲之可也奈何有爲兵之虛名而其實驕惰無用之人也古之凡民長大壯健者皆在南畝農隙則教之以戰今乃大異一遇凶歲則州郡吏以尺度量民之長大而試其壯健者招之去爲禁兵

其次不及尺度而稍怯弱者籍之以爲廂兵一作軍吏招人多者有賞而民方窮時爭投之故一經凶荒則所留在南畝者惟老弱也而吏方曰不收爲兵則恐爲盜噫苟知一時之不爲盜而不知其終身驕惰而竊食也古之長大壯健者任耕而老弱者游惰今之長大壯健者游惰而老弱者留耕也何相反之甚邪然民盡力乎南畝者或不免乎狗彘之食而一去爲僧兵則終身安佚而享豐腴則南畝之民不得不日減也故曰有誘民之弊者謂此也其耗之一端也古者計口而受田家給而人足井田既壞而兼并乃興今大率一戶之田及百頃者養客數十家其閒用主牛而出己力者用己牛而事主田以分利者不過十餘戶其餘皆出產租而僑居者曰浮客而有畬田夫此數十家者素非富而畜積之家也其春秋神社婚姻死葬之具又不幸遇凶荒與公家之事當其乏時嘗舉責一作債於主人而後償一作責之息不兩倍則三倍及其成也出種與稅而後分之償三

倍之息盡其所得或不能足其場功朝畢而暮乏食則又舉之故冬春舉食則指麥於夏而償麥償盡矣（一無四字）夏秋則指禾於冬而償也似此數十家者常食三倍之物而一戶常盡取百頃之利也夫主百頃而出稅賦者一戶盡力而輸一戶者數十家也就使國家有寬征薄賦之恩是徒益一家之幸而數十家者困苦常自如（一作乏）也故曰有兼幷之弊者謂此也此亦耗之一端也民有幸而不役於人能有田而自耕者下自二頃至一頃皆以等書於籍而公役之多者爲大役少者爲小役至不勝則賤賣其田或逃而去故曰有力役之弊者謂此也此亦耗之一端也夫此三弊是其大端又有奇衺之民去爲浮巧之工與夫兼幷商賈之人爲僭侈之費又有貪吏之誅求賦斂之無名其弊不可以盡舉也既不勸之使勤又爲衆弊以耗之大抵天下中民之士（一作事）富且（一作與）貴者化麤糲爲精善是一人常食五人之食也爲兵者養父母妻子而（一作爲）計其饋運之

費是一兵常食五農之食也爲僧者養子弟而自豐食是一僧常食五農之食也貧民舉倍息而食者是一人常食二人三人之食也天下幾何其不乏也何謂不量民力以爲節方今量國用而取之民未嘗量民力而制國用也古者冢宰制國用量入以爲出一歲之物三分之一以給公上一以給民食一以備凶荒今不先制乎國用而一切臨民而取之故有支移之賦有和糴之粟有入中之粟有和買之絹有雜料之物茶鹽山澤之利有榷有征制而不足則有司屢變其法以爭毫末之利用心益勞而益不足者何也制不先定而取之無量也何謂不量天力之所任此不知水旱之謂也夫陰陽在天地間騰降而相推不能無愆伏如人身之有血氣不能無疾病也故善醫者不能使人無疾病療之而已善爲政者不能使歲無凶荒備之而已堯湯大聖不能使無水旱而能備之者也古者豐年補救之術三年耕必留一年之蓄是凡三歲期一歲以必災也此古之善知天者

也今有司之調度用一作歲足一歲而已是期天歲歲不水旱也故曰不量天力之所任是以前二三歲連遭旱蝗而公私乏食是期天之無水旱卒而遇之無備故也夫井田什一之法不可復用於今為計者莫若就民而為之制要在下者盡力而無耗斃上者量民而用有節則民與國庶幾乎俱富矣今士大夫方共修太平之基頗推務本以興農故輒原其弊而列之以俟興利除害者採於有司也

兵儲疑

惟王建官各司其局雖有細大俾專董其權責其成功斯古制也被堅執銳乃裨校之事若屯田積穀在委辦吏爾而漢末有田禾將軍屯田北邊魏興建典農中郎將唐建營田使副判官雖晉魏南北職未嘗闕國家弭獯戎之患包漢唐之境然而塞垣儲偫罔遵古憲俾仰給他州饋餉一作餫此外固無築室反耕典農營田之利儻遇凶荒未免艱食雖有轉運未免營田何嘗建明利害稍致倉廩羨餘但

守空名曾無實効當今之議要在乎河北河東陝西戍兵之地各時置營田使副判官仍在不兼職若遇水潦行流之處廣植秔稻雖荒隙原田亦當墾闢播以五穀今河北保塞河東并汾關中涇陽悉有水地基址惟有鄴中西門豹溉田之迹未見興起得非後人務於因循而無昔賢識邪不然何歷朝而下涇陂如是或曰亦嘗有人建議言以溉導之時瀕水之地恐害及民田由是而止斯乃腐儒之見爾非經遠之士也夫利害相隨古猶未免若利害相半憚於改作猶可苟利七害三當須擇地而行豈可以小害而妨大利哉夫如是鄴中溉田之法若行關疑畎水衝民田秖百戶妨闋而能溉灌千萬頃瘠土所收獲利益大豈止利七而害三亦嘗訪於彼州人士僉曰溉田之迹湮廢茲久土斷力田者不諳其事殊不知官中他日就功但於涇陽鄭白渠和雇水工及彼中負罪百姓悉可分配此地俾之開導民既見之必倣傚矣又豈成功之難然後特置營田使副判官專董

其役西北二邊不間水陸並放此分職何假飛芻輓粟率鍾致石坐困民力以供軍實哉

塞垣

先王肇分九州制定五服必內諸侯而外夷狄姑務息民弗勤遠略其來也調戍兵以禦之其去也備戰具以守之修利隄防申嚴斥堠或來獻貢得以羈縻蓋聖人制禦戎之常道嚴尤所謂得其中策古今大槩在乎謹邊防守要害而已古之制塞垣也與今尤異漢唐之世東自遼海碣石榆關漁陽盧龍飛狐鴈門雲中馬邑定襄西抵五原朔方諸郡每歲匈奴高秋膠折塞上草衰控弦南牧陵犯漢境於是守邊之臣防秋之士據險而出奇兵持重而待外寇近世晉高祖建義幷門得戎王爲援既已乃以幽薊山後諸郡爲邪律之壽故今劃塞垣也自滄海乾寧雄霸順安廣信由中山拒幷代自茲關東無復關險故契丹奄有幽陵遂絕古一作虎北之隘往來全師入寇徑

度常山陵獵全魏澶淵之役以至飲馬於河烝民不聊生矣非北一作索虜雄威如此失於險固然也今既無山阜設險所可恃者惟水峙壘道引河流固其復水爲險濬之勢就其要害屯以銳兵茲亦護塞垣之一策也今廣信之西有鮑河中山之北有唐河盡可開決水勢修利陂塘或導自長河之下金山之北派于廣信安肅達于保塞或包舉蒲陰入于陽城然後積水瀰漫橫絕紫塞亦可謂險矣蒲陰陽城度其地勢今塞上之要衝先是胡馬將入冦于茲城駐牙帳數日伺漢兵之輕重或我師禦扞乃長驅南下我師既出卽戎人爲全師歸重之地此所謂藉城險而資寇兵非中國之利今若修復雉堞完聚兵穀與諸城柵刁斗相聞鮑唐二水交流其下虜騎縱至無復投足之地又焉有擾擾之患今之議者方南北修好恐邊庭生事然而戎狄之心桀驁難信貪我珍幣蓄養銳兵伺吾人之顰頞乘邊境之間隙出乎不意因肆猖獗茲乃不圖豫備疆埸而偷取安逸第第

相付貽後世深患復如何哉

代曾參答弟子書

參白諸足下聞吾黨之士思夫子而莫得見也以有子之貌似夫子欲假設其位以夫子師之諸足下必其然乎否耶吾試爲諸足下陳夫子之道以爲斷諸足下知天之有四時乎春能生物而不能長也夏能長之而不能成也秋能有成而不能斂也斂之者其在冬矣自生民以來有大聖德居大聖位而作法以濟世者類不過八九三皇經始之五帝纘明之禹湯文武該洽之周公祖述之經始之者春也纘明之該洽之者夏也祖述之者秋也天恐斯文之中未有以折衷乃生吾夫子於衰亂之世前聖之所未立者俾夫子立之前聖之所未作者俾夫子作之上規聖明下救淪壞垂之百王而不變稽之千古而不疑雖百周公百堯舜復出於世亦無以過夫子也是夫子於列聖有成歲之功也是列聖不能斂而夫子斂之也吾以謂夫子之

道江漢以濯之秋陽以暴之皜皜乎不可尙已吾與諸足下奚所識知幸而生於時得以登其門望其堂而傳其道以光榮其身吾與諸足下猶衆無名之星也夫子猶日月之明也以無名之星代日月之明雖積累萬數吾未見其可況一焉而已乎諸足下奈何乃不察於是也天則有一冬而諸足下有二冬乎苟有子升夫子之席而吾與諸足下趨進於左右斂衣而立負牆而請當是時有子能勿愧乎吾有以知彼之必愧也吾儕有所問而不能答有所辨而不能斷譁然而往默然而來鏗然而叩寂然而應當是時有子能勿慚乎吾又知彼之必慙也昔者吾友子淵實有聖人之德不幸短命前夫子而死使子淵尙在而設之於夫子之席吾猶恐天下之不吾信也足下以有子之道義孰與子淵德明而仁備孰與子淵夫子稱而嘆之孰與子淵羣弟子服其爲人孰與子淵達夫子之道而鄰夫子之性孰與子淵是數者皆無一可而獨以其容貌之似而欲升師之席竊師之

位不亦難乎夫容貌之似者非獨有子也陽虎亦似矣如欲其大似則當以陽虎爲先奚先於有子哉諸足下果欲何耶復欲睹夫子之容乎復欲聞夫子之道乎如止欲睹夫子之容則圖之可也木之可也何必取弟子之似者以僭其稱而悖其位如必欲聞夫子之道不可以苟而已也且吾聞之師其道不必師其人師其人不必師其形如欲師其道則有夫子之六經在詩可以見夫子之心書可以知夫子之斷禮可以明夫子之法樂可以達夫子之德易可以察夫子之性春秋可以存夫子之志是之弗務而假設以爲尙此吾所以悼痛而不敢知也且昔夫子果何師哉師堯舜者也師文王者也師周公者也惟曰師其道而已未聞其假設而師之則似堯舜者似文王者似周公者終身而不得見矣苟不見其人則亦弗師其道乎夫麟之於獸也鳳之於鳥也出乎其類而處乎長者也不幸而麟以死鳳以亡則亦假設而爲之乎諸足下盍姑止不然吾恐萬世之後完口者

寡矣死而無知則已如其有知則子淵子路輩將瞋目流涕而有責於足下也諸足下其思之不宣參白

江鈿文海多以宅人文爲公所作其章章者筠州學記曾鞏文也縣本亦誤收祭言論唐庚文也甚至元豐以後暨徽宗朝所下制詔亦有託公名者自當删去惟京本英辭類稾似少僞妄而代曾參答弟子書不知何人之文與此卷兵儲塞垣兩論皆可疑削之恐無以解後來之惑姑留而著其說

外集卷第九

經旨

石鷁論

夫據天道仍人事筆則筆而削則削此春秋之所作也援他說攻異端是所是而非所非此三傳之所殊也若乃上揆之天意下質諸人情推至隱以探萬事之元垂將來以立一王之法者莫近於春秋矣故杜預以謂經者不刊之書范甯亦云義以必當爲理然至一經之指三傳殊說是彼非此學者疑焉魯僖之十六年隕石于宋五六鷁退飛過宋都左氏傳之曰石隕于宋星也六鷁退飛風也公羊又曰聞其磌然視之則石察之則五故先言石而後言五視之則鷁徐而視之則退飛故先言六而後言鷁穀梁之意又謂先後之數者聚散之辭也石鷁猶盡其辭而况於人乎左氏則辨其物公穀則鑿其意噫豈聖人之旨不一邪將後之學者偏見邪何紛紛而若是也且春

秋載二百年之行事陰陽之所變見災異之所著闡究其所終各有條理且左氏以石爲星者莊公七年星隕如雨若以所隕者是星則當星隕而爲石何得不言星而直曰隕石乎夫大水大雪爲異必書若以小風而鷁自退非由風之力也若大風而退之則衆鳥皆退豈獨退鷁乎成王之風有拔木之力亦未聞退飛鳥也若風能退鷁則是過成王之風矣而獨經不書曰大風退鷁乎以公羊之意謂數石視鷁而次其言且孔子生定哀之間去僖公五世矣當石隕鷁飛之際是宋人次於舊史則又非仲尼之善志也且仲尼隔數世修經又焉及親數石而視鷁乎穀梁以謂石後言五鷁先言六者石鷁微物聖人尚不差先後以謹記其數則於人之褒貶可知矣若乃西狩獲麟不書幾麟鸜鵒來巢不書幾鸜鵒豈獨謹記於石鷁而忽於麟鸜鵒乎如此則仲尼之志荒矣殊不知聖人紀災異著勸戒而已矣又何區區於謹數乎必曰謹物察數人皆能之非獨仲尼而後可也噫

三者之說一無是矣而周內史叔興又以謂陰陽之事非吉凶所生且天裂陽地動陰有陰陵陽則日蝕陽勝陰則歲旱陰陽之變出爲災祥國之興亡由是而作既曰陰陽之事孰謂非吉凶所生哉其不亦又甚乎

辨左氏

左邱明作春秋外傳以記諸國之語其記柯陵之會曰單襄公見晉厲公視遠而步高且告魯成公以晉必有禍亂成公問之曰天道乎人事也單子曰吾非瞽史焉知天道吾見晉侯之容矣又曰觀其容知其心後卒如單子之言甚矣邱明之好奇而欲不信其書以傳後世也若單子之言然則夫單子者未得爲篤論君子也幸其言與事會而已不然邱明從後書之就其言以合其事者乎何以論之觀其容雖聖人不能知人之心知其必禍福也夫禮之爲物也聖人之所以飾人之情而閑其邪僻之具也其文爲制度皆因民以爲節而爲

之大防而已人目好五色爲制文物采章以昭之耳樂和聲爲制金石絲竹以道之體安尊嚴爲制冕弁衣裳以服之又懼其佚而過制也因爲之節其登車也有和鑾之節其行步也有佩玉之節其環拜也有鐘鼓之節其升降周旋莫不有節是故有其服必有其容故曰正其衣冠尊其瞻視儼然人望而畏之則外閑其邪而使非僻之心不入而已衣冠之不正瞻視之不尊升降周旋之不節不過不中禮而已天之禍福於人也豈由是哉人之心又能以是而知之乎夫喜怒哀樂之動乎中必見乎外推是而言猶近之舉子則不然乃以絶義棄德因其視瞻行步以觀之又以謂不必天道止於是而禍福於是皆可以必此故所謂非篤論君子而其言幸與事會者也書曰象恭滔天又曰巧言令色孔壬夫容之與心其異如此故曰觀其容雖聖人不能知其心堯舜之無後顏回之短命雖聖人不可必夫君子之修身也內正其心外正其容而已若曰因容以知心遂又知其禍

歟則其可乎

三年無改問

或問傳曰三年無改於父之道可謂孝矣信乎曰是有孝子之志焉蹈道則未也凡子之事其親莫不盡其心焉爾君子之心正正則公盡正心而事其親大舜之孝是也蓋嘗不告而娶矣豈曰不孝乎至公之道也惟至公不敢私其所私私則不正以不正之心事其親者孝乎非孝也故事親有三年無改者有終身而不可改者有不俟三年而改者不敢私其所私也衰麻之服祭祀之禮哭泣之節哀思之心所謂三年而無改也世世其世奉其遺體守其宗廟遵其教詔雖終身不可改也國家之利社稷之大計有不俟三年而改者矣禹承堯舜之業啟嗣之無改焉可也武王繼文之業成王嗣之無改焉可也使舜行瞽之不善禹行鯀之惡曰俟三年而後改可乎不可也凡爲人子者幸而伯禹武王爲其父無改也雖過三年忍改之乎不幸而

瞽鯀爲其父者雖生焉猶將正之死可以遂而不改乎文王生而事紂其死也武王不待畢喪而伐之敢曰不孝乎至公之道也魯隱讓桓欲成父志身終以弒春秋譏之可曰孝乎私其私者也故曰凡子之事其親者盡其心焉爾心貴正正則不敢私其所私者大孝之道也曰然則言者非乎曰夫子死門弟子記其言門弟子死而書寫出乎人家之壁中者果盡夫子之言乎哉

易或問

或問曰王弼所用卦爻彖象其說善乎曰善矣而未盡也夫卦者時也時有治亂卦有善惡然以彖象而求卦義則雖惡卦聖人君子無不可爲之時至其爻辭則艱厲悔吝凶咎雖善卦亦嘗不免是一卦之體而異用也卦彖象辭常易而明爻辭嘗恠而隱是一卦之言而異體也知此然後知易矣夫卦者時也爻者各居其一位者也聖人君子道大而智周故時無不可爲凡卦及彖象統言一卦之義爲中

人以上而設也爻之爲位有得失而居之者逆順六位君子小人之
雜居也君子之失位小人之得位皆凶也居其位而順其理者吉逆
其理者亦凶也六爻所以言得失逆順而告人以吉凶也爻辭兼以
疑中人以下而設也是以論卦多言吉考爻多凶者由此也卦彖象
辭大義也大義簡而要故其辭易而明爻辭占辭也占有剛柔進退
之理逆順失得吉凶之象而變動之不可常者也必究人物之狀以
爲言所以告人之詳也是故窮極萬物以取象至于臀腓鼠豕皆不
遺其及于怪者窮物而取象者也其多隱者究物之深情也所以盡
萬物之理而爲之萬事之占也或曰易曰君子順天休命又曰自天
祐之吉無不利其繫辭曰天垂象見吉凶聖人象之易之爲說一本
於天乎其兼於人事乎曰止於人事而已矣天不與也在諸否泰然
則天地鬼神之理可以無乎曰有而不異也在諸謙知此然後知易
矣泰之彖曰君子道長小人道消否之彖曰小人道長君子道消夫

君子進小人不得不退小人進君子不得不退其勢然也君子盛而
小人衰天下治於泰矣小人盛而君子衰天下亂於否矣否泰君子
小人進退之間爾天何與焉問者曰君子小人所以進退者其不本
於天乎曰不也上下交而其志同故君子進以道上下不交而其志
不通則小人進以巧此人事也天何與焉又曰泰之象不云乎天地
交而萬物通否之象不云乎天地不交而萬物不通乎曰所以云者
言天地也其曰上下之交不交者言人事也嗚呼聖人之於易也其
意深其言謹謙之彖曰天道虧盈而益謙地道變盈而流謙鬼神害
盈而福謙人道惡盈而好謙聖人之於事知之爲知之不知爲不知
所以言出而萬世信也夫日中則昃之月缺則盈之天吾不知其心
吾見其虧盈於物者矣物之盛者變而衰落之下者順而流行之地
吾不知其心吾見其變流於物者矣貪滿者多損謙卑者多福鬼神
吾不知其心吾見其禍福之被人者矣若人則可知其情者也故天

地鬼神不可知其心而見其迹之在物者則据其迹曰虧盈曰變流曰害福若人則可知者故直言其情曰好惡故曰其意深而言謹也然會而通之天地神人無以異也使其不與於人乎修吾人事而已使其有與於人乎與人之情無以異也亦修吾人事而已夫專人事則天地鬼神之道廢參焉則人事惑使人事修則不廢天地鬼神之道者謙之象詳矣治亂在人而天不與者否泰之象詳矣推是而之焉易之道盡矣或問曰今之所謂繫辭者果非聖人之書乎曰是講師之傳謂之大傳其源蓋出於孔子而相傳於易師也其來也遠其傳也多其間轉失而增加者不足怪也故有聖人之言焉有非聖人之言焉其曰易之興也其於中古乎作易者其有憂患乎其文王與紂之事歟殷之末世周之盛德歟若此者聖人之言也由之可以見易者也河出圖洛出書聖人幽贊神明而生蓍兩儀生四象若此者非聖人之言凡學之不通者惑此者也知此然後知易矣

詩解統序

蜀中詩本義有此九篇他本無之故附於此

五經之書世人號爲難通者易與春秋夫豈然乎經皆聖人之言固無難易繫人之所得有深淺今考于詩其難亦不讓二經然世人反不難而易之用是通者亦罕使其存心一則人人皆明而經無不通矣大抵謂詩爲不足通者有三曰章句之書也曰淫繁之辭也曰猥細之記也若然孔子爲泛儒矣非唯今人易而不習之考于先儒亦無幾人是果不足通歟唐韓文公最爲知道之篤者然亦不過議其序之是否豈足明聖人本意乎易書禮樂春秋道所存也詩關此五者而明聖人之用焉習其道不知其用之與奪猶不辨其物之曲直而欲制其方圓是果於其成乎故二南牽於聖賢國風惑於先後豳居變風之末惑者溺於私見而謂之兼上下二雅混於小大而不明三頌昧於商魯而無辨此一經大概之體皆所未正者先儒既無所取捨後人因不得其詳由是難易之說興焉毛鄭二學其說熾辭辯

固已廣博然不合于經者亦不爲少或失於疏略或失於謬妄蓋詩載關雎上兼商世下及武成平桓之間君臣得失風一作土俗善惡之事闊廣遼邈有不失者鮮矣是亦可疑也予欲志鄭學之妄益毛氏疏略而不至者合之於經故先明其統要十篇庶不爲之蕪泥云爾

二南爲正風解

天子諸侯當大治之世不得有風風之生天下無王矣故曰諸侯無正風然則周召可爲正乎曰可與不可非聖人不能斷其疑當文王與紂之時可疑也二南之詩正變之間可疑也可疑之際天下雖惡紂而主文王然文王不得全有天下爾亦曰服事於紂焉則二南之詩作於事紂之時號令征伐不止於受命之後爾豈所謂周室衰而關雎始作乎史氏之失也推而別之二十五篇之詩在商不得爲正在周不得爲變焉上無明天子號令由己出其可謂之正乎二南起

王業文王正天下其可謂之變乎此不得不疑而輕其與奪也學詩者多推於周而不辨於商故正變不分焉以治亂本之二南之詩一有而字在商爲變而在周爲正乎或曰未諭曰推治亂而迹之當不誣矣

周召分聖賢解

聖人之治無異也一也統天下而言之有異焉者非聖人之治然矣由其民之所得有淺深焉文王之化出乎其心施乎其民豈異乎然孔子以周召爲別者蓋上下不得兼而民之所化有淺深爾文王之心則一也無異也而說者以爲由周召聖賢之異而分之何哉大抵周南之民得之者深故因周公之治而繫之豈謂周公能行聖人之化乎召南之民得之者淺故因召公之治而繫之豈謂召公能行聖人之化乎殆不然矣或曰不繫於雅頌何也曰謂其本諸侯之詩也又曰不統於變風何也曰謂其周迹之始也列於雅頌則終始之道

混矣雜於變風則文王之迹殆一作始矣雅頌焉不可混周迹之始其將略而不具乎聖人所以慮之也由是假周召而分焉非因周召聖賢之異而別其稱號爾蓋民之得者深故其心厚心之感者厚故其詩切感之薄者亦猶其深故其心淺心之淺者故其詩略是以有異焉非聖人私於天下而淺深厚薄殊矣二南之作當紂之中世而文王之初是文王受命之前也世人多謂受命之前則大姒不得有后妃之號夫后妃之號非詩人之言先儒序之云爾考於其詩惑於其序是以異同之論爭起而聖人之意不明矣

王國風解

六經之法所以法不法正不正由不法與不正然後聖人者出而六經之書作焉周之衰也始之以夷懿終之以平桓平桓而後不復支矣故書止文侯之命而不復錄春秋起周平之年而治其事詩自黍離之什而降於風絕於文侯之命謂教令不足行也起於周平之年

謂正朔不足加也降於黍離之什謂雅頌不足興也教令不行天下無王矣正朔不加禮樂徧出矣雅頌不興王者之迹息矣詩書貶其失春秋憫其微無異焉爾然則詩處於衞後而不次於二南惡其近於正而不明也其體不加周姓而存王號嫌其混於諸侯而無王也近正則貶之不著矣無王則絕之太遽矣不著云者周召二南至正之詩也次於至正之詩是不得貶其微弱而無異二南之詩爾若然豈降之乎太遽云者春秋之法書王以加正月言王人雖微必尊於上周室雖弱不絕其王苟絕而不與豈尊周乎故曰王號之存黜諸侯也次衞之下別正變也桓王而後雖欲其正風不可得也詩不降於厲幽之年亦猶春秋之作不在惠公之世爾春秋之作傷典誥之絕也黍離之降憫雅頌之不復也幽平而後有如宣王者出則禮樂征伐不自一作在諸侯而雅頌未可知矣奈何推波助瀾縱風止燎乎

十五國次解

國風之號起周終豳皆有所次聖人豈徒云哉而明詩者多泥於疏說而不通或者又以爲聖人之意不在於先後之次是皆不足爲訓法者大抵國風之次以兩而合之分其次以爲比則賢善者著而醜惡者明矣或曰何如其謂之比乎曰周召以淺深比也衞王以世爵比也鄭齊以族氏比也魏唐以土地比也陳秦以祖裔比也鄶曹以美惡比也豳能終之以正故居末焉淺深云者周得之深故先於召世爵云者衞爲紂都而紂不能有之周幽東遷無異是也加衞於先明幽紂之惡同而不得近於正焉姓族云者周法尊其同姓而異姓者爲後鄭先於齊其理然也土地云者魏本舜地唐爲堯封以舜先堯明晉之亂非魏褊儉之等也祖裔云者陳不能興舜而襄公能大於秦子孫之功陳不如矣一 有聖字 穆姜卜而遇艮之隨乃引文言之辭以爲卦說夫穆姜始筮時去孔子之生尙十四年爾是文言先

於孔子而有乎不然左氏不爲誕妄也推此以迹其怪則季札觀樂之次明白可驗而不足爲疑矣夫黍離已下皆平王東遷桓王失信之詩是以列於國風風言其不足正也借使周天子至甚無道則周之樂工敢以周王之詩降同諸侯乎是皆不近人情不可爲法者昔孔子大聖人其作春秋也既微其辭然猶不公傳於人第口受而已況一樂工而敢明白彰顯其君之惡哉此又可驗孔子分定爲信也本其事而推之以著其妄庶不爲無據云

定風雅頌解

詩之息久矣天子諸侯莫得而自正也古詩之作有天下焉有一國焉有神明焉觀天下而成者人不得而私也體一國而成者衆不得而違也會神明而成者物不得而欺也不私焉雅著矣不違焉風一矣不欺焉頌明矣然則風生於文王而雅頌雜於武王之間風之變自夷懿始雅之變自厲幽始霸者興變風息焉王道廢詩不作焉秦

漢而後何其滅然也王通謂諸侯不貢詩天子不採風樂官不達雅頌國史不明變非民之不作也詩出於民之情性情性其能無哉職詩者之罪也通之言其幾於聖人之心矣或問成王周公之際風有變乎曰豳是矣幸而成王悟也不然則變而不能復乎豳之去雅一息焉蓋周公之心也故能終之以正

魯頌解

或問諸侯無正風而魯有頌何也曰非頌也不得已而名之也四篇之體不免變風之例爾何頌乎頌惟一章而魯頌章句不等頌無頌字之號而今四篇皆有其序曰季孫行父請命于周而史克作之亦未離乎強也頌之本一人是之未可作焉訪於衆人衆人可之猶曰天下有非之者又訪於天下天下之人亦曰可然後作之無疑矣僖公之政國人猶未全其惠而春秋之貶尚不能逃未知其頌何從而興乎頌之美者不過文武文武之頌非當其存而作者也皆追述也

僖公之德孰與文武而曰有頌乎先儒謂名生於不足宜矣然聖人所以列爲頌者其說有二貶魯之強一也勸諸侯之不及二也請於天子其非強乎特取於魯其非勸乎或曰何謂勸曰僖公之善不過復土宇修宮室大牧養之法爾聖人猶不敢遺之使當時諸侯有過於僖公之善者聖人忍絕去而不存之乎故曰勸爾而鄭氏謂之備三頌何哉大抵不列於風而與其爲者所謂憫周之失貶魯之強是矣豈鄭氏之云乎

商頌解

古詩三百始終於周而仲尼兼以商頌豈多記而廣錄者哉聖人之意存一頌而有三益大商祖之德其益一也子紂之不憾其益二也明武王周公之心其益三也曷謂大商祖之德曰頌具矣曷謂子紂之不憾曰憫廢矣曷謂明武王周公之心曰存商矣按周本紀稱武王伐紂下車而封武庚於宋以爲商後及武庚叛周公又以微子繼

之是聖人之意雖惡紂之暴而不忘湯之德故始終不絕其爲後焉或曰商頌之存豈異是乎曰其然也而人莫之知矣三字一作知之非仲尼武王周公之心殆而成湯之德微毒紂之惡有不得其著矣向所謂存一頌而有三益焉者豈妄云哉

十月之交解

小雅無厲王之詩著其惡之甚也而鄭氏自十月之交已下分其篇以爲當刺厲王又妄指毛公爲詁訓時移其篇第因引前後之詩以爲據其說有三一曰節刺師尹不平此不當譏皇父擅恣予謂非大亂之世者必不容二人之專不然李斯趙高不同生於秦也其二曰正月惡褒姒滅周此不當疾豔妻之說出於鄭氏非史傳所聞況褒姒之惡天下萬世皆同疾而共醜者二篇譏之殆豈過哉其三曰幽王時司徒乃鄭桓公友此不當云番惟司徒予謂史記所載鄭桓公在幽王八年方爲司徒爾豈止桓公哉是三說皆不合於經不可按

法爲鄭氏者獨一作又不能自信而欲指他人之非斯亦惑矣今考雨無正已下三篇之詩又其亂說歸向皆無刺厲王之文不知鄭氏之說何從而爲據也孟子曰說詩者不以文害辭不以辭害意非如是其能通詩乎

外集卷第十

碑銘

衛尉卿祁公神道碑銘

惟太原祁氏其先出於黃帝之子二十五人一食於祁遂爲氏太原晉公戚於春秋之際祁氏亦戚於晉其後世遠而衰子孫散亡一作士散之他國有居譙者即爲譙人後幾世生公諱某公由曾祖一有考字以來畜德蘊明世不大顯公生幾歲始有賢子革革咸平三年以鄉貢進士中一作及第始以祿榮其親後幾歲公卒卒之歲實景祐四年正月二十七日享年六十有一革既棄官服喪于家日月二字一作既訖如禮起復就仕仕又某年始爲尚書郎然後又以爵榮之一命贈大理評事累升衛尉卿夫人楚氏某人女其賢爲公之配後公以卒天聖八年始以公夫人之喪合葬譙縣湯陰鄉將葬乃考其世德刻石藏墓中又圖刻於墓隧之外以暴露顯揚孝子之心也

初公閒居常命革曰祁氏世有仕族一作官名聲可稱聞者比比出於時自國家建隆以來天子每一作歲歲下書四方舉賢能之士以官之而四方之人摩肩爭出獨祁氏無一人之迹至譙刺史廷下稱應書者豈吾門遂廢乎抑大廢而後興也或後遂興興由汝也於是盡出其家之有益市羣書日釀酒爲具以待四方之賓使與之遊每鄉里大儒先生講說授學校一作徒子即隨酒具以往勤勤盡其歡歲時未嘗懈怠不一有敢字顧資產之有無者惟奉其家祭祀及以禮士君子爾由是浸漸以成人及享子祿不數歲乃終人謂力勞而報約何也既而享名爵登九卿然後鄉里榮之夫享子養人之常歿而榮不朽顧天之報予孰云無厚薄哉惟公以純篤敦實履其身行其家以大其門教其子卒成其志志成矣而身歿身歿而名益榮矣今又得顯書其行揭之金石以彰爲善之効而以其餘勸於後人得爲賢也噫今有人一作人有負材與能昂立人上與時爭高下不肯

分寸屈其心而卒困厄顛躓怏怏不得志欲一縣佐不可得以至窮
且老歿無聞者幸而得志處富貴極崇高即死而身名俱滅子孫至
爲僕隸轉死溝壑者亦不可數用彼較此得失孰多乎豈負材與畜
德所享固不同耶碑具使來乞辭辭具又爲之詩以貽譙里之童子
使歌之以永公之無窮也
衣車赫赫馳者誰生世不聞死莫知鄉居里門乃褐衣歿榮之存令
名垂人有不信考斯碑鄉之有碑由子爲後之父者宜所思

諫議大夫楊公墓誌銘

府君杭州錢塘人其譜曰漢太尉震之後世出弘農其後微遠不能
譜錄府君之九代祖隱朝始復得次序曰隱朝生燕客燕客生堪而
猶爲弘農人堪生承休是謂皇高祖唐天祐元年爲刑部員外郎副
給事中鄭祁使吳越冊錢鏐爲王楊行密亂江淮道阻不克歸遂留
杭州始分弘農之籍籍錢塘初承休之行也挈其子巖以俱巖仕吳

越國位至丞相是謂皇曾祖生尚書職方員外郎諱鄖是謂皇祖生贈禮部尚書諱蠙是謂皇考府君幼失其父有志節不羣諸兒母元夫人獨愛之夫人之喪尚書也內外之姻未嘗有見其笑者府君生十歲作雪賦一篇始爲之笑及長尤好學日必誦書數萬言或晝夜不息臨食至失七筯已而病其目元夫人奪藏其書府君盜之亡鄰家以讀大宋受命太宗皇帝卽位之三年吳越忠懿王朝京師以其地納籍有司吳越國除隨其皇祖以族行寓宋州三舉進士端拱二年中乙科歷蔡州新昌縣令還著作佐郎知德州爲政有治迹詔書褒之咸平三年交趾獻馴犀府君以秘書丞監在京商稅院因奏犀賦真宗嘉之召試學士院遷太常博士賦一時文士爭相傳誦不及明年又上書自薦獻所爲文二十餘萬言乃直集賢院知袁筠二州提點開封府界諸縣入爲三司鹽鐵判官知越州提點淮南刑獄爲宰相王文穆公不悅以事罷之卒坐考試國子監生貶監陳州榷酒

逾年得知常州復入三司判磨勘司丁元夫人憂服除判戶部勾院比自薦及是二十七年矣然少孤能自立力勤苦爲文章履其身以儉約不妄自爲進取其官業行己之方一皆自信於聖人之道不肯少顧時之人所爲而時之人亦以有德君子名之故其直集賢院者二十七年不遷官由太常博士纔至刑部郎中有出其後者往往至榮顯或有笑其違世自守以質朴諷使少改其爲者府君歎曰吾不學乎世學乎聖人由是以至此吾之所有不敢以薦於人而嘗自獻于天子矣今欲孰附以進邪其信道深篤不可屈曲如此天聖四年以久次遷集賢修撰出知應天府同紀察在京刑獄轉兵部郎中六年年六十五老矣始召以知制誥府君與潁川陳從易皆以好古有文行知名然二人者皆久不用遂以老旣而一日並用之是時學者稍相習務媮巧爲文章在位稍以爲患皆以謂天子用耆老將有意矣而又下詔書勅學者禁浮華使近古道然後以謂用二人皆不無

意矣而皆恨其晚也居二歲拜右諫議大夫集賢院學士出知亳州於州封號略縣男食邑三百戶明道二年四月十日以疾卒於州之正寢年六十有九其病將卒猶不廢學有文三十卷曰隱 集又五卷曰西垣集嗚呼畜其學以老不克用獨見於文章然其文卒待一施於朝廷遂位榮顯既貴贈其皇考禮部尙書母太原郡太君其婦曰漳南縣君張氏後夫人南陽郡君亦張氏蔭其男長曰洎明州觀察支使次曰濬江陰軍司理參軍次曰泳漸沆渢皆將作監主簿既終又蔭二孫某官其餘慶之及者三世則夫守道者未必果不遇也

噫楊氏嘗以族顯於漢爲三公者四世漢之亂更魏涉晉戕賊一作斲於夷胡而漢之大人苗裔盡矣比數百歲下而及唐然楊氏之後獨在大和開成之間曰汝士者與虞卿魯士漢公又以名顯於唐居靖恭坊楊氏者大以其族著唐之亂極於懿僖昭三宗下更五姓天下瘢裂焚蕩剪薙而唐之名臣之後盡矣又幾百年至于今然楊氏

之後獨在及府君又大顯始震嘗有德於漢而死以無辜君子悼震
曰不幸然孰知夫世不昌且久歟而府君又畜其德則孰知其後世
又不然歟於其葬也是宜銘銘蓋所以使後世之有考也府君卒後
若干年以景祐二年某月某日葬杭州某縣某鄉漳南縣君先府君
二十六年以亡及是合葬自有誌府君初名侃後避真宗皇帝舊名
改曰大雅字子正銘曰
楊氏之先自震有聞有盛有衰世惟厥人由漢迄今更難冒亂歷時
千年而世三顯府君之顯不彰于初其久不渝卒克以敷弘農之分
遂播南土嗚呼德則承其先而葬也塋于一作於祖

尚書職方郎中分司南京歐陽公墓誌銘

公諱穎字孝叔咸平三年舉進士中第初任峽州軍事判官有能名
即州拜秘書省著作佐郎知建寧縣未半歲峽路轉運使薛顏巡部
至萬州逐其守之不治者以謂繼不治非尤善治者不能因奏自建

寧縣往代之以治聞由萬州相次九領州而治之一再至曰鄂州二辭不行初彭州以母夫人老不果行最後嘉州以老告不行實治七州州大者繁廣小者俗惡而姦皆世指爲難治者其尤甚曰歙州民習律令性喜訟家家自爲簿書凡聞人之陰私毫髮坐起語言日時皆記之有訟則取以證其視入狴牢就桎梏猶冠帶偃簀恬如也盜有殺其民董氏於市三年捕不獲府君至則得之以抵法又富家有盜夜入啓其藏者有司百計捕之甚急且又大購之皆不獲有司苦之公曰勿捕與購獨召富家二子械付獄鞠之州之吏民皆曰是素艮子也大怪之吏疑互諫公堅不囘鞠愈急二子服然吏民猶疑其不勝而自誣及取其所盜某物於某所皆是然後讙一作歎曰公神明也其治尤難者若是其易可知也公剛果有氣外嚴內明不可犯以是施於政亦以是持其身初皇考侍郎爲許田令時丁晉公尚少客其縣皇考識之曰貴人也使與之遊待之極厚及公佐峽州晉公

薦之遂拜著作其後晉公居大位用事天下之士往往因而登榮顯
而公屏不與之接故其仕也自著作佐郎祕書丞太常博士尚書屯
田都官職方三員外郎郎中皆以歲月考課次第陞知萬峽鄂歙彭
鄂閬饒嘉州皆所當得及晉公敗士多不免惟公不及明道二年以
老乞分司有田荆南遂歸焉以景祐元年正月二十六日終于家年
七十有三祖諱某贈某官妣皇妣李氏贈某縣君夫人曾氏某縣君
先亡公平生強力少疾病居家忽晨起作遺戒數紙以示其嗣子景
昱曰吾將終矣後三日乃終而嗣子景昱能守其家如其戒歐氏出
於禹禹之後有越王勾踐勾踐之後有無疆者爲楚威王所滅無疆
之子皆受楚封封之烏程歐陽亭者爲歐陽氏漢世有仕爲涿郡守
者子孫遂北有居冀州之渤海有居青州之千乘而歐陽仕漢世爲
博士所謂歐陽尚書者也渤海之歐陽有仕晉者曰建所謂渤海赫
赫歐陽堅石者也建遇趙王倫之亂其兄子質南奔長沙自質十二

世生詢詢生通仕於唐皆爲長沙之歐陽而猶以渤海爲封通又三世而生琮琮爲吉州刺史子孫家焉自琮八世生萬萬生和和生雅雅生高祖諱效高祖生曾祖諱託曾祖生皇祖武昌令諱郴皇祖生公之父贈戸部侍郎諱儆皆家吉州又爲吉州之歐陽及公遂遷荆南且塟焉又爲荆南之歐陽嗚呼公於脩叔父也銘其叔父宜於其世尤詳銘曰

壽孰與之七十而老祿則自取於取猶少扶身以方亦以從公不變其初以及其終

都官郎中王公墓誌銘

明道元年五月二十四日尚書都官郎中王公以疾終于許州私第明年十月其孤宗彭宗古奉公之喪及公之先君先夫人俱塟于許州長社縣白兔原公諱世昌字次仲少屬文舉進士端拱元年登科第補鳳翔郿縣主簿再調開封士曹參軍知杭州鹽官縣又改蘇州

常熟縣轉運使張式以治狀奏充秀州判官遷著作佐郎知彭州九隴縣轉太常丞會鹽鐵上言建安茶稅不充請擇材臣幹其任公膺是選歲增四千萬三年歸朝優詔嘉奬擢知饒州連典蜀福二州歷太常博士屯田都官職方二員外郎權三司判官出知鄧州轉屯田郎中徙東川賜三品服移成州權莅西京留守司御史臺又知澤州轉都官郎中知絳州老疾上章得分司西京享年七十有八公生明察凡爲郡獄訟無細大皆呼前面質其罪有寃者立辨出之獄官俯伏受教僚佐充員而已故所至稱有治聲亦用此爲人所擠成州之遷是也好接士類不以年者自處候門者雖晚進皆與均禮論者多之初娶李氏再娶水邱氏封歸安縣君柔婉有婦道早亡生子三人長宗說終杭州臨安主簿次宗古前連州陽山令次宗彭前孟州汜水主簿女四人長適涇州支使宋齊古次早夭次適侍御史楊偕次適光祿寺丞呂昌齡臨安有子一人師温郊社齋郎陽山子師艮師

儉皆郊社齋郎二女俱幼銘曰
八十其齡三品其服有子有孫以才以淑吁嗟令人兮饗用茲福

左班殿直胥君墓誌銘

胥姓出晉大夫童世久徙遷失其譜君諱某字致堯有子曰沆能略言其世曰吾家爲燕人十三代祖儀爲唐御史中丞坐言武后事貶臨川後世因家焉胥氏義聞鄉閭門有旌表由吾先君而上祖諱某仕僞唐袁州宜春令父諱某當周世宗取淮南李氏日益衰亂因徙家合肥及吾先君始祿于朝然卒於不得志今其葬敢再拜以請予爲考次君之行曰君少力學爲文辭端拱咸平之間再舉進士嘗中選矣時天子諒闇不能廷試進士疑有司選太多削其奏籍之半乃罷去其冬契丹犯邊天子幸魏又將幸眞定君以草澤應詔上書理檢言兵事且曰臣言有不可書者非人主不得聞天子召見爲屏左右聽其說矍然而悟將拜某官既出大臣詰其事不肯對大臣皆不

悅曰且可以職縻之以爲三班借職君辭不就天子還京師又固辭
願從進士試禮部皆不許以監温州天富鹽監君歎曰吾親老敢擇
祿邪凡世所謂材者惟施無不利乃可謂能吾將有爲也已乃受命
凡治鹽三歲增其舊二百餘萬斛罷歸以能被薦未暇錄初契丹陷
黎陽滑州守張秉請君將戍兵擊河凌以斷賊契丹去張公以君爲
材留君護漁池迎陽二埽朱博代守滑乃曰河恐滑人者趨西埽爾
請君兼護之君疏河爲別流以殺其勢明年河棄西埽去滑人無水
恐歲省工材百餘萬秩滿有司上君鹽最護河之功還奉職君意不
滿辭不拜丁母夫人某氏憂終喪不許以監黃州商稅餘年課爲最
召還在道用祀汾陰恩卒遷奉職監杭州排岸司浚浙江龍山二閘
廢清河堰以通漕杭人至今便之爲端州兵馬監押就還右班殿直
給事中樂黃目舉君材任閤門祗候有司限例不行得温州兵馬監
押期還遷職在温州聞黃目死前舉狀格不用君歎曰豈吾命邪今

天子即位遷左班殿直以疾求監壽州酒稅逾年請告就醫京師天
聖元年十月某日卒于建平坊享年五十有九初娶宋氏生三男曰
沆澄泳澄早卒二女長亦早卒次適某氏再娶沈氏後君卒初君之
喪寓瘞朝陽門外慶曆二年某月某日葬于某縣某鄉某原銘曰
余悲胥君始以儒者自進而仕也非其志方其以一布衣飛籍人主
之意其志壯哉豈止於此自古賢材明智之士困於失職多矣豈天
所不相邪豈其力不足邪蓋苟者多得偷者易安守義而窮乃理或
然嗟乎胥君永矣茲阡

內殿崇班薛君墓誌銘

公諱塾字宗道絳州正平人資政殿學士兵部尚書河東簡肅公之
第於惟簡肅為時顯人天聖明道間實參大政以道德剛直外正於
朝孝友敦睦內仁其家其爵命之榮上逮三世旁祿其族子官者三
十人公於一作于太保諱景之廟為曾孫太傅諱温瑜之廟為孫太

師諱化光之廟爲第五子少以簡肅蔭補三班借職九遷內殿崇班
享年六十五以終公爲人果毅質直喜以氣節自高少好學嘗爲文
詞仕雖不章官能其職初監曲沃縣酒稅民素苦伐薪給官炊公始
更用石炭民得不苦至今賴之又監龍門縣清澗木稅絳州鹽酒稅
河中府浮橋凡所施設皆有法後人雖欲輒更莫能也蜀民易搖喜
倡事以相驚譁遂緣爲亂公爲兵馬監押旁郡呼曰盜將大至公能
以重鎭之州卒無事民恃以安歲滿州乞留不克知河池縣賦役刑
罰示民以信使民知政而吏無所措其姦始建孔子廟春秋飭其牲
器以與邑人行事民初識學校之禮當時名臣若今樞密副使杜公
多薦其材以兄嫌避不升用奉使走馬承受滄州路公事數對便殿
言利害皆可施行歷監通利軍陝蜀二州兵康定二年六月十五日
壬辰以疾卒于蜀州之廨其長子曰大理寺丞通判陵州仲孺扶其
柩歸于絳州道出河池河池之民泣遮于路曰此吾民之所思也公

卒之六日夫人吳氏卒于代州其次子曰大理寺丞通判代州宗孺
以其喪歸遂合葬于正平縣清源鄉周村原用慶曆元年十二月二
十一日丙申之吉二子皆以材賢克承其家女一人適將作監主簿
鄭宗賢銘曰
薛絳大族與自簡肅簡肅之哲其剛烈烈公躬直清官以材稱惟賢
是似不愧其兄薛有世次簡肅之碑公墓南原銘以識之

長安縣太君盧氏墓誌銘

夫人盧氏其父諱之翰單父人好學通五行律曆善籌策中進士第
至道中用兵河西以爲陝西轉運使屢爲太宗言靈武事不合意輒
貶既而事驗思之輒復召用由是卒爲名臣官至太常少卿知廣州
夫人歸楊公時年始十七公前夫人張氏生三男文友文舉文本皆
尚幼夫人亦生三男一早卒次文敏文通四女長適大理寺丞王中
孚次適崑山縣尉刁綬次將作監主簿朱銑次早卒楊公以文行著

名當時治身廉清好施宗族大中祥符四年以右諫議大夫薨廣州家無貲夫人居喪於淮上諸子怡怡知其母之慈撫其己不知家之有無也後二十有五年文友爲虞部員外郎知建昌軍文舉國子博士通判蔡州文本文通早卒文敏由大理寺丞應進士中第爲太子中允知蘇州常熟縣夫人在建昌感疾卒官舍享年五十七將卒戒其子曰吾幸見汝輩立而死吾無以教爲人能如汝父足矣遂歸葬壽州之西原祔舊塋禮也夫人初用公封范陽縣君後用其子封仁壽縣太君又進封長安縣太君及卒也張夫人二子居喪哀如所生嗚呼賢母也哉是宜銘粤景祐三年二月庚戌葬之銘曰

從者其姑祔者其夫安此室乎

外集卷第十一

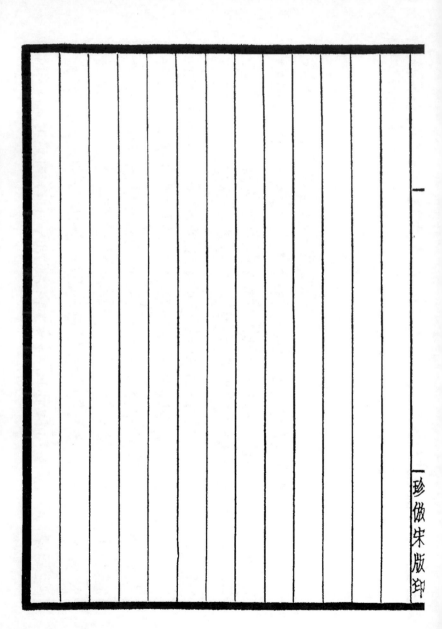

碑銘

漳一作鄣南縣君張氏墓誌銘

右諫議大夫集賢院學士楊公諱大雅之夫人曰漳南縣君張氏父諱保衡官至太僕寺丞其先荊門大族劉守光亂幽州曾祖敏徙其家濟南之歷城而益盛夫人生二十有二歲歸楊氏十有五年生二男三女景德三年十月十四日終于袁州之廨其子洎濬尚幼能記其母及長聞其家與其外內宗姻之稱夫人者曰夫人生于富族而柔明孝謹楊氏嘗世家公少孤貧始爲開封縣尉夫人入其門若素小家子事其姑視日時早暮氣節之寒暑飲食起居之當進與否者不少懈如此十五年如始歸凡楊氏之內宗與其外姻賓客之至者如豐家退視其褚空如惟恐人之知也教其子不略弛其色有問之則曰慈或失之教不嚴不足以訓雖家人亦未嘗見其跛墜自開封

及其爲祕書丞而得封又見其夫爲太常博士知袁州乃卒其後楊公登朝廷掌書命爲諫議大夫居榮顯皆莫見也嗚呼可哀也已天聖某年楊公薨景祐二年某月日子洎舉而合葬之於其塋也洎爲某官濬爲某官女三人皆適人其幼早亡二女皆有子娶矣銘曰

嗚呼一無二字生而淑沒也何思夫安於此其從斯

太子賓客分司西京謝公墓誌銘

惟景祐元年十月之晦太子賓客分司西京謝公薨明年三月嗣子絳自京師舉其柩南歸用八月某吉葬杭州富陽縣某鄉某原合以夫人晉陵郡君許氏而從王父戶部侍郎府君之墓次公世居富春生十一歲時已如成人嘗與客談論侍郎竊從聽之往往能奪其客議十四歲詣州學學左氏春秋略授其說即爲諸生委曲講論如其師稍長居蘇州時天子平劉繼元露布至守臣當上賀命吳中文士作表章更數人皆不可意公私作於家客有持去者吳士見之大驚

遂有名於南方淳化三年以進士及第爲梓州榷鹽院判官會兩川盜起攻劫州縣公乘賊未至盡伐近郊林木內城中且曰除賊隱蔽以修閉守之具有餘可給薪蒸爲久圍之備身與士卒守壍壁凡圍百日不能破賊平知州事尙書左丞張雍轉運使馬襄狀言其能就除觀察判官賜以器幣明年知益州華陽縣縣人苦兵劫皆逃失業朝廷下令許民能倍租入官者皆得占其田既而良田盡爲大豪所奪而逃人歸者不復得公至則手判訟牒以謂恤亂撫人不宜利倍租而使貧人失業盡奪之格其詔書不用由華陽召改著作佐郎通判壽州筠州知興國軍三遷至太常博士眞宗方考責能吏一日自內出中外賢吏有治狀者二十四人付中書以名召公由興國召見于長春殿賜緋魚袋卽日試於學士院明日邊臣有急奏天子詔且親征是時大賊王長壽又劫曹濮眞宗面語宰相委公曹州遂改屯田員外郎以往至則縛凶人趙諫趙諤斬於京師三字一作于市曹

人以寧自曹歸朝是歲火星見西南方占曰在蜀奉使巡檢益利兩
路蜀卒無事又議大鐵錢平其法至今行之使還舉州縣吏三十餘
人宰相疑其多公願署連坐以取信朝廷從之所舉後皆爲能吏奉
使舉人連坐自公始既而爲三司度支判官知泰州歙州再遷司封
員外郎坐三司舉吏奪官後爲度支通判河南府侍中始平公自洛
來朝薦之召試授兵部員外郎直史館判三司理欠憑由司出爲兩
浙轉運使賜金紫還禮部郎中判司農寺朝廷方議以知制誥將試
忽得疾踰旬不能興遂寢天禧五年以戶部郎中兼侍御史知雜事
同判吏部流內銓眞宗晏駕永定陵詔山陵使道路所經拆民廬舍及
城門以過車輿象物公上言先帝封祀行幸儀物全盛不聞所過壞
民居今少府治塗車明器侈大非禮且違遺詔務儉薄之意請裁損
之書奏不聽以疾求去職還吏部郎中直昭文館知越州還還太常
少卿判太府寺登聞檢院復以疾求西京留司御史臺踰年就臺拜

祕書監遂求分司明道元年轉太子賓客公少以文行有名於時自言吾於一作在天下無一嫌怨待士君子必盡其心雖人出其下亦未嘗敢懈怠家居有法度撫養孤幼極恩愛常時溫和謙厚真長者及在官臨事見義喜爲過於勇夫故所至必有能稱不幸中廢以疾不得盡其所爲及居西京不關人事惟理醫藥與方術士語終日不休歲時河南官屬詣門請見慘然肅潔有威儀不若老且病者享年七十有四以壽終嗚呼可謂君子者已公諱濤字濟之高祖希圖仕至衞州刺史曾祖延徽處州麗水縣主簿祖懿文杭州鹽官令父崇禮泰寧軍節度掌書記以公贈戶部侍郎母崔氏博陵郡太君弟四人炎最有文行知名於時見國史子三人長曰絳次將作監主簿約次太廟齋郎綺亦有文皆早亡謝氏自曾高不顯由公始昌其家而子絳又以文行繼之初公之葬其先君也爲兵部員外郎今公之葬絳亦世其官度支判官河南府通判並踐世職判太府寺實父子

相代書府之任昭文史館集賢院祕閣父子同時爲之見于衣冠盛事錄謝氏其不衰又將大也歟銘曰

謝之遠世河南緱氏四代之祖因仕過江卒葬嘉興始留南方曾祖在南佐麗水縣卒又葬焉世亦未顯祖令鹽官始葬富陽凡三徙遷遂家於(一作于)杭世久當隆其昌自公富陽之原三世有墓父大於祖子大於父後有賢嗣又有令孫公其安居有祀有承

檢校司農少卿致仕張公墓誌銘

君諱九思鄆州陽谷縣人張氏世以明經仕宦君少習春秋三傳太平興國五年以舉中高第凡仕若干年而致之又若干年而考終命初任雅州軍事推官轉大理評事光祿大理二寺丞太子中舍殿中丞國子博士尚書虞部比部駕部三員外郎中凡居官一十有三歷知黃蘄道三州既老又加檢校司農少卿於其家年八十有五其終也實天聖某年某月某日其葬也以明道二年某月某日其葬之地

汝州襄城縣某村某山之下父諱清累贈某官母崔氏追封某縣太君初娶朱氏某縣君生子龜正龜文龜文先亡女二人後娶王氏某縣君生子龜誠於其塟也龜正爲郢州支使知鄂州崇陽縣龜誠襄城縣尉君爲人沉朴謹儉官能其職爲政以慈仁厚下爲先人有闘訟常兩諭之初強不屈化必以禮義柔之卒相服從顧改自疑爲善故所至人愛思之其爲黃州也飛蝗越州不下州人歌之以爲異凡居官所得俸廩計身衣食足而已秩滿還家輒以所餘分親族噫其賢厚而敏亦經之効歟銘曰

張世郪居舉明經朴儉勤孝家所承公壯而仕老康寧八十其壽位則卿始終以全爲家榮去郪而汝從新塋後之世者考此銘

河南府司錄張君墓誌銘

山東道節度掌書記知伊陽縣事天水尹洙書

吾友張堯夫以今年七月癸酉塟其先君於北邙山既塟二十有九

日壬寅晨起感疾復就寢弗寤若醉狀醫視其脈曰疾勢風甚盛脈宜洪今細蹙殆不可為晝未盡數刻啓手足於官署翌日殯于正寢戊申瘞先君墓次實明道二年八月也堯夫內淳固外曠簡不妄與人交初為河南府推官後為司錄予與之遊幾五年出處多共之其飭身臨事予嘗愧堯夫堯夫不予愧也嗚呼安能盡識吾友之善哉堯夫名汝士年三十七歷官至大理寺丞先君諱某終虞部員外郎母李氏隴西縣君娶崔氏生二男三女皆幼渤海歐陽修為之銘曰

噫嘻哉上者蒼蒼也宜壽而夭宜福而禍有尸者邪其無也豐其躬者鮮其仁予之賢者嗇其位豈其不可兼邪斯可怪也其有莫施其為不伐充而不光遂以昧滅後孰知也弔賓盈位哭皆有涕夫嗟於道婦咄於竈夫能使人之若此也噫嘻哉君子吾不得見而見善人善人今復不得而見也

先君墓表此乃瀧岡表初稾其後刪潤頗多題曰瀧岡阡表

修不幸生四歲而孤太夫人守節自誓居貧自力於衣食以長以教俾至于成人而嘗告之曰汝父爲吏廉而好施以其俸祿事賓客常不使有餘曰無以是爲我累故其亡也無一瓦之覆以庇其生然吾何恃而能自守以至是耶吾於汝父知其一二而已也此吾之所恃也吾之始歸也汝父免於母喪方踰年歲時祭祀則必泣涕曰祭而豐不如養之薄也閒居而御酒食戚饌則又涕泣曰昔不足而今有餘其何及也吾始一二見之以爲新免於喪而適然耳既而其後常然至於終身未嘗不然此吾知汝父之能養也汝父爲吏嘗夜燭治官書屢廢而歎吾問之則曰此死獄也我求其生不得也吾曰生可求乎曰求其生而不得則死者與我皆無恨矧求而有得耶以其嘗有得知其不求而死者恨也夫嘗求其生猶失之死而況世常求其死也回顧乳者抱汝而立于旁指而歎曰歲行在戌我將死不及見

兒之立也後當以我語告之其平居教他子弟亦皆用此語吾耳熟焉故能詳也其施於外事接於賓客或有矜飾吾不能知其居于家無所事而其爲如此是其發於中者也其心誠厚於仁者也此吾之知汝父之得疑有後也汝其勉之夫士有用捨志之得施與否不在己而爲仁與孝不取於人也修泣而誌之不敢忘先君少孤力學咸平三年進士及第爲通州判官泗綿二州推官又爲泰州判官正身懷道不及其施享年五十有九初贈太子中允今贈某官太夫人姓鄭氏世爲江南名族太夫人恭儉仁愛而有禮初封縣太君累封樂安安康彭城三郡太君自其子少賤時治其家以儉約其後常不使過之曰吾兒多不合于世儉薄所以安患難也修初貶夷陵太夫人言笑自若曰汝家故貧賤也修察其志久而安故其後立于朝得不苟容于時蓋自先君之亡二十年修始得祿而養又二十有三年修爲龍圖閣直學士尚書吏部郎中留守南京太夫人以疾卒于官舍

享年七十有二修竊自念爲人子而不能識其父幸而得聞吾母之言其忍廢焉乃泣血而記之歐陽氏自爲吉州廬陵人至于修十有五世矣沙溪吾世之家且塋也故又刻其所記者表於其阡以告其宗族及鄉之人曰

而耕而田歲取百千而耘而學久而不獲田何取之囷倉峨峨學而取之簪笏盈家量功較收所得孰多先君之學獲不及時匪于其躬而利其後疾遲幾何善無不報先君之貽予修不肖矧有才子于何不有矧我歐陽世家惟舊自始氏封烏程之亭在北有聞或冀或青中顯彌長或吉或衡勢大必分枝葉婆娑惟吉舊居子孫今多木久而林有喬其秀矧我歐陽扶疎並茂先君之德吾母知隆子修不肖以俟其宗以勉同鄉敢及他人

母鄭夫人石槨銘

維皇祐五年癸巳六月庚午匠作石槨粤七月己亥既成銘曰於乎

有宋歐陽修母鄭夫人槨既竁既堅惟億萬年其固其安

胥氏夫人墓誌銘公在憂制舉祔葬之禮故命門人秉筆

廬陵歐陽先生語其學者徐無黨曰修年二十餘以其所爲文見胥公于漢陽公一見而奇之曰子當有名于世因留置門下與之偕至京師爲之稱譽於諸公之閒明年當天聖八年修以廣文館生舉中甲科又明年胥公遂妻以女公諱偃世爲潭州人官至工部郎中翰林學士公以文章取高第以清節爲時名臣爲人沉厚周竁其居家雖燕必嚴不少懈每端坐堂上四顧終日如無人雖其嬰兒女子無一敢妄舉足發聲其飲食衣服少長貴賤皆有常數胥氏女既賢又習安其所見故去其父母而歸其夫不知其家之貧去其姆傅而事其姑不知爲婦之勞後二年三月胥氏女生子未逾月以疾卒享年十有七後五年其所生子亦卒後二十年從其姑葬于吉州吉水縣沙溪之山修既感胥公之知己又哀其妻之不幸短命顧二十年閒

存亡憂患無不可悲者欲書其事以銘而哀不能文因命無黨序其意又代爲哀辭一篇以弔胥氏因幷刻而藏于墓當胥氏之卒也先生時爲西京留守推官實明道二年也其哀辭曰

淸泠兮將絕之語言猶可記髣髴兮平生之音容不可求謂不見爲纔幾時兮忽二紀其行周豈無子兮久先于下上昔事姑兮今從于此邱同時之人兮藐獨予留顧生餘幾兮一身而百憂惟其不忘兮下志諸幽松風草露兮閟此千秋

楊氏夫人墓誌銘同前

廬陵歐陽先生之繼室曰楊氏楊氏者故右諫議大夫集賢院學士楊公之女也楊氏遠有世德自漢至唐常出顯人故其繫譜所傳次序自震至今不絕公諱大雅以文學篤行居淸顯號爲古君子先生嘗謂其學者焦千之曰楊公已歿脩始娶其女雖不及識公然嘗獲銘公之德究見其終始其行于己立于朝廷發于文章者皆得考次及楊

氏之歸又得見公之退施于其家者皆可法也楊氏事其姑以孝而勤友其夫以義而順接其內外宗族以禮而和方其歸也修爲鎮南軍掌書記館閣校勘家至貧見其夫讀書著文章則曰此吾先君之所以樂而終身也見其夫食糲而衣弊則曰此吾先君雖顯而不過是也閑因其夫之俸廩食其月而有餘則必市酒具肴果于堂上曰吾姑老矣惟此不可不勉歸之十月以疾卒享年十有八實景祐二年九月也後十有九年從其姑塟于吉州吉水縣沙溪之山乃命千之序而銘其壙曰

其居忽兮而逝也遽其殁久矣一作兮而悲如新一言以誌兮千萬歲之存

記

河南府重修使院記

郡府統理民務調發賦稅稽功會事事無不舉代君理物政教繫之漢承秦餘精意牧民之官置部刺史以督察出御史以監掌之太守二千石莫不盡誠率下奉上李唐酌用舊典使天下以大權小故有州有府刺史專守理所大鎮觀察旁郡後增置胥吏史以總治諸州繩寬刺害理務詳焉府之有使院也厥惟尚矣皇朝政教清明制度適中雖鎮守自占總領委于均輸惟使幕置吏用而不革洛都天下之儀表提封萬井隸縣十九王事浩穰百倍他邑而典史之局甚陋不稱彭城相居守之明年若曰政教之廢與出于是官吏之緩猛繫于是義不可忽始謀新之乃度地於府之西偏斥大其舊居列司存整按牒以圖經久之制夏某月工徒告成制作雖壯不踰矩官司雖

冗執其方君子謂是舉也得爲政之本焉烏有端其本而末不正者哉宜乎書厥旨以示方來且誌歲月也

河南府重修淨垢院記

河南自古天子之都王公戚里富商大姓處其地喜於事佛者往往割脂田沐邑貨布之贏奉祠宇爲莊嚴故浮圖氏之居與侯家主第之樓臺屋瓦高下相望於洛水之南北若弈棊然及汴建廟社稱京師河南空而不都貴人大賈廢散浮圖之奉養亦衰歲壞月隳其居多不克完與夫遊臺釣池並爲榛蕪者十有八九淨垢院在洛北廢最甚無刻識(一作石)不知誰氏之爲獨牓其梁曰長興四年建丞相彭城錢公來鎭洛之明年禱雨九龍祠下過之歎其空闊且呼主藏者給緡錢二十萬洛陽知縣李宋卿幹而輯焉於是規其廣而小之卽其舊而新之卽舊焉所以速於集工損小焉所以易於完修(一作守)易壞補闕三十六間工既畢宋卿願刻於石以紀夫修舊起廢由

彭城公賜也且誌其復興之之一無此字歲月云從事歐陽修遂爲

一無二字記

陳氏榮鄉亭記

什邡漢某縣戶若干可征役者家若干任里胥給吏事又若干其豪

又若干縣大以饒吏與民尤驁惡猾驕善貨法爲蠹孽中州之人凡

仕宦之蜀者皆遠客孤寓思歸以苟滿歲脫過失得去爲幸居官既

不久又不究知其俗常不暇刔剔已輒易去而縣之大吏皆宿老其

事根堅穴深爲其長者非甚明銳難卒攻破故一縣之政吏常把持

而上下之然其特不喜秀才儒者以能接見官府知己短長以讒之

爲己病也每儒服持謁躐縣門者吏輒坐門下嘲咻踞罵辱之俾慙

以去甚則陰用里人無賴苦之羅中以法期必破壞之而後已民既

素饒樂鄉里不急祿仕又若吏之所爲故未嘗有儒其業與服以游

者甚好學者不過專一經工歌詩優游自養爲鄉丈人而已比年蜀

之士人以進士舉試有司者稍稍增多而什邡獨絶少陳君什邡之鄉丈人有賢子曰嚴夫嚴夫幼喜讀書爲進士力學甚有志然亦未嘗敢儒其衣冠以謁縣門出入閭閈必鄉其服鄉人莫知其所爲也已而州下天子詔書索鄉舉秀才嚴夫始改衣詣門應詔一作書吏方相驚然莫能爲也既州試之送禮部將行陳君戒且約曰嘻吾知惡進士之病已而不知可以爲榮君行達得選於有司吾將有以旌志之使榮吾鄉以勸也於是呼工理材若將構築者明年嚴夫中丙科以歸陳君成是亭與鄉人宴其下縣之吏悔且歎曰陳氏有善子而吾鄉有才進士豈不榮邪嚴夫初爲伊闕縣主簿時予爲西京留守推官嘗語予如此欲予之志之也嚴夫爲縣吏材而有內行不求聞知於上官而上官薦用下吏之能者歲無員數然卒亦不及噫嚴夫爲鄉進士而鄉人始不知之卒能榮之爲下吏有可進之勢而不肯一鬻所長以干其上其守道自修可知矣陳君有子如此亦賢丈

人也予既友巖夫恨不一登是亭往拜陳君之下且以識彼邦之長者也又嘉巖夫之果能榮是鄉也因以命名其亭且志之也某年某月歐陽修記

明因大師塔記

明因大師道詮姓衞氏幷州文水縣民家子生於太平興國辛巳之歲終於明道癸酉之正月壽五十有三年始爲童子辭家人入洛陽妙覺禪院依真行大師惠璿學浮圖法咸平五年始去氏削髮入僧籍後二十四年賜紫衣遂主其衆又四年賜號明因兼領右街教門事凡爲僧三十有一年卒之明年其徒以骨葬城南龍門山下始道詮未死時予過其廬問其年幾何曰五十有二矣問其何許人也曰本太原農家也因與語曰詩唐風言晉本唐之俗其民被堯之德化且詩多以儉刺然其勤生以儉嗇朴厚而純固最得古之遺風今能言其土風乎其民俗何若信若詩之所謂乎詩去今餘千歲矣猶若

詩之時乎其亦隨世而遷變也曰樹麻而衣陶瓦而食築土而室甘
辛苦薄滋味歲耕日積有餘則窖而藏之率千百年不輒發其勤且
儉誠有古之遺風至今而不變也又言爲兒時聞長老語晉自春秋
爲盛國至唐基幷以興世爲北京及朱氏有中土後唐倚幷爲雄亦
卒以王既而晉祖又以王漢又以王遭時之故相次出三天子劉崇
父子又自爲國故民熟兵鬬饟軍死戰勞苦幾百年不得息既而聖
人出四方次第平一日兵臨城門係繼元以歸幷民然後被政教棄
兵專農休息勞苦爲太平之幸人幷平後二歲我始生幼又依浮圖
生不見干戈長不執耒耜衣不麻食不瓦室不土力不穡而休乃幷
人之又幸者也今老矣且病卽死無恨子愛其語朴而詳他日復過
其廬莫見也訪之曰死矣爲之惻然及其壟其徒有求予誌其始終
者因幷書其常語予者志歲月云爾

叢翠亭記

九州皆有名山以為鎮而洛陽天下中周營（一作宮）漢都自古常（一作皆）以王者制度臨四方宜其山川之勢雄深偉麗以壯萬邦之所瞻由都城而南以東山之近者闕塞萬安轘轅緱氏以連嵩室（一作少）首尾盤屈踰百里從城中因高以望之衆山逶迤或見或否惟嵩最遠最（一作而）獨出其嶄巖聳秀拔立諸峯上而不可掩蔽蓋其名在祀典與四岳俱備天子巡狩望祭其秩甚尊則其高大殊傑當然城中可以望而見者若巡檢署之居洛北者為尤高巡檢使內殿崇班李君始入其署卽相其西南隅而增築之治（一作為）亭於上敞其南北嚮以望焉見山之連者峯者岫者駱驛（二字或從系）聯亘卑相附高相摩亭然起崒然止來而向去而背傾崖怪壑若奔若蹲若鬬若倚世所傳嵩陽三十六峯者皆可以坐而數之因取其蒼翠叢列之狀遂以叢翠名其亭亭成李君與賓客以酒食登而落之其古所謂居高明而遠眺望者歟既而欲紀其始造之歲月因求修辭而刻

之云

非非堂記

權衡之平物動則輕重差其於靜也錙銖不失水之鑒物動則不能有睹其於靜也毫髮可辨在乎人耳司聽目司視動則亂於聽明其於靜也聞見必審處身者不爲外物眩晃而動則其心靜心靜則智識明是是非非無所施而不中夫是是近乎諂非非近乎訕不幸而過寧訕無諂是者君子之常是之何加一以觀之未若非非之爲正也予居洛之明年旣新廳事有文紀于壁末營其西偏作堂戸北嚮植叢竹闢戸於其南納日月之光設一几一榻架書數百卷朝夕居其中以其靜也閉目澄心覽今照古思慮無所不至焉故其堂以非非爲名云

遊大字院記

六月之庚金伏火見往往暑虹晝明驚雷破柱鬱雲蒸雨斜風酷熱

非有清勝不可以消煩炎故與諸君子有普明後園之遊春筍解籜夏潦漲渠引流穿林命席當水紅薇始開影照波上折花弄流銜觴對弈非有清吟嘯歌不足以開懽情故與諸君子有避暑之詠太素最少飲詩獨先成坐者欣然繼之日斜酒歡不能徧以詩寫獨留名於壁而去他日語且道之拂塵視壁某人題也同共索舊句揭之于版以致一時之勝而爲後會之尋云

李秀才東園亭記

修友李公佐有亭在其居之東園今年春以書抵洛命修志之李氏世家隨隨春秋時稱漢東大國魯桓之後楚始盛隨近之常與爲鬭國相勝敗然怪其山川土地既無高深壯厚之勢封域之廣與鄖蓼相介纔一二百里非有古彊諸侯制度而爲大國何也其春秋世未嘗通中國盟會朝聘僖二年方見於經以伐見書哀之元年始約列諸侯一會而罷其後乃希見僻居荊夷蓋於蒲騷鄖蓼小國之間特

大而已故於今雖名藩鎮而實下州山澤之產無美材土地之貢無上物朝廷達官大人自閩陬嶺徼出而顯者往往皆是而隨近在天子千里內幾一 一無此字 百年間未出一士豈其瘠貧薄陋自古然也予少以江南就食居之能道其風土地既瘠枯民給 一作急 生不舒愉雖豐年大族厚聚之家未嘗有樹林池沼之樂以爲歲時休暇之嬉獨城南李氏爲著姓家多藏書訓子孫以學予爲童子與李氏諸兒戲其家見李氏方治東園往求美草一一手植周視封樹日日去來園間甚勤李氏壽終公佐嗣家又構亭其間益修先人之所爲予亦壯不復至其家已而去客漢沔遊京師久而乃歸復行城南公佐引予登亭上周尋童子時所見則樹之蘖者抱昔之抱者枿草之茁者叢荄之甲者今果矣問其遊兒則有子如予童子之歲矣相與逆數昔時則於今七閏矣然忽忽如前日事因歎嗟徘徊不能去噫予方仕宦奔走不知再至城南登此亭復幾閏幸而再至則東園之

物又幾變也計亭之梁木其蠹瓦甓其一有之甾石物其泐乎隨雖陋非予鄉然予之長也豈能忘情於隨哉公佐好學有行鄉里推之與予友蓋明道二年十月十二日也

樊侯廟災記

鄭之盜有入樊侯廟刳神象之腹者既而大風雨雹近鄭之田麥苗皆死人咸駭曰侯怒而爲之也余謂樊侯本以屠狗立軍功佐沛公至成皇帝位爲列侯邑食舞陽剖符傳封與漢長久禮所謂有功德於民則祀之者歟舞陽距鄭既不遠又漢楚常苦戰滎陽京索閒亦侯平生提戈斬級所立功處故廟而食之宜矣方侯之參乘沛公事危鴻門振目一顧使羽失氣其勇力足有過人者故後世言雄武稱樊將軍宜其聰明正直有遺靈矣然當盜之傳刃腹中獨不能保其心腹腎腸哉而反貽怒於無罪之民以騁其恣睢何哉豈生能萬人敵而死不能庇一躬邪豈其靈不神於禦盜而反神於平民以駭其

耳目邪風霆雨雹天之所以震耀威罰有司者而侯又得以濫用之邪蓋聞陰陽之氣怒則薄而爲風霆其不和之甚者凝結而爲雹方今歲且久旱伏陰不興壯陽剛燥疑有不和而凝結者豈其適會民之自災也邪不然則喑嗚叱吒使風馳霆擊則侯之威靈暴矣哉

東齋記

官署之東有閣以燕休或曰齋謂夫閑居平心以養思慮若於此而齋戒也故曰齋河南主簿張應之居縣署亦理一作治小齋河南雖赤縣然征賦之民一作名戶纔七八千田利之入率無一鍾之畝人稀土不膏腴則少爭訟幸而歲不大凶亦無逋租凡主簿之所職者甚簡少故未嘗憂吏責而得優游以嬉應之又素病羸宜其有以閑居而平心者也應之雖病然力自爲學常曰我之疾氣留而不行血滯而流逆故其病咳血然每體之不康則或取六經百氏若一作與古人述作之文章誦之愛其深博閎達雄一作奇富偉麗之說則必

茫乎以思，暢乎以平，釋然不知（一作覺）疾之在體。因多取古書文字貯齋中，少休則探以覽焉。夫世之善醫者，必多畜金石百草之物以毒其疾，須其瞑眩而後瘳。應之獨能安居是齋以養思慮，又以聖人之道和平其心而忘厥疾，真古之（三字一作可謂）樂善者歟。傍有小池，竹樹環之，應之時時引客坐其間，飲酒言笑終日（一作終日言笑）不倦。而某嘗從應之於此，因書於其壁（三字一作于壁而記云）。

伐樹記

署之東園，久茀不治。修至，始闢之，糞瘠漑枯，爲蔬圃十數畦，又植花果桐竹凡百本。春陽既浮，萌者將動。園之守啓曰：「園有樗焉，其根壯而葉大。根壯則梗地脈，耗陽氣，而新植者不得滋；葉大則陰翳蒙礙，而新植者不得暢以茂。又其材拳曲臃腫，疎輕而不堅，不足養，是宜伐。」因盡薪之。明日，圃之守又曰：「圃之南有杏焉，凡其根庇之廣可六七尺，其下之地最壤腴，以杏故特不得蔬，是亦宜薪。」修曰：「噫！今杏方春且華將待其實若獨不能損數畦之廣爲杏地邪因勿伐既而悟且歎曰吁莊周之說曰樗櫟以不材終其天年桂漆以有用而見傷夭今樗誠不材矣然一旦悉翦棄杏之體最堅密美澤可用反見存豈才不才各遭其時之可否邪他日客有過修者僕夫曳薪過堂下因持而語客以所疑客曰是何怪邪夫以無用處無用莊周之貴也以無用而賊有用烏能免哉彼杏之有華實也以有生之具而庇其根幸矣若桂漆之不能逃乎斤斧者蓋有利之者在死勢不得以生也與乎杏實異矣今樗之臃腫不材而以壯大害物其見伐誠宜爾與夫才者死不才者生之說又異矣凡物幸之與不幸視其處之而已客既去修然其言而記之

戕竹記

洛最多竹樊圃棊錯包籜榯筍之贏歲尚十數萬緡坐安候 一作厚 利寧肯爲渭川下然其治水庸任土物簡歷芟養率須謹嚴家必有

小齋閑館在虧蔽間賓欲賞輒腰輿以入不問辟疆恬無怪讓也以是名其俗爲好事壬申之秋人吏率持鐮斧亡公私誰何且戕且桴不竭不止守都出令有敢隱一毫爲私不與公上急病服王官爲慢齒王民爲悖如是累日地榛園禿下亡有嗇色少見於顏閒者由是知其民之急上噫古者伐山林納材葦惟是地物之美必登王府以經于用不供謂之畔廢不時謂之暴殄今土宇廣斥賦入委疊上益篤儉非有廣居盛囿之侈縣官材用顧不衍溢朽蠹而一有非常斂取無藝意者營飾像廟過差乎書不云不作無益害有益又曰君子節用而愛人天子有司所當朝夕謀慮守官與道不可以忽也推類而廣之則竹事猶末

養魚記

折簷之前有隙地方四五丈直對非非堂修竹環繞蔭映未嘗植物因洿以爲池不方不圓任其地形不甃不築全其自然縱鍤以濬之

汲井以盈之湛乎汪洋晶乎清明微風而波無波而平若星若月精彩下入予偃息其上潛形於毫芒循漪沿岸渺然有江湖千里之想斯足以舒憂隘而娛窮獨也乃求漁者之罟市數十魚童子養之乎其中童子以爲斗斛之水不能廣其容蓋活其小者而棄其大者怪而問之且以是對嗟乎其童子無乃嚚昏而無識矣乎予觀巨魚枯涸在旁不得其所而羣小魚游戲乎淺狹之間有若自足焉感之而作養魚記

游儵亭記

禹之所治大水七岷山導江其一也江出荆州合沅湘合漢沔以輸之海其爲汪洋誕漫蛟龍水物之所憑風濤晦冥之變怪壯哉是爲四字一作是爲壯哉勇者之觀也吾兄晦叔爲人慷慨喜義勇而有大志能讀前史識其盛衰之迹聽其言豁如也困於位卑無所用以老然其胸中亦已壯矣夫壯者之樂非登崇高之邱臨萬里之流不

足以爲適今吾兄家荆州臨大江捨汪洋誕漫壯哉勇者之所觀而方規地爲池方不數丈治亭其上反以爲樂何哉蓋其擊壺而歌解衣而飲陶乎不以汪洋爲大不以方丈爲局則其心豈不浩然哉夫視富貴而不動處卑困而浩然其心者一無此字眞勇者也然則水波之漣漪游魚之上下其爲適也與夫莊周所謂惠施游於濠梁之樂何以異烏用蛟魚變怪之爲壯哉故名其亭曰游儵亭景祐五年四月二日舟中記

淅川縣興化寺廊記

興化寺新修行廊四行揔六十四間匠者某人用工之力凡若干土木埳墁陶瓦鐵石之費匠工傭食之資凡若干營而主其事者僧延遇延遇自言餘杭人少棄父母稱出家子之郢州拜浮圖人師其說年十九尙書祠部給牒稱僧遂行四方淳化三年止此寺得維摩院廢基築室自爲師教弟子以居居二十有三年授弟子惠聰而老焉

又十八年年七十有一矣乃斂其衣盂之具所一作之餘示惠聰而歎曰吾生乾德之癸亥明年而甲子一復而又將甲焉棄杭即浙四十有三歲去墳墓不哭其郊聞吳歈不懷其土吾豈無鄉閭親戚之仁與愛而樂此土耶吾惟浮圖之說畏且信以忘其生不知大平此也今老矣凡吾之有衣食之餘生無鄉閭宗族之賙沒不待歲時烝嘗之具盡就吾之素信者而用焉畢吾無恨也於是庀工度材營此廊廊成明道二年之某月也寺始建於隋仁壽四年號法相寺太平興國中改曰興化屋垣甚壯廣由仁壽至明道實四百四十有四年之間凡幾壞幾易未嘗有志刻雖其始造之因亦莫詳焉至延遇爲此役始求志之子因嘉延遇之能果其學也惠聰自少師之雖老益堅不壞又竭其所有期與俱就所信而盡焉夫世之學者知患不至不知患不能果此果於自信者也年月日記

湘潭縣修藥師院佛殿記

湘潭縣藥師院新修佛殿者縣民李遷之所爲也遷之賈江湖歲一賈其入數千萬遷之謀曰夫民力役以生者也用力勞者其得厚用力媮者其得薄以其得之豐約必視其用力之多少而必當然後各食其力而無慙焉士非我匹若工農則吾等也夫琢磨一作磨琢煎鍊調筋柔革此工之盡力也斤斸鉏夷畎畝樹藝此農之盡力也然後所食皆不過其勞今我則不然徒幸物之廢興而上下其價權時輕重而操其奇嬴游嬉以浮於江湖用力至逸以安而得則過之我有慙於彼焉凡誠我契而不我欺平我斗斛權衡而不我踰出入關市而不我虞我何能焉是皆在上而爲政者以庇我也何以報焉聞浮屠之爲善其法曰有能捨己之有以崇飾尊嚴我則能陰相之凡有所欲皆如志乃曰盍用我之有所得於此施以報焉且爲善也於是得此寺廢殿而新之又如其法作釋迦佛十六羅漢塑像皆備凡用錢二十萬自景祐二年十二月癸酉訖三年二月甲寅以成其秋

會子赴夷陵自真州假其舟行次潯陽見買一石甕而載于舟問其所欲用之因具言其所爲且曰欲歸而記其始造歲月也視其色若欲得予記而不敢言也因善其以賈爲生而能知夫力少而得厚以爲幸又知在上者庇己而思有以報顧其所爲之心又趨爲善皆可喜也乃爲之作記問其寺始造之由及其歲月皆不能道也九月十六日記

偃虹隄記

有自岳陽至者以滕侯之書洞庭之圖來告曰願有所記予發書按圖自岳陽門西距金雞之右其外隱然隆高以長者曰偃虹隄問其作而名者曰吾滕侯之所爲也問其所以作之利害曰洞庭天下之至險而岳陽荆潭黔蜀四會之衝也昔舟之往來湖中者至無所寓則皆泊南津其有事于州者遠且勞而又常有風波之恐覆溺之虞今舟之至者皆泊隄下有事于州者近而且無患問其大小之制用

人之力曰長一千尺高三十尺厚加二尺而殺其上得厚三分之二用民力萬有五千五百工而不踰時以成問其始作之謀曰州以事上轉運使轉運使擇其吏之能者行視可否凡三反復而又上于朝廷決之三司然後曰可而皆不能易吾侯之議也曰此君子之作也可以書矣蓋慮於民也深則謀其始也精故能用力少而爲功多夫以百步之隄禦天下至險不測之虞惠其民而及于荆潭黔蜀凡往來湖中無遠邇之人皆蒙其利焉且岳陽四會之衝舟之來而止者日凡有幾使隄土石幸久不朽則滕侯之惠利於人物可以數計哉夫事不患於不成而患於易壞蓋作者未始不欲其久存而繼者常至於殆廢自古賢智之士爲其民捍患興利其遺跡往往而在使其繼者皆如始作之心則民到于今受其賜天下豈有遺利乎此滕侯之所以慮而欲有紀於後也滕侯志大材高名聞當世方朝廷用兵急人之時常顯用之而功未及就退守一州無所用心略施其餘以

利及物夫慮熟謀審力不勞而功倍作事可以爲後法一宜書不苟一時之譽思爲利於無窮而告來者不以廢二宜書岳之民人與湖中之往來者皆欲爲滕侯紀三宜書以三宜書不可以不書乃爲之書慶曆六年　月　日記

大明水記

世傳陸羽茶經其論水云山水上江水次井水下又云山水乳泉石池漫流者上瀑湧湍漱勿食食久令人有頸疾江水取去人遠者井取汲多者其說止於此而未嘗品第天下之水味也至張又新爲煎茶水記始云劉伯芻謂水之宜茶者有七等又載羽爲李秀卿論水次第有二十種今考二說與羽茶經皆不合謂山水上乳泉石池又上江水次而井水下伯芻以揚子江爲第一惠山石泉爲第二虎邱石井第三丹陽寺井第四揚州大明寺井第五而松江第六淮水第七與羽說皆相反秀卿所說二十水廬山康王谷水第一無錫惠山

石泉第二蘄州蘭谿石下水第三扇子峽蝦蟆口水第四虎邱寺井水第五廬山招賢寺下方橋潭水第六揚子江南零水第七洪州西山瀑布第八桐柏淮源第九廬山龍池山頂水第十丹陽寺井第十一揚州大明寺井第十二漢江中零水第十三玉虛洞香谿水第十四武關西水第十五松江水第十六天台千丈瀑布水第十七郴州圓泉第十八嚴陵灘水第十九雪水第二十如蝦蟆口水西山瀑布天台千丈瀑布皆戒人勿食食之生疾其餘江水居山水上井水居江水上皆與羽經相反疑羽不當二說以自異使誠羽說何足信也得非又新妄附益之邪其述羽辨南零岸時疑怪誕甚妄也水味有美惡而已欲求天下之水一一而次第之者妄說也故其爲說前後不同如此然此井爲水之美者也羽之論水惡渟浸而喜泉源故井取汲者江雖長然衆水雜聚故次山水惟此說近物理云

孫氏碑陰記

皇祐三年夏元規以龍圖閣直學士尚書吏部郎中爲陝西都轉運使道出南京遇疾留河上予時往問之元規疾少間出其皇祖少師之銘而謂予曰此太子太傅杜公所書也吾家世德杜公之父榮公實銘之惟吾二家皆爲當世盛族五代之亂播于吳越而不顯然其同祿仕通婚姻子孫之好至今而不絕也自吳越國除衣冠之族皆北予以不幸少孤既壯而從祿養其爲御史諫官以言事謫守處州始得過故鄉識其耆老而求杜氏之銘不可得也今十有五年而始獲于斯自榮公之銘孫氏三世百年至于小子幸成祖考忠義之訓今得進被榮顯于朝廷而列于侍從杜公以道德名望相明天子荷天之福眉壽于家惟吾二家之盛衰與時治亂而上下故屈于彼而伸于此其世德遺文由後有人克保不墜故晦於昔而顯於今將刻銘於碑表之墓隧以昭示來世子孫其以爲如何予曰嗚呼爲善之効無不報然其遲速不必問一作同也故不在身者則在其子孫或

晦於當時者必顯于後世其孫氏杜氏之謂乎刻之金石以遺家之子孫而勸天下之爲善者不亦宜哉

三琴記

吾家三琴其一傳爲張越琴其一傳爲樓則琴其一傳爲雷氏琴其製作皆精而有法然皆不知是否要在其聲如何不問其古今何人作也琴面皆有横文如蚳腹世之識琴者以此爲古琴蓋其漆過百年始有斷文用以爲驗爾其一金暉其一石暉其一玉暉金暉者張越琴也石暉者樓則琴也玉暉者雷氏琴也金暉其聲暢而遠石暉其聲清實而緩玉暉其聲和而有餘今人有其一已足爲寶而余兼有之然惟石暉者老人之所宜也世人多用金玉蚌琴暉此數物者夜置之燭下炫燿有光老人目昏視暉難準惟石無光置之燭下黑白分明故爲老者之所宜也余自少不喜鄭衛獨愛琴聲尤愛小流水曲平生患難南北奔馳琴曲率皆廢忘獨流水一曲夢寢不忘今

老矣猶時時能作之其他不過數小調弄足以自娛琴曲不必多學要于自適琴亦不必多藏然業已有之亦不必以患多而棄也嘉祐七年上巳後一日以疾在告學書信筆作歐陽氏三琴記

吉州學記

慶曆三年天子開天章閣召政事之臣八人賜之坐問治天下其要有幾施於今者宜何先使書于紙以對八人者皆振恐失措俯伏頓首言此事大非愚臣所能及惟陛下幸詔臣等於是退而具述爲條列明年正月始詔州郡吏以賞罰勸農桑三月又詔天下皆立學惟三代仁政之本始於井田而成於學校記曰國有學遂有序黨有庠家有塾其極盛之時大備之制也凡學本於人性磨揉遷革使趨于善至於風俗成而頌聲興蓋其功法施之各有次第其教於人者勤而入於人者漸勤則不倦漸則遲久而深夫以不倦之意待遲久而成功者三王之用心也故其爲法必久而後至太平而爲國皆至六

七百年而未已此其効也三代學制甚詳而後世罕克以舉舉或不知而本末不備又欲於速不待其成而怠故學之道常廢而僅存惟天子明聖深原三代致治之本要在富而教之故先之農桑而繼以學校將以衣食飢寒之民而皆知孝慈禮讓是以詔書再下吏民感悅奔走執事者以後爲羞其年十月吉州之學成州即先夫子廟爲學舍於城西而未備今知州事殿中丞李侯寬之至也謀與州人遷而大之事方上請而詔下學遂以成李侯治吉敏而有方其作學也吉之士率其私錢一百五十萬以助用人之力積二萬一千工而人不以爲勞其良材堅甓之用凡二十二萬三千五百而人不以爲多學有堂筵齋講有藏書之閣有賓客之位有游息之亭嚴嚴翼翼壯偉閎耀而人不以爲侈既成而來學者常三百餘人予世家於吉濫官于朝廷進不能贊明天子之盛美退不能與諸生揖讓乎其中惟幸吉之學教者知學本於勤漸遲久而不倦以治毋廢慢天子之詔

使予他日因得歸榮故鄉而謁於學門將見吉之士皆道德明秀可爲公卿過其市而賈者不鬻其淫適其野而耕者不爭壠畝入其里閭而長幼相孝慈於其家行其道塗而少者扶羸老壯者代其負荷於路然後樂學之道成而得從鄉先生席于衆賓之後聽鄉樂之歌飲射壺之酒以詩頌天子太平之功而周覽學舍思詠李侯之遺愛不亦美哉故於其始成也刻辭于石以立諸其廡

外集卷第十三

序一

仁宗御集序英宗皇帝留旨代作

在昔君臣聖賢自相戒勅都俞吁咈於朝廷之上而天下治者二帝之言語也號令征伐丁寧約束而其辭彬彬篤厚純雅者三代之文章也堯舜夏商周之盛邈乎遠出千載之上而昭然著見百世之下者以其書存焉此典謨訓誥之文所以爲歷代之寶也惟我仁考神文聖武明孝皇帝之作二帝之言語而三代之文章也是宜刊之六經而不朽示之萬世而取法矧余小子獲承統業其所以繼大而顯揚之者方思勉焉其敢失墜乃詔尚書刑部郎中知制誥邵必右諫議大夫天章閣待制呂公著悉發寶文之舊藏而類次之以爲百卷而必公著勉朕以敘述之曰是不可闕也予惟聖考在位四十有二載承三聖之鴻業享百年之盛隆而不敢暇逸慎重祭祀以事天而

饗親齋莊潔精必以誠信故親郊而見上帝者九恭謝于天地大享
于明堂者皆再耕于籍田祫于太廟者皆一而不爲勞若夫游娛射
獵前世賢王明主之所不能免者則皆非所欲歲時臨幸燕飫臣下
必問祖宗之故常闃然非時不聞輿馬之音後苑歲春一賞亦故事
也中廢者二十餘年而時畋于近郊曲宴于便坐者廑纔一二而已
故敘禋祀享升歌樂章藏于有司薦于郊廟者多矣而登臨游賞之
適割鮮獻獲之樂前世之所誇者未始一及焉至於萬機之暇泊然
凝神不見所好惟躬閱寶訓陳經邇英究鐘律之本元訓師兵之武
略披圖以鑒古銘物以自戒其從事於清閑宴息之餘者不過此類
嗚呼大禹之勤儉也夫惟一人勞於上則天下安其逸約于己則天
下享其豐此禹之所以聖勤儉之功也惟我聖考之在御也澤被生
民恩加夷狄寬刑罰息兵革容納諫諍信任賢材措民逸於治安躋
俗豐於富庶使海內蒙德受賜涵濡鼓舞而不知所以然者由勤與

儉久而馴致之也是以功成業茂立廟建號為宋仁宗噫仁之為言堯舜之盛德而甚美之稱也固已巍乎與天地而亡極矣永惟聖作刻之玉版藏之金匱以耀後嗣而垂無窮庶俾知我聖考仁宗之所以為仁者自勤儉始嗚呼亦惟予小子是訓

送方希則序

蒙莊以紳笏為柴柵班伯以名聲為韁鎖夫軒裳輝華人之所甚欲彼豈惡之邪蓋將有激云爾是以君子輕去就隨卷舒富貴不可誘故其氣浩然勇過乎賁育毀譽不以屑其量恬然不見於喜慍能及是者達人之節而大方之家乎希則茂才入官三舉進士不利命乎數奇時不見用而（一作宜）且夷然拂衣師心自往推否泰以消息輕寄物之去來淵乎其大雅之君子而幾類於昔賢者乎余自來上都寓謁舍化衣京塵穿履金門者再見春矣會天子方嚮儒學招徠俊良開賢科命鄉舉而四方之傑齎貢函詣公車者十百千數余雖後

進晚出而掎裳摩趺攘臂以遊其間交者固已多矣晚方得君傾蓋道塗一笑相樂形忘乎外心照乎內雖濠梁之遊不若是也未幾君召試中臺以枉於有司奪席見罷搢一作薦紳議者咸傷寃之君方澹乎沖襟竟於使人不能窺也後數日齎裝具舟泛然東下以余辱交者索言以爲贈夫恢識宇以見乎遠窮倚伏以至于命此非可爲淺見寡聞者道也希則達人爾可一言之昔公孫常退歸鄉人再推射策遂第一更生書數十上每聞報罷而終爲漢名臣以希則之資材識業而沈冥轗壈者豈非天將張之而固翕之邪不然何邅迴而若此也夫良工晚成者器之大後發先至者驥之良異日垂光虹蜺濯髮雲漢使諸儒後生企仰而不暇此固希則褚囊一作橐中所畜爾豈假予詳言之哉觴行酒半坐者皆欲去操觚率然辭不逮意同年景山欽之識之亦賦詩以爲別則祖離道舊之情備之矣此不復云

送陳經秀才序

伊出陸渾略國南絶山而下東以會河山來水東西北直國門當雙闕隋煬帝初營宮洛陽登邙山南望曰此豈非龍門邪世因謂之龍門非禹貢所謂導河自積石而號龍門者也然山形中斷巖崖缺呀若斷若鑱當禹之治水九州披山斬木遍行天下凡水之破山而出之者皆禹鑿之豈必龍門然伊之流最清淺水濺濺鳴石間刺舟隨波可爲浮泛釣魴擉鱉可供膳羞山兩麓浸流中無巖嶄頽怪盤絶之險而可以登高顧望自長夏而往纔十八里可以朝遊而暮歸故人之遊此者欣然得山水之樂而未嘗有筋骸之勞雖數至不厭也然洛陽西都來此者多達官尊重不可輒輕出幸時一往則騶奴從騎吏屬遮道唱呵後先前儐旁扶登覽（一作覽登）未周意已怠矣故非有激流上下與魚鳥相傲然徙倚之適也然能得此者惟卑且閑者宜之修爲從事子聰參軍應之主縣簿秀才陳生旅遊皆卑且閑

者因相與期於兹夜宿西峯步月松林間登山上方路窮而返明日上香山石樓聽八節灘晚泛舟傍山足夷猶而下賦詩飲酒暮已歸後三日陳生告予且西予方得生喜與之遊也又遽去因書其所以遊以贈其行

送楊子聰戶曹序

士之仕於州郡者必視其地大小高下之望以爲輕重河南大府也參軍雖卑以望而高下之固與他州郡異矣然地大望高居者皆將相名臣達官居又不久率一二歲而甚者半歲而易故河南吏民閒坐而偶語道某相某將某官者常名斥而一二歲數之至於郎官御史方鎮牧守使人貴客由河南出者入不候於疆去不餞于郊途逢而不避市坐者不起豈素慢哉蓋其見之習也彼視公卿大臣要官其易如此矧所謂參軍者邪其不羣嘲而隨侮之幸也參軍每上府望門而趨吏摩以肩過不揖反就焉持刺執版求通姓名雖心負其

所有欲進自達不可得其勢鬱鬱卑且賤反甚於它州郡故爲之者未嘗樂也然其間能自以頭角頎然而出者鮮矣其才能之美非有異乎衆莫能也戸曹參軍楊子聰居府中常衣青衫騎破虎韉出入府門下人固輩（一作背）視而概易之居一歲相國彭城公薦之集賢學士謝公又薦之士之有文而賢者盡交之其能出其頭角矣若去而之他州郡不特頎然而出矣遂特疑將傑然以獨立也子聰南人樂其土風今秩滿調於吏部必吏於南也吾見南之州郡有傑然而獨出者必楊子聰也

送廖倚歸衡山序

元氣之融結爲山川山川之秀麗稱衡湘其蒸爲雲霓其生爲杞梓人居其間得之爲俊傑秀才生於衡山之陽而秀麗之精英者得之尤多故其文則雲霓其材則杞梓始以鄉進士舉於有司不中遂遊公卿間所至無不虛館設席爭以禮下之今丞與太原公雅識沈正

器君尤深初其鎮秦州也請君與俱行遂趨函關以覽秦都則西方士君子得以承望乎風采矣凡居秦幾歲而東將過京師以歸予嘗以上計吏客都中識君於交逵辱之以友益當君之西也獲錢於國門及夫斯來又相見於洛道語故舊數日乃行夫山川固能產異物而不能畜之者誠有利其用者爾今君之行也予疑夫不能久畜於衡山之阿也

送梅聖俞歸河陽序

至寶潛乎山川之幽而能先羣物以貴於世者負其有異而已故珠潛于泥玉潛于璞不與夫蜃蛤珉石混而棄者其先膺美澤之氣輝然特見于一作於外也士固有潛乎卑位而與夫庸庸之流俯仰上下然卒不混者其文章才美之光氣亦有輝然而特見者矣然求珠者必之乎海求玉者必之乎藍田求賢士者必之乎通邑大都據其會就其名而擇其精焉爾洛陽天子之西都距京師不數驛搢紳仕

宦雖然而處其亦珠玉之淵海歟予方據是而擇之獨得於梅君聖俞其所謂輝然特見而精者邪聖俞志高而行潔氣秀而色和嶄然獨出於衆人中初爲河南主簿以親嫌移佐河陽常喜與洛之士遊故因吏事而至於此余嘗與之徜徉於嵩洛之下每得絕崖倒壑深林古宇則必相與吟哦其間始而歡然以相得終則（一作而）暢然覺乎薰蒸浸漬之爲益也故久而不厭既而以吏事訖言歸余且惜其去又悲夫潛乎下邑混於庸庸然所謂能先羣物而貴於世者特其異而已則光氣之輝然者豈能掩之哉

張應之字序

傳曰名以制義謂乎名之必可言也世之士君子名而無所言言則不能稱述（一作著）以見乎遠余友河南主簿張君名谷字仲容谷之爲義窪而不盈動而能應湛然而深有似乎賢人君子之德其所謂名而可言者也然嘗竊謂仲容之字不足以表其所以名之之義大

凡物以至虛而爲用者有三其體殊焉有虛其形而能受者器之圓方是也然受則有量故多盈溢敗覆之過有虛其中而能鳴乎外者鐘鼓是也然鳴必假物故須簨簴考擊之設有虛其體而能應物者空谷是也然應必有待故常自然以至靜接物而無窮士之以是爲其名則君之道從可知也宜易其字曰應之蓋容以言其虛之狀不若應以體乎容之德也君早以孝廉文藝考行於鄉里薦之於有司而又試其用於春官者之選深中隱厚學優道充其有以應乎物矣然今方爲小官主簿書其所應者近而小誠未能有以發乎其聲也余知夫虛以待之則物之來者益廣響之應者益遠可涯也哉余與君同以進士登于科又同爲吏于此羣居肩隨宴閑相語得以字而相呼故於是不能讓而默也敢爲序以易之

尹源字子漸序

奉禮尹君之將西也稱古仁者送人之義責言於其交之所常厚者

其友人渤海歐陽修在餞中卒然曰余無似雖不能竊仁者之號余嘗辱君之道義切劘爲最深是以（一作既）不能無言然君之文行余既友慕欽揖之不暇顧豈有遺忽乏少之可以進於言邪因姑請更君之字以塞其求云君之名源而字子淵夫源發於淵深且（一作其）止也於詁訓既不類又無所表發其名之美甚非稱據禮家之說曰三王之祭川也先河而後海或源也或委也蓋謂其源發而漸進於廣大委其注積也楊子曰百川學海而至于海今君之學也皆古文字聖賢之事業至其尤深而鉅者又烏止淵之譬邪然亦欲君之漸進不已而至深遠博大之無際也請字之曰子漸古者男子之生舉以禮而名之年既長見廟筮賓而加元服服加而後字示尊其名以隆成人也夫君子所以自厚重其名（一作所字）如此之甚也誠以其賢否醜美必常與名字相上下而始終郳婁一小國君片善可稱春秋褒之曰儀甫解者謂國不如名名不如字以爲極美之談是也子

漸行矣勉之

胡寅字序一作字說

寅之爲言恭且畏之辭虞書寅賓出日寅餞納日云者堯命其臣羲和者修其官而史美之之文又曰夙夜惟寅云者舜勅其臣伯夷之辭也又曰同寅協恭和衷哉云者皐陶戒禹之言言堯舜禹之事載於書者爲萬世之法而其君臣之際相言語者如是是知恭恪畏慎以思其事雖聖人猶然尉氏胡君名寅以問於余且將字之余以謂名者古之人生而有別之稱爾若太甲盤庚仲壬者又一無此字直識其次第而已至於一無此字左邱明者載魯大夫之語始謂命名必有義而學者又以文王武王伯魚之類附其說者尤非也文王之世爲商諸侯偶商不幸而紂爲淫虐然猶身一作生服事之豈其生也已有滅商自大之心而名昌其子始生又期使殺君而發其功業哉孔子之生子適有饋鯉者遂名之若史魚孔鮒又有饋者乎則是

眞爲識別之稱未嘗有義也然考古人之命字者則以若有義蓋將釋其名曰其字若此而已胡君曰我所以問其字者將知其寅者何謂然因考于古取堯舜禹之書常所道告之而字曰子畏作字說

送陳子履赴絳州翼城序

予昔過鄭遇子履於管城其後二歲子履西自馮翊會予於洛陽而去又明年復來遂與一作領鄉進士自河南貢于京師又明年予方解官洛陽以來則子履中甲科爲校書郎其冬得翼城於絳又明年春西拜其親於洛而後行自鄭之遇及茲行凡六歲而四見之焉其始也純然氣和而貌野再見之則道所學問出其文辭煒一作卓然有出於衆人矣又見之則挾其藝以較於羣士而以其能勝之今之行也又曰我將試其爲政於絳而且力廣其學當盡落其華而成其實直取古人之所以尚以一無二字距今之爲者其修己力行之道屢見而屢進進且一有又字不已而志又大焉孔子曰未見其止孟

子曰孰能禦之者歟夫年少者心銳氣盛者好剛苟有志焉無不至也然君子之於臨政也欲果其行必審其思審而後果則不可易而無悔而學者亦在一明疑其所趨而後博其聞其致思必精其發辭必易待其足於中而後見於外予友河南富彥國常與予語於此今彥國在絳而子履往焉又從而辨之後之復見子履豈特若前之見者乎將有駭然者矣

送孫屯田序字延仲

良金美玉藏乎礦石而追師治工莫不孜孜攻且鍊焉吾誠有以利其用也況材臣賢士世不衆出而物官者得不貪以為利乎故今茲屯田孫公始以尚書郎來貳洛政未踰歲則復乘兩馬之傳東上將冠惠文以肅臺憲居不皇暖席行不及具駕蓋被知者之用且祇君命之速也御史本為秦官出入殿中督察監視事無大小皆得以法繩之至按章舉劾發姦治獄以清風軌則朝廷之得失御史繫焉然

過者爲之至有伺求以爲察剛訐以爲直驚愚激俗以速名譽至於紀綱大政則蔑乎無聞也故於是選必要以文儒沉正閎達大體然後謇謇王廷爲天子司直之臣況乎白筆霜簡吾家舊物握蘭臥錦爲世名郎緣飾以儒雅濟之以文敏余知夫振頽綱舉舊典嗣先聲揚休聞在此行也而洛之士君子故相與翹足企聳東向而望俟聞凜然之餘風矣盍各賦棫樸以歌能官且賀舉者之得人也犯軷長道摻袪爲一作而別又烏足効兒女之悲哉

張令注周易序

易之爲書無所不備故爲其說者亦無所不之蓋滯者執於象數以爲用通者流於變化而無窮語精微者務極於幽深喜誇誕者不勝其廣大苟非其正則失而皆入於賊若其推天地之理以明人事之始終而不失其正則王氏超然遠出於前人惜乎不幸短命而不得卒其業也張子之學其勤至矣而其說亦詳焉其爲自序尤所發明

昔漢儒白首於一經雖孔子亦晚而學易今子年方壯所得已多而學且不止其有不至者乎廬陵歐陽修序

外集卷第十四

序二

刪正黄庭經序

無僊子者不知爲何人也無姓名無爵里世莫得而名之其自號爲無僊子者以警世人之學僊者也其爲言曰自古有道無僊而後世之人知有道而不得其道不知無僊而妄學一作求僊此我之所哀也道者自然之道也生而必死亦自然之理也以自然之道養自然之生不自戕賊夭閼而盡其天年此自古聖智之所同也禹走天下乘四載治百川可謂勞其形矣而壽百年顏子蕭然臥於陋巷簞食瓢飲外不誘於物內不動於心可謂至樂矣而年不過三十斯二人者皆古之仁人也勞其形者長年安其樂者短命蓋命有一作之長短稟之於天非人力之所能爲也惟不自戕賊而各盡其天年則二人之所同也此所謂以自然之道養自然之生後世貪生之徒爲養

生之術者無所不至至茹草木服金石吸日月之精光又有以謂此外物不足恃而反求諸內者於是息慮絕欲鍊精氣勤吐納專於內守以養其神其術雖本於貪生及其至也尚或可以全形而却疾猶愈於肆欲稱情以害其生者是謂養內之術故上智任之自然其次養內以却疾最下妄意而貪生世傳黃庭經者魏晉間道士養生之書也其說專於養內多奇恠故其傳之久則易爲訛舛今家家異本莫可考正無僊子既甚好古家多集錄古書文字以爲翫好之娛有黃庭經石本者迺永和十三年晉人所書其文頗簡以較今世俗所傳者獨爲有理疑得其真於是喟然嘆曰吾欲曉世以無僊而止人之學者吾力顧未能也吾視世人執奇恠訛舛之書欲求生而反害其生者可不哀哉矧以我翫好之餘拯世人之謬惑何惜而不爲乃爲刪正諸家之異一以永和石本爲定其難曉之言略爲注解庶幾不爲訛謬之說惑世以害生是亦不爲無益若大雅君子則豈取於

此

送王聖紀赴扶風主簿序

前年五月大霖雨殺麥河溢東畿浸下田已而不雨至于（一作於）八月菽粟死高田三司有言前時溢博州民冒河爲言得免租者蓋萬計今歲秋當租懼民幸水旱因緣得妄免以虧兵食慎勑有司謹之朝廷因舉田令約束州縣吏吏無遠近皆望風惡民言水旱一以農田勑限甚者笞而絕之畿之民訴其縣不聽則訴於開封又不聽則相與聚立（一作於）宣德門外訴於宰相於是遣吏四出視諸縣視者還而或言災或言否然言否者十七八最後視者還言民實災而吏徒畏約束以苟自免爾天子聞之惻然盡蠲畿民之租余嘗竊歎曰民生幸而爲饑民有（一作且）緩急近而易知也雨降于天河溢于地與赤日之出是三者物之易見也前二三歲旱蝗相連朝廷歲歲隨其災之厚薄蠲其賦之多少至兵食不足則歲糴或入粟以爵而充

之是在上者之愛人而仁人之心易惻也以易知之近言易見之事告易惻之仁然吏一壅之幾不得達況四海之大幾萬里而遠事之難知不若霖潦赤日之易見者何數使上有惻之之心不得達于下下有思告之苦不得通於上者吏居其間而壅之爾可勝歎哉扶風爲縣限關之西距京師在千里外民之不幸而事有隱微者何限其能生死曲直之者令與主簿尉三人而民之志得不壅而聞于州州不壅而聞于上縣不壅而民志通者令與主簿尉達之而已王君聖紀主簿於其縣聖紀好學有文佐是縣也始試其爲政焉故以夫素所歎者告之景祐三年二月二十四日廬陵歐陽修序

送太原秀才序

仲尼之徒子思伋記中庸事列于曲臺學欲服圓冠習矩步者皆造次必於中庸聞太原生得之矣生之履行無改是也月旅析木地居軫斿霜風動天萬竅號怒搖鞭長跋（一作岐）強飯自重時寶元二年

十月初七日乾德令尹歐陽修序

傳易圖序

孟子曰盡信書不如無書夫孟子好學者豈獨忽於書哉蓋其自傷不得親見聖人之作而傳者失其真莫可考正而云也然豈獨無書之如此余讀經解至其引易曰差若毫釐謬以千里之說又讀今周易有何謂子曰者至其繫辭則又曰聖人設卦繫辭焉欲考其真而莫可得然後知孟子之嘆蓋有激云爾說者言當秦焚書時易以卜筮得獨不焚其後漢興他書雖出皆多殘缺而易經以故獨完然如經解所引考於今易亡之豈今易亦有亡者耶是亦不得爲完書也昔孔子門人追記其言作論語書其首必以子曰者所以別夫子與弟子之言又其言非一事其事非一時文聯屬而言難次第故每更一事必以子曰以起之若文言者夫子自作不應自稱子曰又其作於一時文有次第何假子曰以發之乃知今周易所載非孔子文言

之全篇也蓋漢之易師擇取其文以解卦體至其有所不取則文斷而不屬故以子曰起之也其先言何謂而後言子曰者乃講師自爲答問之言爾取卦體以爲答也亦如公羊穀梁傳春秋先言何曷而後道（一作導）其師之所傳以爲傳也今上繫凡有子曰者亦皆講師之說也然則今易皆出乎講師臨時之說矣幸而講師所引者得載於篇不幸其不及引者其亡豈不多邪嗚呼歷弟子之相傳經講師之去取不徒存者不完而其僞謬之失其可究邪夫繫者有所繫之謂也故曰繫辭焉以斷其吉凶是故謂之爻言其爲辭各聯屬其一爻者也是則孔子專指爻辭爲繫辭而今乃以孔子贊易之文爲上下繫辭者何其謬也卦爻之辭或以爲文王作或以爲周公作孔子言聖人設卦繫辭焉是斥文王周公之作爲繫辭不必復自名其所作又爲繫辭也況其文乃概言易之大體雜論易之諸卦其辭非有所繫不得謂之繫辭也必然自漢諸儒已有此名不知從何而失之

也漢去周最近不應有失然漢之所爲繫辭者得非不爲今之繫辭乎易需之辭曰需于血出自穴艮之辭曰艮其限列其夤暌之辭曰見豕負塗載鬼一車是皆險怪奇絕非世常言無爲有訓故一作詁考證而學者出其臆見隨事爲解果得聖人之旨邪文言繫辭有可攷者其證如此而其非世常言無可攷者又可知矣今徒從夫臆出之說果可盡信之邪此孟子所嘆其不如亡者也易之傳注比他經爲尤多然止於王弼其後雖有述者不必皆其授受但其傳之而已大抵易至漢分爲三有田何之易焦贛之易費直之易田何之易傳自孔子有上下二篇又有彖象繫辭文言說卦等自爲十篇而有章句凡學有章句者皆祖之田氏焦贛之易無所傳授自得乎一作之隱者之學專於陰陽占察之術凡學陰陽占察者皆祖之焦氏費直之易亦無所授又無章句惟以彖象文言等十篇解上下經凡以彖象文言等參入卦中者皆祖之費氏田焦之學廢於漢末費氏獨興

遞傳至鄭康成而王弼所注或用康成之說比卦六四之類是弼即鄭本而爲注今行世者惟有王弼易其源出於費氏也孔子之古經亡矣

月石硯屏歌序

張景山在虢州時命治石橋小版一石中有月形石色紫而月白月中有樹森森然其文黑而枝葉老勁雖世之工畫者不能爲蓋奇物也景山南謫留以遺予予念此石古所未有欲但書事則懼不爲信因令善畫工來松（一作摸）寫以爲圖子美見之當愛歎也其月滿西旁微有不滿處正如十三四時其樹橫生一枝外出皆其實如此不敢增損貴可信也

七賢畫序

某不幸少孤先人爲綿州軍事推官時某始生生四歲而先人捐館某爲兒童時先妣嘗謂某曰吾歸汝家時極貧汝父爲吏至廉又於

物無所嗜惟喜賓客不計其家有無以具酒食在綿州三年他人皆多買蜀物以歸汝父不營一物而俸祿待賓客亦無餘已罷官有絹一匹畫為七賢圖六幅曰此七君子吾所愛也此外無蜀物後先人調泰州軍事判官卒于任比某十許（一作餘）歲時家益貧每歲時設席祭祀則張此圖于壁先妣必指某曰吾家故物也後三十餘年圖亦故闇某忝立朝懼其久而益朽損遂取七賢命工裝軸之更可傳百餘年以為歐陽氏舊物且使子孫不忘先世之清風而示吾先君所好尚又以見吾母少寡而子幼能克成其家不失舊物蓋自先君有事後二十年某始及第今又二十三年矣事迹如此始為作贊并序

龍茶錄後序

茶為物之至精而小團又其精者錄敘所謂上品龍茶者是也蓋自君謨始造而歲貢焉（一無此字）仁宗尤所珍惜雖輔相之臣未嘗輒

賜惟南郊大禮致齋之夕中書樞密院各四人共賜一餅宮人翦金爲龍鳳花草貼其上兩府八家分割以歸不敢碾試相一作但家藏以爲寶時有佳客出而傳翫爾至嘉祐七年親享明堂一有致字齋夕始人賜一餅余亦忝預至今藏之余自以諫官供奉仗內至登二府二十餘年纔一獲賜而丹成龍鷲舐鼎莫及每一捧翫清血交零而已因君謨著錄輒附于後庶知小團自君謨始而可貴如此九字一作可貴而創自君謨也治平甲辰七月丁丑廬陵歐陽修書還公期書室

傳

桑懌傳

桑懌開封雍邱人其兄慥本舉進士有名懌亦舉進士再不中去遊汝潁閒得龍城廢田數頃退而力耕歲凶汝旁諸縣多盜懌白令願三字一作日願令爲耆長往來里中察姦民因召里中少年戒曰盜

不可爲也吾在此不汝容也少年皆諾里老父子死未斂盜夜脫其衣里老父怯無他子不敢告縣臝其屍不能葬懌聞而悲之然疑少年王生者夜入其家探其篋不使之知覺明日遇之問曰爾諾我不爲盜矣今又盜里父子屍者非爾邪少年色動卽推仆地縛之詰共盜者王生指某少年懌呼壯丁守王生又自馳取少年者送縣皆伏法又嘗之郟城遇尉方出捕盜招懌飲酒遂與俱行至賊所藏尉怯陽爲不知以過懌曰賊在此何之乎下馬獨格殺數人因盡縛之又聞襄城有盜十許人獨提一劍以往殺數人縛其餘汝旁縣爲之無盜京西轉運使奏其事授郟城尉天聖中河南諸縣多盜轉運奏移澠池尉崤古險地多涂山而青灰山尤阻險爲盜所恃惡盜王伯者藏此山時出爲近縣害當此時王伯名聞朝廷爲巡檢者皆授名以捕之旣懌至巡檢者僞爲宣頭以示懌將謀招出之懌信之不疑其僞也因諜知伯所在挺身入賊中招之與伯同臥起十餘日信之乃

出巡檢者反以兵邀於山口懌幾不自免懌曰巡檢授名懼無功爾即以伯與巡檢使自爲功不復自言巡檢俘獻京師朝廷知其實罪黜巡檢懌爲尉歲餘改授右班殿直永安縣巡檢明道景祐之交天下旱蝗盜賊稍稍起其間有惡賊二十三人不能捕樞密院以傳召懌至京授二十三人名使往捕懌謀曰盜畏吾名必已一作以潰潰則難得矣宜先示之以怯至則閉柵戒軍吏無一人得輒出居數日軍吏不知所爲數請出自效輒不許既而夜與數卒變爲盜服以出迹盜所嘗行處入民家民皆走獨有一媼留爲作飲食饋之如盜乃歸復閉柵三日又往則攜其具就媼饌而以其餘遺媼媼待以爲真盜矣乃稍就媼與語及羣盜輩媼曰彼聞桑懌來始畏之皆遁矣又聞懌閉營不出知其不足畏今皆還也某在某處某在某所矣懌盡鉤得之復三日又往厚遺之遂以實告曰我桑懌也煩媼爲察其實而慎勿泄後三日我復來矣後又三日往媼察其實審矣明旦部分

軍士用甲若干人於某所取某盜卒若干人於某處取某盜其尤強
者在某所則自馳馬以往士卒不及從惟四騎追之遂與賊遇手殺
三人凡二十三人者一日皆獲二十八日復命京師樞密吏謂曰與
我銀爲君致閤職懌曰用賂得官非我欲況貧無銀有固不可也吏
怒匿其閥以免短使送三班三班用例與兵馬監押未行會交趾獠
叛殺海上巡檢昭化諸州皆警往者數輩不能定因命懌往盡手殺
之還乃授閤門祗候懌曰是行也非獨吾功位有居吾上者吾乃其
佐也今彼留而我還我賞厚而彼輕得不疑我蓋其功而自伐乎受
之徒慚吾心將讓其賞歸己上者以奏稾示予予謂曰讓之必不聽
徒以好名與詐取譏也懌歎曰亦思之然士顧其心何如爾當自信
其心以行譏何累也若欲避名則善皆不可爲也已余慚其言卒讓
之不聽懌雖舉進士而不甚知書然其所爲皆合道理多此類始居
雍邱遭大水有粟二廩將以舟載之見民走避溺者遂棄其粟以舟

載之見民荒歲聚其里人飼之粟盡乃止懌善劍及鐵簡力過數人而有謀略遇人常畏若不自足其為人不甚長大亦自修為威儀言語如不出其口卒然遇人不知其健且勇也廬陵歐陽修曰勇力人所有而能知用其勇者少矣若懌可謂義勇之士其學問不深而能者蓋天性也余固喜傳人事尤愛司馬遷善傳而其所書皆偉烈奇節士喜讀之欲學其作而怪今人如遷所書者何少也乃疑遷特雄文善壯其說而古人未必然也及得桑懌事乃知古之人有然焉遷書不誣也知今人固有而但不盡知也懌所為壯矣而不知予文能如遷書使人讀而喜否姑次第之

外集卷第十五

書一

上范司諫書

月日具官謹齋沐拜書司諫學士執事前月中得進奏吏報云自陳州召至闕拜司諫卽欲爲一書以賀多事忽一作卒卒未能也司諫七品官爾於執事得之不爲喜而獨區區欲一賀者誠以諫官者天下之得失一時之公議繫焉今世之官自九卿百執事外至一郡縣吏非無貴官大職可以行其道也然縣越其封郡逾其境雖賢守長不得行以其有守也吏部之官不得理兵部鴻臚之卿不得理光祿以其有司也若天下之失得生民之利害社稷之大計惟所見聞而不繫職司者獨宰相可行之諫官可言之爾故一有謂字士學古懷道者仕於時不得爲宰相必爲諫官諫官雖卑與宰相等天子曰不可宰相曰可天子曰然宰相曰不然坐乎廟堂之上與天子相可否

者宰相也天子曰是諫官曰非天子曰必行諫官曰必不可行立殿陛之前與天子爭是非者諫官也宰相尊行其道諫官卑行其言言行道亦行也九卿百司郡縣之吏守一職者任一職之責宰相諫官繫天下之事亦任天下之責然宰相九卿而下失職者受責於有司諫官之失職也取譏於君子有司之法行乎一時君子之譏著之簡冊（一作冊書）而昭明垂之百世而不泯甚可懼也夫七品之官任天下之責懼百世之譏豈不重邪（一作歟）非材且賢者不能爲也近執事始被召於陳州洛之士大夫相與語曰我識范君知其材也其來不爲御史必爲諫官及命下果然則又相與語曰我識范君知其賢也他日聞有立天子陛下直辭正色面爭庭論者非他人必范君也拜命以來翹首企足竚乎有聞而卒未也竊惑之豈洛之士大夫能料於前而不能料於後也將執事有待而爲也昔韓退之作爭臣論以譏陽城不能極諫卒以諫顯人皆謂城之不諫蓋有待而然退之

不識其意而妄譏修獨以謂不然當退之作論時城爲諫議大夫已五年後又二年始庭論陸贄及沮裴延齡作相欲裂其麻纔兩事爾當德宗時可謂多事矣授受失宜叛將強臣羅列天下又多猜忌進任小人於此之時豈無一事可言而須七年耶當時之事豈無急於沮延齡論陸贄兩事也謂宜朝拜官而夕奏疏也幸而城爲諫官七年適遇延齡陸贄事一諫而罷以塞其責向使止五年六年而遂遷司業是終無一言而去也何所取哉今之居官者率三歲而一遷或一二歲甚者半歲而遷也此又非更可以待乎七年也今天子躬親庶政化理清明雖爲無事然自千里詔執事而拜是官者豈不欲聞正議而樂讜言乎然今未聞有所言說使天下知朝廷有正士而彰吾君有納諫之明也夫布衣韋帶之士窮居草茅坐誦書史常恨不見用及用也又曰彼非我職不敢言或曰我位猶卑不得言得言矣又曰我有待是終無一人言也可不惜哉伏惟執事思天子所以見

用之意懼君子百世之譏一陳昌言以塞重望且解洛之士大夫之惑則幸甚幸甚

與郭秀才書

僕昨以吏事至漢東秀才見僕於叔父家以啓事二篇偕門刺先進自賓階拜起旋辟甚有儀坐而語諾甚謹讀其辭温密華富甚可愛視秀才待僕之意甚勤而禮也古人之相見必有歡欣交接之誠而不能達乃取羔雁雉鶩之類致其意爲贄而先既致其意又恥其無文則以虎豹之皮繢畫之布以飾之然後意達情接客既贄而主人必禮以答之爲陳酒殽幣篚壺矢燕樂之具將其意又爲賦詩以陳其情今秀才好學甚精博記書史務爲文辭不以羔禽皮布爲飾獨以言文其身而其贄既美其意既勤矣宜秀才責僕之答厚也僕既無主人之具以爲禮獨爲秀才賦詩女曰雞鳴之卒章曰知子之來之雜佩以贈之取其知客之來豫儲珩璜琚瑀之美以送客雖無此

物猶言之以致其意厚也僕誠無此物可謂空言之爾秀才年且少貌厚色揚志銳學敏因進其業修其辭暴練緝織之不已使其文采五色潤澤炳蔚若贄以見當世公卿大人非惟若僕空言以贈也必有分庭而禮加籩豆實幣篚延爲上賓者惟勉之不已

與張秀才第一書 棐

修頓首致書秀才足下前日辱以詩賦雜文啓事爲贄披讀三四不能輒休足下家籍河中爲鄉進士精學勵行嘗已選於里升於府而試於有司矣誠可謂彼邦之秀者歟然士之居也遊必有友學必有師其鄉必有先生長者府縣必有賢守長佐吏彼能爲足下稱才而述美者宜不少矣今乃越數百里犯風霜干一作好大國望官府下首於閽謁者以道一作通姓名趨走拜伏於人之階廡間何其勤勞乎豈由心負其所有而思以一發之邪將顧視其鄉之狹陋不足自廣而謂夫大國多賢士君子可以奮揚而光遠之邪則足下之來也

其志豈近而求豈小邪得非磨光濯色計之熟卜之吉而後勇決以來邪今市之門旦而啓商者趨焉賈者坐焉持寶而欲價者之焉賣金而求寶者亦之焉閑民無資攘臂以遊者亦之焉洛陽天下之大市也來而欲價者有矣坐而爲之輕重者有矣子居其間其官位學行無動人也是非可否不足取信也其亦無資而攘臂以遊者也今足下之來試其價既就於可以輕重者矣而反以及子夫以無資者當求價之責雖知貪於所得而不知有以爲價也故辱賜以來且慙且喜既不能塞所求以報厚意姑道此以爲謝

與張秀才第二書

修頓首白秀才足下前日去後復取前所貺古今雜文十數篇反復讀之若大節賦樂古太古曲一作典等篇言尤高而志極大尋足下之意豈非閔世病俗究古明道欲援今以復之古而翦剝齊整凡今之紛殽駁冗者歟然後益知足下之好學甚有志者也然而述三皇

太古之道捨近取遠務高言而鮮事實此少過也君子之於學也務為道為道必求知古知古明道而後履之以身施之於事而又見於文章而發之以信後世其道周公孔子孟軻之徒常履而行之者是也其文章則六經所載至今而取信者是也其道易知而可法其言易明而可行及誕者言之乃以混蒙虛無為道洪荒廣略為古其道難法其言難行孔子之言道曰道不遠人言中庸者曰率性之謂道又曰可離非道也春秋之為書也以成隱讓而不正之傳者曰春秋信道不信邪謂隱未能蹈道齊侯遷衞書城楚邱與其仁不與其專封傳者曰仁不勝道凡此所謂道者乃聖人之道也此履之於身施之於事而可得者也豈如誕者之言者耶堯禹之書皆曰若稽古傳說曰事不師古匪說攸聞仲尼曰吾好古敏以求之者凡此所謂古者其事乃君臣上下禮樂刑法之事又豈如誕者之言者邪此君子之所學也夫所謂捨近而取遠云者孔子曰生周之世去堯舜遠

孰與今去堯舜遠也孔子刪書斷自堯典而弗道其前其所謂學則曰祖述堯舜如孔子之聖且勤而弗道其前者豈不能邪蓋以其漸遠而難彰不可以信後世也今生於孔子之絕後而反欲求堯舜之已前世所謂務高言而鮮事實者也二字一作云者唐虞之道爲百王首仲尼之歎曰蕩蕩乎謂高深閎大而不可名也及夫二典述之炳然一作如使後世尊崇仰望不可及其嚴若天然則書之言豈不高邪然其事不過於親九族平百姓憂水患問臣下誰可任以女妻舜及祀山川見諸侯齊律度謹權衡一有斗斛字使臣下誅放四罪而已孔子之後惟孟軻最知道然其言不過於教人樹桑麻畜雞豚以謂養生送死爲王道之本夫二典之文豈不爲文孟軻之言道豈不爲道而其事乃世人之甚易知而近者蓋切於事實而已今學者不探本之乃樂誕者之言思混沌於古初以無形爲至道者無有高下遠近使賢者能之愚者可勉而至無過不及而一本乎大中故

能亘萬世可行而不變也今以謂不足爲而務高遠之爲勝以廣誕者無用之說是非學者之所盡心也宜少下其高而近其遠以及乎中則庶乎至矣凡僕之所論者皆陳言淺語如足下之多聞博學不宜爲足下道之也然某之所以云者本（一作卒）欲損足下高遠而俯就之則安（一作又）敢務爲奇言以自高邪幸足下少思焉

與石推官第一書

修頓首再拜白公操足下前歲於洛陽得在鄆州時所寄書卒然不能卽報遂以及今然其勤心未必若書之怠而獨不知公操察不察也修來京師已一歲也宋州臨汴水公操之譽日與南方之舟至京師修少與時人相接尤寡而譽者無日不聞若幸使盡識舟上人則公操之美可（一作何）勝道哉凡人之相親者居則握手共席道歡欣既別則問疾病起居以相爲憂者常人之情爾若聞如足下之譽者何必問其他乎聞之欣然亦不減握手之樂也夫不以相見爲歡樂

不以疾病爲憂問是豈無情者乎得非相期者在於道爾其或有過而不至于道者乃可爲憂也近於京師頻得足下所爲文讀之甚善其好古閔世之意皆公操自得於古人不待修之贊也然有自許太高詆時太過其論若未深究其源一作原者此事有本末不可卒然一作卒語須相見乃能盡然有一事今詳而說此計公操可朝聞而暮改者試疑先陳之君貺家有足下手作書一通及有二像記石本始見之駭然不可識徐而視定辨其點畫乃可漸通吁何怪之甚也既而持以問人曰是不能乎書者邪曰非不能也書之法當爾邪曰非也古有之乎曰無今有之乎亦曰無也然則何謂而若是曰特欲與世異而已修聞君子之於學是而已不聞爲異也好學莫如揚雄亦曰如此然古之人或有稱獨行而高世者考其行亦不過乎君子但與世之庸人不合爾行非異世蓋人不及而反棄之舉世斥以爲異者歟及其過聖人猶欲就之於中庸況今書前不師乎古後不足

以爲來者法雖天下皆好之猶不可爲況天下皆非之乃獨爲之何也是果好異以取高歟然嚮謂公操能使人譽者豈其履中道秉常德而然歟抑亦昂然自異以驚世人而得之歟古之教童子者立必正聽不傾常視之毋誑勤謹乎其始惟恐其見異而惑也今足下端然居乎學舍以教人爲師而反率然以自異顧學者何所法哉不幸學者皆從而效之足下又果爲獨異乎今不急止則懼他日有責後生之好怪者推其事罪以奉歸此修所以爲憂而敢告也惟幸察之不宣同年弟歐陽某頓首

第二書

修頓首白公操足下前同年徐君行因得寓書論足下書之怪時僕有妹居襄城喪其夫匍匐將往視之故不能盡其所以云者而略陳焉足下雖不以僕爲作愚而絕之復之以書然果未能諭僕之意非足下之不俞由僕聽之不審而論之之略之過也僕見足下書久矣

不卽有云而今乃云者何邪始見之疑乎不能書又疑乎忽而不學夫書一藝爾人或不能與忽不學特不必論是以默默然及來京師見二像石本及聞說者云足下不欲同俗而力爲之如前所陳者是誠可諍矣然後一進其說及得足下書自謂不能與前所聞者異然後知所聽之不審也然足下於僕之言亦似未審者足下謂世之善書者能鍾王虞柳不過一藝已之所學乃堯舜周孔之道不必善書又云因僕之言欲勉學之者此皆非也夫所謂鍾王虞柳之書者非獨足下薄之僕固亦薄之矣世之有好學其書而悅之者與嗜飲茗閱畫圖無異但其性之一僻爾豈君子之所務乎然至於書則不可無法古之始有文字也務乎記事而因物取類爲其象故周禮六藝有六書之學其點畫曲直皆有其說楊子曰斷木爲棊梡革爲鞠亦皆有法焉而況書乎今雖隸字已變於古而變古爲隸者非聖人不足師法然其點畫曲直猶有準則如毋母彳亻之相近易之則亂而

不可讀矣今足下以其直者爲斜以其方者爲圓而曰我第行堯舜周孔之道此甚不可也譬如設饌於案加帽於首正襟而坐然後食者此世人常爾若其納足於帽反衣而衣坐乎案上以飯實酒巵而食曰我行堯舜周孔之道者以此之於世可乎不可也則書雖末事而當從常法不可以爲怪亦猶是矣然足下了不省僕之意凡僕之所陳者非論書之善不但患乎近怪自異以惑後生也若果不能又何必學僕豈區區勸足下以學書者乎足下又云我實有獨異於世者以疾釋老斥文章之雕刻者此又大不可也夫釋老惑者之所爲雕刻文章薄者之所爲足下安知世無明誠質厚君子之不爲乎足下自以爲異是待天下無君子之與己同也仲尼曰後生可畏安知來者之不如今也是則仲尼一言不敢遺天下之後生足下一言待天下以無君子此故所謂大不可也夫士之不爲釋老與不雕刻文章者譬如爲吏而不受貨一作祿財蓋道當爾不足恃以爲賢也屬

久苦小疾無意思不宣某頓首

答西京王相公書

月日某謹齋沐頓首復書于相公閣下所遣使二十一日至許州獲賜書一通伏讀周復且慚且悸修幸得備下吏承寵光日趨走于前竊慕古人堂下一言之獻思有所陳而恨愚無識不足自效徒抱區區之心者有日矣昨以初去府輒因奏記陳己疎淺一作賤得蒙大君子休德之幸以爲離去眷戀之辭既有次第臨治以來施政之善者顧寮吏宜有助而闇懦獨無能之過以爲謝因又妄思一言之獻以畢曩時區區之心以爲忠懇又輒贊德美願廣功業益休問以爲禱其誠雖勤其言狂慼猶卽蓍龜之神而再三瀆宜其拒以不應伏蒙相公不卽棄絶猶辱以書條陳曉諭以爲寵答其爲賜也厚矣然伏讀求繹似有未察其誠者敢一終其說以逃責焉某聞古之爲政者必視年之豐凶年凶則節國用振民窮姦盜生爭訟多而其政繁

年豐民樂然後休息而簡安之以復其常此善爲政者之術而禮典之所載也凡某前所陳者亦不過如是而已其意謂夫乘凶年之後災沴消息風雨既時耕種既得常平之粟既出而民有食關西之運既重至而軍不乏不旱不蝗下民樂利天子不憂慮能如是然後務大體簡細事而已豈有直以鎮俗一作雅救民愁無爲置軍食之說邪伏惟詳而察之昔者孔子嘗爲委吏必曰稱其職而已蓋苟守其官不敢慢其事而思其他伏惟相公所賜之書有居官不出位之言有以見君子用心也然某之所陳非謂略一邦之小而不爲須四海之廣而後施以棄職而越思也蓋願乎進德廣業思以致君而及天下不以一邦而止既禱且勸之辭也噫士之至賤敢以言干其上者有三焉不量輕重之勢不度貴賤之位必爭以理而後止者此直士也蒙德思報不計善否務罄其誠而言者此知義之士也其言乖謬不合道理問不及而自僭者此狂士三字一作狂者也然直士之言

雖逆意宜思而擇報德之言雖善原其心之所來宜容而納狂者之言既狂矣宜不足與之辨某士之賤者敢有干而云者於斯三者有其二焉伏惟相公擇之納之不足與之辨而絕之惟所賜焉

投時相書

某不佞疲軟不能強筋骨與工人田夫坐市區服畎畝爲力役之勞獨好取古書文字考尋前世以來聖賢君子之所爲與古之車旗服器名色等數以求國家之治賢愚之任至其炳然而精者時亦穿蠹盜取飾爲文辭以自欣喜然其爲道閎深肆大非愚且迂能所究及用功益精力益不足其勞反甚於市區畎畝而其所得較之誠有不及焉豈勞力而役業者成功易勤心而爲道者至之難歟欲悔其所難而反就其易則復慙聖人爲山一簣止焉之言不敢叛棄故退失其小人之事進不及君子之文茫然其心罔識所嚮若棄車川游漫於中流不克攸濟回視陸者顧瞻徨徨然復思之人之有材能抱道

德懷智慮而可自肆於世者雖聖與賢未嘗不有不幸焉禹之偏枯
郤克之跛邱明之盲有不幸其身者矣抱關擊柝恓惶奔走孟子之
戰國楊雄之新室有不幸其時者矣少焉而材學焉而不回賈誼之
毀仲舒之禁錮雖有其時有不幸其偶者矣今以六尺可用之軀生
太平有道之世無進身毀罪之懼是其身時偶三者皆幸於古人之
所有者獨不至焉豈天之所予不兩足歟亦勉之未臻歟伏惟明公
履道懷正以相天下上以承天子社稷之大計下以理公卿百職之
宜賢者任之以能不賢者任之以力由士大夫下至於工商賤技皆
適其分而收其長如修之愚既不足任之能亦不堪任以力徒以常
有志於學也今幸以文字試於有司因自顧其身時偶三者之幸也
不能默然以自羞謹以所業雜文五軸贄閽人以俟進退之命焉

外集卷第十六

書二

與范希文書

修頓首再拜知郡學士希文足下自去歲在洛陽聞以言事出陸州及來京師又知移常州尋復得蘇州還延南方歲且終矣南方美江山水國富魚與稻世之仕宦者舉善地稱東南然竊惟希文登朝廷與國論每顧事是非不顧自身安危則雖有東南之樂豈能爲有憂天下之心者樂哉若夫登高以望遠飲旨而食嘉所以宣輔神明亦君子起居寢食之宜也爲別久矣所懷如何自古言事而得罪解當復用遠方久處省思慮節動作此非希文自重亦以爲天下士君子重也謝希深學士丁家艱將謀南歸有少私事須託營辦因通區區之誠以問左右

代人上王樞密求先集序書

某月日具位某謹齋沐獻書樞密相公閤下某聞傳曰言之無文行而不遠君子之所學也言以載事而文以飾言事信言文乃能表見於後世詩書易春秋皆善載事而尤文者故其傳尤遠荀卿孟軻之徒亦善爲言然其道有至有不至故其書或傳或不傳猶繫於時之好惡而興廢之其次楚有大夫者善文其謳歌以傳漢之盛時有賈誼董仲舒司馬相如楊雄能文其文辭以傳由此以來去聖益遠世益薄或衰下迄周隋其間亦時時有善文其言以傳者然皆紛雜滅裂不純信故百不傳一幸而一傳傳亦不顯不能若前數家之焯然暴見而大行也甚矣言之難行也事信矣須文文至矣又繫其所恃之大小以見其行遠不遠也書載堯舜詩載商周易載九聖春秋載文武之法荀孟二家載詩書易春秋者楚之辭載風雅漢之徒各載其時主一作王聲名文物之盛以爲辭後之學者蕩然無所載則其言之不純信其傳之不久遠勢使然也至唐之興若太宗之政開元

之治憲宗之功其臣下又爭載之以文其詞或播樂歌或刻金石故其間鉅人碩德一作士閎言高論流鑠前後者恃其所載之在文也故其言之所載者大且文則其傳也章言之所載者不文而又小則其傳也不章某不佞守先人之緒餘先人在太宗時以文辭爲名進士以對策爲賢良方正既而守道純正爲賢待制逢時太平奮身揚名宜其言之所載文之所行大而可恃以傳也然未能甚行於世者豈其嗣續不肖不能繼守而泯沒之抑有由也夫文之行雖繫其所載猶有待焉詩書易春秋待仲尼之刪正荀孟屈原無所待猶待其弟子而傳焉漢之徒亦得其史臣之書其始出也或待其時之有名者而後發其既歿也或待其後之紀次者而傳其爲之紀次也非其門人故吏則其親戚朋友如夢得之序子厚李漢之序退之也伏惟閣下學老文鉅爲時雄人出入三朝其能望光輝接步武者惟先君爲舊則亦先君之所待也豈小子之敢有請焉謹以家集若干卷數

寫獻門下惟哀其誠而幸賜之

代楊推官洎上呂相公求見書

某聞古者堯舜禹之爲君也有皐夔益稷之徒者五字一作稷契者之徒爲其臣而湯之王也亦有仲虺伊尹者周之始興也有周公召公其復一作後興也有方叔邵虎申一作山甫之徒下而至漢其初也功臣尤多而稱善相者曰蕭曹其後曰丙魏唐之始則曰房杜既而曰姚宋者是皆能以功德佐其君而卓然特以名出衆而見於世者夫詩書之所美莫大乎堯舜三代其後世之盛者莫盛乎漢與唐而其興也必有賢哲之臣出其際而能使其君之功業名譽赫然光顯於萬世而不泯故每一讀其書考其事量其功而想乎其人疑其瓌傑奇怪若神人然非如今世之人可得而識也夫其人已亡其事已久去數千百歲之後徒得其書而一讀之猶灼然如在人耳目之際使人希慕稱述之不暇況得身出此字一作生於其時親見其所

爲而一識其人則雖奔走俯伏從妾圉執鞭扑猶爲幸歟某嘗誦於此而私自爲恨者有日矣國家之興一有也字七十有五年矣禮樂文章可謂太平而傑然稱王公大人於世者往往而出凡士之得身出於斯時者宜爲幸矣又何必忽近以慕遠違目而信耳且安知後之望今不若今之望昔者邪然其實有若不幸者某生也少賤而愚賤則不接乎朝廷之間愚故不能與於事則雖有王公大人者並出而欲一往識之乃無一事可因而進焉噫古之君子在上不幸而不得出其閒今之君子在上幸而親見矣又以愚賤見隔而莫可望焉是真可閔歎也已然嘗獨念昔有聞於先君大夫者似有可以藉而爲說以干進於左右者試一陳之先君之生也好學勤力以孤直不自進於時其晚也始登朝廷享榮祿使終不困其志而少伸者蓋實出於大君子之門則相公一有閣下二字之於楊氏不爲無恩矣某不肖其一作莫能繼一作光大先君之世而又苟欲藉之以有緒於

闇人誠宜獲罪於下執事者矣然而不詢於長者不謀於蓍龜而決然用是以自進者蓋冀萬一得償其素所願焉雖及門而獲罪不猶愈於望古而自爲恨者邪言狂計愚伏惟聰明幸賜察焉

與黃校書論文章書

修頓首啓蒙問及邱舍人所示雜文十篇竊嘗覽之驚歎不已其毀譽等數短篇尤爲篤論然觀其用意在於策論此古人之所難工是以不能無小闕其救弊之說甚詳而革弊未之能至見其弊而識其所以革之者才識兼通然後其文博辯而深切中於時病而不爲空言蓋見其弊必見其所以弊之因若賈生論秦之失而推古養太子之禮此可謂知其本矣然近世應科目文辭求若此者蓋寡必欲其（一作至於）極致則宜少加意然後煥乎其不可禦矣文章繫乎治亂之說未易談況乎愚昧惡能當此愧畏愧畏修謹白

與高司諫書

修頓首再拜白司諫足下某年十七時家隨州見天聖二年進士及第牓始識足下姓名是時予年少未與人接又居遠方但聞今宋舍人兄弟與葉道卿鄭天休數人者以文學大有名號稱得人而足下廁其間獨無卓卓可道說者予固疑足下不知何如人也其後更十一年予再至京師足下已爲御史裏行然猶未暇一識足下之面但時時於予友尹師魯問足下之賢否而師魯說足下正直有學問君子人也予猶疑之夫正直者不可屈曲有學問者必能辨是非以不可屈之節有能辨是非之明又爲言事之官而俯仰默默無異衆人是果賢者耶此不得使予之不疑三字一作不疑之也自足下爲諫官來始得相識侃然正色論前世事歷歷可聽褒貶是非無一謬說噫持此辯以示人孰不愛之雖予亦疑足下真君子也是予自聞足下之名及相識凡十有四年而三疑之今者推其實迹而較之然後決知足下非君子也前日范希文貶官後與足下相見於安道家足

下詆誚希文爲人予始聞之疑是戲言及見師魯亦說足下深非希文所爲然後其疑遂決希文平生剛正好學通古今其立朝有本末天下所共知今又以言事觸宰相得罪足下既不能爲辨其非辜又畏有識者之責己遂隨而詆之以爲當黜是可怪也夫人之性剛果懦軟稟之於天不可勉強雖聖人亦不以不能責人之必能今足下家有老母身惜官位懼飢寒而顧利祿一作祿利不敢一忤宰相以近刑禍此乃庸人之常情不過作一不才諫官爾雖朝廷君子亦將閔足下之不能而不責以必能也今乃不然反昂然自得了無愧畏便毀其賢以爲當黜庶乎飾己不言之過夫力所不敢爲乃愚者之不逮以智文其過此君子之賊也且希文果不賢邪自三四年來從大理寺丞至前行員外郎作待制日日備顧問今班行中無與比者是天子驟用不賢之人夫使天子待不賢以爲賢是聰明有所未盡足下身爲司諫乃耳目之官當其驟用時何不一爲天子辨其不賢

反默默（一作然）無一語待其自敗然後隨而非之若果賢邪則今日天子與宰相以忤意逐賢人足下不得不言是則足下以希文為賢亦不免責以為不賢亦不免責大抵罪在默默爾昔漢殺蕭望之與王章計其當時之議必不肯明言殺賢者也必以石顯王鳳為忠臣望之與章為不賢而被罪也今足下視石顯王鳳果忠邪望之與章果不賢邪當時亦有諫臣必不肯自言畏禍而不諫亦必曰當誅而不足諫也今足下視之果當誅邪是直可欺當時之人而不可欺後世也今足下又欲欺今人而不懼後世之不可欺邪況今之人未可欺也伏以今皇帝即位已來進用諫臣容納言論如曹修古劉越雖歿猶被褒稱今希文與孔道輔皆自諫諍擢用足下幸生此時遇納諫之聖主如此猶不敢一言何也前日又聞御史臺牓朝堂戒百官不得越職言事是可言者惟諫臣爾若足下又遂不言是天下無得言者也足下在其位而不言便當去之無妨他人之堪其任者也昨

日安道貶官師魯待罪足下猶能以面目見士大夫出入朝中稱諫官是足下不復知人間有羞恥事爾所可惜者聖朝有事諫官不言而使他人言之書在史冊他日爲朝廷羞者足下也春秋之法責賢者備今某區區猶望足下之能一言者不忍便絕足下而不以賢者責也若猶以謂希文不賢而當逐則予今所言如此乃是朋邪之人爾願足下直攜此書于朝使正予罪而誅之使天下皆釋然知希文之當逐亦諫臣之一効也前日足下在安道家召予往論希文之事時坐有他客不能盡所懷故輒布區區伏惟幸察不宣修再拜

與尹師魯第一書

某頓首師魯十二兄書記前在京師相別時約使人如河上既受命便遣白頭奴出城而還言不見舟矣其夕及一作又得師魯手簡乃知留船以待怪不如約方悟此奴懶去而見紿臨行臺吏催苛百端不比催師魯人長者有禮使人惶迫不知所爲是以又不留下書在

京師但深託君貺因書道修意以西始謀陸赴夷陵以大暑又無馬
乃作此行沿汴絶淮泛大江凡五千里用一百一十程纔至荆南在
路無附書處不知君貺曾作書道修意否及來此問荆人云去郢止
兩程方喜得作書以奉問又見家兄言有人見師魯過襄州計今在
郢久矣師魯歡戚不問可知所渴欲問者别後安否及家人處之如
何莫苦相尤否六郎舊疾平否修行雖久然江湖皆昔所游往往有
親舊留連又不遇惡風水老母用術者言果以此行爲幸又聞夷陵
有米麵魚如京洛又有梨栗橘柚大筍茶荈皆可飲食益相喜賀昨
日因參轉運作庭趨始覺身是縣令矣其餘皆如昔時師魯簡中言
疑修有自疑之意者非他蓋懼責人太深以取直爾今而思之自決
不復疑也然師魯又云闇於朋友此似未知修心當與高書時蓋已
知其非君子發於極憤而切責之非以朋友待之也其所爲何足驚
駭路中來頗有人以罪出不測見弔者此皆不知修心也師魯又云

非忘親此又非也得罪雖死不爲忘親此事須相見可盡其說也五六十年來天生此輩沈默畏慎布在世間相師成風忽見吾輩作此事下至竈間（一作門）老婢亦相驚怪交口議之不知此事古人日日有也但聞所言當否而已又有深相賞歎者此亦是不慣見事人也可嗟世人不見如往時事久矣往時砧斧鼎鑊皆足烹斬人之物然士有死不失義則趨而就之與几席枕藉之無異有義君子在傍見有就死知其當然亦不甚歎賞也史冊所以書之者蓋特欲警後世愚懦者使知事有當然而不得避爾非以爲奇事而詫人也幸今世用刑至仁慈無此物使有而一人就之不知作何等怪駭也然吾輩亦自當絕口不可及前事也居閑僻處日知進道而已此事不須言然師魯以修有自疑之言要知修處之如何故略道也安道與予在楚州談禍福事甚詳安道亦以爲然俟到夷陵寫去然後得知修所以處之之心也又常與安道言每見前世有名人當論事時感激不

避誅死真若知義者及到貶所則慼慼怨嗟有不堪之窮愁形於文字其心歡戚無異庸人雖韓文公不免此累用此戒安道慎勿作慼慼之文師魯察修此語則處之之心又可知矣近世人因言事亦有被貶者然或傲逸狂醉自言我為大不為小故師魯相別自言益慎職無飲酒此事修今亦遵此語咽喉自出京愈矣至今不曾飲酒到縣後勤官以懲洛中時懶慢矣夷陵有一路祇數日可至郢白頭奴足以往來秋寒矣千萬保重不宜修頓首

同前

某頓首自荊州得吾兄書後尋便西上十月二十六日到縣倏茲新年已三月矣所幸者老幼無恙老母舊不飲酒到此來日能飲五七盃隨時甘脆足以盡歡修之舊疾漸以失去亦能飲酒矣不知師魯為況如何到此便欲遣任進去又為少事且遣伊入京師於今未回前者於朱駕部處見手書略知動靜夷陵雖小縣然諍訟甚多而田

契不明僻遠之地縣吏朴鯁官書無簿籍吏曹不識文字凡百制度非如官府一一自新齊整無不躬親又朱公以故人日相勞慰時時頗有宴集加以乍到閨門內事亦須自營開正以來始以無事治舊史前歲所作十國志蓋是進本務要卷多今若便爲正史盡宜刪削存其大要至如細小之事雖有可紀非干大體自可存之小說不足以累正史數日檢舊本因盡刪去矣十亦去其三四師魯所撰在京師時不曾細看路中昨來細讀乃大好師魯素以史筆自負果然河東一傳大妙修本所取法此傳爲此外亦有繁簡未中願師魯亦刪之則盡妙也正史更不分五史而通爲紀傳今欲將梁紀并漢周修且試撰次唐晉師魯爲之如前歲之議其他列傳約略且將逐代功臣隨紀各自撰傳待續次盡將五代列傳姓名寫出分而爲二分手作傳不知如此於師魯意如何吾等棄於時聊欲因此粗伸其心少希後世之名如修者幸與師魯相依若成此書亦是榮事今特告朱

公　介馳此奉咨且希一報如可以便各下手只候任進歸便令齎

國志草本去次春寒保重

同前慶曆五年春

某頓首啓兩路地壤相接幸時文字往還然闕附狀蓋書生責以錢

穀強其所不能自然公私不濟況其素懶於作書也然時聞師魯動

止蘇子美事深欲論敘但避猶豫聞有極言乃知自信爲是甚善甚

善子美雖未亟復其如排沮羣議爲益不少晉潞師魯少所樂遊其

況如何春寒千萬保愛

列傳人名便請師魯錄取一本分定寄來不必以人死年月斷於一

代但著功一代多者隨代分之所貴作傳與紀相應千萬遞中却告

一信要知尊意

同前慶曆四年

某頓首啓始聞師魯徙晉乃駭然本初與郭推官計師魯必離渭而

受晉命中道無所淹留徑之晉則謂於晉得相見既聞待闕至九月又計當入洛則謂於洛得相見又聞方留邠州有所陳來期未可知則謂遂不相見而東也及陝乃知直趨絳州修在絳阻雨數日苟更少留猶得道中相遇奈何前後相失如此尚欲留陝走人至解期一爲會而大暑懼煩往復亦須三四日又不欲久在陝使郡人有館待之勞顧此勢不得留慶晉不足屑屑於胸中但向聞師魯有失子之苦時方走河東界道遠多事不暇奉慰修嘗失一五歲小兒已七八年至今思之痛若初失時修素謂諸君自爲寡情而善忽世事者尚如此況師魯素自謂有情而子長又賢哉語及此雖修忽自不堪又欲進何說以解師魯心邪自西事已來師魯之髮無黑者其不如意事多矣人生白首矣外物之能攻人者其類甚多安能尚甘於自苦邪得失不足計然雖歡戚勢既極亦當自有否泰惟不動心於憂喜非勇者莫能焉咫尺不相見又無以奉慰惟自寬自愛乃佳

同前慶曆五年夏

某頓首今春子漸兄云亡修在鎮陽半月後方知時又卧病草率走介託趙秉致奠云已之洛中矣苦事苦事修一春在外四月中還家則母病妻皆卧在牀又值沈四替去本司獨力出治公事入營醫藥纔得清卿來卽往德博視河功比還馬墜傷足至今行履未得以故久不及拜書爲慰一寫朋友號呼之痛子漸平生所爲世謂吉人君子者然人生固不可以善惡較壽夭吾徒所爲天下之人嫉之者半故人相知不比他人易得失一人如他人之失百人也修往時意銳性本真率近年經人事多於世俗間漸似耐煩惟於故人書問尙有違慢之僻在因子漸亡追思數年不以一字往還遂至幽明永隔因此欲勉強於書尺益知交游之難得爲可惜也子漸爲人不待縷述修自知之然其所爲文章及在官有可記事相別多年不知子細望錄示一本修於子漸不可無文字墓誌或師魯自作則已若不自作

則須修與君謨當作蓋他平生相知深者吾二人與李之才爾縱不作墓誌則行狀或他文字須作一篇也愁人愁人師魯知爲士廉所訟仇家報怨不意亦聽而行此更不須較曲直他不足道也夏君來日詢他潞州事得動靜甚詳差慰夏熱千萬保重

回丁判官書景祐三年

九月十四日宣德郎守峽州夷陵縣令歐陽修謹頓首復書于判官祕校足下修之得夷陵也天子以有罪而不忍即誅與之一邑而告以訓曰往字吾民而無重前悔故其受命也始懼而後喜自謂曰幸而謂夷陵之不幸也夫有罪而猶得邑又撫安之曰無重前悔是以自幸也昔春秋時鄭詹自齊逃來傳者曰甚佞人來佞人來矣此不欲佞人入其邦而惡其來甚之一作之甚之辭也修之是行也以謂夷陵之官相與語於府吏相與語於家民相與語於道皆曰罪人來矣凡夷陵之人莫不惡之而不欲入其邦若魯國之惡鄭詹來者故

曰夷陵不幸也及舟次江陵之建寧縣人來自夷陵首蒙示書一通
言文意勤不徒不惡之而又加以厚禮出其意料之外不勝甚喜而
且有不自遂之心焉夫人有厚己而自如者恃其中有所以當之而
不愧也如修之愚少無師傳而學出己見未一發其蘊忽發焉果輒
得罪是其學不本實而其中空虛無有而然也今猶未獲一見君子
而先辱以書待之厚意以空虛之質當甚厚之意竊懼既見而不若
所待徒重媿爾且爲政者之懲有罪也若不鞭膚刑肉以痛切其身
則必擇惡地而斥之使其奔走顛蹶窘苦左山右壑前虺虎而後蛟
藜動不逢偶吉而輒奇凶其狀可爲閔笑所以深困辱之者欲其知
自悔而改爲善也此亦爲政者之仁也故修得罪也與之一邑使載
其老母寡妹浮五千五百之江湖冒大熱而履深險一有風波之危
則叫號神明以乞須臾之命幸至其所則折身下首以事上官吏人
連呼姓名喝出使拜起則趨而走設有大會則坐之壁下使與州校

役人爲等伍得一食未徹俎而先走出上官遇之喜怒訶詰常斂手慄股以伺顏色冀一語之温和不可得所以困辱之如此者亦欲其能自悔咎而改爲善也故修之來也惟困辱之是期今乃不然獨蒙加以厚禮而不以有罪困辱之使不窮尼而得其所爲以無重悔如前訓可謂幸矣然懼其頑心而不知自改也夫士窮莫不欲人之閔己然非有深仁厚義君子之閔矣疑則又懼且慙焉謹因弓手還敢布所懷不勝區區伏惟幸察

外集卷第十七

書三

與謝景山書

修頓首再拜景山十二兄法曹昨送馬人還得所示書幷古瓦硯歌一軸近著詩文又三軸不勝欣喜景山留滯州縣行年四十獨能異其少時雋逸之氣就於法度根蔕（一作柢）前古作爲文章一下其筆遂高於人乃知駔駿之馬奔星覆駕及節之鑾和以駕五輅而行於大道則非常馬之所及也古人久困不得其志則多躁憤佯狂失其常節接輿屈原之輩是也景山愈困愈刻意又能恬（一作安）然習於聖人之道賢於古人遠矣某常自負平生不妄許人之交而所交必得天下之賢才今景山若此於吾之交有光所以某益得自負也幸甚幸甚與君謨往還書不如此何以發明然何必懼人之多見也若欲衒長而恥短則是有爭心於其中有爭心則意不在於謀道也苟

卿曰有爭氣者不可與辨此之謂也然君謨旣規景山之短不當以示人彼以示人景山不當責之而欲自蔽也願試思之此縣常有人入京頻得書信往還今者茲人入京作書多未能子細夏熱千萬自愛

答李淑內翰書

修啓修違去門舘今三年矣罪棄之迹不敢自齒於人是以雖有誠心饑渴之勤而奏記通問彌時曠闕惟恃憐憫寬而置之今月六日郵中蒙賜手書加以存恤憔悴之意感悅何勝幸甚幸甚問及五代紀傳修曩在京師不能自閑輒欲妄作幸因餘論發於教誘假以文字力欲獎成不幸中間自罹咎責爾來三年陸走三千水行萬里勤職補過營私養親偷其暇時不敢自廢收拾綴緝粗若有成然其銓次去取須有義例論議褒貶此豈易當故雖編撫甫就而首尾顚倒未有卷第當更資指授終而成之庶幾可就也蕞爾之質列一作限

於囚拘瞻望門墻豈任私恨

答孫正之侔第一書

修白孫生足下丁元珍書至辱所示書及雜文二篇辭博義高而不違於道甚喜甚喜元珍言足下好古自守不妄接人雖居鄉閭罕識其面其特立如此而乃越千里以書見及若某者何以當之豈足下好忽近而慕遠邪得非以道見謀不爲遠近親疎然者也僕愚學不足以自立而氣力不足以動人而言不見信於世不知足下何爲而見及今又豈足下所取信者丁元珍愛我而過譽邪學者不謀道久矣然道固不茀廢而聖人之書如日月卓乎其可求苟不爲刑禍祿利動其心者則勉之皆可至也惟足下力焉而不止則不必相見以目而後可知其心相語以言而後可盡其說也以所示文求足下之志苟不惑而止則僕將見足下大發于文著于行而質于行事以要其成焉

答孫正之第二書

某再拜人至辱書甚勤前年丁元珍得所示書喜吾子之好學自立然未深相知及得今書乃知吾子用心如此僕與吾子生而未相識面徒以一言相往來而吾子遽有愛我之意欲戒其過使不陷於小人此非惟朋友之義乃（一作而）吾父兄訓我者不過如此也僕自知何足愛而吾子所愛者道也世之知道者少幸而有焉又自爲過失以取累不得爲完人此吾子之所悉也僕知道晚三十年（一作以前）尙好文華嗜酒歌呼知以爲樂而不知其非也及後少識聖人之道而悔其往咎則已布出而不可追矣聖人曰勿謂小惡爲無傷言之可慎也如此爲僕計者已無奈何惟有力爲善以自贖爾書曰改過不吝書不譏成湯之過而稱其能改則所以容後世之能自新者聖人尙爾則僕之改過而自贖其不晚也吾子以謂如此可乎尙爲未可則願有可進可贖之說見教吾子待我者厚愛我者深惜乎未得

相見以規吾子之所未至者以報大惠蓋其他不足以爲報也值多事不子細

與王源叔問古碑字書

修頓首白源叔學士秋涼體候無恙修以罪廢不從先生長者之遊久矣今春蒙恩得徙茲邑然地僻而陋罕有學者幸而有之亦不足與講論或事有凝滯無所考正則思見君子北首瞻望而已縣有古碑一片一作研在近郊數大冢之間圖經以爲儒翟先生碑其文云先生諱壽字元考南陽隆人也大略述其有道不仕以數學爲業然不著其姓氏其題額乃云亯繻㬎一作亯儒㬎先生碑㬎字疑非翟字而莫有識者許慎說文亦不載外方無他書可考正其文辭簡質皆隸書書亦古樸隱隱猶可讀乃云熹平三年所立去今蓋八百五十六年矣漢之金石之文存於今者蓋寡惜其將遂磨滅而圖記所載訛謬若斯遂使漢道草莽之賢湮沒而不見源叔好古博學知名

今世必識此字或能究見其人本末事迹悉以條示幸甚幸甚源叔

居京師事多不當以此煩聽覽漸寒千萬保重不宣

與刁景純學士書

修頓首啓近自罷乾德遂居南陽始見謝舍人知文丈内翰凶訃聞

問驚怛不能已已文丈位望並隆然平生亦嘗坎軻數年以來方履

亨塗任要劇其去大用尺寸間爾豈富與貴不可力爲而天之賦予

多少有限邪凡天之賦予人者又量何事而爲之節也前既不可詰

但痛惜感悼而已某自束髮爲學初未有一人知者及首登門便被

憐奬開端誘道勤勤不已至其粗若有成而後止雖其後遊於諸公

而獲齒多士雖有知者皆莫之先也然亦自念不欲効世俗子一遭

人之顧己不以至公相期反趨走門下脅肩諂笑甚者獻讒諛而備

使令以卑昵自親名曰報德非惟自私直亦待所知以不厚是故懼

此惟欲少勵名節庶不泯然無聞用以不負所知爾某之愚誠所守

如此然雖胥公亦未必諒某此心也自前歲得罪夷陵奔走萬里身日益窮迹日益踈不及再聞語言之音而遂爲幽明之隔嗟夫世俗之態既不欲爲愚誠所守又未克果惟有望門長號臨柩一奠亦又不及此之爲恨何可道也徒能惜不永年與未大用遂與道路之人同歎爾知歸葬廣陵遂謀京居議者多云不便而聞理命若斯必有以也若須春水下汴某歲盡春初當過京師尚可一拜見以盡區區身賤力微於此之時當有可致而無毫髮之助慚愧慚愧不宜某再拜

按內翰胥偃以寶元二年八月卒此書乃當時所作既與刁君不應稱文丈若與胥氏子又不應稱胥公當考

與陳員外書

陳君足下無恙近縣幹上府得書一角屬有少吏事不皇作報既而私有惑者修本愚無似固不足以希執友之遊然而羣居平日幸得

肩從齒序跪拜起居稱兄弟行寓書存勞謂宜有所款曲以親之之意奈何一幅之紙前名後書且狀且牒如上公府退以尋度非謙卽疏此乃世之浮道之交外陽相尊者之爲非宜足下之所以賜修也古之書具惟有鉛刀竹木而削札爲刺止於達名姓寓書於簡止於舒心意爲問好惟官府吏曹凡公之事上而下者則曰符曰檄問訊列對下而上者則曰狀位等相以往來曰移曰牒非公之事長吏或自以意曉其下以戒以飭者則曰教下吏以私自達於其屬長而有所候問請謝者則曰牋記書啓故非有狀牒之儀施於非公之事相參如今所行者其原蓋出唐世大臣或貴且尊或有權於時縉紳湊其門以傳嚮者謂舊禮不足爲重務稍增之然始於刺謁有參候起居因爲之狀及五代始復以候問請謝加狀牒之儀如公之事然止施於官之尊貴及吏之長者其僞繆所從來既遠世不根古以爲當然居今之世無不知此而莫以易者蓋常俗所爲積習以一作已牢

而不得以吏之也然士或同師友締交游以道誼相期者尚有手書勤勤之意猶爲近古噫候問請謝非公之事有狀牒之儀以施于尊貴長吏猶曰非古之宜用況又用之於肩從齒序跪拜起居如兄弟者乎豈足下不以道義交游期我而惜手書之勤邪將待以牽俗積習者而姑用世禮以遇我之勤邪不然是爲浮道以陽相尊也是以不勝拳拳之心謹布左右屬以公檄赴滑臺行視驛傳迫於促裝楊秀才旦一作且詣縣府中事可悉數

答祖擇之書

修啓秀才人至蒙示書一通幷詩賦雜文兩策諭之曰一覽以爲如何某既陋不足以辱好學者之問又其少賤而長窮其素所爲未有足稱以取信於人亦嘗有人問者以不足問之愚而未嘗答人之問足下卒然及之是以愧懼不知所言雖然不遠數百里走使者以及門意厚禮勤何敢不報某聞古之學者必嚴其師師嚴然後道尊道

尊然後篤敬篤敬然後能自守能自守然後果於用果於用然後不畏而不還三代之衰學校廢至兩漢師道尚存故其學者各守其經以自用是以漢之政理文章與其當時之事後世莫及者其所從來深矣後世師法漸壞而今世無師則學者不尊嚴故自輕其道輕之則不能至不至則不能篤信信不篤則不知所守守不固則有所畏而物可移是故學者惟俯仰徇時以希祿利爲急至於忘本趨末流而不返夫以不信不固之心守不至之學雖欲果於自用莫知其所以用之之道又況有祿利之誘刑禍之懼以遷之哉此足下所謂志古知道之士世所鮮而未有合者由此也足下所爲文用意甚高卓然有不顧世俗之心直欲自到於古人今世之人用心如足下者有幾是則鄉曲之中能爲足下之師者謂誰交游之間能發足下之議論者謂誰學不師則守不一議論不博則無所發明而究其深足下之言高趣遠甚善然所守未一而議論未精此其病也竊惟足下之

交游能爲足下稱才譽美者不少今皆捨之遠而見及乃知足下是欲求其不至此古君子之用心也是以言之不敢隱夫世無師矣學者當師經師經必先求其意意得則心定心定則道純道純則充於中者實中充實則發爲文者輝光施於事者果毅三代兩漢之學不過此也足下患世未有合者而不棄其愚將某以爲合故敢道此未知足下之意合否

與田元均論財計書

修啓承有國計之命朝野忻然引首西望近審已至闕下道路勞止寢味多休弊乏之餘諒煩精慮建利害更法制甚易若欲其必行而無沮改則實難裁冗長塞僥倖非難然欲其能久而無怨謗則不易爲大計既遲久而莫待收細碎又無益而徒勞凡相知爲元均慮者多如此說不審以爲如何但日冀公私蒙福爾春暄千萬爲國自厚

一作重不宣修再拜

答徐無黨第一書

修白人還惠書及始隱書論等幷前所記獲麟論文辭馳騁之際豈常人筆力可到於辨論經旨則不敢以爲是蓋吾子自信甚銳又嘗取信於某苟以爲然誰能奪凡今治經者莫不患聖人之意不明而爲諸儒以自出之說汩之也今於經外又自爲說則是患沙渾水而投土益之也不若沙土盡去則水清而明矣魯隱公南面治其國臣其吏民者十餘年死而入廟立謚稱公則當時魯人孰謂息姑不爲君也孔子修春秋凡與諸侯盟會行師命將一以公書之於其卒也書曰公薨則聖人何嘗異隱於他公也據經隱公立十一年而薨則左氏何從而知其攝公羊穀梁何從而見其有讓桓之迹吾子亦何從而云云也仲尼曰吾其爲東周乎與吾子起於平王之說何相反之甚耶故某常告學者慎於述作誠以是也秋初許相訪此不子細略開其端吾子必能自思而得之不宜某書白

答徐無黨第二書

修再拜白前夜自外歸燈下得吾子書言陳烈事亟讀之未暇求陳君之所爲尤愛吾子辭意甚質徑知吾子之有成不負其千里所以去父母而來之之意修亦粗塞責不愧于吾子之父母與親戚鄰里鄉黨之人甚善甚善修今歲遠京師職在言責值天下多事常日夕汲汲爲明天子求人間利病無小大皆躬自訪問於人又夏大暑老母病故不得從今學者以遊得少如前歲之樂自入京來便聞陳君之名數以問於人多不識今得吾子所言如見其面矣幸母病今已愈望時過且謀共見陳君

與陳之方書

某白陳君足下某憂患早衰之人也廢學不講久矣而幸士子不見棄日有來吾門者至於粹然仁義之言驩然閎博之辯蔚然組麗之文閱於吾目多矣若吾子之文辯明而曲暢峻潔而舒遲變動往來

有馳有止而皆中於節使人喜慕而不厭者誠難得也某固不能悉得天下之士然盡某所見如吾子之文豈一二而可數哉爲而不止行而必至畜厚而發益遠吾雖不能悉得天下之士然天下之士如吾子者可一二而數也某老矣心耗力憊有所不能徒喜後生之奮於斯也恨不得鳴躍於其間而從之姑奉此爲謝

外集卷第十八

書四

答宋咸書至和二年

某啓去年冬承惠問時以奉使契丹不皇爲答茲者人至辱書豈勝感愧某區區于此無補當時徒於京師大衆中汩汩人事舊學都廢耳不聞仁義之言久矣惟君子不以甘榮祿走聲利之徒見待時有所教幸甚幸甚天日之高以其下臨於人者不遠而自古至今積千萬人之智測驗之得其如此故時亦有差者由不得其真也聖人之言在人情不遠然自戰國及今述者多矣所以吾儕猶不能默者以前人未得其真也然亦當積千萬人之見庶幾得者多而近是此所以學者不可以止也足下以爲如何倘或不然當賜教向熱爲政外自重以副所懷不宣某再拜

與集賢杜相公慶曆四年秋

修皇恐頓首三兩日不審尊體動止何似某被催赴任不得躬造門下豈勝戀戀之誠保州叛卒必欲招之而外不退兵雖使忠臣孝子不免疑惑今又聞有築城之請雖知朝廷不以爲是而便宜之旨已下軍前萬一他事盡如築城之繆遂不請而便宜從事脫有敗誤則一方之事繫天下安危伏惟聰明何以裁處某才薄力劣不足以備急緩一作緩急之用若止於調發輸餉此俗吏之所能爲故自請願與田李共議兵事至今寢而不報內竊自度不報誠宜然朝廷既已力排言事者而託以用才於外今反疑之而不任以事何以解言者之惑哉此某之不可諭也秋暑尚繁伏惟爲國自重

答李大臨學士書

修再拜人至辱書甚慰永陽窮僻而多山林之景又嘗得賢士君子居焉修在滁之三年得博士杜君與處甚樂每登臨覽泉石之際惟恐其去也其後徙官廣陵忽忽不逾歲而求一作來潁在潁逾年差

自適然滁之山林泉石與杜君共樂者未嘗輒一日忘于心也今足下在滁而事陳君與居足下知道之明者固能達于進退窮通之理能達於此而無累於心然後山林泉石可以樂必與賢者共然後登臨之際有以樂也足下所得與修之得者同而有小異者修不足以知道獨其遭世憂患多齒髮衰因得閑處而爲宜爾此爲與足下異也不知足下之樂惟恐其去能與修同否況足下學至文高宜有所施於當世不得若某之戀戀此其與某異也得陳君所寄二圖覽其景物之宛然復思二賢相與之樂恨不得追逐于其間因人還草率

答陳知明書

修再拜啓人至辱書有秦燕玉馬之說何其謙之甚耶某昨在廣陵一相見於衆人中未有相知之意及食將徹案方接足下以言而始知其非衆人也然尙不暇少留以盡修之所欲得者後常以爲恨也去年辱書于穎又客之來自滁者皆能道足下之事於是判然以爲

士之相知或相望於千里或相追於異世知其道而已不必接其迹也則廣陵之不留無足以爲恨此前書所道勤勤備矣某於足下不必見其文章之自述然後以爲知也明矣蓋嘗辱示詩及書讀而愛之不已以謂閎博高深必有放縱奔馳而可喜者雖得之多宜不厭也因復輒有求於足下者譬之垂涎已啖一臠之味而思快意於五鼎之間也何足怪哉幸足下無惜

與王深甫論世譜帖

修啓惠借顔氏譜得見一二大幸前世常多喪亂而士大夫之世譜未嘗絶也自五代迄今家家亡之由士不自重禮俗苟簡之使然雖使人人自求其家猶不可得況一人之力兼考於繆亂亡失之餘能如所示者非深甫之好學深思莫能也顔譜且留愚有未達須因見過得請集古錄未始委僮奴昨日大熱艱於檢尋今送不次修再拜

同前

修啓辱示承旦莫體佳高陽說如此爲得之矣載初元年正月乃永昌年之十一月爾當與永昌同年天授庚寅載初己丑爾然自天授至長安四年甲辰凡十五年使自武德不除周年則乾元己亥乃一百四十二年除周年則大曆乙卯爲一百四十年乙卯大曆十年也哥舒晃事在八年又江西出兵不當越數千里出於明州此又可疑前日奉答一作啓後再將校勘却未敢書更俟面議也蓋江西出嶺路絕近次則出湖南已爲稍遠就令出明州非江西可節制也病一作疾嗽無悰姑此爲報修頓首

同前

修啓蒙疏示開益已多感服何已唐除周歲誠如所諭兼密罷明州在建中二年則大曆八九年後徽爲明守而密代之以年數推之與乾元之說不較可知但恐除周之年前人未必如此難以臆斷爲定當兩載之使來者自擇也高陽門徒之說恐便是高陽人未知何如

一作如何郭子儀家傳等先送碑當續馳修再拜　所推誠好然更

深思唐人除周之說恐未必然也則天是天授中改周惟復是載初

相較亦只一年爾

與王深甫論五代張憲帖

修啓辱教甚詳蒙益不淺所疑所論皆與修所考驗者同今旣疑之

則欲著一小論于傳後以哀其忠如此得否修之所書只是變賜死

爲見殺於憲無所損益憲初節甚明但棄城而走不若守位而死己

失此節則見殺與賜死同爾其心則可喜但舉措不中爾更爲不見

張昭傳中所載或爲錄示尤幸目痛草草不次修再拜　莊宗月一

日遇弑存霸在河中聞變走太原見殺而憲亦走忻州明宗初三日

入洛十日監國二十日卽位憲二十四日死初以此疑之又本傳言

明宗郊天憲得昭雪則似非明宗殺之更爲思之如何

同前

修啓辱教益詳盡多荷多荷存勗奔太原人言其馬鞦斷疑其戰敗而來存勗乃以情告仍自髡衣僧衣見符彥超曰願爲山僧望公庇護彥超亦欲留之俟朝命爲軍衆所殺若此則憲似知莊宗已崩據張昭勸憲奉表則知新君立明矣但不知其走忻州何故也此意可喜而死不得其所爾食後見過更盡高議可乎修再拜

問王深甫五月一日會朝帖

修啓信宿爲況清佳前日貪奉笑言有一事數日欲咨問偶忘之唐時有五月一日會朝之禮略記其始本出於道家是日君臣集會其儀甚盛而其說不經不知起自何帝亦記得是開元已後方有略與批示其時爲幸修再拜　中間嘗罷後又復行復行恐是憲宗朝亦不記子細

與杜訢論祁公墓誌書

修啓專人至辱書伏承暑熱孝履支福深慰企想所要文字終不曾

得的實塟日以謂十日尚遠遂未曾銓次忽辱見索亦莫知葬期遠
近爲一兒子患傷寒三次勞發已二字一作復一月在牀虛乏可憂
日夕憂迫心緒紛亂不能清思於文辭縱使強爲之辭亦不工有玷
清德如塟期逼乞且令韓舍人將行狀添改作誌文修雖遲緩當自
作文一篇紀述平生知己先相公最深別無報答只有文字是本職
固不辭雖足下不見命亦自當作然須慎重要傳久遠不鬬速也苟
粗能傳述於後亦不必行狀況治命不用邪若塟期未有日可待卽
尤好也然亦只月十日可了若以愚見誌文不若且用韓公行狀爲
便緣修文字簡略止記大節期於久遠恐難滿孝子意但自報知己
盡心於紀錄則可耳更乞裁擇范公家神刻爲其子擅自增損不免
更作文字發明欲後世以家集爲信續得錄呈尹氏子卒請韓大尉
別爲墓表以此見朋友門生故吏與孝子用心常異修豈負知己者
范尹二家亦可爲鑒更思之然能有意於傳久則須紀大而略小此

可與通識之士語足下必深曉此但因葬期速恐倉卒不及遂及斯言也幸察京師區區中日爲病患憂煎不時遣人致問夏熱節哀自愛

同前

修啓秋涼不審孝履何似前於遞中辱書所示誌文今已撰了爲無得力人遂託李學士送達修愚鄙辱正獻公知遇不比他人公之知人推奬未有若修之勤者修遇知己未有若公知之深也其論報之分他事皆云非公所欲惟紀述盛德可以盡門生故吏之分然以衰病文字不工不能次序萬分之一此尤爲愧恨也然所紀事皆錄實有稽據皆大節與人之所難者其他常人所能者在他人更無巨美不可不書於公爲可略者皆不暇書如作提刑斷獄之類然又不知尊意以爲何如苟見信甚幸或倖一真楷書而字畫不怪者書之亦所以傳世易曉之意也刻石了多乞數本爲人來求者多葬事知定

十月不知何人篆蓋早了爲善昨禮院定謚曰正獻清白守節曰正正避御名音同所改也文賢有成曰獻義兼文節文正矣知己今不可得每臨公事但知感涕爾漸寒侍親千萬節哀自愛不宣修再拜

問劉原甫侍讀入閤儀帖

入閤之禮起自何年閤是何殿開延英亦起何年五日一起居遂廢正衙不坐起何年三者孤陋所不詳乞示其本末

修啓辱示甚煩尊用然得以開釋未悟其幸尤多感刻感刻問此一事本爲明宗置內殿起居又復入閤當時緣昭宗朝誤繆不合故事也朔望宣政一事尤失紫宸入閤本制也然不見初起年代今乃入閤却御前殿自此昭宗失之延英之對與入閤合儀亦自昭宗失之起居而廢正衙自明宗失之至今遂爾含元大殿大朝會宣政常朝謂之正衙本爲玄宗朔望以陵寢薦食不復御正殿始於便殿召入宰臣已下此入閤之漸今云朔望御宣政殿大失之矣延英便殿亦

謂入閤乃五日一開與宰臣議事宜政立而奏事訖賜坐茶湯延英賜坐而論事蓋漸密而漸親也昭宗始一日中九度開延英入閤仍於一度開延英一日行之前殿入閤唐末卽於朔望日前殿正衙殿行入閤自後唐至國朝並於文明殿行入閤皆非便殿或指朔望宣政爲入閤尤誤說也修於史已不熟於制度又不熟乞爲參詳之

與蔡君謨求書集古錄序書

修啓曏一作曩在河朔不能自閑嘗集錄前世金石之遺文自三代以來古文奇字莫不皆有中間雖罪戾擯斥水陸奔走顛危困踣兼之人事吉凶憂患悲愁無聊倉卒未嘗一日忘也蓋自慶曆乙酉逮嘉祐壬寅十有八年而得千卷顧其勤至矣然亦可謂富哉竊復自念好嗜與俗異馳乃獨區區收拾世人之所棄者惟恐不及是又可笑也因輒自敘其事庶以見其志焉然顧其文鄙意陋不足以示人既則一作而自視前所集錄雖浮屠老子詭妄之說常見貶絕於吾

儒者往往取之而不忍遽廢者何哉豈非特以其字畫之工邪然則字書之法雖爲學者之餘事亦有助於金石之傳也若浮屠老子之說當棄而獲存者乃直以字畫而傳是其幸而得所託爾豈特有助而已哉僕之文陋矣顧不能以自傳其或幸而得所託則未必不傳也由是言之爲僕不朽之託者在君謨一揮毫之頃爾竊惟君子樂善欲成人之美者或聞斯說謂宜有不能却也故輒持其說以進而不疑伏惟幸察

與樂秀才第一書景祐三年續添

某白秀才樂君足下昨者舟行往來皆辱見過又蒙以所業一册先之啓事宛然如後進之見先達之儀某年始三十矣其不從鄉進士之後者於今纔七年而官僅得一縣令又爲有罪之人其德爵齒三者皆不足以稱足下之所待此其所以爲慚自冬涉春陰洩不止夷陵水土之氣比頻作疾又苦多事是以闕然闓古人之於學也講之

深而信之篤其充於中者足而後發乎外者大以光譬夫金玉之有
英華非由磨飾染濯之所爲而由其質性堅實而光輝之發自然也
易之大畜曰剛健篤實輝光日新謂夫畜於其內者實而後發爲光
輝者日益新而不竭也故其文曰君子多識前言往行以畜其德此
之謂也古人之學者非一家其爲道雖同言語文章未嘗相似孔子
之繫易周公之作書奚斯之作頌其辭皆不同而各自以爲經子游
子夏子張與顏回同一師其爲人皆不同各由其性而就於道耳今
之學者或不然不務深講而篤信之徒巧其詞以爲華張其言以爲
大夫強爲則用力艱用力艱則有限有限則易竭又其爲辭不規模
於前人則必屈曲變態以隨時俗之所好鮮克自立此其充於中者
不足而莫自知其所守也竊讀足下之所爲高健志甚壯而力有餘
譬夫良駿之馬有其質矣使駕大輅而王良馭之節以和鑾而行大
道不難也夫欲充其中由講之深至其深然後知自守能如是矣言

出其口而皆文修見惡於時棄身此邑不敢自齒於人人所共棄而
足下過禮之以賢明巧正見待雖不敢當是以盡所懷爲報以塞其
慚某頓首

京本英辭類稾有答樂秀才二書首尾意頗相類其一居士集所
無今錄如右其二雖載居士集而用字或不同併列于左見居士
集四十七卷

外集卷第十九

策問

問進士策題五道

問古之人作詩亦因時之得失鬱其情於中而發之於詠歌而已一人之爲詠歌懽樂悲瘁宜若所繫者未爲重矣然子夏序詩以謂動天地感鬼神莫近於詩者詩之言果足以動天地感鬼神乎

問古之爲聖人者莫如舜賢而與聖人近者莫如顏回仲尼稱虞舜不可及而顏氏其殆庶幾至其稱舜之所爲則曰好問而好察邇言而已稱顏氏之好學則曰不遷怒不貳過而已然則如是者是爲不可及與庶幾乎

問漢宣中興丙魏爲相後之人言爲相之賢者必稽焉宜其有與樹之業顯於世也及觀其紀傳亦無他功德相獨有明堂月令一章古之事大概而已不識丙魏之所以得賢於後世者可得見乎

問子丑寅三代之正也孔子何獨行夏之時說者曰夏時質也忠質文三代之政也孔子何獨曰從周之文使夏之時爲正則商周之時不正乎周之政尚文則夏商之政無文乎夫周以子則今之冬十一月乃春正也商以丑則今之冬十二月乃春正也夫以冬十有一月十有二月頒春正於天下而教民之事無乃與天時相戾歟夫君臣之相和父子之相愛兄弟夫婦之相爲悌順是文之本也仁以守之義以制之禮樂以和節之是文之成也使夏商而無文則夏商之世無君臣父子兄弟夫婦之制歟說者曰三代之正皆同也子丑寅出於後儒之妄也忠質文亦出於後儒之妄也使夫誠出於後儒之妄則孔子安有行時從文之說

問周天子之田方千里號稱萬乘萬乘之馬皆具又有十二閑之馬而六卿三百六十官必皆各有車馬車馬豈不多乎哉千里之地爲田幾何其牧養之地又幾何而能容馬若是之多乎哉千里之地爲

田幾何馬之法又如何今天下廣矣常患無馬豈古之善養馬而今不善乎宜有說以對也

謚議

贈太尉夏守贇謚議

議曰謹按謚法世篤勤勞曰忠小心恭慎曰僖今考公之行狀言其父以軍校歿戰陣遂獲賞延子以君命死道塗得謚莊一作壯恪公自束髮已能孝謹遭遇先帝給事左右材敏自力愈久益勤至於典掌師旅宿衞玉宮出領節旄入登樞輔安享榮寵六十餘年方真宗時繼遷叛命用兵朔方契丹未和再駕河北多事之際其勤最著或奔走自效不暇過於私家親暱雖至未嘗敢請恩澤歷小大之職無纖毫之過先朝用此尤加獎擢昨者西師始出父子迭行北顧之憂選任居首迫於奄忽厥用未彰較其始終其迹可見所謂勤勞著於弈世恭慎見於小心考之不誣宜以節惠謹合二灋謚曰忠僖謹議

齋文

順祖惠元睿明皇帝忌辰齋文

伏以積仁累德王業始於艱難追遠奉先孝治刑於遐邇式臨諱日

祗率舊章順祖惠元睿明皇帝肇啓慶基克光前烈昭聖謨而貽厥

隆廟德而可觀今皇帝嗣繼大明克昌感業屬諱辰而增感因佛事

以薦嚴順祖皇帝伏願如在之威亘百年而可畏無疆之祚佑億世

以垂休今皇帝伏願聖壽延鴻丕圖永固然後願鈞衡舊德宗室羣

英下洎臣民咸均福祐

祭文

祭沙山太守祈晴文

修謹告祭于沙山太守之神修扶護母喪歸祔先域大事有日陰雲

屢興修不孝罪逆賴天地鬼神哀憐行四千里之江得無風波之恐

今即事矣幸神寬之假三日之不雨則始終之賜報德何窮尚饗

祭五龍祈雨文一作祭五龍神

伏以去秋之潦豐不補凶飢民食糟麥爲命而天久不雨苗將槁焉旱非人力之能移徒知奔走雨者龍神之所作其忍不爲薄奠拙辭致誠而已尙饗

祈晴文

吏之所以食民之賦而神之所以享民之祭祀者吏以刑政庇民而神能以禍福加之也冤枉之無訴刑罰之不明此人力能爲而吏不舉之其過宜在吏水旱而不時饑饉而疾疫此人力所不能及而皆職神之由今自冬涉春雨雪不止居人無食市肆不開人皆食糟以延旦夕之命至於無食有自殺者此縣吏不能治民以致神禍之過此宜罰縣令之身使爲病恙災殃以塞其責不宜使數千戶人皆受其災雨雪雖久及今而止民猶有望焉惟神閔之

祭東嶽文

某比者獲解郡章許還里閈方巾車而卽路屬暑雨之時行輒以愚誠仰干大造蒙神之惠賜以不違吹清飆而散陰暴秋陽以涸轍遂無道路之阻得返草茅之居荷德之深不知爲報一觴之潔謹用薦衷尚饗

祭金城夫人文

修謹遣表弟鄭興宗以清酌庶羞之奠致祭于金城夫人之靈修遭罹酷罰方在哀疚護喪歸葬千里之外忽承凶訃情禮莫伸聊陳薄奠致誠而已尚饗

祭王深甫文

嗟吾深甫孝悌行於鄉黨信義施於友朋貧與賤不爲之恥富與貴不爲之榮雖得於內者無待於外物而不可掩者蓋由其至誠故方身窮於陋巷而名已重於朝廷若夫利害不動其心富貴不更其守處於衆而不隨臨於得而不苟惟吾知子於初世徒信子於久念昔

居穎我壯而子方少年今我老矣來歸而送子于泉古人所居必有是邦之友況如子者豈止一邦之賢舉觴永訣夫復何言

外集卷第二十

譜

歐陽氏譜圖序

吉州　廬陵縣　儒林鄉　歐桂里

歐陽氏之先出夏禹之苗裔自帝少康封庶子於會稽使守禹祀傳二十餘世至允常子曰句踐是爲越王越王句踐卒子王鼫與立傳五世至王無疆爲楚威王所滅其諸族子孫分立於江南海上受封於楚爲歐陽亭侯亭侯在今湖州烏程歐餘山之陽子孫遂以爲氏漢高滅秦得無疆七世孫搖復封爲越王使奉越後而歐陽亭侯之後因有仕漢爲涿郡太守者子孫遂居於北一居冀州之渤海一居青州之千乘居千乘者曰和伯仕於漢最顯世爲博士以經名家所謂歐陽尚書是也其居渤海者仕於晉最顯曰建字堅石所謂渤海赫赫歐陽堅石是也建遇趙王倫之亂見殺兄子質以其族奔長沙

由是子孫復居於南仕於陳者曰頠威名著於南海頠之孫曰詢詢之子通仕於唐尤顯皆爲名臣其世居長沙猶以渤海爲封望自通三世生琮爲吉州刺史子孫因家焉琮八世生萬萬爲安福縣令生和和生雅雅生效楚效生謨託謨託生皇高祖府君府君生子八人於世次爲曾祖今圖所列子孫皆八祖之後蓋自安福府君以來遭唐末五代之亂江南陷於僭僞歐陽氏遂不顯然世爲廬陵大族而皇祖府君以儒學知名當世至今名其所居鄉曰儒林云及宋興天下一統八祖之子孫稍復出而仕宦然自宋三十年吾先君伯父叔父始以進士登於科者四人後又三十年某與麗兄之子乾曜又登於科今又殆將三十年矣以進士仕者又纔二人蓋自八祖以來傳今百年或絶或微分散扶疏而其達於仕進者何遲而又少也今某獲承祖考餘休列官於朝叨竊榮寵過其涯分而才卑能薄泯然遂將老死於無聞夫無德而祿辱也適足爲身之媿尚敢以爲親之顯

哉嗚呼自通而上其行事見於史自安福府君而下遭世故無所施焉某不幸幼孤不得備聞祖考之遺德然傳於家者以忠事君以孝事親以廉爲吏以學立身吾先君諸父之所以行於其躬教于其子弟者獲承其一二矣某又嘗聞長老言當黃巢攻破江西州縣時吉州尤被其毒歐陽氏率鄉人扞賊賴保全者千餘家子孫宜有被其陰德者顧某不肖何足以當之傳曰積善之家必有餘慶今八祖歐陽氏之子孫甚衆苟吾先君諸父之行於其躬教于其子孫者守而不失其必有當之者矣嘉祐四年己亥四月庚午嗣孫脩謹序

譜圖

景達生一子	僧寶生三子	顔生二子	紇生四子	詢
		戫闕		亮
		邃闕		德
				器

			約子生一	胤
詢子生四	長卿闕			
	肅子生一	顗闕		
	倫闕			
	通子生二	幼明子生一	秬子生二	璟
		幼讓闕		琮
自琮以下七世譜亡琮之八世孫曰彪彪弟曰萬萬以下世次如左				
萬子生一	和子生一	雅子生二	效子生三	謨
				託
				詃
			楚子生三	堂
				弘
				戉

託子生三	鄂闕			
	郴子生八	俊子生一	翺子生一	葛
		伸子生一	宏子生二	至
				起
		儀子生四	猛子生二	綬
				麗
			谷子生二	煥
				炳
			寬子生四	曦
				暐
				晃
				煦
			載子生一	鑒

侹 子生一	素 子生三	濡
		曉
		藹
信 子生一	端 無子	
偃 子生三	觀 子生二	昞
		脩
	旦 子生二	宗古
		宗道
	曄 子生三	宗顏
		宗閔
		宗孟
佺 子生一	翦 子生三	遲
		凱

						邦闕
	儆生子三					
	頫生子三			顗生子一	項生子一	
勳	羽	景	昱			

惟歐陽氏自得姓以來子孫衆多而譜隨親疏宜有詳略其上世遠而支分疏者事或具於史或各見其家譜今自吉州府君而下具列如左

吉州府君諱琮葬袁州之萍鄉而子孫始家於吉州當唐之末黄巢攻陷州縣府君率州人扞賊鄉里賴以保全至今人稱其德

安福府君諱萬事迹闕

處士諱雅字正言高年不仕德行稱於鄉里夫人龍氏
韶陽府君諱效字德用爲韶州韶陽主簿夫人周氏
處士諱託字達明隱德不仕鄉里稱之凡民有爭決之官府者後多
復訴訟有從處士平其曲直者遂不復爭夫人王氏
令公府君諱郴字可封仕南唐爲武昌令吉州軍事衙推官至檢校
右散騎常侍兼御史大夫性至孝兄弟相友愛有紫芝一莖兩葩生
於楹鄉人以爲孝德所感爲著賦頌享年九十有四葬歐桂里橫溪
保之鷺湖夫人劉氏府君累贈金紫光祿大夫太師中書令夫人累
封楚國太夫人
屯田府君諱偯第三十六仕南唐爲洪州屯田院判官享年五十七
葬栗源夫人李氏
處士諱伸第三十七守道不仕享年七十有三葬滁陂夫人蕭氏
屯田府君諱儀第三十八字象之仕南唐舉進士及第官至屯田郎

中府君之登進士第也父母皆在鄉里榮之乃改廬陵之文覇鄉安
德里爲儒林鄉歐桂里其所居履順坊爲具慶坊享年五十有五葬
官山夫人王氏
處士諱偃第三十九守道不仕夫人王氏張氏
靜江府君諱信第四十仕南唐爲靜江軍團練使據宋夔所撰安福
太君墓志列序八子官封云信爲靜江軍團練使兼憲秩南唐官品
疑與今異享年二十有五葬會家莊夫人郭氏
令公府君諱偃第四十一少以文學著稱南唐耶從進士舉乃詣大
理院上書獻其所爲文十餘萬言召試爲南京街院判官享年三十
八葬吉水之回陂夫人李氏府君累贈金紫光祿大夫太師中書令
兼尚書令夫人累封吳國太夫人
處士諱佺第四十二晦迹不仕享年四十有七葬東田夫人陸氏
工部府君諱倣第四十三仕皇朝爲許田令葬奉新累贈工部侍郎

夫人李氏
處士諱翔事迹闕
處士諱宏事迹闕
處士諱猛葬馬家坑夫人鄭氏
水部府君諱谷爲筠州團練副使官至檢校水部員外郎葬傅家坑
夫人王氏
封州府君諱寬爲封州司理參軍葬早禾坑夫人邊氏
工部府君諱載字則之淳化三年進士及第歐陽氏自江南歸朝以
進士登科者自府君始爲人方重寡言真宗皇帝嘗自擇御史府君
以祕書丞拜監察御史後知泗州毀龜山佛寺誅妖僧數十人爲政
清廉簡靜所至官舍不窺園圃至果爛墮地家人無敢拾者官至尚
書工部郎中享年六十有八夫人金壇縣君米氏
處士諱素事迹闕

處士諱端事迹闕

崇公諱觀字仲賓事具瀧岡阡表享年五十有九葬吉水沙溪之瀧岡累贈金紫光祿大夫太師中書令兼尚書令追封崇國公夫人彭城郡太君鄭氏累封魏國太夫人享年七十有二祔葬瀧岡

處士諱旦隱德不仕事母以孝爲鄉里所稱葬烏龜塘夫人彭氏

兵部府君諱曄字日華咸平三年進士及第官至都官員外郎歷知桂陽監端黄永三州所至有能稱尤長於決疑獄所得俸祿分養孤遺其兄之子脩少孤教之如己子享年七十有九葬安州應城之彭樂村夫人福昌縣君范氏其後兄子脩者以參知政事遇今上登極恩贈府君兵部員外郎

處士諱翦事迹闕

處士諱羽事迹闕

職方府君諱頴字孝叔咸平三年進士及第官至尚書職方郎中歷

知萬峽鄂歙彭岳閬饒八州爲政務嚴明有威惠以本官分司享年
七十有三家于荊南遂葬焉夫人廣陵縣君曾氏
奉職府君諱顗爲三班奉職
殿直府君諱頊爲右班殿直
譜例曰姓氏之出其來也遠故其上世多亡不見譜圖之法斷自
可見之世即爲高祖下至五世玄孫而別自爲世如此世久子孫
多則官爵功行載於譜者不勝其繁宜以遠近親疏爲別凡遠者
疏者略之近者親者詳之此人情之常也玄孫既別自爲世則各
詳其親各繫其所出是詳者不繁而略者不遺也凡諸房子孫各
紀其當紀者使譜牒互見親疏有倫宜視此例而審求之

譜牡丹記附

硯譜

端石出端溪色理瑩潤本以子石爲上子石者在大石中生蓋精石也而流俗傳訛遂以紫石爲上又以貯水不耗爲佳有鸜鵒眼爲貴眼石病也然惟此巖石則有之端石非徒重於流俗官司歲以爲貢亦在他硯上然十無一二發墨者但充翫好而已歙石出於龍尾溪其石堅勁大抵多發墨故前世多用之以金星爲貴其石理微麤以手摩之索索有鋒鋩者尤佳余少時又得金坑礦石尤堅而發墨然世亦罕有端溪以北嵓爲上龍尾以深溪爲上較其優劣龍尾遠出端溪上而端溪以後出見貴爾

絳州角石者其色如白牛角其文有花浪與牛角無異然頑滑不發墨世人但以研丹爾

歸州大沱石其色青黑斑斑其文理微麤亦頗發墨歸峽人謂江水為沱蓋江水中石也硯止用於川峽人世未嘗有余為夷陵縣令時嘗得一枚聊記以廣聞爾

青州紫金石文理麤亦不發墨惟京東人用之又有鐵硯製作頗精然患其不發墨往往函端石於其中人亦罕用惟硏筒便於提攜官曹往往持之以自從爾

紅絲石硯者君謨贈余云此青州石也得之唐彥猷云須飲以水使足乃可用不然渴燥彥猷甚奇此硯以為發墨不減端石君謨又言端石瑩潤惟有鋩者尤發墨歙石多鋩惟膩理者特佳蓋物之寄者必異其類也此言與余特異故幷記之

青州濰州石末硏皆瓦硯也其善發墨非石硯之比然稍麤者損筆鋒石末本用濰水石前世已記之故唐人惟稱濰州今二州所作皆佳而青州尤擅名於世矣

相州古瓦誠佳然少真者蓋真瓦朽腐不可用世俗尙其名爾今人乃以澄泥如古瓦狀作瓦埋土中久而斲以爲硯然不必眞古瓦自是凡瓦皆發墨優於石爾今見官府典吏以破盆甕片硏墨作文書尤快也虢州澄泥唐人品硯以爲第一而今人罕用矣文房四譜有造瓦硯法人罕知其妙鄉時有著作佐郎劉羲叟者嘗如其法造之絕佳硯作未多士大夫家未甚有而羲叟物故獨余嘗得其二一以贈劉原父一余置中書閤中尤以爲寶也今士大夫不學書故罕事筆硯硯之見於時者惟此爾

記

洛陽牡丹記

花品序第一

牡丹出丹州延州東出青州南亦出越州而出洛陽者今爲天下第一洛陽所謂丹州花延州紅青州紅者皆彼土之尤傑者然來洛陽

纔得備衆花之一種列第不出三已下七字一作終列第三不能獨立與洛花敵而越之花以遠罕識不見齒然雖越人亦不敢自譽以與洛陽爭高下是洛陽者果天下之第一也洛陽亦有黃芍藥緋桃一有碧桃二字瑞蓮千葉李紅郁李之類皆不減它出者而洛陽人不甚惜謂之果子花曰某花某花至牡丹則不名直曰花其意謂天下真花獨牡丹其名之著不假曰牡丹而一有自字可知也其愛重之如此說者多言洛陽於一作居二河間一有最字古善地昔周公以尺寸考日出沒測知寒暑風雨乖與順於此此蓋天地之中草木之華得中氣之和者多故獨與它方異予甚以爲不然夫洛陽於周所有之土四方入貢道里一有遠近二字均乃九州之中在天地崐崙一作混淪旁薄之間未必中也又況天地之和氣宜遍被四方上下不宜限其中以自私夫中與和者有常之氣其推於物也亦宜爲有常之形物之常者不甚美亦不甚惡及元氣之病也美惡鬲一作

隔并而不相和入故物有極美與一作有極惡者皆得於氣之偏也花之鍾其美與夫癭木擁腫之鍾其惡醜好雖異而得分氣之偏病則均洛陽城圜一作圍數十里而諸縣之花莫及城中者出其境則不可植焉豈又偏氣之美者獨聚此數十里之地乎此又天地之大不可考也已凡物不常有而爲害乎人者曰災不常有而徒可怪駭不爲害者曰妖語曰天反時爲災地反物爲妖此亦草木之妖而萬物之一怪也然比夫癭木擁腫者竊獨鍾其美而見幸於人焉余在洛陽四見春天聖九年三月始至洛其至也晚見其晚者明年會與友人梅聖俞游嵩山少室緱氏嶺石唐山紫雲洞既還不及見又明年有悼亡之戚不暇見又明年以留守推官歲滿解去只一作止見其蚤者是未嘗見其極盛時然目之所矚已不勝其麗焉余居府中時嘗謁錢思公於雙桂樓下見一小屏立坐後細書字滿其上思公指之曰欲作花品此是牡丹名凡九十餘種余時不暇讀之然余所

經見而今人多稱者纔三十許種不知思公何從而得之多也計其餘雖有名而不著未必得也故今所錄但取其特著者而次第之

姚黃　魏花

細葉壽安　鞓紅亦曰青州紅

牛家黃　潛溪緋

左花　獻來紅

葉底紫　鶴翎紅

添色紅　倒暈檀心

朱砂紅　九蘂真珠

延州紅　多葉紫

麤葉壽安　丹州紅

蓮花萼　一百五

鹿胎花　甘草黃

一擫紅　玉板白

花釋名第二

牡丹之名或以氏或以州或以地或以色或旌其所異者而志之姚黃牛黃左花魏花以姓著青州丹州延州紅以州著細葉麤葉壽安潛溪緋以地著一擫紅鶴翎紅朱砂紅玉板白多葉紫甘草黃以色著獻來紅添色紅九蘂真珠鹿胎花倒暈檀心蓮花萼一百五葉底紫皆志其異者姚黃者千葉黃花出於民姚氏家此花之出於今未十年姚氏居白司馬坡其地屬河陽然花不傳河陽傳洛陽洛陽亦不甚多一歲不過數朶牛黃亦千葉出於民牛氏家比姚黃差小真宗祀汾陰還過洛陽留宴淑景亭牛氏獻此花名遂著甘草黃單葉色如甘草洛人善別花見其樹知爲某花云獨姚黃易識其葉嚼之不腥魏家花者千葉肉紅花出於魏相仁溥家始樵者於壽安山中見之斵以賣魏氏魏氏池館甚大傳者云此花初出時人有欲閱者

人稅十數錢乃得登舟渡池至花所魏氏日收十數緡其後破亡鬻
其園今普明寺後林池乃其地寺僧耕之以植桑麥 一作棗花傳民
家甚多人有數其葉者云至七百葉錢思公嘗曰人謂牡丹花王今
姚黃真可爲王而魏花乃后也鞓紅者單葉深紅花出青州亦曰青
州紅故張僕射齊賢有第西京賢相坊自青州以馲駝馱其種遂傳
洛中其色類腰帶鞓故謂之鞓紅獻來紅者大多葉淺紅花張僕射
罷相居洛陽人有獻此花者因曰獻來紅添色紅者多葉花始開而
白經日漸紅至其落乃類深紅此造化之尤巧者鶴翎紅者多葉花
其末白而 一作其本肉紅如鴻鵠羽色細葉麤葉壽安者皆千葉肉
紅花出壽安縣錦屏山中細葉者尤佳倒暈檀心者多葉紅花凡花
近蕚色深至其末漸淺此花自外深色近蕚反淺白而深檀點其心
此尤可愛一擫紅者多葉淺紅花葉杪深紅一點如人以手指擫之
九蘂真珠紅者千葉紅花葉上有一白點如珠而葉密蹙其蘂爲九

叢一百五者多葉白花洛花以穀雨為開候而此花常至一百五日開最先丹州延州花皆千葉紅花不知其至洛之因蓮花萼者多葉紅花青趺三重如蓮花萼左花者千葉紫花一有出民左氏家字葉密而齊如截亦謂之平頭紫朱砂紅者多葉紅花不知其所出有民門氏子者善接花以為生買地於崇德寺前治花圃有此花洛陽豪家尚未有故其名未甚著花葉甚鮮向日視之如猩血葉底紫者千葉紫花其色如墨亦謂之墨紫花在叢中旁必生一大枝引葉覆其上其開也比它花可延十日之久噫造物者亦惜之耶此花之出比它花最遠傳云唐末有中官為觀軍容使者花出其家亦謂之軍容紫歲久失其姓氏矣玉板白者單葉白花葉細長如拍板其色如玉而深檀心洛陽人家亦少有余嘗從思公至福嚴院見之問寺僧而得其名其後未嘗見也潛溪緋者千葉緋花出於潛溪寺寺在龍門山後本唐相李藩別墅今寺中已無此花而人家或有之本是紫花

忽於叢中特出緋者不過一二朶明年移在他枝洛人謂之轉音篆
枝花故其接頭尤難得鹿胎花者多葉紫花有白點如鹿胎之紋故
蘇相禹珪宅今有之多葉紫不知其所出初姚黃未出時牛黃爲第
一牛黃未出時魏花爲第一魏花未出時左花爲第一左花之前唯
有蘇家紅賀家紅林家紅之類皆單葉花當時爲第一自多葉千葉
花出後此花黜矣今人不復種也牡丹初不載文字唯以藥載本草
然於花中不爲高第大抵丹延已西及褒斜道中尤多與荊棘無異
土人皆取以爲薪自唐則天已後洛陽牡丹始盛然未聞有以名著
者如沈宋元白之流皆善詠花草計有若今五字一作當時有一花
之異者彼必形於篇詠一作什而寂無傳焉唯劉夢得有詠魚朝恩
宅牡丹詩但云一叢千萬朶而已亦不云其美且異也謝靈運言永
嘉竹間水際多牡丹今越花不及洛陽甚遠是洛花自古未有若今
之盛也

風俗記第三

洛陽之俗大抵好花春時城中無貴賤皆插花雖負擔者亦然花開時士庶競爲遊遨往往於古寺廢宅有池臺處爲市井張幄帟笙歌之聲相聞最盛於月陂堤張家園棠棣坊長壽寺東街與郭令宅至花落乃罷洛陽至東京六驛舊不進花自今徐州李相迪爲留守時始進御歲遣衙校一員乘驛馬一日一夕至京師所進不過姚黃魏花三數朵以菜葉實竹籠子藉覆之使馬上不動搖以蠟封花蔕乃數日不落大抵洛人家家有花而少大樹者蓋其不接則不佳春初時洛人於壽安山中斲小栽子賣城中謂之山篦子人家治地爲畦塍種之至秋乃接接花工尤著者謂之門園子蓋本姓東門氏或是西門俗但云門園子亦由今俗呼皇甫氏多只云皇家也豪家無不邀之姚黃一接頭直錢五千秋時立券買之至春見花乃歸其直洛人甚惜此花不欲傳有權貴求其接頭者或以湯中蘸殺與之魏花

初出時接頭亦直錢五千今尚直一千接時須用社後重陽前過此不堪矣花之木去地五七寸許截之乃接以泥封裹用軟土擁之以蒻葉作庵子罩之不令見風日惟南向留一小戶以達氣至春乃去其覆此接花之法也用瓦亦可種花必擇善地盡去舊土以細土用白斂末一斤和之蓋牡丹根甜多引蟲食白斂能殺蟲此種花之法也澆花亦自有時或用日未出或日西時九月旬日一澆十月十一月三日二日一澆正月隔日一澆二月一日一澆此澆花之法也一本發數朶者擇其小者去之只留一二朶謂之打剝懼分其脉也花纔落便剪其枝勿令結子懼其易老也春初既去蒻庵便以棘數枝置花叢上棘氣暖可以辟霜不損花芽他大樹亦然此養花之法也花開漸小於舊者蓋有蠹蟲損之必尋其穴以硫黃簪之其旁又有小穴如鍼孔乃蟲所藏處花工謂之氣窗以大鍼點硫黃末鍼之蟲乃死蟲死花復盛此醫花之法也烏賊魚骨以鍼花樹入其膚花輒

死此花之忌也

牡丹記跋尾

右蔡君謨之書八分散隸正楷行狎大小草衆體皆精其平生手書小簡殘篇斷稾時人得者甚多惟不肯與人書石而獨喜書余文也若陳文惠公神道碑銘薛將軍碣真州東園記杭州有美堂記相州晝錦堂記余家集古錄目序皆公之所書最後又書此記刻而自藏于其家方走人於亳以模本遺予使者未復於閩而凶訃已至于亳矣蓋其絕筆於斯文也於戲君謨之筆既不可復得而予亦老病不能文者久矣於是可不惜哉故書以傳兩家子孫

外集卷第二十二

雜題跋

書李翺集後

予爲西京留守推官得此書於魏君書五十篇予嘗讀韓文所作哀歐陽詹文云詹之事既有李翺作傳而此書亡之惜其遺闕者多矣

書梅聖俞稾後

凡樂達天地之和而與人之氣相接故其疾徐奮動可以感於心歡欣惻愴可以察於聲五聲單出於金石不能自和也而工者和之然抱其器知其聲節其廉肉而調其律呂如此者工之善也今指其器以問於工曰彼簨者簴者堵而編執而列者何也彼必曰鼗鼓鐘磬絲管干戚也又語其聲以問之曰彼清者濁者剛而奮柔而曼衍者或在郊或在廟堂之下而羅者何也彼必曰八音五聲六代之曲上者歌而下者舞也其聲器名物皆可以數而對也然至乎動盪血脉

流通精神使人可以喜可以悲或歌或泣不知手足鼓舞之所然問其何以感之者則雖有善工猶不知其所以然焉蓋不可得而言也樂之道深矣故工之善者必得于心應于手而不可述之言也聽之善亦必得於心而會以意不可得而言也堯舜之時夔得之以和人神舞百獸三代春秋之際師襄師曠州鳩之徒得之爲樂官理國家知興亡周衰官失樂器淪亡散之河海逾千百歲閒未聞有得之者其天地人之和氣相接者既不得泄於金石疑其遂獨鍾於人故其人之得者雖不可和於樂尚能歌之爲詩古者登歌清廟太師掌之而諸侯之國亦各有詩以道其風土性情至於投壺饗射必使工歌以達其意而爲賓樂蓋詩者樂之苗裔與漢之蘇李魏之曹劉得其正始宋齊而下得其浮淫流佚唐之時子昂李杜沈宋王維之徒或得其淳古淡泊之聲或得其舒和高暢之節而孟郊賈島之徒又得其悲愁鬱堙之氣由是而下得者時有而不純焉今聖俞亦得之然

其體長于本人情狀風物英華雅正變態百出哆兮其似春凄兮其似秋使人讀之可以喜可以悲陶暢酣適不知手足之將鼓舞也斯固得深者邪其感人之至所謂與樂同其苗裔者邪余嘗問詩於聖俞其聲律之高下文語之疵病可以指而告余也至其心之得者一作直不可以言而告也余亦將以心得意會而未能至之者也聖俞久在洛中其詩亦往往人皆有之今將告歸余因求其橐而寫之然夫前所謂心之所得者如伯牙鼓琴子期聽之不相語而意相知也余今得聖俞之橐猶伯牙之琴絃乎

讀李翶文

予始讀翶復性書三篇曰此中庸之義疏爾智者誠一作識其性當讀一作復中庸愚者雖讀此不曉也不作可焉又讀與韓侍郎薦賢書以謂翶特窮時憤世無薦己者故丁寧如此始其得志亦未必然以韓爲秦漢閒好俠一作事行義之一豪儁亦善論一作諭人者也

最後讀幽懷賦然後置書而歎歎已復讀不自休恨翺不生於今不得與之交又恨予不得生翺時與翺上下其論也凡昔二字一作況迺翺一時人有道而能文者莫若韓愈愈嘗有賦矣不過羨二鳥之光榮歎一飽之一作而無時爾此其二字一作推是心使光榮而飽則不復云矣若翺獨不然其賦曰衆囂囂而雜處兮咸歎老而嗟卑視予心之不然兮慮行道之猶非又怪神堯以一旅取天下後世子孫不能以天下取河北以爲憂嗚呼使當時君子皆易其歎老嗟卑之心爲翺所憂之心則唐之天下豈有亂與亡哉然翺幸不生今時見今之事則其憂又甚矣奈何今之人不憂也余行天下見人多矣脫有一人能如一作知翺憂者又皆賤一作疏遠與翺無異其餘光榮而飽者一聞憂世之言不以爲狂人則以爲病癡子不怒則笑之矣嗚呼在位而不肯自憂又禁他人使皆不得憂可歎也夫景一作

皇祐二年十月十七日歐陽修書

書春秋繁露後

漢書董仲舒傳載仲舒所著書百餘篇第云清明竹林玉杯繁露之書蓋略舉其篇名今其書纔四十篇又總名春秋繁露者失其眞也予在館中校勘羣書見有八十餘篇然多錯亂重復又有民間應募獻書者獻三一作二十餘篇其間數篇在八十篇外乃知董生之書流散而不全矣方俟校勘而予得罪夷陵秀才田文初以此本示予不暇讀明年春得假之許州以舟下南郡獨臥閱此遂誌之董生儒者其論深極春秋之旨然惑於改正朔而云王者大一元者牽於其師之說不能高其論以明聖人之道惜哉惜哉景祐四年四月四日書

書韋應物西澗詩後

右唐韋應物滁州西澗詩今州城之西乃是豐山無所謂西澗者獨城之北有一澗水極淺遇夏潦漲溢但爲州人之患其水亦不勝舟

又江潮不至此豈詩家務作佳句而實無此耶然當時偶不以圖經考正恐在州界中也聞左司郭員外新授滁陽欲以此事問之

論尹師魯墓誌

誌言天下之人識與不識皆知師魯文學議論材能則文學之長議論之高材能之美不言可知又恐太略故條析其事再述于後述其文則曰簡而有法此一句在孔子六經惟春秋可當之其他經非孔子自作文章故雖有法而不簡也修於師魯之文不薄矣而世之無識者不考文之輕重但責言之多少云師魯文章不合秪著一句道了既述其文則又述其學曰通知古今此語若必求其可當者惟孔孟也既述其學則又述其論議云是是非非務盡其道理不苟止而妄隨亦非孟子不可當此語既述其論議則又述其材能備言師魯歷貶自兵興便在陜西尤深知西事未及施爲而元昊臣師魯得罪使天下之人盡知師魯材能此三者皆君子之極美然在師魯猶爲

末事其大節乃篤於仁義窮達禍福不媿古人其事不可徧舉故舉其要者一兩事以取信如上書論范公而自請同貶臨死而語不及私則平生忠義可知也其臨窮達禍福不媿古人又可知也旣已具言其文其學其論議其材能其忠義遂又言其爲仇人挾情論告以貶死又言其死後妻子困窮之狀欲使後世知有如此人以如此事廢死至於妻子如此困窮所以深痛死者而切責當世君子致斯人之及此也春秋之義痛之益至則其辭益深子般卒是也詩人之意責之愈切則其言愈緩君子偕老是也不必號天叫屈然後爲師魯稱冤一作怨也故於其銘又但云藏之深固之密石可朽銘不滅意謂舉世無可告語但深藏牢埋此銘使其不朽則後世必有知師魯者其語愈緩其意愈切詩人之義也而世之無識者乃云銘文不合不講德不辯師魯以非罪蓋爲前言其窮達禍福無媿古人則必不犯法況是仇人所告故不必區區曲辯也今止直言所坐自然知非

弄矣添之無害故勉徇議者添之若作古文自師魯始則前有穆脩
鄭條輩及有大宋先達甚多不敢斷自師魯始也偶儷之文苟合于
理未必爲非故不是此而非彼也若謂近年古文自師魯始則范公
祭文已言之矣可以互見不必重出也皇甫湜韓文公墓誌李翺行
狀不必同亦互見之也誌云師魯喜論兵論兵儒者末事言喜無害
喜非嬉戲之戲喜者好也君子固有所好矣孔子言回也好學豈是
薄顏回乎後生小子未經師友苟恣所見豈足聽哉修見韓退之與
孟郊聯句便似孟郊詩與樊宗師作誌便似樊文慕其如此故師魯
之誌用意特深而語簡蓋爲師魯文簡而意深又思平生作文惟師
魯一見展卷疾讀五行俱下便曉人深處因謂死者有知必受此文
所以慰吾亡友爾豈恤小子輩哉

書冲厚居士墓銘後

東南固多學者而徐氏尤爲大族其子弟從予學者往往有聞于時

視其子弟則可知其父兄之賢也廬陵歐陽修書

讀裴寂傳

予嘗與尹師魯論自魏晉而下佐命功臣皆可貶絕以其貳心舊朝叶成大謀二字一作謀主雖曰忠於所事而非人臣之正也及讀裴寂傳迹其終始㝡有以哉始寂爲晉陽宮監私以宮人饋高祖因見親暱可謂貳隋矣及太宗以博弈啗之遂開義師之謀卒成唐室武周爲寇請行自敗不即就誅者非特佐命有功豈非曩時私狎之恩哉坐交沙門法雅免官見放復有所陳太宗數之曰計公勳庸不至於此數以武德時一作政之繆皆歸其人又聞妖言不自明乃欲殺人緘一作滅口遂被流放列其四罪貸不致理蓋由進身之私恩㝡即敗也韓彭之功猶終不保况寂也哉

書梅聖俞河豚魚詩後

子友梅聖俞於范饒州席上賦此河豚魚詩余每體中不康誦之數

過輒佳亦屢書以示人為奇贈翰林東閣書

書三絕句詩後

前一篇梅聖俞詠泥滑滑次一篇蘇子美詠黃鶯後一篇余詠畫眉鳥三人者之作也出於偶然初未始相知及其至也意輒一作趣同歸豈非其精神會通遂暗合耶自二子死余殆絕筆於斯矣翰林東閣書

跋晏元獻公書

右觀文殿大學士兵部尚書晏元獻公一帖公為人真率其詞翰亦如其性是可佳也

跋李西臺書

嘉祐三年三月晦日和叔攜以過余因得覽之不能釋手嗟今之人清尚如西臺君者何少也遂書其後而還之廬陵歐陽修

同前

李公爲人端重清方爲當時所重不徒愛其筆蹟也嘉祐二年三月晦日修題

跋李翰林昌武書

昌武筆畫遒峻蓋欲自成一家宜其見稱於當時也修覽其書知此道七字一作風雅寂寞久矣嚮時蘇梅二子以天下兩窮人主張斯道一時士人一作人士傾想其風采奔走不暇自其淪亡遂無復繼者豈孟子所謂折枝之易第不爲耶覽李翰林詩筆見故時朝廷儒學侍從之臣未嘗不以篇章翰墨爲樂也

記舊本韓文後

予少家漢東漢東僻陋無學者吾家又貧無藏書州南有大姓李氏者其子堯一作彥輔頗好學予爲兒童時多遊其家見有弊筐貯故書在壁間發而視之得唐昌黎先生文集六卷脫落顛倒無次序一作第因乞李氏以歸讀之見其言深厚而雄博然予猶少未能悉究

其義徒見其浩然無涯若可愛是時天下學者楊劉之作號爲時文能者取科第擅名聲以誇榮當世未嘗有道韓文者予亦方舉進士以禮部詩賦爲事年十有七試于州爲有司所黜因取所藏韓氏之文復閱之則喟然一有而字嘆曰學者當至於是而止爾因怪時人之不道而顧己亦未暇學徒時時獨念于予心以謂方從進士干祿以養親苟得祿矣當盡力于斯文以償其素志後七年舉進士及第官于洛陽而尹師魯之徒皆在遂相與作爲古文因出所藏昌黎集而補綴之求人家所有舊本而校定之其後天下學者亦漸趨於古而韓文遂行于世至于今蓋三十餘年矣學者非韓不學也可謂盛矣嗚呼道固有行於遠而止於近有忽于往而貴于今者非惟世俗好惡之使然亦其理有當然者而孔孟惶惶於一時而師法於千萬世韓氏之文沒而不見者二百年而後大施於今此又非特好惡之所上下蓋其久而愈明不可磨滅雖蔽于暫而終耀于無窮者其道

一有皆字當然也予之始得於韓也當其沈沒棄廢之時予固知其不足以追時好而取勢利於是就而學之則予之所爲者豈所以急名譽而干勢利之用哉亦志乎久而已矣故予之仕於進不爲喜退不爲懼者蓋其志先定而所學者宜然也集本出於蜀文字刻畫頗精於今世俗本而脫繆尤多凡三十年間聞人有善本者必求而改正之其最後卷秩不足今不復補者重增其故也予家藏書萬卷獨昌黎先生集爲舊物也嗚呼韓氏之文之道萬世所共尊天下所共傳而有也予於此本特以其舊物而尤惜之

題薛公期畫

善言畫者多云鬼神易爲工以謂畫以形似爲難鬼神人不見也然至其陰威慘淡變化超騰而窮奇極怪使人見輒驚絕及徐而定視則千狀萬態筆簡而意足是不亦爲難哉此畫雖傳自妙本然其筆力精勁亦自有嘉處嘉祐八年仲春旬休日竊覽而嘉之題還薛公

期書室廬陵歐陽修題一作俗言見畫鬼神者易爲工以其人不常見也然而隱見出沒於無有之際千狀萬態筆簡而意足難矣及其變化飛騰窮奇極怪使人見輒驚絕豈不又難哉此畫雖所傳好本然其筆力精勁亦自有佳處廬陵歐陽修竊覽而嘉之遂題其後以還公期書室嘉祐八年仲春休日

跋杜祁公書

右杜祁公墨蹟公當景祐中爲御史中丞時余以鎭南軍掌書記爲館閣校勘始登公門遂見知獎後十五年余以尚書禮部郎中龍圖閣直學士留守南都公已罷相致仕于家者數年矣余歲時率僚屬候問起居見公福壽康寧言笑不倦歲餘予遭內艱去居于潁服除來京師蒙恩召入翰林爲學士與公書問往還無虛月又二歲公以疾薨于家予旣泣而論次公之功德而銘之又集在南都時唱和詩爲一卷以傳二家之子孫又發篋得公手書簡尺歌詩類爲十卷而

藏之余與時寡合辱公之知久而愈篤宜於公有不能忘矧公筆法爲世楷模人人皆寶而藏之然世人莫若余得之多也嘉祐八年六月晦日

跋永城縣學記

唐世執筆之士工書者十八九蓋自魏晉以來風流相承家傳少習故易爲能也下逮懿僖昭哀衰亡一作世之亂宜不暇矣接乎五代四海分裂士大夫生長干戈於積屍白刃之間時時猶有以揮翰馳名於當世者豈又唐之餘習乎如王文秉之小篆李鄂郭忠恕之楷法楊凝式之行草至於羅紹威錢俶皆武夫驕將之子酣樂於狗馬聲色者其於字畫亦有以過人及宋一天下於今百年儒學稱盛矣唯以翰墨之妙中間寂寥者久之豈其忽而不爲乎將俗尚苟簡廢而不振乎抑亦難能而罕至也蓋久而得三人焉嚮時蘇子美兄弟以行草稱自二子亡而君謨書特出於世君謨筆有師法真草惟意

所爲動造精絕世人多藏以爲寶而予得之尤多若荔枝譜永城縣
學記筆畫尤精而有法者故聊誌之俾世藏之知余所好而吾家之
有此物也廬陵歐陽某書嘉祐八年歲在癸卯中元日

書荔枝譜後

善爲物理之論者曰天地任物之自然物生有常理斯之謂至神圓
方刻畫不以智造而力給然千狀萬態各極其巧以成其形可謂任
之自然矣二十七字一作千態萬狀雖不以智造而功給一任之自
然故能各極其妙而其一無此字醜好精麤壽夭多少皆有常分不
有尸之孰爲之限數由是言之又若有爲之者一無此十字是皆不
可詰於有無之間故謂之神也牡丹花之絕而無甘實荔枝果之絕
而非名花昔樂天二字一作人有感於二物矣是孰尸其賦予邪然
斯二者惟一一無此字不兼萬一無此字物之美故各得一作得各
極其精此於造化不可知而推之至理宜如此也余少遊洛陽花之

盛處也因爲牡丹作記君謨閩人也故能識荔枝而譜之因念昔人嘗有感於二物而吾二人者適各得其一之詳故聊書其所以然而以附君謨譜之末嘉祐八年七月十九日廬陵歐陽修題

跋學士院題名

余嚮在翰林七年嘗以謂宰輔有任責之憂神仙無爵祿之寵既都榮顯又享清閑而兼有人天之樂者惟學士也自頃以來叨被恩私俾參政論力疲矣而勤勞不得少息心衰矣而憂患浩乎無涯却思玉堂如在天上偶因發篋閑覽題名不覺慨然遂書於此嘉祐八年中秋日

熙寧四年正月二十九日載覽至却思玉堂如在天上之語因思余作內制集序亦爲此語英宗皇帝嘗加稱賞爲之泫然感涕不能止也六一居士書

跋茶錄

善爲書者以真楷爲難而真楷又以小字爲難羲獻以來遺迹見於今者多矣小楷維樂毅論一篇而已今世俗所傳出故高紳學士家最爲真本而斷裂之餘僅存者百餘字爾此外吾家率更所書温彥博墓銘亦爲絶筆率更書世固不少而小字亦止此而已以此見前人於小楷難工而傳於世者少而難得也君謨小字新出而傳者二集古錄目序橫逸飄發而茶錄勁實端嚴爲體雖殊而各極其妙蓋學之至者意之所到必造其精予非知書者以接君謨之論久故亦粗識其一二焉治平甲辰

古之善書者必先楷法漸而至於行草亦不離乎楷正張芝與旭變怪不常出乎筆墨蹊徑之外神逸有餘而與羲獻異矣襄近年粗知其意而力已不及烏足道哉此蔡忠惠公所題

跋觀文王尚書舉正書

右觀文學士尚書王公字伯中清德之老也余晚接公遊愛其爲人

未幾公以病卒因錄其遺迹而藏之實思其人不獨玩其筆也天聖中公與謝絳希深黃鑑唐卿修國史余爲進士初至京師因希深始識公而未接其遊後三十年余爲翰林學士公以書殿兼職經筵始得竊從公後故得公手筆不多嗚呼天聖之間三人者皆一時之選今皆亡矣其遺迹尤可惜矧公素以書名當世也治平元年清明前一日書

跋學士院御詩

列聖御製刻石龕在玉堂北壁扃鐍甚嚴至和元年秋余初蒙恩召爲學士嘗因事獨對便殿先帝密諭將幸玉堂及欲如祖宗時夜召學士因問唐朝故事余奏曰唐世學士以獻替爲職業至於進退大臣常參密議故當時號爲內相又謂之天子私人其職在禁近故唐制學士不與外人交通比來選用非精致上恩禮亦薄漸見疎外無異百司若聖君有意崇獎則當漸修故事予遂退而建言不許私謁

執政時人喧然共以爲非蓋流俗習見近事不知學士爲禁職舊制不通外人也貞宗時劉子儀當直既不爲丁晉公草制明日晏元獻公入直劉見晏來遽趨一作移以出相遇不揖掩面而過蓋當時學士猶交直也近時當直者多不宿宿者暮入晨出玉堂終日闃然吏人共守空院而已職隳事廢已久自朝廷近臣皆不知故事流俗不足怪也因覽刻石遂幷記之于後治平元年清明日

院中名畫舊有董羽水僧巨然山在玉堂後壁其後又有燕肅山水今又有易元吉猿及狟皆在屏風其諸司官舍皆莫之有亦禁林之奇玩也余自出翰苑夢寐思之今中書樞密院惟內宴更衣則借學士院解歇每至徘徊畫下不忍去也

跋薛簡肅公奎書

右薛簡肅公詩幷書其背乃天聖四年司農卿李湘門狀是歲丙寅至今丁未實四十二年矣偶得於家人篋中因褾軸而藏之公之清

節直道余既銘之而有傳在國史此不復書治平四年閏月十八日

跋醉翁吟

余以至和二年奉使契丹明年改元嘉祐與聖俞作此詩後五年聖俞卒作詩殆今十有五年矣而聖俞之亡亦十年也閱其辭翰一爲泫然遂軸而藏之熙寧二年五月十三日

題青州山齋

吾常喜誦常建詩云竹逕通幽處禪房花木深欲効其語作一聯久不可得迺知造意者爲難工也晚來青州始得山齋宴息因謂不意平生想見而不能道以言者乃爲己有於是益欲希其髣髴竟爾莫獲一言夫前人爲開其端而物景又在其目然不得自稱其懷豈人才有限而不可彊將吾老矣文思之衰邪茲爲終身之恨爾熙寧庚戌仲夏月望日題

跋三絕帖

中華書局聚

南唐澄心堂紙爲世所珍今人家不復有曼卿詩與筆稱雄於一時今亦未有繼者謂之三絕不爲過矣余家藏此蓋二十餘年熙寧壬子正月雨中記六一居士

外集卷第二十三

近體賦詩附

進擬御試應天以實不以文賦并引狀

臣伏覩今月十三日御試應天以實不以文賦題目初出中外羣臣皆懽然以謂至明至聖有小心翼翼事天之意蓋自四年來天災頻見故陛下欲修應天以實之事時謂出題以詢多士而求其直言外議皆稱自來科場只是考試進士文辭但取空言無益時事亦一作未有人君能上思天戒廣求規諫以爲試題者此乃自有殿試以來數百年間最美之事獨見於陛下然臣竊慮遠方貢士作對天威又迫三題不能盡其說以副陛下之意臣忝列書林粗知文字學淺文陋不自揆度謹擬御題撰成賦一首不敢廣列前事但直言當今要務皆陛下所欲聞者臣聞古者聖帝明主皆不免天降災異惟能修德修政則變災爲福永享無窮之休臣不勝大願其賦一首謹隨狀

上進

賦推誠應天豈尚文飾

天災之示人也若響應聲君心之奉天也惟德與誠固當務實以推本不假浮文而治情彼雖不言適見以時而下告吾其修德禍患可銷於未萌臣聞天所助兮惟善則降祥德苟至兮雖妖而不勝皆由人事之告召然後天心之上應若國家有闕失之政則當頻見於衆災欲人主知戒懼之心所以保安於萬乘臣請述當今之所爲引近事而爲證至如陽能和陰則雨降若歲大旱則陽不和陰而可推去年大旱陰不侵陽則地靜若地頻動則陰干於陽而可知去年河東地頻動又如黑者陰之色晦者陰之時或暴風慘黑而大至白晝晦冥而四垂康定元年三月黑風起白日晦日食正旦雨冰木枝今春二月如此之類皆陰之爲蓋陰爲小人與婦人又爲大兵與蠻夷若四者之爲患則羣陰之失宜故天象以此告吾君不謂不至陛下所

宜奉天戒不可不思是謂應以實者臣敢列而言之若夫慎擇左右而察小人則視聽之不惑肅清宮闈而減冗列則恭儉而成式況乎遠佞人者孔宣父之明訓放宮女者唐太宗之盛德又若西師久不利宜究兵弊而改作叛羌久未服宜講廟謀之失得在陛下之至聖行此事而不忒庶天意之可回雖有災而自息方今民疲賦斂之苦又值飢荒之年貲財盡於私室苗稼盡於農田刼掠居人盜賊並起流離道路老幼相連陛下視民如子覆民如天在於仁聖非不矜憐故德音除刻削之令赦書行賑濟之權然而詔令雖嚴州縣之吏多慢人死相半朝廷之惠未宣夫天至高遠也惟可動以精誠民之休戚也皆繫君之好尙惟善政之能惠則休徍之並貺而況富有四海之大獨制萬民之上一言之出兮誰敢不從百事責實兮自然無曠發號施令在聖意之必行變災爲祥則太平之可望今漢史有五行之志尚書有洪範之文願詔侍臣之講說許陳古事於聽一作聽聞

可以見自召妖災雖由於時政能招福應亦自於明君故禾偃於風表周王之覺悟雉鳴于鼎成商帝之功勳蓋恐懼修省者實也在乎不倦祈禳消伏者文也皆不足云臣生逢納諫之聖明不聞直言之狂斐惟冀愚衷一作忠之可採苟避誅夷而則豈蓋賦者古人規諫之文臣故敢上干於旒扆

監試玉不琢不成器賦良玉非琢安得成器

至寶雖美因人乃彰欲成器而斯尙由載琢以爲良瑕玷弗施始中含於溫潤切瑳有則取應用於圓方披大禮之遺言洞先儒之所錄以謂玉不因琢器莫得以自貴人不因學道無由而內融故我誘之於人諭之以玉內含其美雖稟質而可嘉外飾其形假載雕而後足然以寶有可尙世誠所希價連城而有待氣如虹而上揮禮神之用斯在磨玷之言則非稟爾天眞包十德而成質制由工巧參六瑞以凝輝然則攻自它山列乎良璞雖曰寶也不能效於自用雖曰堅也

未有成於不琢美在中矣徒内抱於英華韞而錯諸始外成於圭角豈不以玉者華於國而可重器者用於人而克安規矩殊形於圭璧短長具制於躬桓亦猶在鎔者金必資乎鍛礪之設從繩者木遂分乎曲直之端且夫人務其師玉貴其德性雖本善不學則弗至於道質雖至美不琢則弗成其飾稽匪刻匪雕之說理實異斯嘉如切如磋之言義誠有得彼大圭貴乎尚質鳴珮取乎揚聲雖效珍而並用在記諭以非精曷若彰教誨而有漸譬琢雕而可成是故西琥東圭捨規模而安創半璋全璧非制度以難明向若追琢不加刻畫非備雖縝密以含彩在文華而曷視故楊子以謂玉不雕則璠璵不作器

國學試人主之尊如堂賦 堂陛隆峻人主尊矣

位既異等君宜有常惟居尊而體國爰取諭於如堂望而畏之使下民之咸仰高為貴者譬遠地以同彰稽往諜之遺文懿嘉言之洞啓謂立制於君上諭相承於堂陛蓋以貴賤殊品尊卑異禮下臨於物

必也尊嚴而有儀上譬於堂所以崇高乎正體誠以赫赫化被巍巍
道隆儼正宁以居極統羣黎於宅中蓋取乎馭民之貴非資於構廈
之功位正當陽若戚九筵之制民欣戴后如瞻七尺之崇然則堂非
高則偪下而易陵君弗尊則保位而難慎卑高必貴乎不瀆上下於
焉而克順邇臣內附類榱棟之相依（一作高）列辟下陳由陛廉而比
峻豈不以富有函夏躬臨兆民示臣庶之弗越表等威之有倫將使
制爾萬國宗予一人下絕僭王非歷階之可及世惟與子彰肯構以
相因是知制衆室者莫先乎堂奄九有者必尊其主蓋兼統於邦國
匪專稱於棟宇化有於下奉穆穆以深居仰之彌高若耽耽之可覿
蓋由堂不可以卑而亂制君不可以黷而不尊喻穹隆於九仞用總
制於羣元且異夫蓋之如天但述居高之旨就之如日惟明照下之
言大哉陛峻而堂高者勢之然臣貴而君尊者國之理伊制度之有
別俾崇高而是視所以建公卿大夫而天子加焉其尊也於斯見矣

詔重修太學詩

漢詔崇儒術虞庠講帝猷叢楹新寶構萬杵逐歡謳照爛雲甍麗回環璧水流冠童儀盛魯蒿柱德同周舞翟彌文郁橫經盛禮修微生聽昕鼓願齒夏弦游

省試司空掌輿地圖賦平土之職圖掌輿地

率土雖廣披圖可明命乃司空之職掌夫輿地之名奉水土以勤修慎司無曠覽山川而盡載按諜惟精所以專一官而克謹辨九區而底平者也伊昔令王尊臨下土以謂綿宇非一不可以周覽衆職異守俾從於各主故我因地理二字一作輿地之察宜建冬官而法古將使如指諸掌括乎地以無遺皆聚此書著之圖而可覩險固咸在方隅異宜分形勝以昭若庶指陳而辨之度地居民既修官而有舊辨方正位俾披文而可知其或作屏建親命侯封國小大有民社之制遠邇異封圻之式非圖無以辨乎數非官無以奉其職主於空土

既險阻之盡明別爾分疆誌廣輪而可識誠由據函夏之至要贊大君之永圖上以體國而經野下以建邦而設都參古號於周官各司其局辨羣方於禹跡無得而踰是何標區域以並分限華夷而靡爽域中所以張乎大天下無以逾其廣亦猶五土異物必辨於司徒之官九州有宜乃命乎職方之掌用能三壤咸則四民奠居窮人跡於遐域包坤載於方輿具異夫充國論兵但模方略之狀酇侯創業惟收圖籍之餘彼夏貢紀乎州名漢史標乎地志雖前策之並載在設官而未備曷若我謹三公於漢儀專掌圖於輿地

翠旌詩

盛禮郊儀肅純音帝樂清葳蕤飄翠羽赫奕展華旌鳳邸光交覆鸞旗色共明繽紛拂葩蓋輝映雜綏纓且異文竿飾非同翿舞名竹宮歌毖祀雅曲播遺聲

殿試藏珠於淵賦 君子非貴難得之物

稽治古之敦化仰聖人之作君務藏珠而弗寶俾在淵而可分效乎至珍雖希世而弗產棄於無用媿還浦以攸聞得外篇之寓言述臨民之致理將革紛華於媮俗復芚愚於赤子謂非欲以自化則爭心之不起蓋賤貨者爲貴德之義敦本者由抑末而始示不復用雖至寶而奚爲捨之則藏祕諸淵而有以誠由窒民情者在杜其漸防世欲者必藏其機使嗜欲不得以外誘則淳朴於焉而可歸將抵璧以同議諒彈雀而誠非照乘無庸盡遺碕岸之側連城奚取皆沉媚水之輝用能崇儉德以外昭復淳風而有謂民心朴以歸本物產全而靡費珍雖無脛俾臨淵而盡除事異暗投永沉川而不貴然而道既散則民薄風一澆而朴殘玩好既紛乎外役質素無由而內安故我斥乃珍奇之用絕乎侈靡之端將令物遂乎生老蚌蔑剖胎之患民知非尚驪龍無探頷之難是則恢至治之風揚淳古之式不寶於遠則知用物之足不見其欲則無亂心之惑上苟賤於所好下豈求於

難得是雖寶也將去泰而去奢從而屏之使不知而不識彼捐金者由是類矣摘玉者可同言之諒率歸於至理實大化於無為致爾漢皐之濱各全其本雖有淮蠙之產無得而窺自然道著不貪時無異物民用遵乎至儉地寶蓄而不屈所以虞舜垂衣亦由斯而弗咈

博愛無私詩

賞以春夏賦天子行賞欽順時令

賞出於國時行在天紀勳庸而有序順春夏以昭宣無忘爾勞法蠢生而布惠用嘉乃績因長養以旌賢原夫執政者君為民之紀懼賞罰之一失則恩威之兩弛受焉不以其私賜之非為其喜蓋夫欲固其國者必謹國之常能奉乎天者是謂天之子將出令以無僭必順時而后軌顯庸制爵爰占星烏之中茂惠建官當俟薰風之始且夫春居東以首歲夏司南而執衡在氣為燠於時主生東動也以之起南任也以之成我所以推本萬事之理欽象四時之行政刑由是以

有度寒暑於焉而不爭頒以土田順木行而養育昭其服物助火德之光明故曰天之大端在陰陽君之大柄在刑賞操其柄以歸己求其端而取象法大簇贊陽之月行慶有常體林鍾種物之時勸功無爽誠以賞當則民協澤流而德深但慮過時之失敢懷虛受之心故月令有布德之文前規具在景風爲賜爵之候往牒攸欽嗚呼王者畏天以臨民天道在人而可信事與時合則爲和而爲福時與事逆則有災而有鐘在乎察動靜以爲本布仁恩而克慎亦由獮田主教非仲秋而不行議獄斷刑須大冬而乃順故能光昭國體欽奉邦彝用豈有於踰德舉無聞於振時且異夫賜以鞶纓示假人而取誚贈其袞冕譏錫命以非宜大哉君之舉者必書上之出者爲令苟違時而不度懼招尤而失正故左氏載聲子之言以戒後王之立政

畏天者保其國賦祗畏天道能守其國

聖人以凝命恭默膺圖肅祗爰務畏天之義但彰保國之規惟帝難

之翼翼固欽於乾道爲人上者兢兢愼守於邦基用能御寶位而惟
承隆昌運以咸熙者也探齊王之式陳懿子輿之所謂將設治民之
術先本爲君之貴且曰天惟簡在誠由乎不敢荒寧國乃治乎是宜
乎克自抑畏惠此方國欽若昊天實克遵於慄慄示無爽於乾乾慮
威宣咫尺之間所以嚴恭罔怠致疆啓幅員之內所以底定無愆蓋
由仰高明以惟勤遂邦家而永保又新之戒斯在無逸之篇可考順
帝之則始敦危懼之誠俾民不迷終得阜安之道豈不以天者本降
鑒而是顯國者在緝綏而以興畏乎天表降鑒之甚邇保乎國示緝
綏而可憑審雖休勿休之理遵日愼一日之稱是故懼無災以爲懷
見楚莊之勿伐不敢康而在念識周成之有能夫如是則垂拱是圖
持盈可久不遑啓居兮以圓靈之是奉無敢暇豫兮以中區而自守
昭事而宜乎宗社咸寧之旨攸同欽承而惠彼民人設險之功何有
不然又安得惟寅謹爾匪懈昭其蓋足憚於覆燾必克固於蕃維周

詩垂陟降之文亦足畏也洊雷著修省之說于時保之至哉闡繹聖猷鋪昭皇極眷慗悚以爲本在撫綏而作式有以見惟天爲大而君則之故定于萬國

斲雕爲樸賦 除去文飾歸彼淳樸

德以儉而爲本器有文而可除爰斲載雕之飾將全至樸之餘篆刻未銷見背僞歸真之始鏤章咸滅知去華務實之初稽史牒之前聞述政風而遐舉懿淳儉之攸尚斥浮華而可沮謂乎防世僞者在塞其源全物性者必反其所素以爲貴將抱樸而是思煥乎有文俾運斤而悉去誠由淳自澆散器隨樸分騁匠巧而傷本掩天真而蔑聞故我反淳風而矯正杜末作之紛紜剖刻桷之形復采椽而不琢滅鏤簋之僭反木器於無文則知工巧盡捐浮淫是抑道尚取乎反本理何求於外飾圭磨嶽鎮歸璞玉以全真罍去山雲表瓦鐏而務德是則遵乎樸者將反始而臻極斲乎雕者惡亂真而飾非約澆風於

一變矯治古以同歸礲而錯諸盡滅彫蟲之巧質爲貴者寧慙朽木之譏用能杜文彩之煥然返淳和而遵彼雕雖著則尚可磨也樸其復則在其中矣棄末反本小巧之工盡捐革故取新見素之風可美彼琢玉然後成器命工列乎彫人務以文而勝質徒散朴以遠淳曷若剞劂之功靡施大巧若拙刻鏤之華盡滅其德乃真懿之隆者非假飾以爲資儉之至者匪奇淫而是覺但期乎去泰去甚寧患乎匪雕匪斲有以知一變至道之風由是而復歸乎樸

祭先河而後海賦王者行祭先務其本

在祭者必有常典務本者貴乎不忘既先河而告備乃後海以爲常幣玉始陳恭視諸侯之瀆牲牢繼列方祠百谷之王探國典之舊文撫禮經之大旨以謂河導其派本一勺而始矣海納其會實百川之委也祀容肅設必先有事於靈長望秩並修然後功歸於善下誠以決九川而分導括衆流而混幷一則窮本而有自一則兼容而積成

是用分禮章而異數昭祭典以推行命祀首陳始則出圖之所禱辭
以設方祈紀地之名用能縟乃令儀昭夫重祭利萬物以斯善用五
材而並濟無文既秩禜經瀆以領祠羣望繼行禱朝宗而用幣外則
盡物中惟告虔既義取於源委乃禮分於後先一禱致誠必告榮光
之涘大川並走嗣臨重潤之淵得非衆嶽肇乎一拳椎輪生乎五輅
考厥初之攸在彰返始而爲務亦猶文王之祀雖貴不踰后稷之尊
齊人之事將行敢越配林之故是知河必居首取發源而肇茲海不
自大由積衆以成其導洪流而並注散靈潤以旁滋顧乃濫觴之因
必有生也視爾委輸之廣然後從之昇哉祭尚潔誠禮惟思反將展
報以爲義必討源而自遠故夫三王之祭川必務其本

大匠誨人以規矩賦以大匠之誨人以規矩爲韻

工善其事器無不良用準繩而相誨由規矩以爲常度木隨形俾不
欺於曲直運斤取法必先正於圓方載考前文爰稽哲匠伊作器以

祖善必誨人而攸尚有模有範俾從教之克精中矩中規責任材而必當誠以人於道也非學而弗至匠之能也在器而攸施既諄諄而誨爾俾拳拳而服之默受以全曲則輪而直則軫動皆有法完爲鞠而斷爲棊然則道不可以弗知人不可以無誨苟審材之義失則教人之理昧規矩有取爲圭爲璧以異宜制度可詢象地象天以是配匠之心也本乎大巧工之事也作于聖人因從繩而取諭彰治材而有倫學在其中辨蓋輿之異狀藝成而下明鑿柄之殊陳義不徒云道皆有以將博我而斯在寧小巧而專美殊玉工之作器惟求磨琢之精異扁人之斲輪但述苦甘之旨是知直在其中者謂之矩曲盡其妙者本乎規然工藝以斯下俾後來之可師道或相營引圓生方生而作諭言如未達譬周旋折旋而可知是何樸斲爲工剞劂斯主翫其役以雖未聽乃言而可取故孟子謂學者之誨人亦必由於規矩

魯秉周禮所以本賦魯公之後後某本周禮見振奇集已下續

添

侯國修度時王著彝惟東魯之大本秉西周之舊儀曲阜襲封率奉先規之威鎬京遺法限爲至治之基說者謂惟王建邦裂疆分土稟正朔者歸於元后尊制度者合於前古惟周之典世爲大則惟魯之威法爲常矩及夫姬道衰逸邦侯侵侮雖周公之才之美不行於時文王之德之純盡在於魯逮夫禮與時至教由治隆翊奉孺子位爲上公千乘之國仰有遺法數世之後敢弃元功雖治邦治刑尙可宏宣於祖業而教典教法猶能固本於民風大德純純兮世不敢忘至文微微兮流而自遠守茂典之惟永遵飛㲺休而可損一變于道聖人之後所以昌百世可知先王之法以爲本且夫德固則邦化法行則教流治而久於諸侯則莫若魯教而正於三代則莫如周在隱桓之世力行純軌至定哀之後不弃芳猷蓋固蔕以惟至以治人而可

求彼雖發嘆於詩人改王室而作離黍何俟興言於聲子見易象之與春秋蓋夫與治同道罔不興安上治民莫如禮禮與邦化則莫窺其枝葉法因時至則深蟠其根柢亦如齊有太公之遺制定作民彝杞覩夏道之可知式成邦體嗚呼聖之所治人不可追移茂實以參用著通規而有宜遂使化民之議有所經理之大者治國之君無亂紀則而行之大哉周世所行魯邦慎守秉其法爲治之極則其文延付而後故仲孫知魯而不可取者禮爲本焉致邦儀之含厚

秋獮詩見古省題詩

爾籥迎寒至商飈應節流戎容修大獮殺氣順行秋多稼登方茂三農隙始休飲歸軍實獻誓衆撇爲裘索享儀非蜡圍田禮異蒐國威思遠播神武暢皇猷

論

殿試儒者可與守成論闕

三皇設言民不違論

論曰夫至治之極也塗耳目以愚民之識暢希夷以合道之極化被而物不知功成而迹無朕古有臻於是者其大道之行乎聖人之與也捐仁義以爲德之細放約束以取民之信德及而物自化言行而人必從古有盛於此者其三皇之世歟故孔子有三皇設言而民不違之說敢試論之若乃暢上古之至道張億世之遠御結繩所以爲信也而懼信之未孚我則有書契之易於是乎畫八卦以由數起茹毛所以養生也而憚生之未具我則有烹飪之利於是乎嘗百穀以粒烝民網罟利人以爲用使以畋而以漁牛馬異性而必馴使可乘而可服壯棟宇以易古者之居垂衣裳以興天下之治凡所以使民

不倦者皆伏犧神農黃帝之爲世凝然而治旣行矣民旣賴矣守之以至靜化之以無爲上有淡泊清淨之風下無薄惡叛離之俗故言爲教詔非誥誓而自聽言爲號令不鞭朴而自隨且夫歃血以涖盟約要之於信者由不信而然也爲刑以殘肌骨威之使從者由不從而設也不若御至質之民行大道之化悅不以愛故不待賞而勸畏不以威故不待罰而責政不罔民故不待約而信事不申令故不待誥而從一言以行萬民稟命賴其德者百年而利服其化者百年而移非三皇之德其孰能與於此乎噫商人作誓欲民之從也而人始疑周人會盟欲信之固也而諸侯叛由是而言則詛民於神明狃民於賞罰而違之者末世之爲也服民以道德漸民以教化而人自從之者三皇之盛也夫設言而不違者其在兹乎

賈誼不至公卿論

論曰漢興本恭儉革弊末移風俗之厚者以孝文爲稱首議禮樂興

制度切當世之務者惟賈生爲美談天子方忻然說之倚以爲用而
卒遭周勃東陽之毀以謂儒學之生紛亂諸事由是斥去竟以憂死
班史贊之以誼天年早終雖不至公卿未爲不遇予切惑之嘗試論
之曰孝文之興漢三世矣孤秦之弊未救諸呂之危繼作南北興兩
軍之誅京師新蹀血之變而文帝由代邸嗣漢位天下初定人心未
集方且破觚斲雕衣綈履革務率敦朴推行恭儉故改作之議謙於
未遑制度之風闕然不講者二十餘年矣而誼因痛哭以憫世太息
而著論況是時方隅未寧表裏未輯匈奴桀黠朝那上郡蕭然苦兵
侯王僭儗淮南濟北繼以見戮誼指陳當世之宜規畫億載之策願
試屬國以系單于之頸請分諸子以弱侯王之勢上徒善其言而不
克用又若鑒秦俗之薄惡指漢風之奢侈嘆屋壁之被帝服憤優倡
之爲后飾請設庠序述宗周之長久深戒刑罰明孤秦之速亡譬人
主之如堂所以優臣子之禮置天下於大器所以見安危之幾諸所

以日疑不可勝而文帝卒能拱默化理推行恭儉緩除刑罰善養臣下者誼之所言略施行矣故天下以謂可任公卿而劉向亦稱遠過伊管然卒以不用者得非孝文之初立日淺而宿將老臣方握其事或艾旗斬級矢石之勇或鼓刀販繒賈豎之人朴而少文昧於大體相與非斥至于謫去則誼之不遇可勝歎哉且以誼之所陳孝文略施其術猶能比德於成康況用於朝廷之間坐於廊廟之上則舉大漢之風登三皇之首猶決壅裨墜耳奈何俯抑佐王之略遠致諸侯之間故誼過長沙作賦以弔汨羅而太史公傳於屈原之後明其若屈原之忠而遭棄逐也而班固不譏文帝之遠賢痛賈生之不用但謂其天年早終且誼以失志憂傷而橫夭豈曰天年乎則固之善志逮疑作殆與春秋褒貶萬一矣謹論

夫子罕言利命仁論

論曰昔明王不興而宗周衰斯文未喪而仲尼出修敗起廢而變于

道扶衰救弊而反於正至如探造化之本賾幾深之慮以窮乎天下之至精立道德之防張禮樂之致以遠乎人情之大竇故易言天地之變吾得以辭而繫詩厚風化之本吾得以擇而刪禮樂備三代之英吾得以定而正春秋立一王之法吾得以約而修其爲教也所以該明帝王之大猷推見天人之至隱道有機而不得秘神有密而不得藏曉乎人倫明乎耳目如此而詳備也然獨以利命仁而罕言其旨何哉請試言之夫利命仁之爲道也淵深而難明廣博而難詳若乃誘生民以至教周萬物而不遺草木蕡殖而無知所以遂其生跂喙行息而不知所以達其樂物性莫不欲茂則薫之以太和人情莫不欲壽則濟之以不夭滯者導之使達蒙者開之使明衣被羣生贍足萬類此上之利下及於物聖人達之以和於義也則利之爲道豈不大哉函五行之秀氣兼二儀之肖貌稟爾至命得之自天厥生而靜謂之性觸物而動感其欲泒而爲賢愚誘而爲善惡賢愚所以異

貴賤善惡所以定吉凶貧富窮達死生夭壽賦分而有定循環而無端聖人達之內照乎神明小人逆之外滅於天理則命之爲義豈不達哉又若兼百行以全美居五常而稱首愛人而及物力行而能近守而行之一日由乎復禮推而引之天下稱乎達道則仁之爲理豈不盛哉噫三者之說誠皆聖人之深達非難言之也易曰乾以美利利乎天下又曰利者義之和中庸曰天命之謂性又曰君子居易以俟命繫辭曰樂天知命故不憂禮記曰仁者天下之表又曰仁者右也道者左也酌是而論之則非不言也然罕言及者得非以利命仁之爲道微而奧博而遠賢者誠而明之不假言之道也愚者鮮能及之雖言之弗可曉也故曰中人以上可以語上中人以下不可以語上又曰仁則吾不知者舉一可知也子貢以謂夫子之言性與天道不可得而聞者誠在是乎然則利命仁之罕言由此而見矣謹論

南省試策五道并問目

問管夷吾之書曰聖人之治天下也四民勿使雜處則其言哤其事易士就閑燕工就官府商就市井農就田野羣萃而州處少而習焉其志安焉不見異物而遷焉且曰士農之子常爲士農工商之子常爲工商若乃士講學以居位農力穡以阜生安而不遷斯則嘉矣其或百工居肆萬商成淵奇技淫巧之蕩心鬻良雜苦之牟利安於所習未足敦風見善而遷茲亦何害又如端木之貨殖膠鬲之魚鹽倪寬之帶經王猛之賣畚乘時萬變安可限其定居黄憲之牛醫胡廣之田畝桑羊之賈豎叔敖之負薪肯構百端安可責其承世今茲貢士之制亦有異類之防雖條禁之久行諒甄明之不暇衆君子優於博古長於辨宜以爲如何無惜辭費

對講天人之精祲責艸茅之愚言古之求治者莫急於此與愚民之休利傳經術而條對士之射策者以盡其才自漢而還於唐爲盛然

以公孫之對置第本下天子自擢於第一劉蕡之言指時甚直有司
不敢以入第蓋言至切者顧後害論至甚者爲難行故事欲述者枉
於有司而議不得申言欲顯者牽於文辭而談不得騁爲弊之甚由
古而然夫能革之誠在今日皇上垂衣御圖側席延士詔郡國以充
賦命公卿而署奏而末學庸妄亦預試言開陳其端周爰而問上所
以講求至治之本下所以展盡思慮之秋也策以謂古之四民罔敢
雜處之義而今取士故有異類之防端木膠鬲倪寬王猛之徒謂不
可限以定居黄憲胡廣桑羊叔敖之賢謂不可責其世職以古之鑒
求今之宜此誠當世之所急也且夫至治之世四民異居士處閑燕
談仁義禮樂於是乎興農服力穡限井田衣食於是乎足工迷巧以
備器用商達貨以遷有無少而習之各有常分故命射以觀其德命
御以論其行如是則可以官賢材而不肖者有所勸不耕則祭無盛
不蠶則衣無帛如是則可以禁游手而趨末者著於本器奇者殺以

杜工之僞關譏弗征以檢商之猾此聖王所以治天下之本明疑不得以異物遷也及周之晚漢繼而興救時之宜猶有可取士雖不選於里而有孝廉之舉農欲勸之使勤故有力田之秩有市籍則不得仕禁乘車以抑其豪行之當時猶爲進士疑降及弊末適於權宜有入貲以爲郎有入粟而拜爵農商雜進黑白混然今國家監大清以爲治求王道之大端務思眞賢以登庶位故於貢士之制亦有異類之防此誠法古爲政之要也然自井田一墮四民失業士不本鄉里舉不明眞僞後世之取賢者宜條禁之故有行限年之制有復鄉舉之請有立秀才之科有立中正以品功伐之高下有從士斷以禁人士之流移科條益嚴變更非一賢否之辨未覩其眞豈非制其末而失其要歟方今詔郡國歲貢謹士著以占數先鄉議而覈實然患條禁久行甄明不暇者誠由制之未得其術爾必若取人以才考行以實舉賢者上賞以旌功不肖者黜地以明罰自然無冒舉之過有得

人之感又何患工商雜以並進士類混而無別乎彼作奇巧以蕩心

雜良苦而射利謂其媮俗未足敦風在乎禁之以絶其僞而已若乃

端木殖財膠鬲擅利倪寛爲御史而稱職王猛與諸葛而並功黃憲

有三公之量胡廣明萬事之理桑羊之心計叔敖之善相如此數賢

者皆遭遇其時以立勳業故不限以定居責其世職烏得同條而語

哉謹對

第二道

問古者糾邦禁以敘六典因天討而作五刑所以申嚴國章明愼

時憲協大中之法助教化之治定三尺以著令明一成而不變又

赦過宥罪議獄緩死法天地之茂育象雷雨之作解式顯好生之

化茂宣去殺之仁且肆眚之恩尚廢而不用則時無滌穢之澤若

數以爲利則人有委轡之歎折衷之理願聞嘉言

對夫民弊於末心作乎爭德不可以獨行也輔之者其刑法乎猛而

則殘虐以爲暴刑不可以獨任也濟之者其仁恩乎先王由是扶衰世以捄溢卽民心而有作謂天有震耀殺戮我則嚴之以威虐刑罰謂天有生殖長養我則申之以溫慈惠和大爲之防曲爲之制以商周之盛德有九刑之典亦知獄與刑之不可去也如此然而議獄緩死羲易之明文眚災肆赦帝典之奥訓周官有三宥新國用輕典皆所以寬民之謂也故肆眚苟廢則時無滌穢之澤是傷乎無恩也數以爲利則人有委轡之歎是因而起弊也折衷之理何以辨之蓋周家之政至忠厚也須成康而刑乃錯漢世之德至寬仁也至文景而獄乃平夫所以致刑之錯獄之平其要非他在削苛刻之深文執議論之平讞無罹民之不遠無縱誅以快怒使愚民知所避姦吏無所弄則獄雖不赦刑將自平且投箠者不能救饑持轡者不能御騎又何必申小惠推私恩啓民心之姦弛古刑之典者哉故謂不赦者良醫之針石赦者奔馬之委轡質斯言也不其然乎謹對

第三道

問天駟先牧列於祭經圉人圉師實有官局然則國馬之政其來尙矣皇朝累盛函夏大同華陽之歸偃息既久坰野之頌孳生益蕃而又河隴朔方歲行互市頗積縻於金帛亦罕辨於良駑誠由騎兵不可以闕供夷落仰資於善價寖爲經制著在有司議者或云承平日深冗費宜革思欲減邊關之條禁遂坻庶之貿遷儻緩急於戎容可借資於民畜恭惟聖治務廣芻言靡倦極談以光俊域

對養馬有夏庌之制掌於周官春秋紀日中之候著於左傳遠郊任乎牧事祭祖標於月令作延廐禁原蠶著爲國經並載方策則國馬之政其可廢乎國家接千歲之大統承五代之末流晝牡荆以指麾包虎皮而載戢閫一作間有日矣而猶弗敢忘戰備於不虞內有七校禁衞之屯外有三邊防狄之戍而兵騎之衆畜牧且蕃資河朔以

仰足用金帛而交易爲日滋久其費日深然欲减邊防之條禁遂垠
庶之貿遷施之于今未見其得何則探寶貨以懷利者此夷落之民
所甚欲也商功利以惜費則主計之臣所徧明也若乃捐有餘之寶
獲爲兵之備以其所有易其所無斯誠利害可明而經久弗變之制
也非互市不能以足用歸垠庶則懼乎起姦覦蒙所見故在於此謹
對

第四道

問粤若姬氏肇自邰封佐堯而爲農師居豳成於王業綿綿之瓞
本仁積功膴膴之原聿來胥宇逮文武之景化被岐鎬之故區繼
聖嗣興定命攸厚相兹河洛之宅求乎天地之中澗瀍之間風雨
所會在禮也載土圭之法於書也兆龜墨之祥遂觀獻卜之文顯
著徙都之事何乃邱明作傳康王有酆宮之朝杜預垂言平王爲
東周之始豈先後之殊致將方策之失傳矧又奉春始謀極談秦

地之固孟堅能賦頗析西賓之問建邦之利析理奚長諒茲俊髦

精于經傳敷言條對勿尙猥幷

對肇祖乎后稷以至乎赧王流德而深厚者莫大乎西周始封乎邰士卒終於洛都因世而相宅者逮歷乎七百方策之所並載詩頌之所歌舞可略而談也若乃武王在鎬繼文而有聲周公踐祚相成而負扆卽神皐以開壤據瀾瀍之上游是爲洛都以徙周邑然而邱明作傳康王有酆宮之朝杜預垂言平王爲東周之始此策所以疑而問者得非洛之初營周都既定但遷九鼎以居其中及周德之下衰始平王之東徙迹先後之可見非方策之失傳也夫守金城之府據繞霤之固扼關中之形勢者彊秦之興也此奉春以是建策而爲高皇說也因土圭之影迹宗周之舊當天下而宅中者東漢之盛也此孟堅之所以因賦而陳光武之業也夫圮耿徙亳成湯非一邦而理在岐居鎬姬氏不共邑而興世之盛衰顧德薄厚而已又烏稱建邦

之利哉故東西二都皆兩漢由之而興廢也謹對

第五道

問聽德惟聰前王之至訓嘉言罔伏舉善之令猷國家守承平之基御中區之廣地利無極齒籍益蕃各有爭心必虞彊詐之患或非良吏慮興枉濫之尤故立肺石以達窮民設匭函以開言路而又俾之轉對復彼制科思廣所聞遂延多士屬茲舉首將列仕塗以何道致民之暴者興仁智者無訟以何術使吏之酷者存恕貪者守廉試舉所長用觀精識

對帝堯之德非不聖也必乘九功而興虞舜之明非不智也必開四聰之聽大禹之勤求賢士乃至乎王漢家之並建豪英以翼乎治誠以一人之聖據羣元之尊王道之寖微寖昌生民之或仁或鄙理有未燭思求其端是以垂精留神廣覽兼聽居以側遲賢之席行則馳褱輪之車施及於方外而弗遺退託於不明而求輔其勤若此猶懼

乎弗及也故今國家所以覽照前古講求舊規下明詔以開不諱之門設匭函以廣言者之路復轉對以採搢紳之議立制策以待儁良之言者意在茲乎猥惟檮昧之微舉皆管淺之說夫欲民之暴者興仁智者無訟在乎庠序以明教化欲吏之酷者存恕貪者守廉在乎嚴督責而明科條爲治之方不過乎是而已謹對

國學試策三道并問目

問詩刪風雅有一國四方之殊書載典謨實二帝三王之道君臣之制有別小大之政不侔然而關雎王者之風反繫於周公之化秦誓諸侯之事乃附於訓誥之餘究其閫綱必有微旨且巧言者邱明爲恥傳春秋蒙誣黷之譏惠人者子產用心作邱賦被蠆尾之謗謂之誣黷非巧言乎目之蠆尾豈惠人也夫子又何謂之同恥歎其遺愛者哉子大夫博識洽聞強學待問請談大義用釋深疑

對舉賢而問炎漢之得人射策程材有唐之明詔晁錯明國家之大體仲舒究春秋之一元皆條對于篇章備天子之親覽劉蕡述兵農之大略徵之以才識而中科然品覈其言詞由有司而考第皇上忠講勛華之閎道欲舉漢唐之茂規已詔公卿之流博選賢良之士而又申周官辨論之法以考於賢能較成均上游之徒並升於歲貢退媿拘儒亦當奧問夫近世取士之弊策試爲先談無用之空文角不急之常論知井田之不能復妄設沿革之辭知榷酤之不可除虛開利害之說或策之者鉤探微細殆皆游談而對之者骫骳曲辭僅能塞問棄本求末捨實得華若乃詩書之可疑聖賢之異行樂所以導和而率俗官所以共治而建中此皆聖師之所談明問之至要敢陳臆見用備詢求策曰詩刪風雅有一國四方之殊書載典謨是二帝三王之道關雎王者之風反繫於周公之化秦誓諸侯之事乃附於訓誥之餘考其本因可爲梗槩夫述四始之要明五際之變始之以

風終之以頌以厚風俗以察盛衰此詩之所以作也而變風變雅有六義之殊焉關雎王化之基三百五篇推其首而周南之作一作化亦繫其列者蓋姬旦分陝而居天子與之共治故其政化之美得繫于王者之風也述百篇爲歷代之寶斷之自唐迄之以周以陳典謨以爲約束此書之所以設也作誥作誓皆三王之事焉成湯有罪己之言五十九篇載其義而秦侯之誓亦參其末者蓋穆公伐晉之辭夫子善之於改過故其誡令之說亦附訓誥之餘不然夫仲尼述堯舜刪詩書著爲不刊以示來葉豈容其失乎且巧言者邱明所恥惠人者子產用心著于前經此可明矣先儒稱仲尼立一王之法始修春秋而親授邱明使之作傳及范甯欲專穀梁一家故蒙以誣豔之譏前志稱子產猶衆人之母善其養民而臨治鄭國能行其惠及國人怨其邱賦之重斂故被以蠆尾之謗夫傳一經之義非曲而暢之蓋不能詳也救一時之弊蓋推一作惟而行之非爲毒也學者偏見

妄云誣黷豈邱明之失歟國人無知謗以蠆尾非子產之過矣況以仲尼之聖作經親授豈有繆舉乎國僑既死國人皆罷不曰惠乎宜其同巧言之爲恥以遺愛而見稱也荒孱之說敢以此聞謹對

第二道

問樂由中出音以心生自金石畢陳咸韶間作莫不協和律呂感暢神靈雖嗜欲之變萬殊思慮之端百致敦和飾喜何莫由斯是以哀樂和睽則噍殺嘽緩之音應其外禮信殊衍則一作雖大雅小雅之歌異其宜鍾期改聽於流水伯喈回車於殺戚憂未弭子夏不能成聲感慨形言孟嘗所以抆泣斯則樂由志革音以情遷蓋心術定其慘舒鏗鏘發之影響是以亡陳遺曲唐人不以爲悲文皇劇談杜生於斯結舌謂致樂可以導志將此音不足移人先王立樂之方君子審音之旨請論一作爲詳悉傾竚洽聞

對人肖天地之貌故有血氣仁智之靈生稟陰陽之和故形喜怒哀

樂之變物所以感乎目情所以動乎心合之爲大中發之爲至和誘以非物則邪僻之將入感以非理則流蕩而忘歸蓋七情不能自節待樂而節之至性不能自和待樂而和之聖人由是照天命以窮根哀生民之多欲順導其性大爲之防爲播金石之音以暢其律爲制羽毛之采以飾其容發焉爲德華聽焉達天理此六樂之所以作三王之所由用人物以是感暢心術於焉慘舒也故樂記之文噍殺嘽緩之音以隨哀樂而應乎外師乙之說以小雅大雅之異禮信而各安於宜夫姦聲正聲應感而至好禮好信由性則然此則禮信之常也若夫流水一奏而子期賞音殺聲外形則伯喈興歎子夏戚憂而不能成聲孟嘗聽曲而爲之墮睫亡陳之曲唐人不悲文皇劇談杜生靡對斯瑣瑣之濫音曾非聖人之至樂語其悲適足以蹙匹夫之意謂其和而不能暢天下之樂且黃鍾六律之音尚賤於末節大武三王之事猶譏於未善況鼓琴之末技一國之遺音又烏足道哉必

欲明教之導志音之移人粗舉一端請陳其說夫順天地調陰陽感人以和適物之性則樂之導志將由是乎本治亂形哀樂歌政之本動民之心則音之移人其在茲矣帝堯之大章成湯之大濩乃是先王立樂之方延陵之聘魯夫子之聞韶則見君子審音之旨謹對

第三道

問建官惟百帝堯之閎規涖事惟能武成之令典然則簡易之理斯得爵祿之馭有經自卜洛保圖述天定位別九服廣輪之數辨一圻國邑之宜乃六卿在郊五家爲比咸用蒙士尸於厥官教以和親禁其愛惡惟列爵之既衆豈取士之盡賢匪徒百里比肩尙艱於充選抑亦一命授職咸仰於代耕以夫至寡治衆之言清心省事之論會其歸趣不乃異乎是以秦漢已還抑而不舉得非折衷難用相治乎象魏舊章人倫彝訓遲聞清論用析深疑

對天生民而樹之牧執政以馭邦王建國以辨其方設官而分理列

職乎庶位立民之大中以登至平皆由此道帝堯以巍巍之功臻乎靜治故建官惟百緝熙於大猷姬周以郁郁之風縟乎至化故涖事惟能丕揚於景鑠逮夫卜洛開基述天定位別九服而有等建六官而分職至于六卿在郊五家爲比並列官敘教於民人嬴政幷諸侯之疆姍古以自是其制不經搢紳者罕道炎漢承孤秦之弊日給不暇相沿末流貴因循而不比崇疑民被乎無爲之化故官雖至簡亦可以治平姬周承二代之弊意在救時之失故官必衆建乃能爲共治此世之異時之然也雖曰六卿五家爲職甚細然由計以會要行之誅賞賢者尊之以勸善不賢者罰之以去惡則列職雖云至衆取人安不盡賢祿何由而濫尸官誠難於充選此宗周所以治安而長久後世所宜法則而未行也自秦歷漢積弊相沿權宜適時放去古法居位者莫分善惡之真考課者未見誅賞之當故列職彌衆涖事益煩故政立而治不能進官衆而人不必賢夫清心省事之論所以

爲此弊而設非爲宗周而談也今欲捨姬周之往軌談秦漢之末規
濁源清流未見其可夫惟簡易之深旨賢哲之異能求禮樂之深源
述官師之大義此誠遠大之閎體非陋儒之能具也管窺之微旣難
於殫見芻蕘之鄙聊備於周詢謹對

外集卷第二十五

易童子問卷第一　集七十六

童子問曰乾元亨利貞何謂也曰衆辭淆亂質諸聖彖者聖人之言也童子曰然則乾無四德而文言非聖人書乎曰是魯穆姜之言也在襄公之九年

童子問曰象曰天行健君子以自強不息何謂也曰其傳久矣而世無疑焉吾獨疑之也蓋聖人取象所以明卦也故曰天行健乾而嫌其執於象也則又以人事言之故曰君子以自強不息六十四卦皆然也易之闕文多矣

童子問曰乾曰用九坤曰用六何謂也曰釋所以不用七八也乾爻七九則變坤爻八六則變易用變以爲占故以名其爻也陽過乎亢則災數至九而必變故曰見羣龍無首吉物極則反數窮則變天道之常也故曰天德不可爲首也陰柔之動多入於邪聖人因其變以戒之故曰利永貞

童子問曰屯之彖象與卦之義反何謂也曰吾不知也童子曰屯之卦辭曰勿用有攸往彖曰動乎險中大亨貞動而大亨其不往乎象曰君子以經綸不往而能經綸乎曰居屯之世者勿用有攸往衆人也治屯之時者動乎險而經綸之大人君子也故曰利建侯

童子問曰象曰山下出泉蒙君子以果行育德何謂也曰蒙者未知所適之時也處乎蒙者果於自信其行以育德而已蒙有時而發也患乎不果於自修以養其德而待也

童子問曰象曰雲上於天需君子以飲食宴樂何謂也曰需須也事有期而時將至也雲已在天澤將施也君子之時將及矣少待之焉飲食以養其體宴安和樂以養其志有待之道也

童子問曰師貞丈人何謂也曰師正於丈人也其象曰能以衆正可以王矣童子曰敢問可以王矣孰能當之曰湯武是已彼二王者以臣伐主其爲毒也甚矣然其以本於順民之欲而除其害猶毒藥瞑

眩以去疾也故其象又曰行險而順以此毒天下而民從之童子曰然則湯武之師正乎曰凡師必正於丈人者文王之志也以此毒天下而王者湯武也湯武以應天順人爲心故孟子曰有湯武之心則可也童子曰吉無咎何謂也曰爲易之說者謂無咎者本有咎也又曰善補過也嗚呼舉師之成功莫大於王也然不免毒天下而僅得補過無咎以此見兵非聖王之所務而湯武不足貴也

童子問曰地上有水比先王以建萬國親諸侯何謂也曰王氏之傳曰萬國以比建諸侯以比親得之矣蓋王者之於天下不可以獨比也故建爲萬國君以諸侯使其民各比其君而萬國之君共比於王則視天下如身之使臂臂之使指矣

童子問曰同人之象曰唯君子爲能通天下之志象又曰君子以類族辨物何謂也曰通天下之志者同人也類族辨物者同物也夫同天下者不可以一概必使夫各得其同也人睽其類而同其欲則志

通物安其族而同其生則各從其類故君子於人則通其志於物則類其族使各得其同也

童子問曰天道虧盈而益謙地道變盈而流謙鬼神害盈而福謙人道惡盈而好謙何謂也曰聖人急於人事者也天人之際罕言焉惟謙之象略具其說矣聖人人也知人而已天地鬼神不可知故推其迹人可知者故直言其情以人之情而推天地鬼神之迹無以異也然則修吾人事而已人事修則與天地鬼神合矣

童子問曰雷出地奮豫先王以作樂崇德殷薦之上帝以配祖考何謂也曰於此見聖人之用心矣聖人憂以天下樂以天下其樂也薦之上帝祖考而已其身不與焉衆人之豫豫其身耳聖人以天下爲心者也是故以天下之憂爲己憂以天下之樂爲己樂

童子問曰觀之象曰先王以省方觀民設教何謂也曰聖人處乎人上而下觀於民各因其方順其俗而教之民知各安其生而不知聖

人所以順之者此所謂神道設教也童子曰順民先王之所難歟曰後王之不戾民者鮮矣

童子問曰剝不利有攸往彖曰順而止之觀象也君子尚消息盈虛天行也者何謂也曰剝陰剝陽也小人道長君子道消之時也故曰不利有攸往君子於此時而止與屯之勿往異矣屯之世衆人宜勿往而君子動以經綸之時也剝者君子正而不往之時也剝盡則復否極則泰消必有息盈必有虛天道也是以君子尚之故順其時而止亦有時而進也

童子問曰復其見天地之心乎者何謂也曰天地之心見乎動復也一陽初動於下矣天地所以生育萬物者本於此故曰天地之心也天地以生物爲心者也其彖曰剛反動而以順行是矣童子曰然則象曰先王以至日閉關商旅不行后不省方豈非靜乎曰至日者陰陽初復之際也其來甚微聖人安靜以順其微至其盛然後有所爲

也不亦宜哉
童子問曰大過之卦辭曰利有攸往亨其象曰君子以獨立不懼遯世無悶者其往乎其遯乎曰易非一體之書而卦不爲一人設也太過者撓敗之世可以大有爲矣當物極則反易爲之力之時是以往而必亨也然有不以爲利而不爲者矣故居是時也往者利而亨遯者獨立而無悶
童子問曰坎之卦曰習坎其象曰習坎重險也者何謂也曰坎因重險之象以戒人之愼習也習高山者可以追猿猱習深淵者至能泅泳出沒以爲樂夫險可習則天下之事無不可爲也是以聖人於此戒人之習惡而不自知誘人於習善而不倦故其象曰君子以常德行習教事也
童子問曰咸取女吉何謂也曰咸感也其卦以剛下柔故其象曰男下女是以取女吉也童子又曰然則男女同類歟曰男女睽而其志

通謂各睽其類也凡柔與柔爲類剛與剛爲類謂感必同類則以柔應柔以剛應剛可以爲咸乎故必二氣交感然後爲咸也夫物類同者自同也何所感哉惟異類而合然後見其感也鐵石無情之物也而以磁石引針則雖隔物而應彖曰觀其所感而萬物之情可見者謂此類也童子又曰然則聖人感人心而天下和平是果異類乎曰天下之廣蠻夷戎狄四海九州之類不勝其異也而能一以感之此王者所以爲大聖人所以爲能

童子問曰恆利有攸往終則有始何謂也曰恆之爲言久也所謂窮則變變則通通則久也久於其道者知變之謂也天地升降而不息故曰天地之道久而不已也日月往來與天偕行而不息故曰日月得天而能久照四時代謝循環而不息故曰四時變化而久成聖人者尚消息盈虛而知進退存亡者也故曰聖人久於其道而化成

童子問曰遯亨小利貞何謂也曰遯陰進而陽遯也遯者見之先也

陰進至于否則不正利矣遯者陰浸而未盛陽能先見而遯猶得小利其正焉

童子問曰明入地中明夷君子以涖衆用晦而明何謂也曰日君象也而下入于地君道晦而天下暗矣大哉萬物各得其隨則君子嚮晦而入宴息天下暗而思明則君子出而臨衆商紂之晦周道之明也因其晦發其明故曰用晦而明童子曰然則聖人貴之乎曰不貴也聖人非武王而貴文王矣

童子問曰家人利女貞何謂也其不利君子之正乎曰是何言歟彖不云乎女正位乎內男正位乎外也曰然則何爲獨言利女正曰家道主於內故女正乎內則一家正矣凡家人之禍未有不始於女子者也此所以戒也嗚呼事無不利於正未有不正而利者聖人於卦隨事以爲言故於坤則利牝馬之正於同人則利君子正於明夷則利艱正於家人則利女正

童子問曰睽之象與卦辭之義反何謂也曰吾不知也童子曰睽之卦曰小事吉彖曰睽之時用大矣哉曰小事睽則吉大事睽則凶也凡睽於此者必有合於彼地睽其下而升天睽其上而降則上下交而爲泰是謂小睽而大合使天地睽而上下不交則否矣聖人因其小睽而通其大利故曰天地睽而其事同男女睽而其志通萬物睽而其事類其象又曰君子以同而異

易童子問卷第一

童子問曰履險蹈難謂之蹇解難濟險謂之解二卦之義相反而辭同皆曰利西南者何謂也曰聖人於二卦辭則同而義則異各於其彖言之矣　蹇之彖曰往得中也解之彖曰往得衆也者是已西南坤也坤道主順凡居蹇難者以順而後免於患然順過乎柔則入於邪必順而不失其正故曰往得中也解難者必順人之所欲故曰往得衆也

童子問曰損損下益上益損上益下何謂也曰上君而下民也損民而益君損矣損君而益民益矣語曰百姓足君孰與不足此之謂也

童子又曰損之象曰君子以懲忿窒慾益之象曰君子以見善則遷有過則改何謂也曰嗚呼君子者天下繫焉非一身之損益天下之利害也君子之自損忿慾爾自益者遷善而改過爾然而肆其忿慾者豈止一身之損哉天下有被其害矣遷善而改過者豈止一己之

益哉天下有蒙其利者矣童子曰君子亦有過乎曰湯孔子聖人也皆有過矣君子與衆人同者不免乎有過也其異乎衆人者過而能改也湯孔子不免有過則易之所謂損益者豈止一身之損益哉

童子問曰夬不利即戎何謂也曰謂其已甚也去小人者不可盡蓋君子者養小人者也小人之道長斯害矣不可以不去也小人之道已衰君子之利及乎天下矣則必使小人受其賜而知君子之可尊也故不可使小人而害君子必以君子而養小人夬剛決柔之卦也五陽而一陰決之雖易而聖人不欲其盡決也故其象曰所尚乃窮也小人盛則決之衰則養之使知君子之爲利故其象曰君子以施祿及下小人已衰君子已盛物極而必反不可以不懼故其象又曰居德則忌

童子問曰困亨貞大人吉無咎其象曰險以說困而不失其所亨何謂也曰困亨者困極而後亨物之常理也所謂易窮則變變則通也

困而不失其所亨者在困而亨也惟君子能之其曰險以說者處險而不懼也惟有守于其中則不懼于其外惟不懼則不失其所亨謂身雖困而志則亨也故曰其惟君子乎其象又曰君子以致命遂志者是也童子又曰敢問正大人吉無咎者古之人孰可以當之曰文王之羑里箕子之明夷

童子問曰革之象曰湯武革命順乎天而應乎人何謂也曰逆莫人乎以臣伐君若君不君則非君矣是以至仁而伐桀紂之惡天之所欲誅而人之所欲去湯武誅而去之故曰順乎天而應乎人也童子又曰然則正乎曰正者常道也堯傳舜舜傳禹禹傳子是已權者非常之時必有非常之變也湯武是已故其象曰革之時大矣哉云者見其難之也童子又曰湯武之事聖人貴之乎曰孔子區區思文王而不已其厚於此則薄於彼可知矣童子又曰順天應人豈非極稱之乎何謂薄曰聖人於革稱之者適當其事爾若乾坤者君臣之正

道也於乾坤而稱湯武可乎聖人於坤以履霜爲戒以黃裳爲吉也
童子問曰革去故而鼎取新何謂也曰非聖人之言也何足問革曰
去故不待言而可知鼎曰取新易無其辭汝何從而得之夫以新易
舊故謂之革若以商革夏以周革商故其象曰湯武革命者是也然
則以新革故一事爾分於二卦者其誰乎童子又曰然則鼎之義何
謂也曰聖人言之矣以木巽火亨飪也

童子問曰震之辭曰震驚百里不喪匕鬯者何謂也曰震者雷也驚
乎百里震之大者也處大震之時衆皆震驚而獨能不失其守不喪
其器者可以任大事矣故其象曰震驚百里驚遠而懼邇也不喪匕
鬯出可以守宗廟社稷爲祭主者謂可任以大事也童子曰郭公夏
五聖人所以傳疑彖之闕文奈何曰聖人疑則傳疑也若震之彖其
辭雖闕其義則在又何疑焉

童子問曰艮之象曰君子以思不出其位何謂也曰艮者君子止而

不爲之時也時不可爲矣則止而以待其可爲而爲者也故其彖曰時止則止時行則行於斯時也在其位者宜如何思不出其位而已然則位之所職不敢廢也詩云風雨如晦鷄鳴不已此之謂也

童子問曰歸妹征凶彖曰歸妹天地之大義人之終始也其卦辭凶而彖辭吉何謂也曰合二姓具六禮而歸得其正者此彖之所謂妹者也若婚不以禮而從人者卦所謂征凶者也童子曰敢問何以知之曰咸之辭曰取女吉其爲卦也艮下而兌上故其彖曰上柔而下剛男下女是以吉也漸之辭曰女歸吉其爲卦也艮下而巽上其上柔下剛以男下女皆與咸同故又曰女歸吉也歸妹之爲卦也不然兌下而震上其上剛下柔以女下男正與咸漸反故彼吉則此凶矣故其彖曰征凶位不當也者謂兌下震上也童子曰取必男下女乎曰夫婦所以正人倫禮義所以養廉恥故取女之禮自納采至于親迎無非男下女而又有漸也故漸之彖曰漸之進也女歸吉也者是

已奈何歸妹以女下男而往其有不凶者乎
童子問曰兌之彖曰順乎天而應乎人何謂也曰兌說也說以先民民忘其勞說以犯難民忘其死說莫大於此矣而所以能使民忘勞與死者非順天應人則不可由是見小惠不足以說人而私愛不可以求說

童子問曰萃聚也其辭曰王假有廟渙散也其辭又曰王假有廟何謂也曰謂渙爲散者誰歟易無其辭也童子曰然則敢問渙之義曰吾其敢爲臆說乎渙之卦辭曰利涉大川其象曰乘木有功也其象亦曰風行水上渙而人之語者冰釋汗浹皆曰渙然則渙者流行通達之謂也與夫乖離分散之義異矣嗚呼王者富有九州四海萬物之象莫大於萃可以有廟矣功德流行達于天下莫大於渙可以有廟矣

童子問曰節之辭曰苦節不可貞者自節過苦而不得其正歟物被

其節而不堪其苦歟曰君子之所以節於己者爲其愛於物也故其象曰節以制度不傷財不害民者是也節者物之所利也何不堪之有乎夫所謂苦節者節而大過待於己不可久雖久而不可施於人故曰不可正也童子曰敢問其人曰異衆以取名貴難而自刻者皆苦節也其人則鮑焦於陵仲子之徒是矣二子皆苦者也

童子問曰小過之象曰君子以行過乎恭喪過乎哀用過乎險者何謂也曰是三者施於行己雖有過焉無害也若施於治人者必合乎大中不可以小過也蓋仁過乎愛患之所生也刑過乎威亂之所起也推是可以知之矣

童子問曰既濟之象曰君子思患而豫防之者何謂也曰人情處危則慮深居安則意怠而患常生於怠忽也是以君子既濟則思患而豫防之也

童子問曰火在水上未濟君子以愼辨物居方何謂也曰未濟之象

火宜居下而反居上水宜居上而反居下二物各失其所居而不相
濟也故君子愼辨其物宜而各置其物於所宜居之方以相爲用所
以濟乎未濟也

易童子問卷第二

易童子問卷第三　集七十八

童子問曰繫辭非聖人之作乎曰何獨繫辭焉文言說卦而下皆非聖人之作而衆說淆亂亦非一人之言也昔之學易者雜取以資其講說而說非一家是以或同或異或是或非其擇而不精至使害經而惑世也然有附託聖經其傳已久莫得究其所從來而覈其眞僞故雖有明智之士或貪其雜博之辯溺其富麗之辭或以爲辯疑是正君子所慎是以未始措意於其間若余者可謂不量力矣邈然遠出諸儒之後而學無師授之傳其勇於敢爲而決於不疑者以聖人之經尙在可以質也童子曰敢問其略曰乾之初九曰潛龍勿用聖人於其象曰陽在下也豈不曰其文已顯而其義已足乎而爲文言者又曰龍德而隱者也又曰陽在下也又曰陽氣潛藏又曰潛之爲言隱而未見繫辭曰乾以易知坤以簡能易則易知簡則易從易知則有親易從則有功有親則可久有功則可大可久則賢人之德可

大則賢人之業其言天地之道乾坤之用聖人所以成其德業者可
謂詳而備矣故曰易簡而天下之理得矣者是其義盡於此矣俄而
又曰廣大配天地變通配四時陰陽之義配日月易簡之善配至德
又曰夫乾確然示人易矣夫坤隤然示人簡矣又曰夫乾天下之至
健也其德行常易以知險夫坤天下之至順也其德行常簡以知阻
繫辭曰六爻之動三極之道也者謂六爻而兼三材之道也其言雖
約其義無不包矣又曰易之爲書也廣大悉備有天道焉有人道焉
有地道焉兼三材而兩之故六六者非他也三材之道也而說卦又
曰立天之道曰陰與陽立地之道曰柔與剛立人之道曰仁與義兼
三材而兩之故易六畫而成卦分陰分陽迭用柔剛故易六位而成
章繫辭曰聖人設卦觀象繫辭焉而明吉凶又曰辨吉凶者存乎辭
又曰聖人有以見天下之動而觀其會通以行其典禮繫辭焉以斷
其吉凶是故謂之爻又曰易有四象所以示也繫辭焉所以告也定

之以吉凶所以斷也又曰設卦以盡情僞繫辭焉以盡其言其說雖多要其旨歸止於繫辭明吉凶爾可一言而足也凡此數說者其略也其餘辭雖小異而大旨則同者不可以勝舉也謂其說出於諸家而昔之人雜取以釋經故擇之不精則不足怪也謂其說出於一人則是繁衍叢脞之言也其遂以爲聖人之作則又大繆矣孔子之文章易春秋是已其言愈簡其義愈深吾不知聖人之作繁衍叢脞之如此也雖然辨其非聖之言而已其於易義尙未有害也而又有害經而惑世者矣文言曰元者善之長也亨者嘉之會也利者義之和也貞者事之幹也是謂乾之四德又曰乾元者始而亨者也利貞者性情也則又非四德矣謂此二說出於一人乎則殆非人情也繫辭曰河出圖洛出書聖人則之所謂圖者八卦之文也神馬負之自河而出以授於伏羲者也蓋八卦者非人之所爲是天之所降也又曰包羲氏之王天下也仰則觀象於天俯則觀法於地觀鳥獸之文與

地之宜近取諸身遠取諸物於是始作八卦然則八卦者是人之所爲也河圖不與焉斯二說者已不能相容矣而說卦又曰昔者聖人之作易也幽贊於神明而生蓍參天兩地而倚數觀變於陰陽而立卦則卦又出於蓍矣八卦之說如是是果何從而出也謂此三說出於一人乎則殆非人情也人情常患自是其偏見而立言之士莫不自信其欲以垂乎後世惟恐異說之攻之也其肯自爲二三之說以相抵捂而疑世使人不信其書乎故曰非人情也凡此五說者自相乖戾尚不可以爲一人之說其可以爲聖人之作乎童子曰於此五說亦有所取乎曰乾無四德而洛不出圖書吾昔已言之矣若元亨利貞則聖人於彖言之矣吾知自堯舜已來用卜筮爾而孔子不道其初也吾敢妄意之乎童子曰是五說皆無取矣然則繁衍叢脞之言與夫自相乖戾之說其書皆可廢乎曰不必廢也古之學經者皆有大傳今書禮之傳尚存此所謂繫辭者漢初謂之易大傳也至後

漢已爲繫辭矣語曰爲趙魏老則優不可以爲滕薛大夫也繫辭者謂之易大傳則優於書禮之傳遠矣謂之聖人之作則僭僞之書也蓋夫使學者知大傳爲諸儒之作而敢取其是而捨其非則三代之末去聖未遠老師名家之世學長者先生之餘論雜於其間者在焉未必無益於學也使以爲聖人之作不敢有所擇而盡信之則害經惑世者多矣此不可以不辨也吾豈好辨者哉童子曰敢問四德曰此魯穆姜之所道也初穆姜之筮也遇艮之隨而爲隨元亨利貞說也在襄公之九年後十有五年而孔子始生又數十年而始贊易然則四德非乾之德文言不爲孔子之言矣童子曰或謂左氏之傳春秋也竊取孔子文言以上附穆姜之說是左氏之過也然乎曰不然彼左氏者胡爲而傳春秋豈不欲其書之信於世也乃以孔子晚而所著之書爲孔子未生之前之說此雖甚愚者之不爲也蓋方左氏傳春秋時世猶未以文言爲孔子作也所以用之不疑然則謂文言

爲孔子作者出於近世乎童子曰敢問八卦之說或謂伏羲已授河圖又俯仰於天地觀取於人物然後畫爲八卦爾二說雖異會其義則一也然乎曰不然此曲學之士牽合傅會以苟通其說而遂其一家之學爾其失由於妄以繫辭爲聖人之言而不敢非故不得不曲爲之說也河圖之出也八卦之文已具乎則伏羲授之而已復何所爲也八卦之文不具必須人力爲之則不足爲河圖也其曰觀天地觀鳥獸取於身取於物然後始作八卦蓋始作者前未有之言也考其文義其創意造始其勞如此而後八卦得以成文則所謂河圖者何與於其間哉若曰已授河圖又須有爲而立卦則觀於天地鳥獸取於人物者皆備言之矣而獨遺其本始所授於天者不曰取法於河圖此豈近於人情乎考今繫辭二說離絕各自爲言義不相通而曲學之士牽合以通其說而悞惑學者其爲患豈小哉古之言僞而辨順非而澤者殺無赦嗚呼爲斯說者王制之所宜誅也童子曰敢

問生蓍立卦之說或謂聖人已畫卦必用蓍以筮也然乎曰不然考其文義可知矣其曰昔者聖人之作易也者謂始作易時也又曰幽贊於神明而生蓍參天兩地而倚數觀變於陰陽而立卦發揮於剛柔而生爻者謂前此未有蓍聖人之將作易也感於神明而蓍爲之生聖人得之遂以倚數而立卦是言昔之作易立卦之始如此爾故漢儒謂伏羲畫八卦由數起者用此說也其後學者知幽贊生蓍之怪其義不安則曲爲之說曰用生蓍之意者將以救其失也又以卦由數起之義害於二說則謂已畫卦而用蓍以筮欲牽合二說而通之也然而考其文義豈然哉若曰已作卦而用蓍以筮則大衍之說是已大抵學易者莫不欲尊其書故務爲奇說以神之至其自相乖戾則曲爲牽合而不能通也童子曰敢請益曰夫諭未達者未能及於至理也必指事據迹以爲言余之所以知繫辭而下非聖人之作者以其言繁衍叢脞而乖戾也蓋略舉其易知者爾其餘不可以悉

數也其曰原始反終故知死生之說又曰精氣爲物遊魂爲變是故
知鬼神之情狀云者質於夫子平生之語可以知之矣其曰知者觀
乎象辭則思過半矣又曰八卦以象告爻象以情言云者以常人之
情而推聖人可以知之矣其以乾坤之策三百有六十當期之日而
不知七八九六之數同而乾坤無定策此雖筮人皆可以知之矣至
於何謂子曰者講師之言也說卦雜卦者筮人之占書也此又不待
辨而可以知者然猶皆迹也若夫語以聖人之中道而過推之天下
之至理而不通則思之至者可以自得之童子曰既聞命矣敢不勉

易童子問卷第三

制勑五十首

勸農勑

勑朕惟德之不明而至於用武久興師旅重困黎元有閔民愛物一作農之心誰能副予意者有信賞必罰之令今將舉而行之朕言有條其聽無忽夫農天下之本也凡爲國者莫不務焉要在節其用則易充勉其力使不匱今夫食者甚衆而輸者已殫勸之不勤而取之仰足使民盡耕猶不給而半爲游墯之手使歲常熟猶恐乏而多罹水旱之凶調歛不得已也而吏之不仁一作明者緣以誅求賦役自有法也而政之不明者重爲煩費農者有幾害者若茲欲寬吾民何可得也既富而教豈無術乎體予茲懷望爾良吏自今在官有能興水利闢田荒一作荒田課農桑增戶口凡有利一有於字農而弗一作不擾者有司具爲一作其賞格當議旌酬其或陂池不修田野不

闢桑棗不植戶口流亡慢政隳官亦行降黜夫言而不信法弛於寬朕久患之方思革弊爾毋猶習舊態慢我新書此匪虛名必期責實凡爲條約告爾既明賞吾不欺罰爾無悔

頒貢舉條制勅

勅夫儒者通乎天地人之理而兼明古今治亂之原可謂博矣然學者不得騁其說而有司務先聲病章句以牽拘之則吾豪儁奇偉之士何以奮焉有純明朴茂之美而無斆學養成之法其飭身勵節者使與不肖之人雜而並進則夫懿德敏行之賢何以見焉此士人一作取士之甚弊而學者自以爲患議者屢以爲言朕慎於改更比令詳酌一作朕於更改之令比詳酌焉仍詔宰府加之參定皆以謂本學校以教之然後可求其行實先策論則辨理者得盡其說簡程式一作試則閎博者可見其材至於經術之家稍增新制兼行舊式以勉中人其煩法細文一皆罷去明其賞罰俾各勸焉如此則待士之

意周取人之道廣夫遇人以薄者不可責其厚今朕建學興善以尊子大夫之行而更制革弊以盡學者之材子於教育之方勤亦至矣有司其務嚴訓道精察舉以稱朕意學者其思進德修業而無失其時凡所科條可一作以爲永制一作式

皇叔荆王元儼可贈徐兗二州牧追封燕王加天策上將軍制

勅朕負荷先業懼德不明實賴宗藩以屏王室今其亡也何痛如之故皇叔荆南淮南節度大使守太師尙書令兼中書令行荆州揚州牧荆王先皇帝之弟而朕之諸父於屬爲尊荆淮之節於鎭爲重太師三公尙書中書令皆一品於官爲崇於爵爲貴而王皆享一作兼之克有令德貴而能去其驕富而能守以約名重天下聞于四夷自遘疾以來醫禱備至朕嘗臨省親爲賫藥賜賚之物謙而不受話言猶在邈可想焉噫享年六十不謂不壽夭之五福不曰不全而朕之

所以悼嘆之至深者上遵先帝友于之仁而下示朕孝思之至也故
詔有司擇位號之尤尊美者以追榮之而稱朕意焉夫名載冊書而
不朽澤流子孫而亡窮魂而有知膺我休命可特贈天策上將軍依
舊荊南淮南節度大使守太師尚書令兼中書令行荊州牧仍加兖
州徐州牧追封燕王

堂後官李元方可大理寺丞制

勅李元方丞相府天下政本也吾任於相者既重則爲之選吏也亦
艱賞勞勸能皆有優典以爾給事茲久其勤益著慎不漏泄謹無過
差用爾歲成俾丞卿寺勉圖後效無玷寵榮可

祠部員外郎直集賢院兩浙轉運按察使王琪可就轉刑部

員外郎制

勅具官王琪以儒學官于朝而嘗好言天下之利今二浙之廣生齒
衆而物產繁誠可以效汝之材幹予之蠱今有司申考績之舊文乃

敍遷之常法爾其能使吾民不勞而邦用給足去吏之貪愚者毋害于州縣舉士之材能者不遺其寒俊厥效苟著信賞豈稽往其勉哉以率爾職可

國子博士陳淑祕書丞薛仲簡尹源太子中舍李隨大理評事朱壽昌磨勘改官制

勅國家考課之格敍進有常所以示爲法之均平而防有司之輕重也及其弊也賢愚並進而功過不明屬者命考舊文稍更新制不專累日以爲限間須善舉而後遷夫選之艱則材者出賞之當則能者勸焉此予之意也今爾等雖以滿歲增秩而皆敏材可稱尙有爾知以應新法可

前光祿寺丞王簡言復舊官制

勅夫王者之有赦所以閔訓道之一無此字不純而愚民之陷焉者開其自新之路誘於改過之善而已然前世議者莫不以數赦爲患

得非人之無良以赦爲幸者歟具官王閑言服于朝倫嚮以罪廢屢

經肆眚宜與滌瑕夫過不可以貳赦不可以幸惟勉爾力以贖前羞

可

登州黃縣尉五字一作主簿東方辛可密州司士參軍制

勑具官東方辛朕以信示天下而以祿報有功今爾辛緣死事而命

于官然按察者糺失職而來有請按察吾所詔也不從則不自信念

功吾所急也不報則無所勸焉是用易爾散秩優爾俸祿免爾吏責

俾爾自安庶幾使吾信賞並行而不失可

華州鄭縣尉程炎可泗一作同州錄事參軍京兆府興平縣

尉呂定可鳳翔府左司理參軍制

勑自兵興以來盜賊頗衆屢明信賞思以勸能具官程炎等各以敏

材試于一尉今有司上爾所獲應于賞格聊茲甄錄以嘉勤勞夫量

功而賞大小異宜勉爾自圖余無所愛可

大理評事張子庚可大理寺丞制

勅具官張子庚往臨邑政一作事近在王畿當夫賦役方繁而盜賊並起凡諸州縣之吏能不失職而免於咎者蓋亦鮮焉一作矣爾考績有司法當進秩能守厥職是亦可嘉遷爾卿丞勉終縣治可

舒州推官呂選可大理寺丞制

勅具官呂選國家設官之法由保薦而遷者必試之縣政非惟質舉者之信否亦以慎臨民之選焉以爾久服官勤今由材舉往服新命將觀汝能可

殿中丞郭及大理寺丞魯有立太常寺太祝張昭度等磨勘改官制

勅具官郭及等朕患考績之不明而使無聞者累久而幸遷有善者混淆而莫別故申新法不專以日月敘秩而間須保任之舉一作任保之限非以一有節字抑人之進而所以求能者焉汝等無謂今由

積日而得次升尚勤後圖以俟知者可

東頭供奉官桑逵可內殿崇班制先因過犯格磨勘一年今

及四年除授

勅具官桑逵國家命官之術必量功過之分計歲時之勤以爲陞黜

法在有司其平不欺其信不渝以爾嚮因事累格其會課今日月及

矣考績者以時來上還汝所當得者示我不汝忘焉可

還州石昌鎮熟戶牛家族巡檢奴訛男萬訛可本族都軍主

制

勅萬訛世捍邊陲繼生材武能以威信服其部人今爾父以疾而告

休俾爾承家而濟美夫忠孝之節不徒守其先業而已亦以奮功名

而圖富貴焉可

審官院令史馬登可遂州司戶參軍充職制

勅馬登百司丞史皆有入官之格不惟賞其勞所以勸能者而謹其

無過也惟勤與慎可不勉焉可

西京左藏庫使內侍省內侍押班任守信可遙郡刺史依舊鄜延路駐泊兵馬鈐轄制

勑國家自靈夏不賓邊隅多警議者率以謂用兵之道任將宜專恩信不久一作明則無以得士心一無此字山川不習則不可圖勝算項一無二字自兵宿于野久而無功此殆將帥數易之過也苟其能者無遽奪焉以具官任守信選以敏材臨于戎事肅軍捍寇宣力有聞遽以飛章自言滿歲顧久親於矢石豈不念於勤勞然而士卒之樂既汝安夷狄之情惟汝熟雖欲代汝實難其人所宜旌以郡章仍臨舊部體茲委寄服我茂恩可

開封府兵曹參軍謝曄可大理寺丞制

勑具官謝曄府掾之制凡再歲而無過失者皆得例遷蓋以京師大衆之會獄訟尤多能無過焉是亦材也今考爾歲月法當進秩夫官

能有守卑者尤難事之實繁勤則克一作惟勤則濟勉服明訓往膺
寵章可

虞部員外郎盧士宏一作閎太常博士王揆祠部員外郎祕
閣校理張瓌丁憂服闋復舊官制

敕具官張瓌等夫孝子之於其親也無所不至焉生則養之以祿歿
則榮之以名爾等自丁家艱克盡孝道天時屢變禮制以終勉思揚
名無隧厥世可

比部員外郎趙宗古謝衍屯田員外郎李琪一作祺祕書丞
劉元瑜殿中丞馬伸磨勘改官制

敕具官謝衍等自兵興以來天下重困盜賊並起獄訟繁多爲州縣
者不亦勞乎夫飢寒者未能衣食而調斂者未能盡除惟處之有方
則民不甚弊賴夫勤敏乃克濟焉爾等咸以吏材寄予民政錄勞考
課宜有茂恩可

前磁州錄事一作司理參軍杜鈛一作鉞可衛尉寺丞制

勑朕撫有萬國而官羣材不敢專用獨見之明而外詔庶寮各舉其善具官杜鈛舉者言爾材堪親民是用升汝司衛之丞而將用汝臨人於治詩云豈弟君子民之父母蓋夫善爲政者能使其民愛之如此汝能以此親我民乎往膺進秩之榮無爲舉者之累可

前杭州司理參軍范袞可衛尉寺丞充堂後官制

勑朕觀兩漢名臣多或出於丞史小史非夫丞史之能出名臣也乃知古雖吏屬亦必選用賢材焉一有况字今中書丞相之職比古公府曹掾之制吏員已爲簡闕欲任其事豈不擇人故詔銓衡俾其愼選具官范袞有司來上以爾爲一作有材進爾諸丞往率乃職古人可慕無自怠焉可

將作監主簿程中行制

勑程中行夫廉恥道缺而貪冒成俗風化之薄久矣吾思有以勵焉

故於致仕之制特示推恩之優厚廩給以家居官子孫而世及今爾父至服勞在官以老得謝宜茲懋賞以示寵榮汝尙勗哉無忘濟美

可

祠部郎中沈周可開封府判官制

勅具官沈周夫刑獄以禁暴而託獄足以爲姦法令以止亂而舞法反以滋害平民者政而敗政者吏也知政之術繩吏爲先況乎京師號稱繁劇凡治繁者貴一作尙乎不勞苟知其方在得於要擿姦急吏此非要歟以爾久列周行屢經任使通於政事俾佐浩穰告汝政弊之多端訓汝治煩之有術善思乃職無或廢官可

絳州防禦判官張銳衞州軍事推官汲熙載可大理寺丞制

勅具官張銳等以爾由學飭身試材于吏服勞既久薦者屢聞有邇臣之亟稱加所司之考實推恩進秩其愼若斯豈不勉哉無回汝守

可

供備庫副使王道卿一作清臣可西京左藏庫副使制

朕觀春秋之際公侯卿大夫之譜至數十世而不絕不徒世其祿爾惟克劭者乃不隕焉近至于唐將相之後能以勳名自繼其家者亦衆秉筆者記之號稱衣冠盛事噫古之大族多良子孫而今獨鮮耶抑惟人之勉不勉爾惟汝大臣之子世爲名家豈不勵焉無俾自墜有司積日兹乃敘進不次之賞能者得之汝其勉哉無怠而忘可

前彰信軍節度判官褚式可太子中舍致仕制

勅具官褚式昨按察者言爾事一無此字有迹而爾方以老自一無此字請吾屈言者不究而進爾以秩全爾之歸吾之欲成人之美而不欲成人之惡如此汝其休矣知我之仁可

祠部員外郎崔嶧男庶可試祕書省校書郎一作試監簿制

勅崔嶧男庶古稱不學者之於事譬夫立而面牆與其敗政于官孰若勸教之明而養之有素也屬者故勅有司增定蔭補之格必由試

藝乃得治官夫不惟爲國造士是乃爲臣立家此予一作其詔也汝其勉之可

梓潼縣主簿宋文質可國子監丞致仕制

勅具官宋文質壯也服勞晚而登仕老能知止意亦可嘉吾有躋民仁壽之心爾其歸安田里之養可

駕部員外郎席夷甫可本官致仕制

勅具官席夷甫古者七十而得謝所以優其臣也不任以事而養之于家所以愛老也朕患廉恥之缺而尤嘉止足之人隆長老之恩而欲興孝弟之俗今爾之請朕所褒焉已詔有司錄爾之子克安眉壽往服寵章

南劍州司理參軍李孝友責授吉州參軍制

勅具官李孝友不孝之罪國有常刑民愚無知犯者猶鮮况爾被儒服者誦習六經而背本忘親悖理傷化雖屢經赦宥法欲貸汝而汝

之自視夫亦何顏宜屏遠方絕而不齒

江南　路提刑內殿承制柴貽慶可就轉禮賓副使制

勅具官柴貽慶傳曰夫刑者一成而不變又曰法者天下之至平庶獄之閒其可不慎故於國制尤重邦刑擇彼監司必參文武所以藉其材敏而佐夫不逮者也惟爾克守其職能濟以勤有司質成法應敘進故增榮秩無替前勞可

右侍禁樂天錫可率府率致仕制

勅具官樂天錫服勞茲久因疾得衰雖未及於引年嘉自能於知止俾進春宮之率以爲歸老之榮可

大理寺丞袁穆許恢授殿中丞著作佐郎程適授祕書丞制

並磨勘改官

勅具官程適等國家治民之要其具素備惟奉法守職而免於有過者考其積日皆得敘遷苟有能稱豈無懋賞爾等寄予民政咸上歲

成俾登于朝蓋用常典若夫異績在爾勉焉可

皇姪仲伉贈官制

勅具官仲伉朕上憑宗社之靈克荷先帝之業思治天下以孝而親九族以仁今宗正言爾信安郡王之長孫也不幸早世而追榮之典尚未有稱朕聞于聽一作聞于朕聽意甚悼焉可

秦州推官董彝可太子中舍致仕制

勅具官董彝朕嚮遣韓琦行視邊鄙所以宣上恩而下逮撫下情而上通也今琦言爾有勤未錄久疾自淹夫人之有勞吾豈不念事或一作有在遠患於不聞既披奏章宜示寵典可

劍州司理參軍董壽可大理寺丞制

勅具官董壽夫法者所以禁民爲非而使其遷善遠罪也然世之專於法者不患於不通而患於刻薄豈夫一無此字學者之弊歟今爾以學法入官而有能二字一作復被薦以一作施之臨事可不戒哉

往服明恩宜慎汝習可

兵部郎中皇甫泌男偁可將作監主簿制

勅具官皇甫泌男偁梓潼去京三千里外而東蜀一都會也吾難其選知泌爲材而乃以家爲言請任其子得榮初仕仍便其私庶乎泌無內顧之憂而得盡心於事則汝之幹蠱可不勉哉可

東頭供奉官閤門祗候知勝關寨李守信可就轉內殿崇班

勅具官李守信西師之出累年而將帥之效未著凡爲吾扞城而乘障者不亦久乎有於字勞乎迹其勤誠宜有陞進若夫異賞俟爾立功

儀州寨主制

和州防禦判官夏侯溥可太子中舍致仕制

勅具官夏侯溥古者王道之隆也使夫種樹畜養皆不失其時然後衣帛食肉而老者得以安之今夫致仕而歸者必增其榮秩而又廩

給于其一無此字家者所以慮夫田野一作里之間養老之具未備而有以優其終身焉爾其往哉服我新命可

都官員外郎知成州王嘉聞轉職方員外郎殿中丞知普州葛昌一作商轉國子博士某官監洛州鹽酒稅李思恭轉駕部員外郎制並磨勘改官

勅具官王嘉聞等夫士之學古于祿而陳力治官者孰不欲自爲材耶患乎勸之勵之四字一作勸賞砥礪無方而使賢能之不勉也一無此字此朕所以思革審官之法近增舉類之科爾等猶用舊文例當升秩其思率職無懈厥勤俟乎有聞以應新格可

東頭供奉官張德榮張行簡可率府率致仕制

勅具官張行簡等陳力有年服勞匪怠止足之戒乃能自知終始之恩亦以示勸衛率之長東宮要官享茲榮名可以休老可

虞部員外郎呂師簡可比部員外郎制爲招軍

勅具官呂師簡國家嚮因募兵特立賞格俾勸勤者速於集事而議者皆患應募之卒雖多而難用豈夫訓練之未至將由簡閱之不精然而號令重于己行賞罰貴乎存信今有司按籍言爾當遷往服新恩其思實効可

悉利族軍主嗟移可都軍主制（爲功效）

勅嗟移夫賊壘未平王師在野當吾聞鼓鼙思將帥之際是汝立功名取富貴之時而能率其部人力捍狂寇材武忠勇是皆可嘉爵秩階勳茲以爲寵猶有異賞爾其圖之可

東上閤門使普州刺史趙安期可右領軍衛大將軍致仕制

勅具官趙安期夫陳力就列不能者止而致仕之制非爲止者而設乃古所以禮其卿大夫之美名也而今又有增官秩頒廩給之數於爾之止（一作爾之知止）豈不爲優爾其歸哉可以榮矣可

供備庫副使沿邊巡檢都監王守一可就轉西京左藏庫副

使制

勅具官王守一臨于軍政邈彼塞垣訓齊甲兵謹備寇盜爾其勤一作謹職吾不忘勞適因奏課之來宜舉陟明之典可

具州歷亭縣主簿周登可國子監丞致仕制

勅具官周登方剛而仕以疾思歸自陳不能可謂知止有官以爲汝寵有俸以終汝身體予深仁一作恩膺此嘉命可

進納長馬空名誥海詞

勅某人等國家以用師西鄙不欲加賦於人乃能出爾家貲佐吾邦用第其多少咸有一作可旌酬俾綴官聯以榮里閈可

潁州推官江楫可大理寺丞制

勅具官江楫朕思與多士共寧庶邦而賢豪材美之人或自沉於幽遠與夫懿節茂行之韞于中而未見於一作于事者吾皆不得而徧觀焉故以舉類之科而爲官人之法今舉者言爾材行可稱命爾新

恩以期後効可

廣南西路轉運按察使金部員外郎周陵可司勳員外郎就差充荆湖南路轉運按察使制

勑具官周陵朕顧荆楚之俗雜於諸蠻而嚮者州縣之間不能綏輯與民生患曠日未平夫惟蠻猶一作夷雖不通於禮義而剽輕之性惟信一作德可懷獷悍之心以威則服思擇能者僉曰汝材至於察官吏之否臧平賦輸一作稅而移用廣西之最朕已嘉焉今其諭我至仁曉兹異一作暴俗並伸威信以靜一方仍遷郎署之榮以增使車之重可

外制集卷第一

外制集卷第二　集八十

制五十首

內殿承制桑逵可左監門衛將軍致仕制

勅具官桑逵夫少也用其力老也優其秩在予推恩之意固亦仁矣於汝克終之善豈不美哉況爾方寘朝行又升環列歸安汝壽服此新命可

駕部員外郎致仕席夷甫男汝賢可將作監主簿制

勅具官席夷甫男汝賢夫力強一作壯而仕老至而一作則休還其官政于君傳其家事於一作于子士之美一作盡行不亦榮哉在爾承之宜勤以孝惟善事父乃能事君可

內殿崇班柴貽坦可內殿承制制

勅具官柴貽坦自列朝班克一作久勤官次用有司之常典因滿歲以一作之當還往服新恩益思後一作克勤厥効可

福州寧德縣令孫知古可太子中舍致仕制

勅具官孫知古禮於老者尙不責其筋力而況治官行法非強而敏者莫能焉士之老而還政者不惟示國之優恩一作禮亦自愛其身者得以遂其安一無此字養也矧加寵命豈不榮哉可

前太常寺奉禮郎司馬旦前將作監主簿司馬光前祕書省校書郎黃元規丁憂服闋復舊官制

勅司馬旦等先王制禮之中不使賢者過而愚者不及故三年之喪謂之通制者人皆所共一作人皆可以行焉惟立身事君用顯親揚名之節則必賢者勉焉而可至二字一作不可不至此孝之大者也爾其思一作勉之可

比部員外郎知眉州馮平轉虞部員外郎太常博士知秀州嘉興縣胡昉轉祕書丞制並磨勘改官

勅具官馮平等朕頃因考績之文增以爲材之法夫累日月以敘進

則患賢愚之不分因舉類而觀能則慮奔趨而一作以求譽知人選士其難若此惟材茂而一無此字業廣既久而自彰者不亦優哉爾宜一作惟不懈其勤以求諸己可

東頭供奉官鍾懷德可內殿崇班制

勅具官鍾懷德臨于莞榷頗服勤勞因茲會課之來宜舉敘遷之例升之朝序勉荷寵章可

東頭供奉官夏惟慶可內殿崇班制

勅具官夏惟慶爵祿王者所以厲世磨鈍之具非徒為進者積日之資也一作惟字爾考績有司例當遷秩升于朝序可謂寵榮惟材與能在爾自力可

進納人空名誥海詞

勅某人等官者所以治人而非以假人之器也朕閔西人之勞而欲紓其乏有出其私以佐吾之用者是亦有益於吾民俾命于官所以

示勸爾其往矣服我茂恩可

三班借職崔瑾可換縣尉制

勅具官崔瑾夫器人之材術者無施而一無此字不宜其次用其所長而各盡其善今爾厭夫武吏之不足爲而思自擇以奮厥效從爾之請必有可觀可

太子中允通判秦州馮誥可太常丞制

勅具官馮誥西鄙用師久矣而未見成功然凡從事於兵閒者微勞小善未嘗不錄而稍爲久次已曰滯材夫材者必能集吾事賞者所以圖厥功吾無愛焉以觀汝效可

文學李長卿可長史制

勅具官李長卿文學長史皆無職事而有秩俸吾設科一無此字以待天下之士而官其才者其不中於有司者猶祿其終身吾於養士之仁至矣汝其知之可

著作佐郎張去惑可祕書丞制

勑具官張去惑國家設官之法患乎巧僞干譽者之難止故考績之格三載而一例遷所以使沉實守正之人得以自進及其弊也庸人希累日之賞而賢者不能自別故又增舊法稍欲因舉類而求能者焉惟爾之材世所稱美夫累日而遷一作進非爾一有所字志干譽而進不可爲一有僞字惟思厥中務廣其業可

任若拙牛文渥等改官制

勑具官任若拙等朕閔夫士有少而執經老不及祿者其勤可嘉不可以棄故皆登一有官字于仕以榮厥躬歲月久焉又增以秩吾之不忘于爾也厚矣往其勉哉可

殿中丞通判延州高艮夫可國子博士制

勑具官高艮夫邊鄙之事不徒衽金革而當矢石至於撫民人平政賦凡關決於兵一作其間者不亦勞乎惟爾之材久於其事今三載

考績而例一有當字進秩乃爲常典况爾有勞宜推茂恩以旌能吏可

前司門員外郎樂許國殿中丞路綸李仲宣丁憂服闋復舊官制

勅樂許國等夫生事而死祭苴麻哭泣之禮二十七月而後止孝子之服于其親也足矣奉其遺體立身揚名而施于有政孝子之忠於事君也吾欲觀爾之能焉勉膺新恩無怠其志可

內殿崇班劉顯可內殿承制制

勅具官劉顯以爾習知河事二十餘年既久而勤有勞可錄宜增榮秩以示褒嘉無易其官一作守俾終厥效可

澤州推官李泰可大理寺丞制

勅具官李泰誦習之學患乎專固少通而難施於事爾由學禮以登仕而涖官行法能使薦者稱之爲材是亦可嘉宜推寵命可

大理寺丞知鉅野縣孟皆可太子中舍制

勅具官孟皆夫執經之士不徒誦其文而必知其義一縣之政有土與民用爾所通之經求其治人之術苟有善聞一作譽豈無褒榮勉服新恩以率爾一作厥職可

陳曙李方改官制

勅具官陳曙等朕嚮以州縣之間備盜不謹而官吏畏怯擒捕失時雖寘于刑以警不職而思得材武之士旌其功伐以廣勸一作勤能爾於玆時以捷來上霈然推賞朕所樂焉服我新恩益勤後效可

駙馬都尉柴宗慶可贈中書令制

勅具官柴宗慶夫爵祿王者所以賞功懋德之器古之聰明材智之士處乎崇高猶或顛覆爾以名臣之家爲國近戚惟富與貴享玆兼美乃能守而不一作弗失克保厥終一作終厥身蓋朕思廣孝愛之心務推仁恩之厚而致也夫生而寵之以位則歿也不可不榮其終

在乎朕心既所嗟閔考之國典則有彝章寵而有知膺此休命可

前觀察支使試大理司直張德熙懷州防禦判官試大理司直倪俊並可檢校水部員外郎制

勅具官張德熙等士之在乎一作夫下位其有所稱道者吾無不二字一作乃擢其材而用之其積日累久而未聞於予者猶有兼試檢校階勳之次而敘升之所以念勞也況郊祀之禮慶賜所均宜有茂恩以彰寵典可

永興軍節度推官董士廉可著作佐郎制

勅具官董士廉一有朕觀二字自古奇偉之士因時立功而名在竹帛者率皆不以細文常行責其備蓋於其大者人二字一作以有所不能而能者焉惟爾少而好奇不狥小節喜從兵事思奮其材今積久錄一作累勞蓋從請者若夫異賞待爾有爲可

潭州錄事參軍楊令聞可太子中舍致仕制

敕具官楊令聞嚮因疾病自請退休少有閒焉復思從政今其決矣
可以止哉俾升朝序之榮以爲歸老之美可

權保安軍判官王温恭可知延州延水縣制

敕具官王温恭自西鄙用兵而智謀材敏一作勇之士奮然而爭出
者非唯吾爵賞是利蓋士之負其能者亦欲因時而有立焉百里之
縣有民與土課田而實軍備平政以懷邊一作疲人亦足有爲將觀
汝效可

平陽郡王允升第二十二女趙氏可某縣主制

敕王者之以孝治天下也必先仁其九族然後刑于四海故具官允
升女趙氏幼而淑美將及有行沐邑之封蓋稽舊典其勤女訓往宜
汝一作爾家可

入内内侍省内東頭供奉官李允恭可内殿承制一作崇班
制

勅具官李允恭昨者亡命之卒攻刧京西而吏不能捕煩吾出兵爾一有能字稱我使令克奮厥效錄勞第賞宜有及一作且及身焉升爾于朝往膺一作服寵命可

真州推官陳則可大理寺丞制

勅具官陳則朕撫有萬邦以官多士而材能廉善之迹茍有聞于予聽者必一無二字皆進而用之而申以二字一作與申賞罰之文懼乎言者之不信今爾之善屢有以聞勉爾之勤克廣其業無使言者干予之罰可

内殿崇班郝質可内殿承制制

勅具官郝質夫被甲馳馬出而與敵周旋于原野搴旗斬馘歸而與士卒數俘獲于軍中量功較計蒙褒被寵進而受賞于朝廷此將帥之事也一無此字豈不榮且樂一無二字哉戰之功有大小國之賞有重輕膺此茂恩更期後效可

龍衛指揮使邢贇拱聖指揮使胡元並可內殿承制制

勑具官邢贇等朕之勁兵銳將戍于邊者不可勝數惟爾能以武勇出乎其間方吾思得猛士之時吾之大臣以爾來上高爵厚祿爲爾等而設也往其勉矣吾將觀汝（一作覩爾）之能可

殿中丞崔愈（一作嶧）可國子博士制

勑具官崔愈博士古經師之職也（一無此字）爾由明經登仕而居是官於爾之志豈不榮哉夫經者聖人之遺法也其臨民治政治身之道備矣雖未能施之於國子其（一作幸）率而行于厥躬可

錄事參軍張垂象登州文登縣令蓋（一作孟）巨源並可太子中舍致仕制

勑具官張垂象等致仕士之（一無二字）克終之美節也故吏部之格吏賍無重輕（一作輕重）皆不得與乎（一作焉）斯命所以勸廉士而重乎歸老之榮也爾等爲吏二十餘年而能獲還政之名以歸宜推褒

恩以寵田里可

右侍禁田延昭可右內率府率制

勅具官田延昭爾之子況乃吾侍從之臣一作官既不得去吾而從

汝而念汝之老思得來歸朕亦嘉汝世陷虜中能識忠義自拔歸國

致子顯榮宜有嘉一作加褒以旌美節服茲休命慰子孝心可

三司前行胡敏可許州長史制

勅胡敏陳力治事積有歲年自知不能以疾而止俾列州佐以榮厥

終可

前將作監主簿張䖍丁憂服闋復舊官制

勅張䖍爾幼未任事而已命于官蓋承其祖父之遺業長而宜思有

立以顯其親惟學可以成人爾其勉而無怠可

大理寺丞王諤轉左贊善大夫贊善大夫王若谷轉殿中丞

著作佐郎李望周輔並轉祕書丞制並磨勘改官

勅具官王若谷等庶官之在位者吾不能徧察其常行而一有委之二字有司考第歲月以爲進退之法惟治之有聲者五字一作治之有迹善而有聲也吾未嘗遺必有甄擢予聞無壅各勉所爲可

前漣水軍判官吳知幾可大理寺丞制

勅具官吳知幾士之飭躬勵行以勤厥官未有不知於人者知而薦之吾亦無所遺焉惟爾之能數有稱道有司較最於格當升勉膺新恩無廢其業可

供備庫副使郭承緒可西京左藏庫副使制

勅具官郭承緒夫善訓卒者少而愈精善用兵者寡可擊衆一障之守苟得其人推恩信以悅士心明教習以修武備扞城禦寇其任豈輕顧爾宣勞頗勤歲月令茲考績宜有一作被寵章爾其勉哉思奮厥效可

秦州觀察支使喬察可靜難軍節度推官知隴城縣制

勅具官喬察夫吏之不能稱 一有其字 職者或謂數易使之 一作之
使然今爾嘗佐於 一作于 州就臨屬縣其上下政令之便否士風民
俗之所安皆所習知可以爲治將觀汝績無替其勤可

吳守一改官制

勅具官吳守一夫文士之職有常守而循敘進之科至夫出類之材
倘有不次之用況夫武吏有可以奮節立功之資而當茲用武之時
其材易施其效易著歲月考課是爲常格膺茲新命其往勉哉可

沂州沂水縣主簿韓道可大理評事制

勅具官韓道自京以東比苦多盜而臨沂狂卒一歲再變汝以主簿
領尉職而能力捕首惡上功第二凡真捕賊吏後時而無所獲與夫
不獲而坐黜罰者豈不媿於汝哉夫事無不能惟不勉爾以褒以勸
一作其勤宜有寵恩可

比部員外郎致仕張緯 一作偉 男允修可將作監主簿制

勅具官張緯男允修凡人之既老且病而見其子之得祿豈不榮哉爾宜（一作其）修身勵節入而思有以慰（一作榮）其親出而思有以報於國可

杜惟序可西上閤門使福州刺史知涇州（一作四方館使涇原鈐轄兼知涇州制）

勅具官杜惟序西鄙用兵五六歲矣凡是中外文武之吏其材勇而可任者無不簡在於（一無此字）予心苟思得人則擇而用惟爾久習戎事勤於北邊素有能稱熟于朕聽涇原重地當賊之衝督視兵師兼撫其俗惟爾爲可往其勉哉佩茲新恩以覲厥效可

左藏庫使涇原鈐轄王從政可西上閤門使益州鈐轄制

勅具官王從政西蜀之人性本輕悍易搖以事動輒驚搔而禦寇扞城兵任尤重夫馭兵之法威主於肅令一則威明恩患乎私信著則恩浹使士卒和而武備謹則軍有善政民無姦心此惟材者能之而

爾久習兵戎嘗委邊寄克堪一作膺茲任往服訓詞可

大理寺丞王陶轉殿中丞大理寺丞郭佑賢王正己並轉太子中舍制並磨勘改官

勑具官王陶等州縣之政其文具矣吏之良者能舉一作學而行之足以爲治故夫奉法守職積勞歲月而無過者皆有進秩之資所以褒勸一作勤而勉夫不及也今爾之課考於有司膺茲敘升慎守厥位可

試助教郭固可寧州軍事推官制

勑具官郭固自邊陲用兵而天下游談之士趨時蹈利者吾非不知其濫而未始怠焉者冀必有得於其間惟爾之能乃其素學夫學有實者詰之不窮而推之可用嘉汝施設精而有條慮變適宜將觀汝用可

東頭供奉官李禹言一作臣可內殿崇班制

敕具官李禹言惟爾陳力效職三十餘年而後登于朝序雖命官進秩厥有常法而爾之積勞至此不亦勤哉一作乎夫得之惟艱守之不可不慎往膺明訓服此寵章可

禮院副禮直官王永可益州司戸參軍充職制

敕王永太常所上禮皆祖宗之法朝廷之儀掌在有司爾所當習成書第賞及下不遺往膺新恩慎守而職可

太常寺太祝張觀一作覿可大理評事制

敕具官張觀有司上爾會課之書考其日時當得敘進夫有勞必錄其信不渝惟勤與能不可不勉可

故國子博士李克明可贈度支員外郎制

敕國家務以孝治爲人子者欲有所申於其父母則其爲請不一作豈可不從故具官某有子德隆克嗣其世效官陳力當得敘遷而思以其榮報於罔極合於經之以顯父母之義朕甚嘉之魂而有知膺

此追命可

外制集卷第二

制五十首

左班殿直李德隆母王氏可追封永安縣君制

勅夫觀其子之孝可以知其父母之賢具官李德隆亡母永安縣君王氏生此孝子一作是生此子能守其家請以身官移於泉壤夫祿養於親有時而止榮名之及存不朽焉魂兮享之可以爲慰可

比部員外郎知綿州薛貽應轉駕部員外郎虞部員外郎知博州薛綸轉司門員外郎祕書丞知嘉州洪雅縣李述轉太常博士制並磨勘改官

勅具官薛貽應等吏之庸庸而無聞者吾所不取章章而特見者必擢一有而字用之若夫奉法循職守其官而無過者不亦吏之良哉念其勤勞豈可不錄三年考績敘進有常往服新恩無渝爾守可

司門員外郎李公謹祕書丞充集賢校理楊儀殿中丞段高

磨勘改官制

勅具官李公謹等夫令在必信法在必行今審官考課增以舉類之科乃吾示信之令而新行之法也汝等敘進於此猶用常文其後當遷皆須應格勉勤其業以俟爾知可

范仲温可台州黄巖縣尉制

勅具官范仲温爾弟仲淹參吾大政方欲輔朕平賞罰推至公以修紀綱而正庶位爾今所任有士與民惟過與功則有賞罰爾勤厥職可不戒哉可

東頭供奉官閤門祗候石宗尹可內殿崇班制

勅具官石宗尹陳力效官積有歲月會其課最來上有司按於舊文當得敘進升之朝列可謂寵榮往服新章益勤後效可

著作佐郎盧革潘泳一作詠等磨勘改官制

勅具官盧革等州縣之職治有常法而遠方之俗風土異宜若夫上

克奉於教條下不違於民欲惟勤與敏乃克濟焉爾等服職有勞會

課來上膺茲敘進無廢官箴可

史舘書直官潘宗益可梓州司戶參軍制

勑具官潘宗益給事有年其勞可錄宜命以秩俾旌厥勤凡爲有司

惟久則習尙安乃職以慎克終可

角廝波男合羅角可本族軍主制

勑合羅角生稟勁勇之姿而濟以忠果之性屢陳厥効咸可旌褒俾

升官榮以勸諸部勉圖功業無自失時可

軍事推官龔待問可桂州觀察推官制

勑具官龔待問捕盜之格有功者賞而吏能應書者少非吾有所愛

焉苟有其勞豈不甄錄今有司言爾於格當遷方茲多盜之時用勸

不能之者一作吏可

進士劉純可試將作監主簿制

勅劉純自兵興累年而功効未立然游談之士以兵爲說而得祿者多矣吾猶意乎厥路尚狹而未足以來特起之人故甄收未始少懈況爾屢經器使而言者謂材宜有推恩以勸來者可

祕書丞竇隨可本官致仕制

勅具官竇隨夫老而致其政於君者士之懿節也爾壯而登仕困於數奇今其老焉可以歸矣安而一作於眉壽膺此美名可

邢州觀察支使張德熙可著作佐郎制

勅具官張德熙士之在下位而能以聞于上者不有言者乎一失其言則有常罰焉知人而薦豈爲易哉今爾由舉者而被升擢尚勤其業無累爾知可

大理寺丞薛仲孺可太子右贊善大夫制

勅具官薛仲孺爾之伯父奎爲吾大臣參議國政剛直之節見於臨事歿而無嗣吾甚哀之爾幼以奉蔭而登仕籍今由累歲遂升于朝

惟爾伯父之行有司考法易一作諡以一德不懈執心決斷之名可謂美矣守爾家法克勤厥官可

殿中丞王正民大理寺丞朱景陽陳侁等磨勘改官制

勅具官王正民等審官之法三歲一遷惟無過焉乃得會課爾等服於官政以治吾民奉法守職積勞歲月膺茲敘進此乃常科勉爾之爲以期懋賞可

內殿崇班李允恭可內殿承制制

勅具官李允恭朕患州縣之吏不職者不能禦姦禁暴而憫吾民罹於賊盜一作盜賊故於捕盜之吏推賞尤厚非以爲私蓋有爲也今爾之請一作課自陳其勞方吾以賞行勸之時惟恐不及故加爾寵非徇爾私夫古有讓功不言之賢惟爾宜慕可

節度推官張紳可大理寺丞制

勅具官張紳朕閔夫兵興而費廣不忍加斂於吾民凡能佐國足用

者皆思懋賞以勸其勤今薦爾者皆曰爾材而吾近臣尤所取信故
增汝秩不易厥官夫官惟業勤常患不久爾其自勉無替乃勞可

學士院孔目官遂州司戶參軍李懷德可特授　州陽信縣

尉充學士院錄事制

勅具官李懷德夫有司之事一作嘗惟久則習次遷之例顧一作惟
汝宜升無忘克勤慢則有罰可

虞部員外郎李備太子中舍侯克明大理寺丞曹一作唐琰

等磨勘改官制

勅具官李備等國家外建庶位以官羣士而賞罰進退之法掌一作
行於有司者所以待中材之無過者爾高能異效吾有不次之用焉
爾等咸服于官久勤歲月以勞序進雖曰寵榮勉爾所爲以期懋賞
可

彰武軍節度推官李仲昌可大理寺丞簽署渭州判官公事

制

勅具官李仲昌羣材之在下者思達其上難矣而在上者思得可用之材豈爲易哉朕頃自擇能臣使舉其類而洙以爾充薦今琦又以爲言琦洙皆能體吾勞於擇士之心者舉爾不應不慎霈然推寵吾所不疑爾尚勉哉以稱茲舉可

故尚父汾陽王郭子儀孫元亨可承興軍助教制

勅郭元亨繼絶世褒有功非惟推恩以及遠所以勸天下之爲臣者焉況爾先王名載舊史勳德之厚宜其流澤於無窮而其後裔不可以廢往服新命以榮厥家可

奉禮郎李景圭可大理評事制

勅具官李景圭九州四海風俗不同而王者之化無不及吾於遠者尤加意焉夫吏非敏於其事則不能通俗習而順其宜政一失焉下則重困邈茲南海爾涖吾民今會課上聞增爾榮秩克勤厥職以副

子懷可

故右驍衛大將軍致仕王元祐男知信可內殿崇班制

勑具官王知信爾父元祐陳力事予告老以休位終環尹歿而餘慶尚及爾身爾嗣厥家苟能有立則始終寵榮一作榮寵視汝父焉惟孝與忠勉思兩得可

前楚州團練判官丁宗臣可著作佐郎制

勑具官丁宗臣庶官之在位者衆矣吾思一善之取而無失則惟舉類之法所得尤一作宜多今薦者交章言爾可取爾其自勉以稱吾思善之心焉可

左侍禁李從式孫清並可太子左清道率府副率致仕制

勑具官孫清等壯而陳力老也告休古人所難有始有卒爾能至此可謂克終尚有推恩以嘉爾節歸安眉壽服此新榮可

權無爲軍判官劉皆洪州錄事參軍張德元並可太子中舍

致仕制

勅具官劉皆等禮與法之爲書其於老者皆有優焉今爾等學於禮法而能安其老思以歸休吾所嘉褒宜推寵命可

國子監直講青州千乘縣主簿孫復可大理評事制

勅具官孫復昔聖人之作春秋也患乎空文之不足爲（一作信）故著之於行事以爲萬世之法然學而執其經者豈可徒誦其言哉惟爾復行足以爲人師學足以明人性不徒誦其說而必欲施於事吾將見吾國子蔚然而有成宜有嘉褒以爲學者之寵可

太子中舍孫礪李國慶並可殿中丞制

勅具官孫礪等六經皆載治民之術而法者爲吏（一無此字）之資也汝等學之用以從政經之道廣矣擇其宜於民者法之文密矣取其平而不害者足以治爾官而成厥績焉膺茲敘遷勉用爾學可

祕書丞黃正殿中丞盧咸並可太常博士制

勑具官黄正等自兵興一作興兵以來調度日廣其能勤征搉以佐經費而均漕運使不滯以通諸用者皆方今之急務其爲勞力宜有勸焉因兹歲成寵爾榮秩可

原州彭陽縣令郝嗣宗可某州推官制

勑具官郝嗣宗吏三歲而一易其法久矣然議者莫不以屢易爲患苟有能者吾豈奪焉爾一作汝於彭陽數有稱者就增其秩無易其居勉爾所爲以俟成績可

供備庫副使張禮一可西京左藏庫副使制

勑具官張禮一考課之法計過與功皆有常文得以敘進此所以待夫中材而勉其不及者也苟能有立吾必異之爾其往哉思所自效可

杜諮轉官制

勑具官杜諮吏部之格吏之升降遠爾勞逸之均皆有法焉不可以

亂今衍以爾爲請一作今以爾爲大臣所薦吾既重違大臣之言而顧有司之法苟不甚戾則吾豈不從無專爾私其率厥職可

柴宗慶第三女可封郡君制

勅某人相與將人臣之極也爾父常兼享其位而連戚里其於存歿宜有寵焉況其生也貴而歿也無嗣續之裔此吾尤所憫焉加一作疏爾郡封此非常典所以申吾不忘爾父之意可

洛苑使英州團練使內侍省內侍右班副都知藍元用可眉州防禦使罷副都知制

勅具官藍元用爾之事予陳力玆久既明而敏能濟以勤愼密一心不見過失屢更器任實束予懷屢披奏章陳疾自請願解要職以思便安惟爾之舊予所嘉惟爾有勞予所錄雖可爾請豈無加一作嘉褒服玆寵榮勉爾一作惟後效可

西頭供奉官閤門祗候綦恩可內殿承制制

勑具官綦恩用兵久矣而將吏能以材武稱於軍中者豈不多哉苟有聞焉無不用也況如世衡吾所信者今其稱爾吾豈不然夫信以出令仁以撫人一作之勇以臨戰而嚴以一衆必皆出於智而後成功雖大將不過此也爾其勉之一作哉可

達州司戶參軍吳冲可奉寧軍節度推官制

勑具官吳冲嚮者盜起州縣久而未捕議者皆曰素備不謹賞罰不明所以盜滋而吏怠今考爾所獲嘉爾之能第賞推恩予無所愛一作愛矣凡謹備者爾則勉之當使怠吏由爾而勸可

內殿崇班程逸可左監門衛將軍致仕制

勑具官程逸將軍之職居則宿衞天子出則征伐四方此武人之重也今假爾茲寵以爲歸老之榮者以爾服勞既久能克厥終而不忘爾勤之意也其往欽哉可

懷州防禦判官倪俊可著作佐郎制

勑具官倪俊凡官人之法莫不期於得材而或失之於有遺或失之於大濫故有司之守厥有常文苟能應書皆可選擢一作擇可使中材之並進不濫而無遺此吾所以慎於擇材之意也爾膺一作之茲舉其不勉哉可

大理寺丞宋緬孫周蘇逢等磨勘改官制

勑具官宋緬等庶官之守位者衆予欲一有其字百職並舉而人各趨之則於考功敘進之科厥有常法使夫自勉者無不得焉蓋所以示勸而及衆也今考爾歲績法當遷秩爾無以為例得其體一作思予勸功進善之心以勉爾職其無懈可

盧守勤致仕制

勑具官盧守勤少也陳其力病而養其衰非惟安生樂壽人之所欲而朝廷待勞能之臣厚始終之意考之典禮亦有彝章爾之事予既勤且久今其病矣可以息焉尚有恩榮以為爾寵夫勞無不報既享

爵祿之豐身孰與親宜專輔養之理可

曹元賓轉官制

勅具官曹元賓夫用兵之法不可先言則爲將之材亦難先見國家用兵久矣求之行陣堪將者少夫士有素蘊之材未得達者比降明詔廣其詢求而方平等以汝爲言吾將觀汝之能試汝以事俾升朝序往自勉焉可

司理參軍杜彭壽可大理寺丞制

勅具官杜彭壽士有潔身以廉而服官以勤者長吏皆得薦論有司加之考閱用而進秩俾以臨民雖曰常科豈不慎選汝膺茲命其往勉哉可

戸曹參軍尹植可某官致仕制

勅具官尹植惟爾陳力二十餘年以老而歸朕豈不憫升之朝序榮以宮僚往其休哉安爾眉壽可

開封府開封縣主簿孫量可保大軍節度掌書記制

敕具官孫量用兵之法不欲久惟能使調斂發輸不勞而民有餘力則可以制敵二字一作久而有待於必勝西師之出久矣不惟將帥之選爲重其州縣臨民之吏能不乏民之力而佐吾之軍者亦難其人今爾旣薦者皆曰村而臨涇乃爾自請往膺新命將試汝能可

內殿崇班韓守允可左監門衞將軍致仕制

敕具官韓守允自兵興于邊天下多事吏強有力者猶不能稱厥職而況於老者乎夫老者吾所優也豈宜強其力之所不逮往從爾請以安爾私尚有茂恩以爲爾寵可

泰州興化縣主簿朱思道可衞尉寺丞制

敕具官朱思道夫廉爲吏之一節也今保薦之法惟以受財爲同坐則待夫能吏豈盡其村爾其奮厥所長思有所立不獨守夫一節而已焉可

溪洞楊先贇可權知古城州制

勅楊先贇世號材勇雄于一州威能服其部人忠能奉其職貢宜加寵秩以紹厥家往服恩章一作榮無忘報效可

京西轉運按察使虞部員外郎杜杞可刑部員外郎直集賢院充廣西轉運使制

勅具官杜杞自一隅用兵而調發輸役之繁無遠不及況廣東西之路於東南尤爲遠者而吏多不良吾之疲民既有賦斂之勞而今又罹盜賊之患吾一慮及爲之惻然凡與吾憂國者豈遑暇於安居哉汝爲吾往其一作安可憚勞吾又嘉汝名臣之後好學博文一作聞尚有榮名以爲汝寵凡吾寄汝之事緊汝之材吾惟責成一作惟責厥成爾可自勉可

內殿承制孟均可千牛衛將軍制

勅具官孟均諸衛之置將軍唐之盛時兵官之重者也衛兵之制廢

久矣其官雖存而世不知其重也自頃西北用師講求武事而議者多言唐之府兵可復朕方思之而爾能有請朕甚嘉焉爾其往哉吾將有用可

殿中丞史吉亨王珣瑜著作佐郎蘇黃中等磨勘改官制

勅具官史吉亨等夫官者所以盡人之材也至乎材之難得則姑以歲月常法積勞而敘遷誠亦冀有異材之善出於其間非止於此而已也爾等各膺例進宜自勉旃可

蘄州廣濟縣令充國子監直講邵必可大理寺丞制

勅具官邵必夫學所以爲治也而儒者以記誦爲專多或不通於世務但能傳古之說而不足施之於事使愚者益固一作昧而不明而材者聽之而怠一作殆以爲儒迂不足學故教人之法必該於古今以博其識而成其業焉惟汝之學能明當世之事而屢形議論朕甚嘉焉爾其守節礪行以率諸生而取古之有以宜于今者而養成之

則功利廣矣可不勉哉可

外制拾遺

孫復可祕書省校書郎國子監直講制

朕勤治體喜賢俊嘗慮四方遺逸之善有不吾聞者間屬近列屢騰薦章以爾孫復深經術莅德行躬耕田畝以給歲時東州士人皆師尊（一作隸）之吾命汝校文於書省講藝於胄序不由鄉舉不俟科選汝姑直屏雜說純道粹經使搢紳子弟聞仁義忠孝之樂此吾所以待汝意往欽哉可

周陵荆湖轉運使制

敕具官周陵朕思欲寬民賦役而衣食給足天下之飢寒而患州縣之吏不能稱職其老疾闒懦而縱其下與夫貪暴而自爲殘者皆所以蠹於物而重困吾民者也然按察之司視而不舉及（一作乃）務較錙銖毫末之遺利而欲足用舒民豈不失其術而且勞者哉今荆湖

之南十一州一監三十有一縣吏員不爲不多矣爾其察其不良者而舉其賢者使州縣得良吏未有民富而用不足者廣西之最知汝爲材今其往哉無替朕命可

皇弟安靜軍節度使允迪可責授右監門衛大將軍制

勅皇弟具官允迪五刑之屬三千其罪莫大於不孝小民無知犯者猶鮮況爾燕恭肅王之子而朕之諸弟也宜率訓義以迪四方而乃忘苴麻哭泣之哀爲酣飲沉酗之佚肆情鄙行害于而家達於朕聽嗟惋無已朕苟貸法何以處王公之上而教天下哉宜歸爵秩下領屯衛蓋寬於駁過而欲循省其非無蹈後悔也可

楊畋屯田員外郎直史館制

勅尚書省二十四司散郎皆當今要官況分直史館提太史筆蓋位之高者非材資甚美安可以兼此授以爾東染院使湖南鈐轄楊畋出自將家有文武器幹早由辭科歷任郡縣至提按之職嚮以羣蠻

繹騷湖嶺未靖故特命以使名往專討輯逮茲三歲谿洞帖然而勤勞積時重瘇生疾瀝懇來上願還朝行予既嘉爾作事不怠以集殄于厥躬又重煩爾以軍旅之役宜改田曹之號且以表年爲業苟能有以益於國家則執干戈書簡牘其義一也可

司勳郎中張從革可衞尉少卿制

勅洛宅朕之西都而居之未皇暇也然有司百職莫不具焉其留務之多閑在憲司之尤簡最爲清峻可以優賢具官某久服官勞頗彰吏最老于郎署分領西臺用乎考績之文俾列命卿之貴仕而至此是亦爲榮可

殿中丞府司錄李虞卿可國子博士制

勅具官某司錄爲府曹首民閥閱增減吏詞按曲直皆繫焉前涖此者或苛悍或懦軟率不免缺折之患惟爾慎不踰節廉不撓人吾用嘉之俾增秩于庠列爾其惟祗惟畏以茂對我朝家休命可

大名府推官徐治可著作佐郎制

勅某朝廷置磨勘之法必以考限用人者使詳試吏能而後進也則仕者由銓調改京秩乃榮階之始固非輕授以爾進士登第歷佐大幕所知論薦是用進擢爾惟自勉以副恩命可

平陽縣尉林術可試祕校知永州祁陽縣事制

勅具官某南方之吏不能爲吾以恩信撫茲谿蠻而使毒吾民於攻劫爾嘗被甲操矢而逐之則蠻之害民也深民之瘡痍者衆所宜自見焉今錄汝之勞命汝以縣勉勤其政以撫吾人可

大理寺丞彭通程濬可殿中丞某人可贊善制

勅具官某等仲尼有云言寡尤行寡悔祿在其中矣今有司大比羣吏之治不待悉最課而後遷也但不處于尤悔斯遷矣某等或贊治遠藩或長人大邑奉法循職克無累疵銓（一作鉤）考歲成用應陟典循省儲坊俾通朝守盡勤官業以對恩榮可

奏舉人杭州觀察推官呂遘可大理寺丞制

勅具官某夫士之處世如錐在囊中其鋒立見爾以選吏爲藩府賓佐凡薦爾材者自戩等十有二人是必脫穎而出其輩者矣不然何言者之多也擢爾卿屬試爾治民無謂寵利之可圖因違道以干譽其思行義以自立務求己而爲人服此訓辭則無疵吝可

軍事推官王野民可大理寺丞制

勅具官王野民自兵興用乏而能不取民以佐有司之急者利入之法尤多非勤且敏者則莫能焉不惟干賞者趨之蓋亦適時之用也爾職酒利厥課屢閴所宜褒陞以勸怠者可

錄事參軍張一作王師民可大理寺丞制

勅具官某方今官人之法由舉善而遷者必試之以臨民而觀其從政自兵興以來吾民可謂勞矣惟吏之良者能爲吾休息之今爾被舉曰材亟遷其秩將觀汝政其不勉哉可

閤文寶供備副使監亳州茶鹽稅制

勅具官某國家因山澤之饒與筦榷之利以足邦用實須幹臣爾其絕僥倖謹出入使歲課增羨而績効著明敘進之榮玆乃常典疇勞之賞尚有優恩可

滕公輔衞州推官制

勅具官滕公輔堂洎昷之皆朕侍從之臣而外當寄任之重交章來上薦爾爲材必有可觀以稱公舉宜從其請以察爾能往其勉哉無廢爾職可

藍田縣主簿權充府學教授　可華州蒲城主簿就差管勾永興府學制

勅具官某古之斆學之法肄習以時而難易先後教之有方非久而安之則不能以成其業今學者言爾講說訓導可以爲師吾欲觀汝之道至于有成故假爾大邑之佐使祿足以充然後安然克終其業

可不勉哉可

外制集卷第三

太祖皇帝忌辰道場齋文九月八日

維至和元年歲次甲午九月辛酉朔十九日己卯皇帝遣入內內侍省內侍殿頭勾當太平興國寺開先殿劉立言請僧三七人於太平興國寺開先殿開啓太祖皇帝忌辰道場一月日伏以受命開先肇基興運昭祖功而不顯緜寶祚於無疆用深追遠之誠式奉明齋之薦載嚴淨剎以集善因伏願覺力常資威靈如在延鴻宗祐集慶眇沖庶邦咸被於餘休品物共均於博施謹言

太祖皇帝忌辰道場功德疏右語九月八日

右伏以當天開運聿隆創始之功繼統承休方罄奉先之孝爰戒徹音之日用資作善之祥嚴法會於金園啓靈文於貝葉一作牒伏願超登妙果高證真乘瞻不動以常存祐無疆而永固下均氓庶咸獲乂寧

賜宰臣陳執中生日禮物口宣九月八日

有勑卿爲時柱石秉國鈞衡爰逢慶育之辰宜有便蕃之錫豈惟故

事式示眷懷今差卿男將作監丞世儒賜卿生日禮物想宜知悉

班荆館賜契丹國信使副赴闕御筵口宣九月八日

卿等載持信節方止都圻特申式宴之儀以示勞勤之意用推寵數

當體至懷

撫問梓州路臣寮口宣九月十七日

汝卿等並韞器能遠膺寄任式戒嚴秋之序載懷勤事之勞宜示撫

存以彰眷厚

班荆館賜契丹國信使副却回御筵口宣九月十七日

卿等聘儀成禮歸馭戒塗念玆夙駕之勤宜有祖行之寵式陳衎樂

以示宴私

班荆館賜契丹國信使副却回酒果口宣同月日

卿等信節爰馳示隣歡之永固使軺云復申飲餞以爲榮宜有匪頒
以彰眷遇

賜隴州團練使代州部署田辛等勅書九月十四日

勅田辛省所進奉謝恩賜公使月俸馬一疋事具悉邊防有嚴寄任
尤重嘉汝材武董吾兵師軍聲俾壯於威容寵數宜優於廩賜遽陳
貢謝益認傾輸尙體眷懷勿忘自効故兹示諭想宜知悉秋冷汝比
好否遣書指不多及

雄州白溝驛賜契丹人使却囘御筵兼傳宣撫問口宣九月
二十日

卿等言持信節式戒歸塗念兹衝涉之勤宜有撫存之意仍頒宴餞
以示眷懷

賜翰林學士尙書工部郎中知制誥王洙獎諭詔九月十四
日

勑王洙省監護使劉沆劄子奏繳連到少府監脩製法物所狀修製
温成皇后一行法物勘會例各鮮明及減省得物料功限甚多事少
府領五署之衆工乃九卿之舊職卿以儒學參吾侍從兼涖其事能
勤厥官俾夫功簡而速成物精而有法益彰材敏尤用歎嘉故玆獎
諭想宜知悉

皇帝本命兗州會真宮等處開啓道場青詞九月二十日

維至和元年歲次甲午十月辛卯朔二十日庚戌嗣天子臣某謹遣
某人開啓本命靈寶道場三晝夜罷散日設醮一座謹上啓大上開
天執符御歷含真體道玉皇大天帝寶祚無疆蒼穹垂祐吉旦式臨
於元命醮科爰舉於舊章薦誠慤以惟精延聖真而並集仰希靈貺
敷錫眇沖四時叶序於和平品彙均休於康泰無任懇禱之至謹詞

建隆觀開啓追薦温成皇后道場青詞九月二十五日

伏以蒼圓降鑒列象緯以昭垂蠲潔備陳薦馨香而上達載嚴仙宇

恭按科儀眷內則之遺芳冀高真之冥祐仰祈陰貺永助靈遊

福康公主宅脩築地基祭告大歲巳下祝文九月二十七日

維至和元年歲次甲午十月辛卯朔七日丁酉皇帝遣宮苑使榮州防禦使內侍省內侍右班副都知任守忠致祭於太歲土地諸神禮崇下嫁詩美宜家惟築館之有初方涓辰而叶吉冀百靈之來護期不日以斯成尙饗

雄州白溝驛撫問契丹賀正人使兼賜御筵口宣九月二十七日

卿等載馳一作持瑞節爰及疆亭顧惟夙駕之勤宜有示慈之宴用彰寵待當體眷懷

賜新除參知政事程戡讓恩命不允斷來章批答十月十二日

省表具之朕有欲治之心而甚勞思底治之方而未獲夙夜於此惟

賢是求卿出入宣勤材望兼著誠明發於事業識慮可以詢謀而召
自外邦參於宰府朕志所定其何可移夫任之重者憂實深遇之隆
者報亦厚讓而後受雖敦難進而可嘉知無不爲其一乃心而圖効
所讓宜不允仍斷來章
賜寧遠軍節度使張茂實進謝恩馬一無四字詔十月二十
日
勅茂實省所進奉謝恩賜公使并月俸及牌印到任馬共八疋事具
悉卿出守蕃宣宜優祿給詔條方布受署有初印綬爲榮古人所重
載披貢謝深用難嘉故茲詔示想宜知悉
賜新授龍神衛四廂都指揮使英州團練使郝質勅書十月
二十日
勅郝質省所進奉謝恩授龍神衛四廂都指揮使英州團練使并賜
公使月俸馬共二疋事具悉朕嘉汝有忠勇之材遂膺選擢豐汝以

廩賜之厚實示眷懷貢奉所陳勤誠已著功名可勉後效其思故茲
示諭想宜知悉

賜尚書工部侍郎余靖詔十月二十日

蠢爾蠻蜓驚於海隅卿起自家居首宣勤力至於大兵之後撫彼凋
殘餘孽未平推吾恩信寄任實深於委遇寵章宜有於便蕃遽閱貢
輸良增嘉歎

撫問江南東西路臣寮口宣十月二十三日

卿汝等並以材賢一作賢材出分寄任荐更歲月備著勞能宜示撫
存以彰眷遇

撫問鄜延路臣寮口宣十月二十六日

卿汝等並膺柬寄綽著才猷顧邊圉之肅然嘉王事之勤止屬茲寒
冱宜示撫存

雄州撫問契丹賀正旦兩蕃人使口宣十一月九日

卿等夙將瑞節方戒疆亭奉隣聘以申歡慶歲端之資始載惟跋履宜示撫存

景福殿庫開啓冬節道場齋文十一月十二日

伏以國財豐衍資民力以爲先禁宇深嚴邇天居而甚邃式居一陽之候俾脩衆善之因誦貝葉（一作牒）之遺文集金園之淨侶庶延梵福用副精衷

軍器庫開啓冬節道場齋文十一月十二日

伏以儲戎器以戒不虞敢忘武備肇新陽而集多福爰居令辰俾法侶之精虔脩勝因之妙善仰瞻毫相載繹真文冀昭鑒之甫回契偃兵之盛際

舒州靈仙觀開啓上元節道場青詞十一月十五日

伏以萬物熙春肇新陽於首歲三元紀序標令節於真經爰即靈場俾遵科式薦雖陳於菲薄誠以達於精明伏願穹昊垂休紫青降鑒

邦家錫慶永叶於泰寧民物遂生並臻於和樂

恩州賜契丹皇太后賀正旦人使茶藥口宣同日

卿等載飭軺車方凝寒律乃顧道塗之役深嘉跋履之勞宜有頒宣式彰眷遇

恩州賜契丹皇帝賀正旦人使茶藥口宣同日

卿等繼脩邦好來及王春方凝凜之在辰念勤劬而將事聊頒飲劑式助宣調

皇帝本命兗州會真宮等處開啓道場青詞十一月二十日

伏以荷三靈之乃眷獲奉寶圖隆萬壽於無疆遐資道蔭爰薦精衷之禱及茲元命之辰伏願誠潔上通真靈甫鑒如松之茂永固於延長一物雖微並均於貺施

醴泉觀真君殿開啓年交道場青詞十一月二十四日

伏以元氣均調運三正而並用歲功肇序謹五始之惟初爰敞福庭一作廬恭陳淨醮伏冀精衷上達靈鑒甫回却凝陰伏沴之餘順和氣發生之造旁霑庶物並集多休豈惟眇沖膺此純嘏

添脩開先殿祭告土地祝文十一月二十七日

伏以神遊所格祕寢有嚴役事時興方勤於締葺后一作神祇安靜頗懼於震驚菲薦式陳明靈昭鑒

恩州賜契丹皇太后賀正旦大使茶藥詔十一月十五日

勅卿夙將信幣來慶王春載惟涉履之勤方示眷懷之意錫茲良物以輔至和今差入內內侍省內侍殿頭張昭化往恩州賜卿茶藥具如別錄至可領也故茲詔示想宜知悉冬寒卿比平安好遣書指不多及

恩州賜契丹皇太后賀正旦副使茶藥詔十一月十五日

卿軺車載飭方講於隣歡歲序將回式凝於寒律載懷衝涉宜有頒

宣

恩州賜契丹皇帝賀正旦大使茶藥詔十一月十五日

卿脩南北之歡會期於首歲勤夙宵之役方及於半塗彌切眷懷宜

加寵錫

恩州賜契丹皇帝賀正旦副使茶藥詔十一月十五日

卿使介選才以達欣歡之意道塗將命宜伸慰勞之恩式示頒宣俾

茲調護

兗州會真宮等處開啓上元節青詞十二月十五日

伏以萬物資生肇新於陽月三元紀節式按於仙經爰款殊庭恭陳

淨醮薦精誠而交感企真馭以來臨冀集靈休下均羣品

二十四日就驛賜契丹賀正旦人使銀鈔鑼唾盂盂子錦被

褥口宣十二月十五日

卿等繼講隣歡會期元日載嘉勤敏涉此凝嚴用示頒宣俾彰眷待

正月一日入賀畢就驛賜酒果口宣十二月二十五日
卿等方梶聘車卽安賓館屬此春陽之煦宜多宴衎之歡寵錫有加
眷懷增厚
今月三十日賜契丹賀正旦人使內中酒果口宣十二月二
十五日
卿等式脩邦聘來會春朝方休道路之勤宜有宴私之惠聊頒甘實
以侑清罇
正月三日就驛賜契丹賀正旦人使內中酒果口宣十二月
二十五日
卿等聘儀交舉欣入見於彤墀籩品有加俾示慈於宴席用伸頒賚
宜體便蕃
賜契丹人使春幡春盤法酒口宣十二月二十五日
卿等並驅使傳來及王正初陽式應於新春令節俾修於故事宜加

頒賚用示眷懷

內中福寧殿開啓三長月祝聖壽道場青詞

伏以真遊飈欻祕殿邃嚴惟首月之正時叶新陽而布慶俾陳法供

仰薦明誠伏冀敷祐眇躬保千齡而永固躋民壽域均萬國以同休

萬壽觀齋殿內權奉安真宗皇帝御容祝文十二月二十五

日

伏以齋室潔嚴晬容清穆涓辰叶吉具禮有儀冀真馭之妥安符孝

心之虔奉

東太一宮開啓祝聖壽年交金籙道場密詞十二月十日

伏以積陰窮候始變於二陽庶物更一作交新宜均於百福是陳法

供載肅嚴祠延真馭以來臨冀明靈之洞鑒眇沖集佑期萬壽之無

疆遐邇同休俾兆民之咸賴

班荊館賜契丹賀正旦人使到闕酒果口宣

卿等夙戒軺軒荐修信好顧凝嚴之在候宜宴錫以申恩頒以甘新
彰予眷遇
班荆館賜契丹賀正旦兩番人使到闕御筵口宣
卿等載馳隣聘來及歲元深惟道路之勤方戒郊圻之近特頒宴勞
以示眷懷
春帖子詞二十首十二月二十九日
皇帝閤六首
其一
萌芽資暖律養育本仁心顧彼蒼生意安知帝力深
其二
陽進升君子陰消退小人聖君南面治布政一作教法新春
其三
氣候三陽始勾萌萬物新雷聲初發號天下已知春

其四

玉琯氣來灰已動東郊風至曉先迎乾坤有信如符契草木無知但發生

其五

朝雲靄靄弄春暉萬木欣欣暖尚微造化未嘗私一物各隨姸醜自芳菲

其六

熙熙人物樂春臺風送春從天上來玉輦經年不遊幸上林花好莫爭開

皇后閤五首

其一

御水冰銷綠宮梅雪壓香新年賀交一作康泰白日漸舒長

其二

藹藹珠簾日溶溶碧瓦煙漪漣采荇水和暖浴蠶天

其三

初欣綵勝迎春早已覺鷄人報漏遲風色結寒猶料峭天光煦物已融怡

其四

臘寒未報宮花發風暖還催臘雪銷欲識春來自何處先從天上斗回杓

其五

三辰明潤璇璣運四氣均調玉燭光共喜新年獻椒酒惟將萬壽祝君王

溫成皇后閤四首

其一

璅一作鏁窗珠戶暖生煙不覺新春換故年衆卉爭妍競時態却尋

遺跡獨依然

其二

寶奩香歇掩鉛華舊閤春歸老監嗟畫棟重來當日鷰玉欄猶發去年花

其三

椒壁輕寒轉曉暉珠簾不動暖風微可憐春色來依舊惟有餘香散不歸

其四

內助從來上所嘉新春不忍見新花君王念舊憐遺族常使無權保厥家

夫人閤五首

其一

太史頒時令農家候土牛青林自花發黃屋爲民憂

其二

元會千官集新春萬物同測圭知日永占歲喜時豐

其三

黄金未變千絲柳白日初遲百刻香聖主本無聲色惑宮花不用妬

新粧

其四

微風池沼輕漸漾旭日樓臺瑞藹一作靄浮四海懽聲歌帝澤萬家

春色滿皇州

其五

玉殿籤聲玉漏催綵花金勝巧先裁宿雲容與朝暉麗共喜春隨曙

色來

萬壽觀告還真宗皇帝御容祝文

伏以宗廟之禮是爲典彝衣冠以遊實有故事載嚴寶構以奉威靈

涓吉日以有初庶真馭之斯格

萬壽觀造温成皇后相儀祝文十一月二十九日

式營叢構俾侯靈遊顧落成之有初惟筮日而斯吉冀兹往宅庶以即安

皇帝回謝契丹皇帝書

九月日兄大宋皇帝致書於弟大契丹聰文聖武英略神功睿哲仁孝皇帝闕下使軺云止惠問見貽且承累歲而來荐有西師之舉討其不服初煩剪伐之謀全以舊恩終示含容之度慶武戈之遂息分軍獲以爲儀言諭斯勤欣銘併集方凝寒律冀保沖襟企詠之誠指陳奚既續遣使人咨謝次今忠正軍節度使檢校大尉同中書門下平章事蕭德等回專奉書陳謝不宣白

皇帝回謝契丹皇太后書

九月日姪大宋皇帝謹致書於嬸大契丹儀天體道至仁廣德慈順

章聖皇太后闕下隣邦敦睦結信好以彌深使聘申歡承諭言而甚
厚固壽齡之遐福欣帖泰之休期加侑幣以惟豐積感悰而增切秋
商在候嗇履惟和今忠正軍節度使檢校大尉同中書門下平章事
蕭德等回專奉書陳謝不宣謹白

內制集卷第一

景靈宮奉真殿看經堂開啓真宗皇帝忌辰黄籙道場青詞

正月十一日

伏以崇妙道於清虚寶惟先志感時思於雨露式表孝心按金籙之真科即琳宫之福地薦兹精潔庶以感通冀善應之無方期永資於沖蔭

景靈宮廣孝殿看經堂開啓章懿皇后忌辰黄籙道場青詞

正月十一日

伏以坤儀永閟昭厚德於無疆粟館載嚴奉真遊而如在式臨遠諱用感孝思薦時品之維新啓齋場而增肅仰祈歆鑒永集祥祺

慈孝寺開啓真宗皇帝忌辰資薦道場齋文正月十一日

伏以仙馭乘雲式臨於遠日春陽濡露載感於孝思爰即梵居俾延淨侶瞻玉毫之妙相啓貝葉之真文集此勝因仰資冥祐

集英殿開啓真宗皇帝忌辰道場齋文正月十一日

伏以神遊斯遠方仰於軒威諱日茲臨載深於舜慕虔依正覺俾集善因敞禁殿以有嚴啓法筵而夙設仰祈冥助用慰孝思

內中福寧殿罷散三長月道場青詞正月十七日

伏以首春紀序標令月以惟時善氣宣和紛百祥而來集載嚴秘殿恭按真科依妙道之沖虛薦清一作精衷之蠲潔冀迎純祐均被羣倫

撫問真定府定州等路臣寮口宣正月二十二日

卿汝等並韞時才出分邊寄屬新陽之戒候念宣力以惟勞特示撫存體茲眷遇

撫問保州路臣寮口宣正月二十一日

卿汝等夙臨邊圉盡瘁公家當春序之方和念朔陲之尚凜俾茲撫慰式示眷懷

撫問北京幷恩州臣寮口宣正月二十二日

卿汝等並膺東寄方布教條惟夙夜之宣勤在眷懷而彌切特加存撫宜體優隆

雄州撫問契丹賀乾元節人使口宣二月二十三日

卿等並持使節叶講隣歡飭車馭以載勞及疆亭而茲喜一作始俾伸撫慰式示眷懷

贈保順軍節度使張惟吉祭文堂祭二月二十六日

維至和二年歲次乙未三月己未朔皇帝遣入內內侍省內西頭供奉官勾當延福宮康爲政致祭於贈保順軍節度使張惟吉之靈惟靈忠勤之節克保於有終存歿之恩備隆於異數仍加祖奠式表哀榮尚享

贈保順軍節度使張惟吉祭文墳所二月二十六日

惟靈左右宣力始終不渝載嘉遺忠實用追惻奠爾臨壙魂其有知

賜契丹賀正旦人使卻同班判館酒果口宣十二月二十九

日

卿等並持信節繼講鄰歡既夙駕以言歸俾及郊而留餞宜伸寵錫

用示眷懷

賜鎮安軍節度使同中書門下平章事判陳州程琳進奉乾

元節詔三月十五日

誕祥著節延祝申誠顧予同德之臣首列充庭之貢式彰勤藎深用

歎嘉

賜外任臣寮進奉乾元節銀絹馬等詔勑書同　三月十五

日

夏時正候誕節戒辰惟事君之盡忠因效貢而申祝嘉乃勤意勿忘

於懷

賜樞密使河陽三城節度使同中書門下平章事王德用生

日禮物口宣三月二十五日

卿勳閥名家樞機重任式因誕日用示優恩宜體眷懷膺茲蕃錫

廣聖宮開啓乾元節青詞三月二十五日

伏以月旅正陽當百嘉之茂盛祥標誕節期萬壽之穹隆式案舊章

載嚴秘殿延紫霄之飛馭誦玉笈之靈篇伏冀誠慤上通聖真垂祐

錫之多福均動植之幽微永以無疆並乾坤而悠久

撫問河東路沿邊臣寮夏藥口宣三月二十五日

卿汝等並膺寄任深柬器能顧隆暑之惟時念禦邊之宣力俾分珍

劑式示眷懷

撫問麟府路一無路字臣寮及并代州路臣寮口宣三月十

五日

卿汝等蔚有時才並分邊寄顧蘊隆之在候嘉勤瘁以不忘式示撫

存體茲柬注

撫問宣徽南院使彰信軍節度使判真定府李昭亮口宣四
月六日
卿宣勞邊鄙頗歷歲時因乃子之言行俾過家而賜問式彰寵眷以
耀私門
錫慶院賜宰臣已下罷乾元節道場酒果口宣
卿等任國鈞軸爲予股肱因誕節之屆辰嚴梵宮而申祝載嘉忠藎
宜示寵頒
端午帖子詞二十首三月二十五日
皇后閤六首
其一
天清槐露挹歲熟麥風涼五日標嘉節千齡獻壽觴
其二
午位星杓正人間令節同四時和玉燭萬物被薰風

其三

舜舞來遐俗堯仁達九區五兵消以德何用赤靈符

其四

楚國因讒逐屈原終身無復入君門願因角黍詢遺俗可鑒前王惑

巧言

其五

嘉辰共喜沐蘭湯毒沴何須採艾禳但得皐夔調鼎鼐自然災祲變

休祥

其六

炎暉流爍蕙風薰草木蕃滋德澤均畜藥蠲痾雖故事使民無疾乃

深仁

皇后閤五首

其一

畫扇催迎暑靈符喜辟邪風光麗宮禁時節重仙家

其二

椒塗承茂渥嬪壼範柔儀更以親蠶繭紉爲續命絲

其三

覆檻午陰黃鳥囀烘簾曉日絳榴繁六宮綵縷爭新巧共續千齡奉至尊

其四

紫闥淅淅光風轉綠葉陰陰禁苑涼天子萬機多暇日喜逢嘉節奉瑤觴

其五

五色雙絲獻女功多因荆楚記遺風聖君照物同天鑒不用江心百鍊銅

温成皇后閤四首

其一

密葉花成子新巢鷰引雛君心多感舊誰獻辟兵符

其二

旭日映簾生流暉槿艷明紅顏易零落何異此花榮

其三

綵縷誰云能續命玉奩空自鎖遺香白頭舊監悲時節珠閣無人夏日長

其四

依依節物舊年光人去花開益可傷聖主聰明無色惑不須西國返魂香

夫人閤五首

其一

梅黃初過雨麥實已登秋避暑多佳賞皇歡奉一作奏豫遊

其二

鳴蜩驚早夏鬬草及良辰共薦菖華一作蒲酒君王壽萬春

其三

楚俗傳筒黍江人喜競船深宮亦行樂綵索續長年

其四

涼生玉宇來風細日永金徒報漏稀皎潔氷壺清水殿三千爭捧赭黃衣

其五

仙盤冷泛銀河露紈扇香搖綠蕙風禁掖自應無暑氣瑤臺金闕水精宮

賜右屯衞大將軍叔韶獎諭勅書四月十二日

勅叔韶省所進祝聖壽歌日月元樞論共二軸事具悉朕固嘉爾嚮學勵善蔚然而有文與夫習富貴之驕而樂狗馬之翫者異矣然夫

學者所以知君臣父子之禮出可以施於國入可以施於家汝其慎擇厥師講救其闕使言而無過以自遠於悔尤夫能異於衆人誠爲有立必至乎君子然後大成汝其勉之無或中止故茲獎諭想宜知悉

十九日契丹賀乾元節人使朝辭訖就驛賜酒果口宣四月十二日

卿等夙持隣聘申慶誕辰嘉成禮之有儀在眷懷而增厚宜頒優賚式示寵章

集禧觀迎祥池崇禧殿就上清宮功德前開啓保夏祝聖壽金籙道場密詞五月十八日

伏以道本無爲功施萬物福惟善應信若四時當茂育之屆辰薦精明而交感載嚴珍館恭按仙科伏願飈欻來臨清真垂祐保壽齡之永錫均動植以咸休

賜判大名府賈昌朝判陳州程琳判成德軍李昭亮等進奉

上壽金酒器一副馬六疋詔五月二十三日

載誕及辰萬邦咸慶顧乃蕃宣之重實惟耆哲之明休有物容來陳
壽祝嘉乃誠意不忘於懷

兗州會真宮等處開啓皇帝本命道場青詞

伏以三辰昭運六甲馴行當薰風阜育之時屬正命本元之日謹遵
科式上薦誠明誦靈藥之真文延紫清之諸聖伏冀蒼靈降鑒福報
駢臻蒙休匪止於眇躬博施咸均於庶品

除皇弟允初特授依前檢校尚書右僕射充感德將軍度使

加食邑食實封餘如故制五月二十八日

門下爵賞當功則爲善之勸廣名器不假則至公之道存然而隆恩
睦親所以厚乎風俗建侯作屏所以扞乎（一作捍）我王家非予敢私
乃國舊典具官允初質性純茂稟乎天姿學問發明（一作闡）由於師

訓維我叔父時爲賢王緬懷遺烈之存屬乃克家之善自被蕃宣之寄久參朝請之聯宜從留務之繁進委臨戎之重節旄並建井賦兼增僉謀克諧寵數惟渥於戲干戈衞社內有宣勤夙夜之臣甲胄在躬外有奮力行伍之將爾其念宴安之懷毒知富貴之難居戒損於滿而罔敢自驕勞身以謙而克保其位無忘最勵往服恩榮可特授依前檢校尚書右僕射使持節耀州諸軍事耀州刺史兼御史大夫充感德軍節度使耀州管內觀察處置等使仍加食邑七百戶食實封二百戶散官勳封如故主者施行

賜鎭海軍節度使檢校大尉同中書門下平章事判亳州陳執中讓恩命第二表不允仍斷來章批答至和二年六月十八日

卿自再司鈞軸未久歲時迺者數上封章願還印綬朕惟委任之際古今所難知之不盡如不知用之不終如不用所以悉格羣議獨斷

余衷非惟勉爾以胡恤人言亦庶幾乎任賢勿貳之意也而卿一無
卿字避讓之節再三益堅事有重違理當俯狥夫進退以禮豈惟優
大臣堂陛俱隆蓋以尊人主是用寵爾以節旄之寄兼之以槐鼎之
榮雖爲新恩實爾舊物出入中外載嘉夙夜之勤待遇始終當盡君
臣之分無煩封執用體眷懷所讓宜不允仍斷來章

賜新除宰臣富弼赴闕茶藥口宣至和二年六月十八日

卿祗若新恩式趨近甸炎歊方鬱衝冒良勤宜有頒宣用伸眷遇

賜新除宣徽北院使檢校大保判幷州王拱辰讓恩命不允
仍斷來章批答至和二年六月十八日

省表具之宣導徽猷號爲近職鎭撫方面實惟難才余思其人於爾
爲得至於儒學雍容於顧問勤勞出入於劇繁考資望以孰先在甄
陞而惟允辭讓之節誠雖可嘉詢謀既同命則無易所讓宜不允仍
斷來章

賜新除宣徽南院使檢校大保判延州吳育讓恩命不允仍斷來章批答至和二年七月十七日

省表具之卿學足以治人知足以謀事夙有問望稱於搢紳惟時舊人常歷二府一使二字一作宣徽之職夫復何讓若乃居則道古先之訓講朕以六經出則重朝廷之威撫余之遠俗才無不可用之文武而皆宜忠無不爲任以內外而何異余考於衆僉惟汝諧所讓宜不允仍斷來章

賜新除昭德軍節度使知鄆州龐籍赴闕生料口宣至和二年七月二十一日

卿言秉覲圭甫臨畿甸屬此新商之序載嘉執轡之勤宜有頒宣以彰寵待

賜新除昭德軍節度使知鄆州龐籍赴闕茶藥詔同日

勅龐籍擁節之蕃飭車來覲顧都圻之甫及嘉跋履之斯勞特頒飲

劑之良以示眷懷之厚

醴泉觀本觀三門上梁文至和二年七月二十一日

兒郎偉我國家膺三靈之眷命革五代之荒屯多壘削平包干戈而偃武四夷面內解辮索以承風逮先聖之撫臨躋羣生於富壽乃欲追羲軒以並軌款云亭而勒成容典交脩遂舉曠古難行之禮瑞應來集有非人力可致之祥卿雲裔露之光紛綸而雜委朱草靈芝之秀焜燿而叢生爰有神泉湧茲福地甘如飲醴美可蠲痾湛靈液以淵渟儆琳宮而崛起歲時遊豫順民俗之樂康棟宇翼嚴表京師之壯麗近以有司不謹飛熖延災皇上愛物推仁因民所利顧遺基之鞠爾回聖慮以惻然爰飭良工載新有作損其土木之費所以寬民適其奢儉之中俾之可久用涓吉日構此脩梁盍効歡謳形於善祝

兒郎偉抛梁東危構岧嶢彩露中欲識聖君仁及物靈源一勺本無窮

兒郎偉拋梁西金碧相輝俯仰迷萬瓦寒光浮瑞露層簷晚景掛晴蜺

兒郎偉拋梁南善利深功一作功深不可談但喜斯民無疾癘誰知靈液有餘甘

兒郎偉拋梁北觀者如雲來九陌四方萬國會京師有類衆星環斗極

兒郎偉拋梁上棟宇規摹標大壯落成行即慶良辰望幸何時來綵仗

兒郎偉拋梁下祈福爲民崇廣廈四時和氣致休祥萬國多歡洽朝野

伏願上梁以後三辰順軌百穀豐登丹服雕題咸被垂衣之化行歌戴白永爲擊壤之氓皇帝萬歲皇帝萬歲皇帝萬萬歲

賜新除宰臣文彥博讓恩命第二表不允仍斷來章批答至

和二年七月二十八日

省表具之朕躬儉約以先人而生民未足勤憂勞以勵政而百職多隳豈布德之不明抑任人之弗至是以齋居正慮先志後占鑒屢易以爲煩念難知之可慎永惟商周之所記至以夢卜而求賢孰若用搢紳之公言從中外之人望卿以舊哲比嘗相余惟宇量能寬以服人惟純誠故久而益信勳德兼著可以重朝廷忠信不回可以臨大事夫謀於其始而既審則果於必用而不疑汝其欽哉朕命無易所讓宜不允仍斷來章

賜新除宰臣富弼讓恩命第二表不允仍斷來章批答至和

二年七月二十八日

省表具之卿有憂國愛君之心而忠以忘其己有經邦濟時之學而用未究其能夫畜久而積厚則施之不窮慮深而計熟則謀無不獲茲朕所以虛心仄席有望於卿也矧卿正直不回庸邪素忌小人所

異君子所同是以在外十年而左右之譽不及屨躬一德而搢紳之
望愈隆朕內決於心外詢於衆敢謂有得卿其可辭所讓宜不允仍
斷來章

南京鴻慶宮開啓皇帝本命道場青詞八月一日

伏以紫青垂祐資道妙之沖虛甲乙馴行會天辰於元本款別都之
福地舉淨醮之真科薦以潔精通乎肹蠁伏願衆靈昭鑒百福來臻
隆萬壽於無疆溥羣生而咸遂

撫問真定府高陽關河東等路臣寮口宣八月六日

卿汝等出分邊寄備罄材謀載嘉宣力之勞屬此爽秋之候宜加撫
慰俾示眷懷

撫問邠寧環慶涇原鎮戎軍德順軍路臣寮口宣八月八日

卿汝等各韞材猷並膺寄任屬商秋之在候念障圉之爲勞宜有恩
言用彰眷待

後苑華景亭開啓故秦晉國夫人林氏追薦道場齋文

伏以淑懿之賢已賁追榮之典陰幽之助仍資衆善之因爰即華林載陳法供冀慈仁之廣被均勝利於無窮乘此妙緣超升福果

後苑華景亭開啓安土地道場齋文八月二十二日

伏以后皇安靜稟厚德以無疆靈貺冥符惟至誠而有一作交感載嚴淨侶夙按梵儀冀祓滌於百邪俾妥安於庶品

爲秦晉國永壽聖祐夫人林氏身亡於壽星觀脩設九幽道場青詞

生而有盡是謂於物常道本無形實資於冥助虔依仙宇載肅淨場追懿德之已遙冀明靈之垂祐薦茲勤潔庶達精誠一無此八字

故秦晉國夫人祭文路祭八月二十二日

惟靈蔚有令儀著於茂則顧追褒之寵數已極恩榮念永閟於佳城載深惻怛列茲奠禮用慰營魂

故秦晉國夫人祭文夜排斂祭八月二十三日

惟靈懿德惟舊嘉問克彰奄然淪逝惻爾追感侑以禮奠庶乎來歆

荆南府紫府觀并潭州南嶽真君觀開啓皇帝本命道場青詞八月二十六日

伏以道非常名無方而善應誠之所至有感而必通惟南服之奥區敞清真之靖館因本元之吉日備科式之多儀延集衆靈仰祈沖鑒冀咸臻於百福期永固於千齡

廣聖宮開啓祝聖壽道場青詞八月二十六日

伏以百工休力標禮典以順時衆善延祥紀道家之吉月恭陳秘館式按常科瑶席瓊罇夙陳於芳潔芝華羽葆紛集於真靈伏願錫祉眇躬隆壽齡於無極遂生庶品臻隱伏以咸均

論獎諭叔韶奏續添

臣伏準中書劄子下本院爲右屯衛大將軍叔韶進祝聖壽歌日月

玄樞論奉聖旨令學士院降勑書獎諭竊以叔韶宗室之子好學脩
辭誠可嘉獎然臣伏見玄字自來公私文字悉皆諱避其叔韶所進
日月玄樞論欲暫降付本院略更詳其文理庶於詔辭褒勸之間因
而得以訓勵今取進止　四月　日學士臣歐陽某劄子

貼黃

所有獎諭勑書未敢脩撰乞早降指揮

內批

其元樞論名以犯諱字因而諷諭使後來所撰益精其文字更不付
外只如此降詔施行

右至和二年四月奏審叔韶獎諭勑書奏劄後有內批三十四字
今真本尚存其勑書在內制第二卷而無此奏按蘇文忠內制集
如乞免文呂拜禮乞許安樞密辭轉官之類皆以元奏與詔書
並載故用此例附卷末

內制集卷第二

河南府平陽洞河陽濟瀆北海水府投送龍簡青詞八月二十六日

伏以九區至廣萬物類居惟川嶽之宅靈繫真仙而總治載稽道祕實有舊章粲然玉簡之清文蜿若金鱗之瑞質茲爲鎮信輔以精誠伏冀沖鑒昭臨純祺錫羨保邦家之永固均動植以蒙休

雄州開啓北朝皇帝盡七道場齋文八月二十六日

伏爲一作以北朝皇帝世結隣歡歲交聘問方睦敦隆之好遽聞訃告之音深極哀懷用伸資薦廣梵筵而斯啓陳法供以惟嚴冀仰助於仙遊庶永孚於冥祐

班荆館賜北朝告哀人使御筵口宣八月二十六日

卿載馳使介來訃國哀當節物之凜秋嘉道塗之艮苦宜頒燕犒以示眷勤

班荆館賜契丹告哀人使酒果口宣八月二十六日

卿載馳國訃來及都城顧惟跋履之勞宜有頒宣之寵俾推珍錫式

示眷懷

故秦晉國夫人林氏祭文堂祭八月二十六日

維靈歸全叶禮卜吉有期念將閟於幽扃俾載陳於祖奠歆茲芳潔

尚體追懷

故秦晉國夫人祭文墳祭八月二十六日

維靈壽考有終勞能可錄安茲宅兆備有物容載申奠訣之恩式盡

追榮之美

內中福寧殿罷散三長月祝聖壽道場青詞八月三十日

伏以清霜肅候資萬物以將成嘉月齋心延百祥而並集有嚴秘殿

來格衆靈冀真鑒之妙沖答精衷之蠲潔保鴻圖而緜固均庶品以

阜康

契丹告哀人使囘至北京賜御筵口宣九月四日
卿遠將國命來告訃音當使傳之言旋俾宴需之加錫用申眷勞式
示寵恩
日
契丹告哀人使囘至雄州賜御筵兼傳宣撫問口宣九月四
卿遠馳國訃旋飭使軺載嘉復令之勤爰錫示慈之宴式彰寵數宜
體至懷
賜鎮海軍節度使檢校大尉同中書門下平章事判亳州陳
執中生日禮物口宣九月四日
卿榮擁節旄出臨蕃翰屬茲誕日宜有寵頒當體眷懷克膺茂數
太平興國寺開先殿開啓太祖皇帝忌辰道場齋文九月八
日
伏以紹百王而開統昭著於祖功植衆善之妙因爰憑於覺力循有

邦之舊典稽諱日以先期載肅齋場並延淨侶瞻玉毫之真相誦貝葉一作業之靈文仰依慈慧之仁遐薦清真之馭庶資冥祐式廣孝思

太平興國寺開先殿開啓太祖皇帝忌辰道場功德疏右語

九月八日

伏以受命造邦耀無窮之丕烈以時薦福資妙用於能仁爰及諱辰式遵彝憲卽神居之寶殿延法侶於祇園仰冀覺慈廣敷勝利威靈如在冥助於真遊運祚克昌永隆於卜世

賜西南蕃蠻人張漢頂等勅書九月十二日

勅張漢頂省所附進馬并硃砂等事具悉汝世安邊徼遠效款誠涉道里以甚勤脩貢輸而自達載嘉忠順宜有寵頒令回賜汝紅中錦旋襴一領八兩渾鍍銀腰帶一條衣着二十疋至可領也故茲示諭想宜知悉秋冷汝比好否遺書指不多及

增脩青帝朝日風師先蠶等壇祭告逐壇并當處土地祝文

九月十二日

壇壝之嚴神明所格以時修舊式叶彝儀涓此吉辰用伸昭告

皇帝回契丹皇帝告哀書

九月日伯大宋皇帝致書於姪大契丹皇帝闕下特枉使軺遽馳國訃不意凶變文成皇帝上僊載念久敦世好方睦隣歡聞問震驚撫懷感惻姪皇帝始茲纘紹深極哀摧蕆節至情以遵典禮已差人使專持慰禮今右宣徽使忠順軍節度使左金吾衛上將軍耶律元亨回奉書陳謝不宣白

皇帝回契丹皇太后告哀書

九月日姪大宋皇帝謹致書於嬸大契丹仁慈聖善欽孝廣德安靜正淳懿知寬厚崇覺儀天皇太后闕下不意凶變文成皇帝上僊方敦隣睦遽及訃音載惟慈慕之懷必極哀傷之念冀從順變式副瞻

言已差人使專持慰禮今右宣徽使忠順軍節度使左金吾衛上將
軍耶律元亨同奉書陳謝不宣謹白

贈昭信軍節度使遂國公宗顏祭文堂祭九月十三日夜

維汝幼而敏明長克有立胡謂爲善而不永年奠斝在茲營魂其慰

贈昭信軍節度使遂國公宗顏祭文攢所九月十三日

維汝稟質甚秀享齡不遐日月有期厝安惟吉陳茲奠酌實悼余懷

賜右領軍衛將軍克沖獎諭勅書九月十五日

朕覽先帝之餘文愴然增慕嘉汝志之專學期乃有成惟睿制之坦
明合聖經之一作而雅奧傳寫之善茲謂藝能誦習不忘是爲寶訓
宜加褒最以勉進修

吳王院上梁祭告土地祝文九月十五日

本支之盛棟宇有嚴吉日既涓脩梁始構冀神之祐永壯厥居

南京鴻慶宮開啓皇帝本命道場青詞九月二十三日

伏以帝運開先建別都而雄壯神遊欽奉肅真館以邃嚴適臨元命之辰恭按仙科之式薦茲嘉潔仰彼穹靈敢祈善應之祥永固無疆之壽

賜鎮海軍節度使檢校大尉同中書門下平章事判亳州陳執中詔十月二日

卿近辭宰柄出守蕃宣方受署以云初効右牽而來獻式彰誠蓋深用歎嘉

賜知建昌軍張貴和勅書十月二日

敦本勸農惟汝之職因時任土脩貢有儀載省勤誠用增獎歎

啓聖禪院脩設故秦晉國肅恭賢正夫人林氏盡七大會齋一中齋文十月二日

伏以覺慈廣被兼濟於含生冥福所資必憑於慧力惟懿柔之秉德享壽考而有終隆睿眷以不忘集勝緣而增備願乘妙果一作道超

膺真乘
賜吏部尚書同中書門下平章事文彥博生日禮物口宣十
月二日
卿以名世之材當秉鈞之任乃顧具瞻之重適臨載誕之辰爰示頒
宣用彰眷遇
西太一宮開啓皇帝本命道場青詞至和三年正月十五日
伏以真遊所集靈宇載嚴聿臨元命之辰恭按仙科之式冀紫清之
垂鑒感蠲潔以潛通百福來臻克彰於善應萬齡增固永保於無疆
撫問麟府代州路臣寮口宣二月五日
卿汝等各蘊才猷出膺寄任綽著綏寧之績克彰勤藎之勞宜示撫
存用推眷遇
皇帝回契丹太皇太后回謝書
三月日姪大宋皇帝謹致書於嬸大契丹仁慈聖善欽孝廣德安靜

正淳懿和寬厚崇覺儀天太皇太后闕下嚮以訃音來告方深感愴之懷賵禮是將用繼講修之好豈期懿念復枉使車且承春候之和克固壽康之福其於感慰罔罄敷陳今順義軍節度使左監門衛上將軍蕭佶等回專奉書陳謝不宣謹白

皇帝回契丹皇帝回謝書

三月日伯大宋皇帝致書於姪大契丹皇帝闕下頃承哀訃嘗遣使軺惟久睦於仁鄰俾往伸於賻禭復蒙惠問仍示典儀方此春和克支福履其爲慰浣奚旣名言今順義軍節度使左監門衛上將軍蕭佶等回專奉書陳謝不宣白

建隆觀翊教院開啓皇帝本命道場青詞閏三月四日

伏以道妙無方默運清眞之氣日纏有次式臨元本之辰恭按仙儀俾陳淨醮伏願蒼靈昭鑒福嘏駢臻萬壽無疆永隆於鴻算羣生咸遂均被於餘休

賜侍衛親軍步軍副都指揮使涇州觀察使王凱赴闕茶藥

口宣二十五日

卿遠戒戎車夙祗召節式及炎薫之候載惟道路之勤宜頒飲劑之

良用示眷懷之厚

賜龍圖閣直學士給事中施昌言已下爲脩河了畢御筵口

宣四月四日

卿等分庀工徒繕修隄揵遽玆訖事嘉乃有成宜推宴犒之恩用奬

勞能之効

賜鎮東軍節度觀察留後知潁州李端愿赴闕茶藥詔八日

卿出布詔條入祗召節屬此炎歊之候深惟道路之勤宜頒藥劑之

良用示眷懷之厚

賜契丹賀乾元節國信使副生餼口宣八日

卿等式將聘幣來講隣懽載嘉道路之勤宜厚餼牽之品往膺寵錫

用示眷懷

賜文武百官文彥博已下於大相國寺罷散乾元節道場香合口宣八日

卿等式因誕節祗率寀寮脩梵供以惟精罄臣誠而申祝載嘉忠愛宜示頒宣

賜文武百官文彥博已下於錫慶院罷散乾元節道場酒果兼教坊樂口宣八日

卿等叶德同寅愛君盡禮因誕彌之紀節申祝頌之常儀宜示宴私用彰優寵

大慶殿行恭謝之禮御札五月二日

勅內外文武臣寮等執珪璧以事神嚴祖宗而配帝雖有國之常典亦因時而制宜朕承三聖之丕基撫萬邦之有衆儉於己思天下之民豐勞於心致天下之民佚罔敢怠忽庶幾治一作洽平而首春以

來偶爽調適賴三靈敷祐百福來臻順以節宣獲茲康祐加以邊隅不聳風雨以時雖庶物之咸和顧眇躬之一作而增惕是用稽先朝之成憲詢故實於有司即廣殿之翼嚴擇靈辰之良吉式伸昭謝以格純休宜示先期俾茲誕告朕取今年九月內於大慶殿行恭謝之禮其今年冬至親祀南郊即宜權罷所有合行諸般恩賞並特就恭謝禮畢一依南郊例施行至日朕親御宣德門宣制仍令所司詳定儀注以聞務遵典禮勿俾煩勞咨爾多方咸體予意故茲札示想宜知悉

東太一宮開啓保夏祝聖壽金籙道場密詞四月二十七日

伏以風薰紀候阜庶物以蕃滋道妙無言集百祥而善應即琳宮之福地考金籙之秘文薦此令芳通乎肸蠁冀延純錫保乃昌圖資壽考於無疆均蠢生而咸被

賜五臺山十寺僧正知令等勅書五月七日

汝等並懷出俗之心而有愛君之志因王正之肇序遵佛事以脩嚴
期申祝延來効誠獻載嘉勤款宜有恩頒

賜天章閣待制知楊州許元詔五月七日

汝以材敏班余詔條眷乃淮海之濱產茲草木之美以時采掇來効
貢輸嘉爾勤誠良深歎獎

天貺節謝內中露香表五月七日

伏以薰風應候滋阜於羣生嘉節紀時恭承於景貺已嚴淨館虔奉
祕祠仍假薰脩附通精意蒼靈昭鑒純祉來臻

撫問廣南西路臣寮口宣五月十七日

卿汝等並以幹能出分寄任顧此蘊隆之候載嘉宣布之勤宜示慰
存用彰眷遇

除授陳執中行尚書左僕射充觀文殿大學士依舊判亳州
加食邑食實封餘如故仍放朝謝制六月十日

門下爵祿之寵所以優老而崇賢退讓之風所以勵俗而敦化眷我
元輔殿於近邦屢辭將相之榮備述君臣之遇雖重違懇悃之請而
豈無恩意之隆爰告外庭以旌嘉尚具官陳執中質性剛直姿識敏
明出於名臣之家早有時材之用自更中外之任實勤夙夜之勞出
撫師徒宣威種落之外入參機要竭忠帷幄之間至於兩踐台司首
當國論杜門絶請善避權勢以遠嫌處事執心不爲毀譽而更守顧
方深於倚信乃祈解於鈞衡兼秉旄調鼎之榮資鎮俗偃藩之重所
以優逸耆哲養頤精神而數形奏封每以疾告察其誠至良爲惻然
若夫中臺之崇端揆是爲於師長祕殿之職詢訪實思於老成推此
茂恩俾如汝志仍廣邑封之數卽安屏翰之居於戲壹思慮以專心
勤藥石以自輔人實求舊予惟不忘勉期壽康往服休命可特授行
尚書左僕射充觀文殿大學士依舊判亳州加食邑七百戶食實封
三百戶功臣散官勳封如故仍放朝謝主者施行

宣召曾公亮口宣六月六日

有勑卿自辭職禁林班條近輔休有政績播於民聲旣深柬於予衷俾召還其舊物矧汝材望著於搢紳豈惟潤色之文方佇論思之益

撫問河北路臣寮諸軍將校口宣七月二日

卿等任膺委寄職在綏寧當茲災沴之餘備著勞能之効俾伸撫慰宜體眷懷

撫問樞密直學士施昌言爲患口宣七月十日

卿方委政條遽聞疾告致爽調和之理豈非夙夜之勞勉輔天眞冀遵藥喜俾伸撫慰式示眷懷

撫問澶州滑州衞州通利軍梅摰等及存恤逐州軍爲水災及防護堤岸口宣七月七日

卿汝等列蕃宣之重寄罹澍潦之時災顧乃兵民載深隱惻尙賴班條之善克伸捍患之勞往道予懷俾伸慰撫

萬壽觀延祥殿開啓中元節資薦真宗皇帝道場青詞七月

七日

伏以道生萬物運元氣於無形節正三元紀清商之令序洪惟先聖

邈矣真遊貽睿業以嗣承增孝思之時感式陳淨醮仰薦精衷伏願

靈馭在天愈資於冥祐寶圖綿世永庇於羣生

內制集卷第三

內制集卷第四　集八十五

賜昭德軍節度使龐籍并武康軍節度使韓琦龍神衛四廂都指揮使英州團練使郝質各進奉端午馬詔敕七月七日

卿外分寄任方切眷懷屬令節之紀時効駿足而來貢備彰勤蓋深所歎嘉

賜溪洞進奉乾元節并端午敕書

汝夙被朝恩克綏種落屬茲佳節來効貢儀省乃勤誠良深歎奬

賜外任臣寮進奉乾元節功德疏詔敕七月七日

卿汝夙韞材猷出分委寄屬茲誕節來効勤誠載詳善禱之言彌見愛君之義良深歎尚宜體眷懷

賜外任臣寮進奉助恭謝禮畢銀絹等詔敕七月二十五日

國有大事嚴祀以薦馨臣能盡忠因物而脩禮卿汝分職居外乃心於朝載陳來助之儀深歎勤誠之至

賜武康軍節度使韓琦到闕坐對口宣八月五日
卿德著耆明時膺材任秖趨召節方及國門宜示頒宣式彰眷遇
賜新授四方館使依舊英州刺史馬懷德進奉謝恩馬勑書
八月十日
汝近以疇勞擢陞要職乃求良駿來備貢輸深推報國之誠更俟奮
身之効良深嘉奬當悉眷懷
賜知池州包拯進奉石菖蒲一銀合勑書八月十日
汝識遠言忠身外心内乃因時物來効貢儀深體誠勤益增歎尚
賜新授觀文殿大學士行尚書左僕射陳執中詔七月二十
五日
卿出守藩垣自陳疾恙祕殿之職揆路之崇所以褒優輔臣增重朝
體而乃發於誠懇來効貢輸載省恪一作忠勤但深嘉尚
賜新除資政殿大學士知青州孫沔告勑幷對衣鞍轡馬口

宣八月十六日

卿蔚爲名臣久撫方面俾加美職徙領要藩仍推寵錫之優式示眷懷之厚

賜護國軍三軍將吏僧道百姓等爲護國軍節度使樞密使狄青罷政加平章事判陳州示諭勅書八月十六日

勅護國軍某人等朕以狄青夙兼忠勇之姿嘗著勤庸之効自參機務頗歷歲時載深乃眷之懷優以均勞之寵惟命崇於名器蓋體繫於朝廷是加鼎軸之司委以藩垣之任乃人臣之榮遇想輿論之僉諧

賜翰林學士尚書左司郎中知制誥權知審刑院曾公亮詔

八月十六日

國家致治之難惟刑是恤使民無犯嗟訓導之未純執法必平顧重輕而宜允卿以精識附一作傅之經術不恃明而克審既能敏而加

勤期於無刑予敢不勉靡有留事爾實爲材副乃憂勞良深歎獎

賜尚書刑部員外郎兼侍御史知雜事權判太理寺郭申錫

等勑書八月十六日

獄重事也余所慎焉五刑之難請比之文毛舉四海之廣報決之書日繁汝以通敏之姿濟之夙夜之力厝刑不用余實慕於前猷俾獄無留汝則能於厥職副我欽恤良增嘉歎

除劉沆特授行工部尚書充觀文殿大學士知應天府加食邑實封仍改賜功臣餘如故制嘉祐元年十一月五日

門下罄一節以事君中外之任無間處大臣而有體進退之禮必優矧余輔弼之良方賴股肱之寄屢形懇避嘉敦慤之弗移宜峻寵章示眷懷之特異具官劉沆質性剛鯁姿材敏明早以藝文策俊科於異等遂追髦彥騰夷路以飛華入必侍於清閑出屢更於事任翼翼是則有聲京邑之雄巖巖具瞻遂參廊廟之用乃疇嘉績爰正台司

執毀譽不回之心篤於自信勤夙夜匪懈之志久而益勞顧方厚於
倚毗乃遽思於退讓宴見之際有言而必誠封章之來雖却而復至
察其所守實亦重違惟茲秘殿之嚴眷乃留都之重既增美秩仍益
真封寵我邇臣斯爲異數雖如汝志尙柬子衷於戲秉國之鈞居則
坐而論道爲時舊老往則殿於大邦是惟出處之榮勉服便蕃之命
可特授行工部尙書充觀文殿大學士知應天府加食邑一千戶食
實封四百戶仍改賜推誠保德崇仁忠亮功臣散官勳封如故主者
施行替錢明逸

賜新除同中書門下平章事判大名府依前彰信軍節度使

李昭亮讓恩命不允詔十二月五日

卿勳閥之門世承舊德忠勤之節効著厥官惟別都管鑰之嚴兼方
面鎭臨之重俾提相印增寵將旄嘉辭讓之有儀在眷懷而豈易爾
無固執往服新恩

賜溪洞進奉助恭謝賀冬賀正水銀綿紬等勅書十二月五

日

汝世膺朝寵能撫其人時効乃誠善脩其貢載惟忠恪深用歎嘉

東太一宮開啓年交祝聖壽金籙道場密詞十二月十日

伏以三陽肇序始變於凝陰萬壽無疆宜膺於茂祉俾延淨侶祇款

嚴祠按金籙之仙科格紫清之真馭冀迎福應永固丕圖下逮庶邦

咸均純錫

賜夏國主一有賵賻二字詔十二月二十五日

詔夏國主喪葬之儀孝子之大節賵賻之禮國家之至恩眷惟忠順

之邦宜厚哀榮之恤緬思荼毒深用惻傷俾遣使車勉膺慰錫今差

文思院使張惟志充弔慰使兼賜安葬故母物色具如別錄至可領

也故茲詔示想宜知悉冬寒比平安好否書指不多及

正月六日朝辭訖就驛賜契丹賀正旦人使御筵口宣十二

月二十五日

卿等聘禮有成使軺云復嘉肅祗於將事宜宴飫以勞勤式示眷懷勉膺寵錫

班判館賜契丹賀正旦人使却回酒果口宣

卿等載馳瑞節來會王正嘉成禮以言旋念戒塗之伊始式推寵眷勉服恩頒

賜樞密副使程戡生日詔嘉祐二年三月四日

卿久罄謀猷叶宣機政眷惟誕日屬此令時宜推寵賚之優式示顧懷之厚

賜諸道州府軍監及四京恤刑詔勅

朕欲使民知禮義以遠罪而患乎勸戒之未明蠢茲羣愚猶冒常憲顧此溽暑閔然拘攣卿汝夙以敏材外分憂寄惟刑之恤當體於朕心舉政以時勉思於汝職務從欽慎庸副哀矜

契丹國信使副回入四月沿路賜夏藥扇子甘蔗等口宣三

月十九日

卿等載驅使傳言復歸塗顧茲溽暑之辰宜有優恩之賚俾頒品劑

當體眷懷

瀛州賜契丹國信使副却回御筵口宣三月

卿等將命達辭回轅屆道方涉川塗之邈宜伸宴犒之私式示優延

體茲眷厚

北京賜契丹國信使副却回御筵口宣二月二十九日

卿等夙將信聘言復使軺方就館於別都宜示恩於錫宴式彰優渥

當體眷懷

就驛賜契丹賀乾元節人使內中酒果口宣

卿等將乃聘儀及茲壽節宜示宴私之惠用彰眷寵之懷推以甘珍

體余嘉錫

賜河北東西路邊臣夏藥及傳宣撫問口宣

卿汝等各以敏材任茲邊寄屬此炎歊之候深惟勤悴之勞俾頒藥

劑之良式示眷懷之厚

東太一宮開啓保夏祝聖金籙道場密詞四月二十六日

伏以道妙無言惟一資生於萬物歲功有序以時均播於五行當火

德之甚明順南訛而阜育式稽金簡祗即琳宮祈降集於上靈冀迎

來於衆福伏願齊天永筭益保於鴻休觸類賦形皆均於純錫

賜昭德軍節度使檢校太傅知并州龐籍撫諭戒勗詔五月

二十三日

勑龐籍省所上表麟州申管勾麟府州軍馬司郭恩領兵過屈野河

陷沒待罪事具悉卿以文武之才更將相之任入籌帷幄早資決勝

之謀出撫邊隅方重臨戎之寄載惟同德可諒宣勤而裨校貪功曾

罔虞於蠆毒敗沒銜辱致輕損於國威嘉封奏之上陳能列言而引

咎雖勇夫僨於輕敵彼實自貽而智者慮於未形宜無不備已失難
追於既往後圖猶倚於老成勉思節制之方用副眷懷之厚故茲詔
示想宜知悉夏熱卿比平安好遣書指不多及

大相國寺開啓爲民祈福道場齋文

伏以薰風協序阜百物以蕃昌慧福均慈蒙萬生而廣被顧惟編俗
屬此煩蒸庶依妙覺之仁護此含靈之衆祓除時沴迎集天祺凡載
坤輿共臻壽域

醴泉觀感通殿開啓爲民祈福道場青詞

伏以瑞泉涵液湛一勺之靈源琳館凝華嚴衆真之福地眷茲炎鬱
閔彼蒸黔俾肅按於仙科冀導迎於善氣伏願紫清昭鑒飈欻來臨
旁均海宇之遐下逮蝎蠕之細並蒙道蔭咸被時禧

賜宰臣富弼上第三表乞退不允斷來章批答

省表具之朕眷惟宰輔之司實繫一作緊朝廷之重職或非稱勢因

易搖比以連年厭於屢易或用人之不審致厥位之靡安故於圖任之初尤極精求之意而議者謂卿有天下之譽慶朕得非常之才豈惟斷不惑於余心固已慰久鬱之人望則朕之用卿者至矣卿之自待者如何而方沃嘉猷遽形退讓駭無因而及此曾莫諭於乃誠豈廊廟之崇責重者其憂難任而富貴之至位高則其慮易危耶朕嘗歷考往昔之人其於進退之際過計而圖全者未必無患忘身而徇國者固多令名惟汝之明必知所擇宜少安於職業用深體於倚毗所乞宜不允仍斷來章

賜兗國公主陳讓恩命第三表不允斷來章手詔七月七日

省所三上表陳讓兗國公主事具悉古者周姬下嫁車服不繫於其夫漢女有封湯沐並開於新邑所以重國家之體隆親愛之恩稽累聖之舊章皆按圖而啓國汝以天姿之甚淑習姆教而已閑方及有行乃遵先制俾褒賢懿用錫土田而乃志在撝謙願還渥澤固辭以

禮既深體於懇誠承命必恭宜勉祗於寵數所讓宜不允仍斷來章

付兗國公主

賜賢妃苗氏陳讓恩命第三表不允斷來章批答

省所三上表陳讓賢妃事具悉妃嬪之制秩序著於王宮爵賞之行名數存乎國典舉必謀衆予其敢私眷柔閑淑慎之賢有輔佐憂勤之德更歲時而維舊列號位以既隆屬者因築館之將行亦緣恩而推寵雖朕心之乃眷必廷論之曰然而能恪一作封執謙沖深形懇避然而讓宜有節禮不越於再三命出惟行告已申於中外往祗休渥毋或固辭所讓宜不允仍斷來章付賢妃苗氏

賜知乾寧軍高遵約獎諭勅書七月七日

勅高遵約省河北安撫提刑司奏勘會乾寧軍去歲值大雨河水泛漲衝破護城堤滲浸城壁其河岸大段墊壞軍城危急汝乘此水災徑赴本任交割勾當尋計度功料多方用心躬親部役脩築河堤及

護城堤至今年三月內了當甚得堅固本軍久遠委不消還廢伏乞
特加旌賞事嚮以暑雨失節悍湍迅流水防廢官衝溢爲患汝能奔
走就職勤勞匪躬民㡳無墊溺之虞壁壘得繕完之固厥效明著攸
司以聞載寬憂顧之懷宜示褒嘉之意故兹獎諭想宜知悉秋熱汝
比好否遣書指不多及

福寧公主宅開啓道場青詞七月十五日

伏以妙道無形宅真靈於杳默精衷有感延福應之純厖眷外館之
有嚴肅行車而伊始俾遵科式祓以芬芳兾冥祐之敷垂集休寧而
永保

內中福寧殿開啓三長月祝聖壽道場青詞八月二十六日

伏以凛秋肅物嘉歲序之成功吉月延祥按仙科之舊式瞻彼清真
之馭敞兹禁密之廷薦以芬芳通於杳默伏兾壽齡永固福應來臻
隆寶歷以遐昌均庶邦而康靖

玉津園開啓保祐聖躬爲民祈福道場青詞八月二十五日

伏以祇紹慶圖撫寧一作摩方夏仰荷百祥之時集思同庶品以均休乃卽清郊載嚴淨侶誦蘂宫之真訓瞻璇極之高靈伏願聖壽無疆永錫厖鴻之祐物生咸遂並臻康泰之期

南京鴻慶宫開啓皇帝本命道場青詞九月十三日

伏以寶圖興運茲惟受命之邦琳館凝祥肅奉真遊之馭惟本元之令日薦精潔之明誠按金籙之科儀瞻紫霄之杳默伏冀衆靈敷祐百福來臻保遐筭於無疆均含生之賴德

賜樞密副使田況生日禮物詔九月十三日

卿夙韞才猷贊吾機務屬涼秋之肅物嘉誕日之屆一作戒期宜有寵頒以彰恩眷

班荆館賜契丹國信使副到闕酒果口宣九月十三日

卿等祇命使軺脩歡隣聘式及都圻之近宜推宴勞之恩錫以甘芳

用彰眷遇

班荆館賜契丹國信使副到闕御筵口宣

卿等肅持聘問協講隣歡涉川陸之甚遐戒郊圻而茲始宜中宴犒用示眷優

玉津園賜契丹國信使副弓箭御筵口宣

卿等荐脩聘好方頫輶軒肅射圃以有儀豐宴籩而加品膺茲寵錫式體眷懷

雄州白溝驛賜北朝契丹賀正旦人使御筵兼傳宣撫問口宣

卿等言飭使軺時脩聘好涉此沍寒之候載惟行李之勤宜示宴慈用彰眷撫

內制集卷第四

內制集卷第五　集八十六

賜樞密使山南東道節度使同中書門下平章事賈昌朝生日禮物口宣九月五日

卿位峻樞庭望崇舊老屬誕期之斯及顧寵數以宜優體乃眷懷膺茲蕃錫

皇帝賀契丹皇帝正旦書

正月一日伯大宋皇帝致書于姪大契丹聖文神武睿孝皇帝闕下玉曆正時布王春而茲始寶隣敦契講信聘以交修方履新陽益綏多福其於祝詠罔罄敷言今差朝散大夫守太常少卿上騎都尉渤海縣開國男食邑三百戶賜紫金魚袋吳中復供備庫使銀青崇祿大夫檢校太子賓客兼御史大夫騎都尉廣平縣開國男食邑三百戶宋孟孫充正旦國信使副有少禮物具諸別幅專奉書陳賀不宣白

皇帝賀契丹太皇太后正旦書

正月一日姪大宋皇帝謹致書于嬸大契丹仁慈聖善欽孝廣德安靜正淳懿和寬厚崇覺儀大太皇太后闕下歲律更新春陽兆達因履端之叶吉敦永好以申歡載惟慈懿之和方集壽康之祉更希善攝用副遐悰今差朝散大夫守太常少卿直昭文館護軍廣陵縣開國子食邑五百戶賜紫金魚袋呂景初洛苑使兼閤門通事舍人銀青崇祿大夫檢校太子賓客兼御史大夫騎都尉清河郡開國侯食邑一千七百戶張利一充正旦國信使副有少禮物具諸别幅專奉書陳賀不宣謹白

賜知潁州徐宗況進奉賀兗國公主出降銀絹馬等勑書

勑徐宗況省所進奉賀兗國公主出降絹五百疋事具悉詩稱王姬之下嫁國著嘉禮而有儀惟臣職之聿修備物容而敘慶誠勤所至歎尚良深故兹示諭想宜知悉冬寒汝比好否遣書指不多及

賜知建昌軍沈造勅書

勑沈造省所進奉銀珠稻米一十石計一百黃絹袋事具悉汝職守軍符政兼民穡樂此有秋之實擇其嘉穀之英式陳常貢之儀彌體恪官之意故兹示諭想宜知悉冬寒汝比好否遣書指不多及

集禧觀凝祥池崇禧殿開啓祝聖壽年交金籙道場密詞十二月十日

伏以璇霄默運推四序以循行玉曆更新集萬靈而交會俾清琳宇延格高真薦兹精一之誠祈乃純厖之祉冀緜福祚均及含生

班荊館賜契丹賀正旦人使到闕酒果口宣十二月十日

卿等歲律更端隣歡交聘載馳使傳方及國郊宜推寵錫之恩式示眷懷之厚

瓊林苑開啓保祐聖躬祈福道場青詞十二月十二日

伏以四時成歲嘉庶彙之咸新百福自天荷衆真之冥貺俾開靈囿

恭講仙科恢寶祚之延長錫壽康之遐永是惟降鑒享乃克誠

瓊林苑開啓保祐聖躬祈福道場默表

伏以荷天地之鴻休席祖宗之丕業載惟勵翼敢怠憂勤屬歲律之更端冀時禧之茂集俾嚴禁禦祇率舊章庶通芬潔之誠仰格清真之馭伏冀錫齡斯永降福孔多保邦祚於無窮均物生而咸被

啓聖院齋殿內權奉明德元德章穆皇后今告還赴普安院重徽隆福兩殿奉安祝文

嚮以雨水爲災殿塗增緝亦既新於叢構庶來復於真遊爰揆靈辰冀茲安妥緬惟慈佑不鑒乃誠

皇帝親詣啓聖禪院告還明德元德章穆皇后赴普安院奉安祝文

嚮者因霖災之爲沴飭殿構以增新涓穀旦之惟良奉神遊而還止載深感慕躬薦芬馨式慰孝思冀茲臨格

正月三日就驛賜契丹賀正旦人使內中酒果口宣

卿等奉將隣好來會歲元載推一作惟寵賚之私宜極珍豐之品俾頒嘉味式侑宴歡

瓊林苑交年禱祭太歲諸神祝文

天行有度運三統以環周歲德所臨從百神而拱列載涓穀旦薦此令芳惟陰騭之享誠委時祥而昭佑

班荆館賜契丹賀正旦人使到闕御筵口宣十二月十四日

卿等曆紀歲元聘交隣好載馳使傳方及國門宜頒宴犒一作推寵錫之恩式示眷懷之厚

賜夏國主進奉賀正馬駞詔

詔夏國主省所差人進奉賀正馬駞共一百頭疋事具悉履端紀歲萬邦咸稟於王正効貢以時弈世克修於藩職載閱充庭之實深惟守土之勤遐體傾輸不忘歎獎今回賜銀絹茶等具如別錄至可領

也其差來人所賜物色亦具賜目故茲詔示想宜知悉春寒比平安
好否書指不多及
賜夏國主贖大藏經詔十二月　日
詔夏國主省所奏伏爲新建精藍載請贖大藏經帙籤牌等其常例
馬七十疋充印造工直俟來年冬賀嘉祐四年正旦使次附進至時
乞給賜藏經事具悉封奏聿來祕文爲請惟覺雄之演說推善利於
無窮嘉乃純誠果於篤信所宜開允當體眷懷所載請贖大藏經帙
籤牌等已令印造候嘉祐四年正旦進奉人到闕至時給付故茲詔
示想宜知悉春寒比平安好否書指不多及
賜新除觀文殿學士禮部侍郎孫沔詔嘉祐三年正月十七
日
勑孫沔省所上表伏蒙聖慈差使臣賫到誥勑各一道授臣觀文殿
學士禮部侍郎幷賜對衣金帶鞍轡馬錢五百貫文不敢恭受伏乞

特改差臣知一小郡或依例除一官致仕陳乞事具悉卿蔚有敏材

膺予簡任外分邊寄嘗著於恩威入贊國機早參於帷幄風猷甚美

寵遇既優適當擇帥之初方鑒用謀之失是惟慎舉實允僉諧豈宜

圖自便之私而罔體眷懷之意顧茲重地難久曠官往祇成命之行

當略好謙之節所讓宜不允依前降指揮疾速發赴本任故茲詔示

想宜知悉

集禧觀奉神殿開啓謝雪道場青詞

近以溫陽干時雨雪愆候載惟寡薄敢罄精純明靈孔昭嘉應斯獲

兆豐年而有望消癘氣於未形惟物蒙休以時申報冀清真之來格

期福貺之永依

自京至雄州已來撫問契丹告哀人使口宣正月十九日

卿祗戒軺軒載馳隣訃顧道塗之甚邈惟涉履之斯勤俾宣恩言式

慰艱苦

賜契丹國告哀人使茶藥口宣正月十九日
卿式將隣聘來告國哀屬春候之尚寒顧驛塗之攸邈俾頒品劑用
示眷懷
沿路賜契丹國告哀人使赴闕茶藥口宣正月十九日
勑蕭福延卿夙駕使軺遽傳國卹屬餘寒之在候想馳驛之爲勞俾
頒飲劑之良用示眷懷之厚
景靈宮雅飾元天大聖后聖容并侍從等開啓預告道場青
詞正月二十日
伏以珍宇邃嚴奉真靈而有素玉容清穆謹修袚以惟時爰按仙科
俾伸虔告載瞻道蔭宜鑒沖誠
皇帝回契丹皇帝告哀書
二月日伯大宋皇帝致書于姪大契丹聖文神武睿孝皇帝闕下承
遣使車特貽緘翰不意凶變太皇太后上僊載惟契好久睦仁鄰聞

此訃音但增感愴姪皇帝負荷至重追慕所深蕆節哀情用遵禮制已差人使專持慰禮今林牙懷德軍節度使蕭福延回奉書陳謝不宣白

雄州撫問契丹賀乾元節人使口宣二月二十四日

卿等夙持信聘來講鄰歡及疆候以惟初屬暄和之方盛宜加撫慰式示眷懷

賜給事中參知政事曾公亮生日詔二月二十五日

卿蔚有時望參于柄臣惟倚注之所深在眷顧之尤異屬茲誕日宜爾壽期膺此寵頒體予至意

賜翰林學士兼侍讀學士尚書戶部郎中知制誥知審刑院胡宿詔三月三日

勑胡宿省所奏據大理寺日奏司申二月二十一日已前下寺公案並已斷奏了畢無見在事具悉朕欲斯民足衣食知禮讓而竊攘爭

關之獄猶滋欲吾吏慎刑罰盡情僞而傅予輕重之文不一卿以儒學之職總評讞之繁克勤其官曾不留事實副予意惟時可嘉若乃使天下囹圄空虛而風流篤厚是亦論思獻納者之志其勉助我以共臻焉仍依奏宣付史館故兹獎諭想宜知悉

賜判大理寺陳太素幷權少卿楊閈及審刑院詳議官大理寺詳斷官等勑書三月三日

勑陳太素省知審刑院胡宿奏據大理寺日奏司申二月二十一日已前下寺公案並已斷奏了畢無見在事刑獄之重一成而不還比類之微可疑者甚衆汝好學而敏蒞官以勤夫俾天下之無寃幾刑錯而不用此朕翼翼希慕之所未及而爾孜孜厥職之所不忘者也故兹獎諭想宜知悉

恩州賜契丹遺留使副茶藥口宣三月二十八日

卿等夙馳使傳來達信函載惟涉履之勤當此暄和之候宜加頒賚

式示眷懷

瀛州賜契丹賀乾元節人使却回御筵口宣四月七日

卿等既成聘好方卽歸塗再惟將命之勞宜有犒勤之錫俾伸宴飫用示眷私

班荆館賜契丹賀乾元節人使却回酒果口宣四月七日

卿等使軺復命郊館餞行惟茲良潔之英薦以甘馨之實用伸恩錫當體眷懷

十六日就驛賜契丹賀乾元節人使內中酒果口宣四月十七日

卿等夙奉信函方休賓館惟此醇甘之品用推寵賚之恩聊侑宴歡以伸優遇

賜知舒州齊廓進新茶幷知廣德軍浦延熙進先春茶勑書

勑齊廓省所進奉新茶一銀合合重五十兩緋羅夾複全事具悉百

物茂生取新爲貴羣方修職効貢以時汝守土有方事上惟恪閱茲來獻用體勤誠故茲示諭想宜知悉

賜外任臣寮進奉乾元節銀絹馬勑書

勑高易簡省所進奉乾元節絹五百疋事具悉汝夙以敏材膺于束寄及此奉觴之節載陳任土之儀能因物以達誠見事君之甚恪省閱于再歎嘉不忘故茲示諭想宜知悉

班荆館賜契丹告哀人使內中酒果口宣

卿夙將隣訃方居國門載惟衝涉之勤宜有宴休之錫俾伸頒賚用示眷優（一作懷）

開寶寺福勝院開啓道場於乾元節日支散袈裟并設大會

齋一 中齋文

伏以正陽旅月方及於嘉時萬壽齊天式標於令節啓真乘之祕藏集淨侶於法筵仰惟慈妙之仁茂委純厖之祉承隆丕算均福羣倫

珍倣宋版印

東太一宮開啓保夏祝聖壽金籙道場密詞四月二十四日

伏以寂然妙道推善應以無方瞻彼高靈薦精誠而必達居此長嬴之候是惟茂育之時爰稽玉笈之真文載潔雲壇之淨醮冀敷昭鑒來集純禧固壽曆之延昌溥蒼黔而均祐

賜彰信軍節度使檢校太保同中書門下平章事判大名府李昭亮乞知西京不允詔

勑昭亮省所上表乞移判河南府事具悉朕惟魏洛之重皆爲別都將率所居難於屢易卿以中外勤勞之績有撫綏扞禦之材自膺寄任之雄方厚倚毗之意遽茲列奏嘉乃好謙宜體眷懷靖安爾位所乞宜不允故茲詔示想宜知悉夏熱卿比平安好遣書指不多及

賜宣徽南院使淮康軍節度使張堯佐乞知西京不允詔五月二日

勑堯佐省所奏臣皇祐三年內授宣徽南院使判河陽軍州事未滿

任蒙詔赴闕供職至今六載自量尸素深不遑寧近知西京闕人未有除授伏望特賜差委事具悉宣導徽猷任親而事簡居留京邑地要而務繁惟予眷遇之臣方處清閑之職載披來牘深識乃誠雖舊其聰明尚足以臨涖而待我耆艾宜有以優游實嘉盡瘁之心難徇撝謙之意所乞宜不允故茲詔示想宜知悉

賜宰臣文彥博上第一表乞解重任不允批答五月十八日

省表具之夫知其人之爲賢任則勿貳事其君而有道去不可輕此古之臣主之明舉措必慎所以收功於一時而垂法於後世也卿夙有時望爲予柄臣自復秉於國鈞僅三周於歲序若乃進退賢否誅賞罪功每於聽納之間敢忘虛己顧彼搢紳之論曾靡異辭方期有成以副予意而乃過形謙損思避台衡豈寡德弗明於用才而不盡將多言害正致厥位之難安苟異於斯夫何引讓矧卿忠信之節足以叶予之一心材謀之優可以斷予之大事茲所柬注寧煩諭言所

請宜不允

就驛賜契丹遺留使副銀鈔鑼唾盂盂子錦被褥口宣五月

十八日

卿等馳軺來止將命有儀顧茲館憩之初宜具燕私之用俾伸優錫

式示眷懷

通商茶法詔嘉祐四年二月四日

勑古者山澤之利與民共之故民足於下而君裕於上國家無事刑

罰以清自唐末流始有茶禁上下規利垂二百年如聞比來爲患益

甚民被誅求之困日惟咨嗟官受濫惡之入歲以陳積私藏盜販犯

者實一作寔繁嚴刑重誅情所不忍使田閭不安其業商賈不通于

行嗚呼若茲是於江湖之間幅員數千里爲陷穽以害吾民也朕心

惻然念此久矣間遣使者往就問之而皆歡然願弛榷法歲入之課

以時上官一二近臣件析其狀朕嘉覽于再猶若慊然又於歲輸裁

減其數使得饒阜以相爲生剗去禁條俾通商賈歷世之弊一旦以除著爲經常弗復更制損上益下以休吾民尚慮喜於立異之人緣而爲姦之黨妄陳奏議以惑官司必寘明刑用戒狂謬布告遐邇體朕意焉

內制集卷第五

西元二〇二二年一月一日重製一版

歐陽文忠全集 冊二（宋歐陽修撰）

平裝四冊基本定價參仟捌佰元正
（郵運匯費另加）

發行人 張敏君

發行處 中華書局

臺北市內湖區舊宗路二段一八一巷八號五樓（5FL., No. 8, Lane 181, JIOU-TZUNG Rd., Sec 2, NEI HU, TAIPEI, 11494, TAIWAN）

客服電話：886-8797-8396

公司傳真：886-8797-8909

匯款帳戶：華南商業銀行西湖分行
179100026931

印　刷：維中科技有限公司
海瑞印刷品有限公司

No. N3075-2

國家圖書館出版品預行編目(CIP)資料

歐陽文忠全集/(宋)歐陽修撰. -- 重製一版. -- 臺北市 :
中華書局, 2022.01
冊 ; 公分
ISBN 978-986-5512-73-6(全套 : 平裝)

845.15 110021467